KB275345

미스터리
책   장

얼마나 천사 같은가

마거릿 밀러 지음 ─ 박현주 옮김

좋은 날이 다가오고 있지 않나요、주님?

엘릭시르

일러두기

- 주석은 모두 옮긴이주다.

차
례

서문 ·· 009

얼마나 천사 같은가 ··· 013

작가 정보 ·· 503

사랑을 다해 베티 매스터슨 노턴에게 바친다.

스무 해도 전에 조지 해먼드라고, 샌타바버라 카운티의 야생 산속 깊숙한 지대를 탐험하기를 좋아하던 젊은 친구가 있었는데, 어느 날 그가 우연히 너게 보여주고 싶은 곳을 발견했다고 말했다. 우리는 주먹 관절이 하얘져라 운전대를 붙들고 가야만 하는 일방도로를 타고, 개울을 건너고 가파른 안돌잇길을 돌아 샌타이너즈 산맥의 정상까지 올라갔다. 풍경은 믿을 수 없을 만큼 근사했다. 태평양, 샌타이네즈 골짜기, 카추마 호수, 그로 흘러드는 강과 시내들, 그리고 최후까지 남은 콘도르 독수리들이 생존을 위해 싸우는 샌러펠 산맥에 이르기까지. 여기가 바로 샹그릴라[1]였고, 어떤 영적 수행자가 마지막으로 그곳에 살았다는 말을 듣고도 놀랍지 않았다.

본관, 별채, 가장 독특한 탑까지 그 부지의 건물들은 약탈당해 폐허가 되었다. 사방에 흩어진 유리와 병든 정신이 남긴 다른

---

[1] 영국 소설가 제임스 힐턴의 소설 『잃어버린 지평선』에 나오는 이상향.

파편 사이를 조심조심 헤치고 우리는 탑의 꼭대기까지 올라 갔다. 친구는 나에게 이곳을 캘리포니아 비밀 종교 집단에 관한 책의 배경으로 쓸 수 있지 않겠냐고 제안했다.

"그런 비밀 종교 집단에 대해선 별로 아는 게 없는데." 나는 그에게 말했다.

"그러면 직접 하나 만들면 되죠." 조지가 말했다.

나는 그렇게 했다. 그리고 여기 그 결과물이 있다.

같은 산등성이에 있는 근처 부지가 비밀 종교 집단의 본거지가 되거나 약탈당할 일은 없을 것 같다. 비밀요원들과 보안관 사무실에서 나온 사람들이 삼엄하게 경비하는 이곳은 샹그릴라가 아니라, 웨스턴 화이트하우스'라고 한다.

1982년 5월

캘리포니아, 샌타바버라

▎ 닉슨 대통령의 별장으로 쓰인 건물.

햄릿   인간이란 얼마나 대단한 작품인가!

       (…)

       행동은 얼마나 천사 같은가!

       이해력은 얼마나 신과 같은가!

       (…)

       그러나 내게는

       이 먼지의 정수란 무엇이란 말인가?

       남자는 내게 기쁨을 주지 않는다.

       아니, 여자 또한 마찬가지……

                    ─셰익스피어의 『햄릿』 2막 2장 중에서

1

밤새, 그리고 낮에도 줄곧 차를 타고 달려왔다. 여러 산을 넘어서 사막을 지나, 그리고 다시 산들을 넘어서. 낡은 차는 털털거리기 시작했고 운전자는 짜증을 내기 시작했으며, 퀸은 둘 모두로부터 벗어나 뒷좌석에서 잠들어 있었다. 별안간 날카롭게 울린 브레이크 소리와 뉴하우저의 목소리에 그는 잠에서 깼다. 피곤과 더위, 그리고 도박장에서 다시 한번 웃음거리가 되었다는 생각에 사나워진 목소리였다.

"다 왔어, 퀸. 여기가 종점이야."

퀸은 부르르 몸을 떨고 샌펠리스의 가로수 거리에 도착했으려니 싶어 고개를 돌려보았다. 손에 닿지도 않고 팔아버릴 수도 없는 보석처럼 태양이 저멀리 펼쳐진 곳. 하지만 눈을 뜨기 전에 이미 뭔가 잘못되었다는 것을 알았다. 도시의 거리가 이처럼 조용할 리도 없고, 바다 공기가 이렇게 건조할 리도 없었다.

"어이, 퀸. 깼어?"

"그래."

“자, 이제 좀 꺼지지? 나 바쁜 몸이야.”

퀸은 창밖을 내다보았다. 잠든 이후로 경치는 하나도 바뀌지 않았다. 산이 있고, 산이 더 많이 있고, 그에 더해 모두 똑같은 해안 졸참나무와 수풀, 맨저니터,[1] 야생 호랑가시나무, 바짝 마른 땅에서 비실비실 자란 소나무 몇 그루가 그 위를 빽빽이 덮었다.

“뜬금없는 곳이네.” 그가 말했다. “샌펠리스로 데려다주겠다며.”

“샌펠리스 ‘근처’라고 했지.”

“근처라는 게 얼마나 근처인 건데?”

“70킬로미터쯤.”

“빌어먹⋯⋯.”

“동부 출신인가보군.” 뉴하우저가 말했다. “캘리포니아에선 70킬로미터 거리면 근처지.”

“차에 타기 전에 얘기할 수도 있었잖아.”

“했어. 네가 귀기울여 듣지 않았을 뿐이지. 리노에서 벗어나고 싶어서 무척 안달하는 것처럼 보이던데. 그래서 지금은 빠져나왔잖아. 고마운 줄 알라고.”

“아, 고맙지.” 퀸이 건조하게 말했다. “호기심도 다 풀어주

---

[1] 철쭉과의 상록관목.

고. 항상 뜬금없는 곳은 어떤 델까 궁금했거든.”

“투덜대기 전에 내 말 잘 들어. 우리 목장으로 들어가는 갈림길은 저 길 아래 1킬로미터쯤 떨어진 곳이야. 난 작업하러 가야 하는데 하루나 늦었고, 우리 마나님 성격이 불같거든. 리노에서 칠백 달러 잃었고, 이틀 동안 잠도 못 잤어. 그러니 여기까지 태워준 거라도 고마워할 건가, 아니면 그렇게 꽥꽥댈 건가?”

“저기 트럭 휴게소에 내려줄 수도 있었잖아. 뭐라도 먹게.”

“돈 한푼 없다고 말해놓고.”

“조금 빌려볼까 생각했지. 오 달러 정도.”

“나한테 오 달러라도 있으면 아직 리노에 있었겠지. 알잖아. 당신도 나랑 똑같은 병에 걸렸으니까.”

퀸은 부정하지 않았다. “좋아. 돈은 됐고. 다른 방법을 생각했어. 어쩌면 당신 부인은 그렇게 불같은 성격이 아닐지도 모르잖아. 어쩌면 불청객이 오는 걸 반대하지 않을 수도 있고. 그래, 알았어. 그냥 한번 해본 말이야. 더 좋은 생각 있나?”

“당연히, 그렇지 않았으면 여기 차를 세웠을 리도 없지. 저 앞쪽에 흙길 보여?”

퀸은 차에서 내려 어린 유칼립투스 덤불 사이로 구불구불 들어가는 좁은 길을 보았다.

“별로 길처럼 안 보이는데.”

"길처럼 안 보이는 게 목적이겠지. 저 끝에 사는 사람들은 그 사실을 광고하고 싶어하지 않으니까. 그냥 특이한 사람들이라고 해두자고."

"얼마나 특이한지 물어봐도 되나?"

"아, 남을 해치진 않으니 그건 걱정 안 해도 돼. 그리고 그 사람들은 너그럽게도 항상 가난한 사람들에게 적선을 잘해주거든."

뉴하우저가 카우보이모자를 뒤로 젖히자, 갈색 가죽 같은 얼굴 위쪽에 가로로 길게 칠한 듯한 순백색 이마선이 드러났다.

"이봐, 퀸. 나도 당신을 여기 남겨두고 가기가 죽기보다 싫지만, 선택의 여지가 없다고. 그리고 자네라면 잘 헤쳐나갈 거 알아. 젊고 건강하잖아."

"게다가 배도 고프고 목도 마르지."

"탑에서 먹을 거랑 마실 걸 얻은 다음 샌펠리스까지 가는 차를 또 얻어타라고."

"탑이라." 퀸이 따라했다. "저 길이라는 것 끝에 있는 게 그건가?"

"그래."

"목장이야?"

"목축 같은 것도 하지." 뉴하우저가 신중한 태도로 말했다. "거기는, 음, 일종의 자급자족하는 작은 공동체야. 그렇다고 들었지. 직접 본 적은 없고."

"왜 없는데?"

"손님을 반기지 않거든."

"그런데도 나는 엄청난 환영을 받을 거라고 자신하신다?"

"넌 불쌍한 죄인이잖아."

"종교 집단이라는 거야?"

뉴하우저가 머리를 까닥했지만, 퀸은 그것이 긍정인지 부정인지 확실히 알 수가 없었다. "말했잖아. 직접 본 적은 없다고. 소문으로만 들었지. 어떤 돈 많고 늙은 여사님이 죽는 게 두려워서 오 층짜리 탑을 지었다는군. 자기 차례가 왔을 때 하늘까지 갈 지름길로 쓸 수 있을지 모른다고 생각했나보지. 미리 출발하는 거랄까. 뭐, 나는 이제 내 갈 길 가야겠어, 퀸."

"기다려." 퀸이 급박하게 말했다. "냉정하게 따져봐. 나는 친구 녀석 하나가 내게 꿔간 삼백 달러를 받으러 샌펠리스로 가는 길이었어. 나를 태워주면 오십 달러를……"

"못해."

"1킬로미터에 일 달러 가까이 되는 돈이야."

"미안."

퀸은 길가에 서서 뉴하우저의 차가 커브길을 돌아 사라지는 것을 보았다. 엔진소리가 잦아들자 완전한 정적이 흘렀다.

지저귀는 새 한 마리, 바람에 휙 흔들리는 나뭇가지 하나 없었다. 퀸은 이전에는 이런 경험을 해본 적이 없었기에, 배고프고 잠이 부족한데다 햇볕이 뜨거워 갑작스레 귀가 멀기라도 했나 잠깐 헷갈렸다.

자기 목소리를 그다지 좋아한 적도 없었지만, 차라리 목소리를 널리 퍼뜨려 적막을 채우는 편이 훨씬 나아 보였다.

"내 이름은 조 퀸입니다. 조지프 러디어드 퀸이죠. 러디어드라는 이름은 남들한테 안 알려주지만요. 어제는 리노에 있었어요. 일자리, 차, 옷, 여자친구도 있었죠. 오늘은 아무것도, 아무도 없는 허허벌판 한가운데에 있군요."

이전에도 곤경에 빠진 적은 있었지만, 그런 때는 늘 사람들을 끌어들였다. 친구한테 비밀을 털어놓거나, 생판 남을 설득하거나. 그는 언변이 유창한 사람이었고 그에 자부심이 있었다. 그런데 지금은 그딴 건 중요하지가 않았다. 근처엔 들을 사람 하나 없었으니. 이 황야에서 죽도록 혼자 지껄여봤자, 나뭇잎 하나도 흔들 수 없고 벌레 한 마리도 쫓아낼 수가 없었다.

그는 손수건을 꺼내 귀 뒤에서 또르르 흘러내리는 땀을 닦았다. 샌펠리스라는 도시에는 종종 들르긴 했지만, 이 황량한 산속 시골에 대해선 전혀 몰랐다. 여름엔 태양 아래서 익어가고, 겨울엔 비로 깎여나가는 곳. 지금은 여름이다. 강바닥엔 흙먼지가 쌓여 있고, 물을 찾아 왔던 작은 동물들의 뼈가 깔려 있었다.

퀸은 더위와 황막함보다도 침묵이 거북했다. 새소리조차 들리지 않는 상황은 너무나 부자연스럽다. 새들이 모두 긴 가뭄에 떼죽음을 당한 것인지, 물이 있는 곳 근처로 이동한 것인지 알 수가 없었다. 뉴하우저가 일한다는 목장이나 탑 쪽으로 갔나. 그는 도로 너머, 유칼립투스 덤불 사이로 뚝 끊긴 듯 보이는 오솔길을 보았다.

"젠장, 조금 종교적이 된다고 죽진 않겠지." 그는 말을 내뱉은 후 햇살에 눈을 가늘게 뜨고 도로를 건너갔다.

유칼립투스 덤불 너머는 오르막길이었는데, 그 길을 따라 올라가자 생명의 흔적이 여실히 보였다. 풀 뜯는 소떼, 통나무 울타리 안에 있는 양들, 야생 호랑가시나므 그늘 아래 묶인 염소 두 마리, 바닥으로 물이 약간 느릿하게 흘러가는 관개수로. 가축들은 모두 잘 먹이고 잘 돌본 듯 보였다.

한참 걸어가노라니 오르막길은 더 가팔라졌고, 나무들은 더 울창하고 크게 솟았다. 소나무, 떡갈나두, 마드론, 개야광나무. 둔덕 꼭대기쯤 올랐을 때 첫번쩨 건물에 다다랐다. 어찌나 솜씨 좋게 지었는지, 15미터에서 20미터쯤 떨어진 곳까지 다가가고서야 비로소 건물의 존재를 알아차릴 수 있었다. 통나무와 그 지역 석재로 지어진 길고 낮은 구조물이었다. 건물에 탑과 닮은 구석이라고는 하나도 없어서, 퀸은 뉴하우저가 장소를 착각했거나 동네 소문이나 허풍에 넘어간 게 아닌가 생각했다.

눈에 보이는 사람은 하나도 없었고, 넓은 돌굴뚝에서는 연기 한줄기 흘러나오지 않았다. 밖에서 보이는 창문 위로는 반으로 가른 통나무를 조잡하게 이어 만든 셔터가 내려져 있어, 이곳을 지은 사람은 침입자로부터 이곳을 보호하기보다는 사람들을 안에 가둬놓으려 한 듯싶었다. 거대한 사탕수수가 햇빛을 거르자, 퀸은 갑자기 공기가 서늘하고 축축해진 듯한 기분이 들었다. 솔잎과 마드론의 주황색 나무껍질이 그의 발걸음소리를 짓죽였다.

반으로 가른 나무 셔터 틈으로 이방인이 다가오는 것을 본 예언자들의 말 형제는 못마땅한 듯 작은 동물 같은 소리를 내기 시작했다.

"그래, 대체 뭣 때문에 소란을 피우는 거예요?" 축복 자매가 씩씩하게 말했다. "어디, 내가 한번 볼게요." 그녀는 그의 자리를 빼앗아 창문 틈으로 살펴보았다. "그냥 어떤 남자네. 수선 떨 거 없잖아요. 차가 망가졌거나 했겠지. 가시면류관 형제가 차 수리를 도와주면 사건은 종료될 거예요. 그게 아니라면……"

축복 자매는 타고난 성격상, 상황의 좋은 면을 보고 다른 사람에게도 꼭 집어 알려주다가도 '그게 아니라면'을 덧붙여 의도를 망쳐버리곤 했다.

"그게 아니라면, 학교 이사회에서 왔거나 신문사에서 왔을지도 모르고요. 그런 경우라면, 내가 확실히 상대해서 저 사람이 아무것도 눈치채지 못한 채 가던 길로 가게 할게요. 하지만 이사회에서 가을 학기 때문에 우리를 괴롭히기에는 약간 때가 이른 것 같은데."

말 형제는 동의의 뜻으로 고개를 끄덕이고는 집게손가락 위에 내려앉은 잉꼬의 목덜미를 불안하게 쓰다듬었다.

"그럼 신문기자일지도 모르겠군요. 아니면 흔하고 평범한 부랑자일 수도 있고. 그런 경우에는 내가 싫은 티 내지 않고 친절한 태도로 대접해주죠. 확실히 수선을 떨 일은 아니네요. 형제도 잘 알겠지만 부랑자를 맞은 적은 이전에도 있으니. 그런 시끄러운 소리는 그만 내요. 하고 싶은 말이나 해야 하는 말이 있으면 할 수 있잖아요. 이 건물에 불이 났다고 생각해 봐요. 그러면 '불이야'라고 소리칠 수 있겠죠. 할 수 있어요?"

말 형제는 고개를 저었다.

"말도 안 돼, 할 수 있다는 거 잘 알아요. 불이야. 말해봐요. 해보라고요. 불이야."

말 형제는 아무 말 없이 바닥만 내려다보았다. 이곳에 불이 나더라도 그는 경보를 울리지 않을 것이고, 한 마디도 하지 않을 것이었다. 그저 서서 활활 타오르는 모습만 바라볼 것이다. 먼저 잉꼬가 안전한지 확인만 하고.

퀸은 칠하지 않은 나무문을 두드렸다. "안녕하세요? 누구 있습니까? 길을 잃었는데요. 배가 고프고 목도 마릅니다."

경첩에 기름을 칠하지 않았는지 삐걱대는 소리와 함께 문이 천천히 열리고, 한 여자가 문간에 나타났다. 쉰 살가량에 키가 크고 튼튼해 보이는 인상으로 얼굴이 둥글고 뺨은 무척 환한 붉은색이었다. 여자는 맨발이었다. 그녀가 입고 있는 길고 헐렁한 로브를 보면서 퀸은 하와이에서 여자들이 입고 있던 무무[1]를 떠올렸다. 하지만 색도 밝고 무늬도 화려했던 무무와 달리, 여자의 로브는 억센 회색 모직으로 만들었으며 장식 하나 없었다.

"환영합니다, 낯선 손님." 사용한 단어는 친절했지만, 어조에는 경계하는 빛이 어려 있었다.

"방해해서 죄송합니다, 부인."

"자매라고 해주세요. 구원의 축복 자매입니다. 그래, 배가 고프고 목이 마르고 길을 잃었다는 거죠?"

[1] 하와이의 전통의상.

"그런 셈이죠. 얘기하자면 깁니다."

"그런 얘기들이 보통 그렇죠." 여자는 건조했다. "안으로 들어오세요. 저희는 가난한 자들을 돌려보내지 않는답니다. 저희도 가난한 자들이니까요."

"감사합니다."

"다만 예의는 지켜주세요. 저희 부탁은 그뿐이랍니다. 마지막으로 식사를 한 지는 얼마나 됐죠?"

"정확히 기억이 안 납니다."

"그러면 술을 진탕 마시고 기억이 날아간 모양이군요?"

"그런 건 아니었습니다. 하지만 그렇게 말할 수도 있겠네요. 제가 한 방에 날아가긴 했으니까요."

여자는 퀸이 팔에 걸친 트위드 재킷을 날카롭게 획 쳐다보았다. "그래도 내가 좋은 모직 정도는 알아보는 눈이 있는데. 우리도 직접 천을 직조하고 있으니까요. 이거 어디서 났죠?"

"제가 샀습니다."

여자는 그가 훔쳤다고 말하길 기대했는지 약간 실망한 얼굴이었다.

"내가 보기엔 외모나 행동거지가 구걸하그 다닐 사람 같지는 않은데."

"그렇게 된 지 오래되지 않았습니다. 아직 구걸 요령이 없네요."

"괜히 내 말 비꼬지 말아요. 난 자기보호 차원에서 우리 손님들을 확인해야 해요. 이따금 캐묻기 좋아하는 기자들이나, 범죄가 발생하지는 않았나 눈에 불을 켜고 덤비는 경찰들이 찾아오거든요."

"저는 음식과 물이 없나 눈에 불을 켤 뿐입니다."

"그럼 들어와요."

퀸은 여자를 따라 안으로 들어갔다. 돌바닥이 깔린 한 칸짜리 큰 방이었는데, 바닥은 방금 걸레로 빡빡 문지른 것만 같았다. 퀸이 이제까지 본 중에서 가장 커다란 채광창으로 빛이 방안에 쏟아졌다.

축복 자매는 그가 채광창을 올려다보는 것을 보고 말했다. "교주님 말대로 빛이 천국에서 오는 거라면, 창문으로 비껴들게 하는 게 아니라 곧바로 들어오게 해야 하는 법이죠."

방 한가운데에는 건물 전체 너비만큼 길고 양쪽에 벤치가 딸린 탁자가 자리했다. 탁자 위에는 양철 접시와 스테인리스 스틸 숟가락, 칼, 포크, 그리고 밤을 위해 벌써 깨끗이 닦아 연료까지 채워놓은 등유 전등 몇 개가 놓여 있었다. 방 맨 끝에는 구식 아이스박스가 있고, 나무 난로 옆에는 깔끔하게 자른 장작더미가 쌓였으며, 아마추어가 만든 게 분명해 보이는 새장이 하나 놓여 있었다. 난로 앞에는 얼굴이 파리한 중년 남자 하나가 어깨에 새를 얹고 흔들의자에 앉아 있었다. 그도 축복 자매와 똑같은 로브를 입었그, 마찬가지로 맨발이었다. 머리는 말끔히 밀었는데, 밀어준 사람이 눈이 나쁘고 면도날이 잘 들지 않았는지 두피 위에는 작게 벤 자국들과 생채기들이 나 있었다.

축복 자매는 문을 닫았다. 퀸을 향한 그녀의 의심은 잠시나마 가라앉았고 그녀는 이제 좀더 버젓한 집주인의 태도를 취했다.

"여기는 우리 공동식당이에요. 그리고 이쪽은 예언자들의 말 형제. 다른 사람들은 모두 탑에서 기도를 올리고 있어요. 하지만 나는 간호사라서 말 형제님과 함께 있어야만 하죠. 형제님은 그간 병을 앓아서, 밤에는 난로 옆에서 쉬어야 하거든요. 지금은 상태가 어때요, 말 형제님?"

형제는 고개를 끄덕이며 미소를 지었고, 그동안 작은 새는 부드럽게 그의 귀를 쪼았다.

"이름을 골라도 어쩌면 이렇게 운이 없는 걸 골랐는지." 축복 자매는 퀸에게 속삭이며 덧붙였다. "말이 거의 없는 사람이거든요. 하지만 또 생각해보면, 예언자는 말을 그리 많이 하지 않는 편이 좋은지도 모르죠. 여기 앉으세요, 성함이……?"

"퀸입니다."

"퀸Quinn. 죄sin하고 음운이 맞는 이름이군요. 불길한 징조

일 수도 있겠는데.”

퀸은 그 이름은 웃음^{grin}, 회전^{spin}, 지느러미^{fin}와도 운이 맞는다는 점을 지적했으나, 축복 자매는 ‘죄’가 가장 두드러진 단어라고 무뚝뚝하게 대답했다.

“당신처럼 젊고 사지가 멀쩡한 청년이 이렇게 비천한 곳까지 오게 된 것도 죄 때문 아니겠어요?”

퀸은 뉴하우저가 탑에 사는 사람들에 대해 한 말을 떠올렸다. 그들은 특히 불쌍한 죄인에게 호의적이라고.

“외람되지만 그런 것 같습니다.”

“술인가요?”

“물론이죠.”

“도박은?”

“자주 했죠.”

“여자는요?”

“이따금요.”

“그랬겠죠.” 축복 자매는 음울한 만족감에 젖어 말했다. “뭐, 치즈 샌드위치를 만들어주죠.”

“고맙습니다.”

“햄도 넣어줄게요. 마을에는 우리가 고기를 먹지 않는다고 소문이 났다던데. 말도 안 되는 소리. 우리는 열심히 일해요. 계속 해나가려면 고기를 먹을 필요가 있죠. 말 형제님에게도 햄치즈 샌드위치 만들어줘요? 옅소젖이라도 줄까요?”

말 형제는 고개를 저었다.

“뭐, 억지로 먹일 순 없으니까. 하지만 적어도 신선한 공기를 쐬게 해줄 순 있죠. 이제 충분히 시원하니까 잠시 밖에 앉아 있어도 괜찮을 거예요. 그 작은 새를 도로 새장에 넣어요. 퀸 씨가 의자 나르는 건 도와줄 테니.”

축복 자매는 이런 일들이 즉시, 제대로 실행될 거라는 데 한 점 의심도 없다는 듯 명령을 내렸다. 퀸은 흔들의자를 바깥으로 들고 갔고, 그동안 말 형제는 잉꼬를 새장 안에 도로 돌려놓았으며, 축복 자매는 샌드위치를 준비하기 시작했다. 옷차림과 주변 환경은 이상했지만 자매는 자기 부엌에서 일하며 남을 도울 수 있어 기뻐하는 평범한 주부 같은 인상을 주었다. 퀸은 상황이 어떻게 흘렀기에 이 여자가 탑 같은 곳까지 왔을지 추측해보려는 시도조차 포기했다.

자매는 건너편 긴 의자에 앉아서 그가 먹는 모습을 쳐다보았다.

“퀸 씨에게 우리 얘기를 한 사람은 누구죠?”

“제가 히치하이크해서 차를 얻어탄 남자입니다. 이 근처 목장 일꾼이래요.”

“그럴듯한 얘기네요.”

“그래야죠. 사실이니까요.”

"퀸 씨는 어디에서 왔죠?"

"처음 있던 곳이요? 아니면 마지막으로 떠나온 곳?" 퀸이 물었다.

"어느 쪽이든요. 둘 다라고 하죠."

"태어나기로는 디트로이트고, 마지막으로 살았던 데는 리노예요."

"사악한 곳인데, 리노는."

"이 순간에는 그 말씀에 동의하고 싶군요."

자매는 못마땅하다는 듯 살짝 투덜대는 소리를 냈다.

"세속적인 표현으로, 당신도 몽땅 털렸나봐요."

"탈탈 털렸죠."

"리노에선 직업이 있었나요?"

"어느 클럽에서 보안요원으로 일했습니다. 카지노 경찰이라 해야 하나, 뭐든 편하신 쪽으로 부르시면 돼요. 네바다에서는 아직 탐정 면허가 살아 있습니다만, 아마도 갱신되진 않을 것 같습니다."

"직장에서 해고됐어요?"

"일을 쾌락과 섞지 말라는 경고 메시지를 제때 알아듣지 못했다고나 할까요."

퀸은 두번째 샌드위치를 먹기 시작했다. 빵은 집에서 구운 것이고 꽤 굳었지만, 치즈와 햄은 맛있었고 버터도 달콤했다.

"퀸 씨는 몇 살이죠?"

"서른다섯, 서른여섯. 서른여섯인 것 같군요."

"당신 나이의 남자는 대부분 집에서 아내와 가족들과 함께 있지, 적선을 베풀어줄 이를 찾아 산속을 헤매지는 않을 텐데요…… 그래, 서른여섯이라는 거죠. 이제 뭘 할 거죠? 다시 한번 삶을 시작할 건가요? 좀더 높은 차원에서요."

퀸은 건너편에 앉은 여자를 응시했다.

"이거 보시죠, 자매님. 음식과 대접은 감사합니다. 하지만 전 개종 신청자는 아니라는 것을 확실하게 해두고 싶군요."

"맙소사, 그런 생각은 전혀 안 했어요, 퀸 씨. 우리는 개종자를 찾아다니지 않아요. 오히려 그들이 우리에게 오죠. 세상에 지쳤을 때 우리에게 온답니다."

"그럼 어떻게 되죠?"

"우리는 그들이 탑을 오를 수 있도록 준비해줘요. 거긴 다섯 단계가 있죠. 우리 모두가 시작하는 맨 아래층은 지상의 단계에요. 두번째는 나무의 단계. 세번째는 산, 네번째는 하늘, 다섯번째는 교주님이 사시는 천상의 탑이죠. 나도 세번째 단계를 넘어가본 적은 없어요. 사실……" 자매는 얼굴을 찡그리면서 비밀스럽게 퀸을 향해 몸을 숙였다. "그 단계에 머무르는 것조차 힘들었죠."

"그건 왜요?"

“영적인 진동 때문이에요. 나는 제대로 느낄 수가 없었죠. 뭔가 느껴진 줄 알았는데 머리 위로 제트기가 지나갔거나 뭐가 터졌거나 한 거였고, 진동이 전혀 영적이지 않았어요. 한번은 나무가 쓰러졌는데, 그때 가장 큰 진동을 느꼈다고 생각했죠. 얼마나 실망을 했던지.”

퀸은 동정어린 표정을 지어보려 했다. “그것 참 안되셨군요.”

“아, 실제로 그렇게 생각하지도 않으면서.”

“하지만 그렇습니다.”

“아니, 나도 딱 보면 알아요. 의심 많은 이들은 언제나 입을 살짝 일그러뜨리니까.”

“앞니에 햄 조각이 껴서 그래요.”

자매가 한 손으로 입을 막기도 전에, 킬킬 웃음소리가 새어나왔다. 자매는 그 소리가 뒤에 놔두고 왔다고 생각한 과거의 시시한 기념품이라도 되는 듯 당황한 표정을 지었다.

그녀는 일어서서 아이스박스로 갔다.

“염소젖 좀 따라줄까요? 영양이 풍부한데.”

“아니, 괜찮습니다. 커피 한 잔이면 충분……”

“우리는 자극제는 쓰지 않아요.”

“시도해보셔도 괜찮을 텐데요. 진동이 더 잘 느껴질지도 모르는데.”

“예의를 좀더 지켜달라는 부탁을 하고 싶네요, 퀸 씨.”

"죄송합니다. 좋은 음식을 먹었더니 머리가 약간 어질어질 해져서."

"아, 그렇게 좋은 것도 아니었는데."

"좋았고말고요."

"뭐, 치즈는 그렇게 나쁘지 않았다고 인정해요. 계시의 목격자 형제가 비밀 제조법으로 만드는 거니까."

"저 대신 형제님께 칭찬 좀 전해주십시오." 퀸은 일어나 기지개를 켜며 하품을 가렸다. "그럼, 전 이제 제 갈 길을 가는 게 좋겠습니다."

"어디로요?"

"샌펠리스로요."

"80킬로미터 가까이 떨어져 있는데요. 어떻게 갈 거죠?"

"걸어서 도로까지 나간 다음 다른 차를 얻어타야죠."

"지나가는 차가 별로 없을걸요. 샌펠리스까지 가는 사람은 주 고속도로를 타고 길게 돌아가는 편을 선호하죠. 그리고 일단 해가 지면 히치하이커를 선뜻 태워주지도 않을 거고요. 특히 산속에서는. 게다가 밤에는 무척 추워요."

퀸은 여자를 잠시 살폈다. "무슨 생각이신 거죠, 자매님?"

"아니, 별거 없어요. 그저 당신의 안전이 걱정되는 것뿐이죠. 추운 밤 산속에서 홀로, 피난처도 없이, 야생동물들이 돌아다니는데……"

"그래서 무슨 말씀을 하고 싶으신 건데요?"

"글쎄, 이런 생각이 떠올랐는데요." 자매가 조심스레 말했다. "어쩌면 더 간단한 해결책을 찾을 수 있을지도 모르겠네요. 내일 가시면류관 형제가 아마도 샌펠리스까지 트럭을 몰고 갈 수도 있어요. 우리 트랙터에 이상이 생겨서 면류관 형제가 새 부속을 사야 한다네요. 퀸 씨가 따라간다고 해도 형제가 싫어하진 않을 거예요."

"무척 친절하시군요."

"무슨 말을." 그녀는 얼굴을 찌푸렸다. "내 쪽에서는 순전히 이기적인 이유예요. 이 동네도 잘 모르는 사람이 산에서 헤매고 돌아다니는 걸 걱정하면서 전전긍긍 잠 못 이루고 싶진 않으니까…… 퀸 씨가 잘 헛간 오두막도 있어요. 그 안에 간이침대도 있고, 이불도 두어 채 있고."

"자매님은 낯선 손님에게 항상 이렇게 호의를 베푸십니까?"

"아, 그렇진 않죠." 그녀는 날카롭게 말했다. "도둑이나 불량배, 주정뱅이도 오거든요. 그런 자들한테는 걸맞은 처리를 하죠."

"저는 어째서 이렇게 융숭한 대접을 받는 거죠?"

"아니, 딱히 융숭하지도 않은데. 간이침대에서 잠을 청하려고 뒤척이다보면 알게 될 거예요. 하지만 우리가 내줄 수 있는 건 그게 최선이라서."

어딘가 가까운 곳에서 징소리가 울리기 시작했다.

"기도가 끝났네요."

축복 자매가 말했다. 몇 초간 그녀는 오른손을 이마에 댄 채로 미동도 없이 서 있었다.

"자, 그래요. 이제 당신을 부엌에서 데리고 나가는 게 좋겠네요. 회개 자매가 저녁을 만들 불을 피우러 올 텐데, 자매는 주변에서 낯선 사람이 어슬렁거리면 불안해하거든요."

"다른 분들은 어떻습니까?"

"모든 형제자매가 일몰까지 특정한 과업을 맡고 있죠."

"제 말뜻은 낯선 사람이 주변에 어슬렁거리면 어떻게 생각하시느냐는 얘기였습니다."

"퀸 씨는 정중한 대접을 받을 거예요, 본인이 그런 태도를 보여주기만 한다면요. 불쌍한 회개 자매는 문제가 많으니, 그쪽은 피하는 게 현명할 거고. 학교 문제예요. 자매에게 아이가 셋인데, 교육 당국에서 애들을 학교에 보내야만 한다고 계속 우기고 있어서. 학교에서 배울 게 있다면 여기 선생님이 못 가르치실 게 뭐가 있겠어요?"

"그 주제에 관해서는 제가 어느 쪽도 편들 준비가 되어 있지 않습니다, 자매님."

"그래서 내가 처음 퀸 씨를 본 순간 학교 이사회에서 온 사람이 아닌가 생각했던 거죠."

“황송한데요.”

“그럴 필요 없어요.” 축복 자매는 무뚝뚝하게 말했다. “그 사람들은 거들먹거리는데다가 돌머리인 무리니까. 그 사람들이 불쌍한 회개 자매를 어떻게 괴롭히는지 들어도 믿을 수 없을걸요. 나처럼 영적인 진동을 쉽게 얻지 못하는 것도 놀랄 일이 아니지.”

퀸은 자매를 따라 밖으로 나왔다. 예언자들의 말 형제가 마드론 나무 아래 안락의자에 앉아 졸고 있었고, 햇빛이 점점이 그의 민머리 위에서 번들거렸다.

키가 작고 어깨가 넓은 여자가 건물 옆에서 돌아나왔고, 그 뒤를 여덟 살 정도 되어 보이는 남자아이와 그보다 한 살 정도 더 많아 보이는 여자아이, 열여섯이나 열일곱쯤 되어 보이는 젊은 여자가 따라왔다. 그들은 모두 똑같은 회색 모직 로브를 입었지만, 어린아이 두 명이 입은 건 무릎 바로 아래까지 오는 길이라는 것만 달랐다.

그들은 말없이 공동식당으로 들어갔고, 오직 젊은 여자만이 퀸에게 의문을 담은 눈길을 쓱 던졌을 뿐이었다. 퀸도 그 눈길을 맞받아쳤다. 빛나는 갈색 눈과 검은 곱슬머리의 소녀는 예쁘장했지만, 피부는 여드름으로 얼룩덜룩했다.

“카르마 자매예요.” 축복 자매가 말했다. “그 불쌍한 애는 여드름이 심한데 아무리 기도를 해도 효험이 없었죠. 이리 오

세요. 쉴 곳을 알려줄 테니. 편안하진 않겠지만, 그건 우리도
마찬가지예요. 육체의 방종을 용납하면 영혼의 힘이 약해지거
든요. 아마도 이제까지는 항상 그렇게 살아왔겠죠, 확실히?"

"확실히 그랬죠."

"걱정되지 않던가요? 앞으로 닥쳐올 일이 두렵지 않았어
요?"

퀸은 앞으로 닥쳐오지 않을 것들이 더 두려웠다. 돈이든,
일자리든. 하지만 그는 이렇게만 말했다.

"걱정은 하지 않으려 노력합니다."

"걱정**해야**죠, 퀸 씨."

"잘 알았습니다, 자매님. 지금부터 해보죠."

"또 농으로 받아들이네요? 정말 특이한 청년이군요."

자매는 자신의 회색 로브와 맨발을 내려다보았다. 넓적하
고 평평하며 못이 박힌 발이었다.

"나도 당신에게는 특이하게 보이겠죠. 그러든가요. 나에게
는 다음 생보다는 이번 생에서 더 특이하게 보이는 쪽이 나아
요." 그녀는 이 화제는 이제 끝내자는 듯 덧붙였다. "아멘."

밖에서 볼 때 보관창고는 다른 건물들의 소형 복제품처럼
보였다. 하지만 안은 작은 칸 여러 개로 나뉘어 있었고, 각각
자물쇠를 채워놓았다. 그중 한 칸에는 작은 창문이 있고, 얇
은 회색 매트리스와 군데군데 좀이 슨 이불 두어 채가 깔린

좁은 철제 간이침대가 하나 놓여 있었다. 퀸은 두 손으로 매트리스를 눌러보았다. 부드럽긴 했으나 탄성은 없었다.

"머리카락이에요." 축복 자매가 말했다. "형제들의 머리카락. 승천의 영광 자매 입장에서는 실험이었죠. 절약 정신이 투철하거든요. 그런데 운이 없게도 벼룩이 꼬이더군요. 벼룩에 약한가요?"

"제가 약한 게 많고도 많은데, 거기엔 아마 벼룩도 포함될 겁니다."

"그러면 무한의 빛 형제에게 가축용 소독약을 좀 쳐달라고 할게요. 그래도, 먼저 약한지 아닌지 확인은 해보는 게 좋을 거예요."

"어떻게 확인하죠?"

"몇 분만 꼼짝 않고 앉아 있어봐요."

퀸은 간이침대에 앉아 기다렸다.

"물리고 있나요?" 축복 자매가 잠시 후 물었다.

"그런 것 같진 않은데요."

"흠, 무슨 느낌이 있어요?"

"진동 하나 없는걸요."

"그럼 귀찮게 소독약을 칠 필요는 없겠네요. 냄새가 역할 수도 있고, 무한의 빛 형제는 그거 말고도 할일이 많아서."

"그냥 호기심에 여쭤보는 건데요." 퀸이 말했다. "탑에는 몇 명이나 삽니까?"

"스물일곱이네요, 지금으로서는. 한때는 여든 명까지 있었는데, 어떤 이들은 길을 잃었고, 어떤 이들은 죽었으며, 어떤 이들은 신앙을 잃었죠. 이따금 새로운 개종자가 찾아오긴 해요. 퀸 씨처럼 문 앞에 우연히 오는 경우일 수도 있고…… 주님이 여기까지 발걸음을 인도하셨다는 생각이 들지 않았나요?"

"아뇨."

"생각해봐요."

"그럴 필요도 없습니다. 어쩌다 여기까지 왔는지 잘 아니까요. 뉴하우저라는 남자가 저를 리노에서 태워주면서 자기는 샌펠리스까지 간다고 했거든요. 적어도 제가 알아듣기엔 그랬는데, 나중에 보니까 이자의 속셈이…… 아, 됐습니다. 중요하지 않죠."

"나한텐 중요한데요." 축복 자매가 말했다.

"어떻게 중요할까요?"

"퀸 씨가 알고보니 탐정 면허증이 있더라는 건 너무 괴상한 일이니까요. 우연이라고는 믿기지 않네요. 주님의 뜻이라는 느낌이 강하게 들어요."

"자매님 진동이 좋아지고 있나본데요."

"네, 그런가보군요." 그녀는 진지하게 말했다. "그런 것 같아요.”

“그러면 제가 탐정인 게 무슨 상관이 있는지 설명 좀……”

“당장은 시간이 없어요. 가서 교주님에게 퀸 씨가 여기 있다고 알려드려야 해서. 그분은 괜히 놀라는 걸 싫어하세요. 특히 식사 시간엔. 위가 약하셔서.”

“저도 같이 가지요.” 퀸이 간이침대에서 일어났다.

“아니, 안 돼요. 그럴 순 없어요. 외부인들은 탑에는 입장이 허가되지 않아요.”

“뭐, 그럼 제가 좀 돌아다니면 형제님들이나 자매님들이 싫어하실까요?”

“누군 그럴 거고, 누군 아니겠죠. 여기 있는 우리 모두 공동의 대의에 헌신하고 있지만, 사람들 개성은 어디서든 각양각색이니까요.”

“짧게 말해, 저는 여기 있으라는 거군요. 그렇지요?”

“피곤해 보이니 잠시 휴식을 취하는 편이 나을 거예요.” 축복 자매는 밖으로 나가면서 문을 꽉 닫았다.

퀸은 침대에 누워 턱을 쓰다듬었다. 면도도 샤워도 해야 하고 술도 필요했다. 아니, 술, 샤워, 면도 순으로. 그는 정확한 순서를 정하려고 애쓰다 잠깐 졸면서 리노의 호텔방으로 돌아간 꿈을 꾸었다. 만 달러를 땄는데, 지폐를 세어보려고 침대 위에 깔고서야 비로소 전부 오 달러짜리이며 링컨 대통령의 얼굴 대신 축복 자매의 초상이 찍혀 있다는 것을 깨달았다.

그가 땀을 흘리며 뒤죽박죽인 머리로 깨어났을 때도 여전히 한낮이었다. 지금 어디에 있는지 기억하기까지 한참이 걸렸다. 작은 방은 감방처럼 보였다.

누가 문을 쿵쿵 두드려 퀸은 일어나 앉았다.

"누구시죠?"

"무한의 빛 형제요. 매트리스 때문에 왔어요."

"매트리스요?"

문이 열리자, 무한의 빛 형제가 갤런들이 양철통을 들고 방안으로 들어왔다. 덩치가 크고, 낡은 종이봉투 같은 얼굴에 주름이 아로새겨진 남자였다. 그의 로브는 더러웠고 가축 냄새가 배어 있었지만, 냄새가 불쾌하지만은 않았다.

"무척 친절하시네요, 형제님." 퀸이 말했다.

"친절이 아니에요. 명령이지. 나는 할일이 백 개는 되는데 그 여자는 백 개도 더 생각해낼 수 있죠. 가서 매트리스 좀 손보라고 하더라고. 손님이 벼룩에게 뜯기면 안 된다면서. 그래서 내가 여기 와서 굳이 시간을 허비하는 거지. 뜯겼어요?"

"그런 것 같진 않습니다."

빛 형제는 소독약통을 바닥에 놓았다.

"셔츠 벗고 배 좀 봐요. 벼룩들은 배를 좋아하거든. 피부가 더 말랑해서 이빨이 쉽게 들어가니까."

“옷을 벗는 김에, 근처에 샤워할 데는 없어요?”

“세면장에 물이 나와요. 그걸 정확히 샤워라고 할 순 없겠지만…… 뭐, 하나도 안 물렸네. 살가죽이 코끼리구먼. 이걸 당신에게 낭비할 필욘 없겠네요.” 그는 통을 다시 들고 문으로 향하려 했다.

“잠깐만요.” 퀸이 말했다. “세면장은 어딥니까?”

“나가서 왼쪽으로 좀만 가면 나와요.”

“혹시나 싶어서 그러는데, 면도기는 없겠죠?”

빛 형제는 말 형제처럼 수없이 많이 긁히고 벤 자국이 있는 민머리를 가리켰다. “면도기야 있지. 내가 태어날 때부터 이런 줄 알았어요? 다만 오늘이 면도하는 날이 아닐 뿐이지.”

“저한테는 그런데요. “

“굳건한 마음 형제에게 가봐요. 그 형제가 이발사니까. 할 일이 널린 나를 귀찮게 하지 마쇼. 소젖도 짜야 하고, 염소에게 물도 먹여야 하고, 닭한테 모이도 줘야 하니.”

“수고를 끼쳐서 죄송하군요.”

빛 형제는 사과 따위는 하찮게 여긴다는 티를 내려는지 소독약통으로 문틀을 쾅 치면서 나갔다.

퀸 또한 셔츠와 넥타이를 들고 밖으로 나왔다. 태양의 위치로 보아 6시와 7시 사이쯤 된 듯하니, 두어 시간 정도 잠들었던 모양이다.

공동식당의 굴뚝에서 뭉게뭉게 피어오른 연기가 익어가는 고기 냄새와 솔잎 향과 뒤섞였다. 공기는 상쾌하고 서늘했다. 퀸에게는 무척 건강한 공기처럼 느껴졌다. 그 덕분에 탑을 지었다던 부자 마나님의 병이 나았는지, 아니면 천국에 한 발 더 가까운 곳에서 죽었는지 궁금했다. 그 탑에 대해 말하자면 아직도 형체는 보이지 않았고, 기도가 끝났음을 알리는 징소리만이 탑이 실제로 존재한다는 것을 알 수 있는 유일한 표지였다. 그는 이곳을 헤매면서 탑을 직접 찾아볼까도 싶었으나, 빛 형제의 태도로 봐서는 현명한 짓이라는 생각이 들지 않았다. 다른 사람들은 그만큼도 친절하지 않을 수 있었다.

세면장에서 그는 손으로 펌프질을 해서 물을 양동이에 받았다. 물은 차갑고 탁했으며, 꺼끌꺼끌한 회색 수제 비누는 문질러봐도 거품이 잘 나지 않았다. 그는 면도기가 있나 둘러보았다. 그러나 면도기를 찾았더라도 세면장에는 거울 하나 없었으므로 별로 소용은 없었을 것이다. 이 교단은 거울을 금지하는 종교적 금기가 있는 듯했다. 그렇다면 굳건한 마음 형제에게 이발사 역할을 맡길 필요가 있는 것도 이해가 되었다.

씻고 옷을 입는 동안, 그는 주님이 그의 걸음을 탑까지 인도하셨을 거라는 자매의 말을 떠올렸다. 그 여잔 종탑에 갇힌 박쥐처럼 실성했어. 뭐, 상관없지, 나한테만 달려들지 않으면.

밖으로 나왔을 때 해는 뉘엿뉘엿 지고 산은 진녹색에서

자줏빛으로 바뀌었다. 세면장 쪽으로 오던 형제 두 명이 말없이 고개만 까딱하고는 그를 지나쳐 들어가버렸다. 퀸은 공동 식당에서 금속접시가 딸그락거리는 소리와 여러 사람의 목소리를 듣고 그리로 향했다. 가던 도중 축복 자매가 그의 이름을 부르는 소리가 들려왔다.

자매가 서둘러 그에게 달려오자, 로브가 바람에 날려 퍼덕거렸다. 박쥐 날개 같군, 그는 무심하게 생각했다.

자매는 양초 두 개와 나무 성냥갑을 들고 있었다.

"퀸 씨? 이봐요, 퀸 씨."

"안녕하세요, 자매님. 막 찾으러 가던 중이었습니다."

자매의 얼굴은 뻘겠고 숨은 턱까지 찼다.

"끔찍한 실수를 저질렀어요. 오늘이 금욕의 날이란 걸 까맣게 잊어버리다니. 말 형제를 탑의 자기 구역으로 돌아가도록 하느라 너무 바빴어요. 밤에도 난로 온기를 쬐지 않아도 될 정도로는 몸이 좋아졌으니까."

"숨 좀 돌리시죠, 자매님."

"그래야겠네요. 너무 정신이 없어서. 교주님의 위장도 다시 나빠지셨고."

"그리고요?"

"오늘이 금욕의 날이라 외부인과 함께 식사를 할 순 없어요. 왜냐면…… 뭐더라, 이유는 잊었지만 어쨌든 규칙이 그래요.”

“어차피 저는 배도 별로 고프지 않고요.” 퀸은 예의를 차리며 거짓말했다.

“아, 식사는 챙겨줄 거예요. 그건 걱정하지 말고요. 그저 다른 사람이 식사를 다 마칠 때까지는 기다려야 한다는 거죠. 한 시간 정도는 걸릴 텐데. 더 길어질 수도 있어요. 가련한 계시의 목격자 형제의 치아 상태에 달려 있지. 이가 잘 맞지 않아서 다른 사람보다 뒤처지기 마련이죠. 그래서 빛 형제의 인내심을 시험하곤 해요. 형제는 종일 들판에서 일하고 남자답게 식욕이 왕성해서. 좀 기다려도 괜찮겠어요?”

“괜찮고말고요.”

“여기 초와 성냥을 가져왔어요. 다른 것도요.”

자매는 로브의 주름 자락에서 모서리를 접어놓은 책을 한 권 꺼냈다.

“읽을거리예요.” 자매의 말투에는 의기양양한 기운이 어렸다. “신앙에 관한 책 외에는 허용되지 않지만, 이 책은 카르마 자매가 학교에 가던 해에 받아온 거예요. 공룡에 대한 거죠. 이거면 꽤 흥미롭지 않겠어요?”

“아, 그럼요. 무척 흥미롭겠군요.”

“나도 몇십 번이나 읽었답니다. 실제로 지금은 공룡 전문가나 다름없죠. 내가 줬다는 말, 아무한테도 안 하겠다고 약속할 거죠?"

"약속하겠습니다."

"다른 사람들이 식사 마치면 알려줄게요."

"고맙습니다, 자매님."

퀸은 자매가 책을 건네는 태도로 보아 이 책은 그녀에게 무척 소중한 것이며 그에게 빌려준다는 결심 자체가 그녀 입장에서는 희생이나 다름없다는 것을 눈치챘다. 그는 자매의 이런 행동에 감동을 받았으나 약간 미심쩍기도 했다. 왜 나지? 왜 내가 이런 특별 대접을 받아? 나한테서 뭘 바라는데?

보관창고로 돌아온 퀸은 초에 불을 붙이고 간이침대에 앉아서 미래 계획을 좀 세워보려 했다. 먼저, 면류관 형제가 모는 트럭을 얻어타고 샌펠리스까지 간다. 거기서 톰 저겐슨의 집에 들러서 꿔준 삼백 달러를 받는다. 그후에는……

그후에는 어떤 계획도 필요하지 않았다. 무슨 일이 일어날지 훤히 보였다. 돈을 회수하면 다시 리노로 갈 것이다. 리노에서 돈을 못 따면 라스베이거스로. 라스베이거스에 갈 수 없다면 LA 외곽의 포커 도박장으로. 일을 하면 돈을 벌고, 게임을 하면 돈이 없다. 이렇게 한 바퀴 돌 때마다 바퀴가 만드는 홈은 더욱 깊어졌다. 그는 언젠가 이 굴레를 끊어야 한다는 걸 알았다. 지금이 바로 그때일지도 모른다.

좋아, 그는 마음속으로 말했다. 도박이라고는 일주일에 한

번 컨트리클럽에서 하는 빙고 정도나 있는 샌펠리스에서 취직하자고. 돈을 좀 모으고 리노에서 떼어먹은 숙박비를 수표로 보내주면서 보안요원을 그만둘 때 놔두고 온 옷가지와 물건들을 보내달라고 하자. 그러다 모든 일이 술술 풀리면, 같이 살자고 도리스를 부를 수 있을지도…… 아니, 도리스는 그 바퀴의 일부였다. 클럽에서 일하는 다른 사람들이 대부분 그러듯, 도리스도 도박 테이블에서 쉬는 시간을 써버리곤 했다. 어떤 사람들은 평생 똑같은 지붕 아래서 살았다. 자고 먹고, 일하고, 거기서 게임하고. 탑의 형제자매들만큼이나 단순한 마음으로 헌신했다.

도리스. 그녀에게 작별인사를 하고 떠난 지 고작 스물네 시간밖에 되지 않았다. 그녀는 그에게 돈을 빌려주겠다고 했으나, 그때도 지금도 잘 알 수 없는 이유로 그는 거절했다. 어쩌면 돈을 받으면 아무리 조심스레 모습을 바꾼들 결국엔 끈이란 형태로 이어지고 만다는 걸 알고 있었기 때문에 거절했는지도 몰랐다. 그는 축복 자매가 준 책을 내려다보며, 여기에는 어떤 끈이 이어져 있을지 궁금했다.

"퀸 씨?"

그는 일어나서 문을 열었다. "들어오세요, 자매님. 금욕의 날 저녁식사는 잘하셨나요?"

축복 자매는 의심스러운 눈초리로 그를 쓱 쳐다보았다.

“꽤 괜찮았죠. 회개 자매의 마음 상태가 어지러웠던 걸 생각하면.”

“그런데 뭘 금욕해야만 하는 겁니까? 음식은 아닐 테고.”

“퀸 씨가 상관할 일은 아니죠. 이제 쓸데없는 잡담은 그만두고 따라오세요. 식당도 비었고, 퀸 씨가 드실 양고기 스튜를 데워두고 맛있는 코코아를 한 잔 타놓으라고 했어요.”

“자극제는 안 쓰시는 줄 알았는데.”

“코코아가 진짜 자극제는 아니죠. 작년에 그에 대해 회의를 했는데, 다수결에 따라 코코아는 허용하는 것으로 결정 내렸어요. 다른 중요한 영양 성분도 많이 포함되어 있으니까요. 승천의 영광 자매만 반대에 표를 던졌죠. 그 자매는 너무 구두…… 절약정신이 투철해서요. 매트리스 속에 머리카락을 넣었다는 말 했죠?”

“네.” 퀸은 차라리 잊고 싶었다.

“책은 숨기는 편이 좋아요. 누가 퀸 씨를 염탐한다는 건 아니지만, 굳이 위험을 무릅쓸 이유도 없잖아요?”

“뭐, 그거야 그렇죠.” 그는 책을 담요로 덮었다.

“읽어는 봤어요?”

“조금요.”

“아주 흥미롭지 않던가요?”

퀸은 책에 이어지는 끈이 더 흥미로울 것이라 생각했지만 그렇게 말하지는 않았다.

그들은 밖으로 나갔다. 삼나무 위에 거의 다 찬 달이 낮게 걸려 있었다. 별들이 하늘에 점점이 박혀 있었다. 퀸이 이제까지 본 것보다 수백 개는 더 많이 떠 있는 듯했다. 심지어 그가 서서 바라보는 동안, 별은 더 많이 나타났다.

"하늘 처음 봐요?" 축복 자매가 초조한 기색을 누르며 말했다.

"이런 건 처음이죠."

"늘 똑같던데."

"저한텐 다르게 보입니다."

축복 자매는 간절한 표정으로 그의 얼굴을 들여다보았다.

"종교적 체험을 하고 있는 것 같아요?"

"우주를 감상하는 거죠." 퀸이 말했다. "거기에 꼬리표를 붙이고 싶으시거든, 마음대로 하세요.'

"오해예요, 퀸 씨. 나한테는, 지금 이 순간만큼은 퀸 씨가 종교적 경험을 안 하는 편이 좋아요."

"왜죠?"

"아주 불편해지니까요. 퀸 씨가 해줬으면 하는 일이 있는데, 공교롭게 지금 개종하면 방해만 되거든요.'

"그런 걱정은 붙들어매십시오, 자매님, 그럼, 제가 했으면 한다는 일 말인데……"

“나중에 말할게요. 일단은 좀 먹고.”

식당은 비어 있었고, 말 형제의 흔들의자도 새장도 없었다. 난로 가까이에 있는 탁자 끝에 상이 차려져 있었다.

퀸은 자리에 앉았고, 축복 자매는 양철접시 하나에 양고기 스튜를 담은 다음 다른 접시에는 두툼한 빵조각들을 얹어 주었다. 그러고선 오후에 그랬듯이 퀸이 먹는 모습을 어머니다운 관심을 보이며 바라보았다.

“안색이 별로 좋지 않네요.” 잠시 후 그녀가 말했다. “하지만 식욕은 왕성하고 건강도 괜찮아 보이고요. 이런 말을 왜 하는가 하면, 퀸 씨가 허약하다면 당연히 내 부탁을 들어줄 수 없을 테니까요.”

“보기와는 달리 저는 약골인데요. 간도 나쁘고, 가슴도 약하고, 혈액순환도 좋지 않은데……”

“헛소리 말고요.”

“좋습니다. 부탁하실 게 뭡니까?”

“나를 위해서 사람 좀 찾아줬으면 좋겠어요. 정확히 말하면 사람을 직접 찾아오라는 게 아니라, 그 사람에게 무슨 일이 생겼는지 알아냈으면 한다는 거죠. 이해되나요?”

“아직은 잘 모르겠네요.”

“더 알려주기 전에 이거 하나만은 명확하게 하고 싶네요. 비용은 지불할 수 있어요. 돈은 있으니까. 여기 사람들 누구도 그 사실을 몰라요. 우리 모두는 탑에 들어갈 때 세속적 재산은 포기하거든요. 우리 돈, 우리가 등에 걸쳤던 옷은 모두 공동기금으로 들어가요."

"그런데 비상시를 대비해 딴 주머니를 챙기셨단 거군요?"

"그런 거 아니에요." 그녀는 날카롭게 말했다. "시카고에 사는 아들이 매년 크리스마스에 이십 달러씩 보내줘요. 나 혼자 간직하고 교주님께 드리지 않는다는 조건으로. 아들은 이 일을 전부 찬성하지 않거든요."

그녀는 애매모호하게 방안을 가리켰다.

"아들은 주님과 그분의 진정한 신도들에게 봉사하는 삶이 얼마나 충만한지 이해하지 못해요. 그애는 내가 남편이 죽었을 때 약간 돌아버렸다고 생각하는 것 같은데, 뭐, 진짜 그런 건지도 몰라요. 하지만 지금 나는 세상에서 내가 있어야 할 진정한 자리를 찾았고, 떠나지 않을 거예요. 어떻게 그러겠어요? 나를 필요로 하는 사람이 있는데. 말 형제는 흉막염이 있고, 교주님은 위장이 약하시죠. 푸레사 대모님은 심장이 안 좋으시고. 그분은 교주님의 부인이신데 연세가 무척 많거든요."

축복 자매는 일어나 화덕 앞에 서더니 공기 중에서 죽음의 냉기를 돌연히 느끼기라도 한 듯 두 손을 맞비볐다.

"나도 이제 나이가 들고 있어요." 그녀는 말했다. "어떤 날들은 버티기 힘들어요. 영혼은 평화롭지만, 온신은 반항하거든요. 부드러움, 온기, 달콤함 같은 것을 간절히 바라죠. 아침에 자리에서 일어날 때면 내 정신은 천국의 손길을 느끼지만, 발은…… 얼마나 시린지. 다리는 저리고. 시어스 백화점 카탈로그에서 슬리퍼 사진을 봤는데 종종 생각은 나지만 살 수는 없어요. 분홍색에 털이 폭신폭신하고 부드럽고 따뜻해 보이던데. 이제까지 본 중에 가장 아름다운 슬리퍼였지만, 물론 육신의 방종이죠."

"그래도 아주 사소한 것 아니겠습니까?"

"그런 걸 주의해야 해요. 그런 마음이 잡초처럼 자라나니까요. 따뜻한 슬리퍼를 하나 사면 다음엔 곧 다른 걸 바라게 되죠."

"가령 어떤 거요?"

"진짜 욕조에서 뜨거운 물로 목욕하면서 수건 두 장을 쓰고 싶다거나 하는 거죠. 자, 알겠죠?"

그녀가 퀸에게로 돌아섰다.

"벌써 벌어지고 있어요. 수건 한 장도 충분한데, 두 장을 바라잖아요. 내가 말한 인간 본성을 증명해주죠. 충분한 건 없어요. 온수 목욕을 한 번 하면, 또 한 번 하고 싶겠죠. 그러다가 일주일에 한 번, 그러다 매일 한 번. 탑에 사는 사람들이 모두 그렇게 하다가는 소떼가 굶어죽든 텃밭에 잡초가 자라든 말든 다들 뜨거운 목욕이나 하면서 빈둥대지 않겠어요.

안 돼요, 퀸 씨가 지금 당장 나한테 온수 목욕을 할 수 있게 해준다고 해도, 나는 거절해야만 해요.”

퀸은 낯선 여자에게 온수 목욕을 하게 해주겠다는 제안을 할 리가 있겠느냐고 지적하고 싶었지만, 자매의 심기를 건드리고 싶진 않았다. 그녀는 마치 악마와 싸우기라도 하는 듯 그 주제에 진지하고 심각했다.

잠시 후 자매가 말했다. “치코테라는 장소 들어본 적 있어요? 센트럴밸리 근처 소도시예요. 여기서 160킬로미터 정도 떨어져 있어요.”

“어딘진 압니다, 자매님.”

“퀸 씨가 거기 가서 패트릭 오고먼이라는 남자를 찾아줬으면 좋겠어요.”

“옛 친구분이십니까? 친척분?”

자매는 그 질문을 듣지 못한 듯했다.

“나한테 백이십 달러가 있어요.”

“그 정도면 폭신폭신한 분홍 슬리퍼를 꽤 많이 살 수 있는데요.”

또다시 자매는 대답하지 않았다.

“꽤 단순한 일이겠죠, 잘은 모르지만.”

“제가 오고먼이라는 사람을 찾으면, 그다음엔 어쩝니까? 전갈이라도 전해드려요? 독립기념일 잘 보내라고 할까요?”

“아무것도 안 해도 돼요. 다만 여기로 돌아와서 나한테 얘길 해줘요. 나한테만요.”

“그 사람이 이젠 치코테에 안 살면 어쩝니까?”

“어디로 갔는지 찾아야죠. 하지만 접촉하려고는 하지 마세요. 그래 봤자 목적도 이루지 못하고 도리어 해만 끼칠 거예요. 이 일을 맡아주겠어요?”

“지금 찬밥 더운밥 가릴 처지는 아닌 것 같은데요. 하지만 자매님께 이거 하나만은 새겨두시라고 하고 싶습니다. 저한테 백이십 달러를 주고 여기서 보내버리는 건 상당한 위험을 무릅쓰시는 거예요. 제가 돌아오지 않을지도 모르잖습니까.”

“그럴지도 모르죠.” 자매는 차분히 말했다. “그런 경우라도 나는 다른 교훈을 얻게 될 거예요. 하지만 퀸 씨가 돌아올 수도 있는 거고, 이러나저러나 나는 어차피 쓸 수도 없는 돈밖에 잃어버릴 게 없잖아요. 아들하고 약속했으니 교주님께 드릴 수도 없는 돈이고.”

“언뜻 보면 만사가 다 사리에 맞는 것처럼 보이게 하는 재주가 있으십니다.”

“자세히 보면요?”

“자매님이 어째서 오고먼에게 관심이 있으신지가 궁금한데요.”

“궁금해하세요. 그렇다고 해로울 건 없을 테니까. 다만 이 부탁이 내게는 무척 중요하다는 것만 말해두죠.”

“알겠습니다. 돈은 어디에 있죠?”

“안전한 장소에 잘 두었어요.” 축복 자매는 무뚝뚝하게 말했다. “내일 아침까지는요.”

“절 신뢰하지 않으신다는 뜻입니까? 아니면 형제자매들을 신뢰하지 않으신다는 뜻인가요?”

“내가 바보는 아니라는 뜻이죠, 퀸 씨. 내일 새벽에 가시면 류관 형제의 트럭 조수석에 앉을 때 돈을 받게 될 거예요.”

“새벽요?”

“일찍 자고 일찍 일어나야 뺨에 혈색이 돌고 눈이 반짝거린다는 말이 있죠.”

“그런 말은 처음 들어보는데요.”

“교주님은 우리 아이들이 배우기 적당하게 속담을 조금씩 바꾸세요.”

“교주님이라는 분이 궁금하군요.” 퀸은 말했다. “만나뵙고 싶은데요.”

“오늘밤엔 뵐 수 없어요. 어쩌면 퀸 씨가 다시 찾아왔을 때……”

“자매님은 제가 다시 돌아올 거라고 확신하시는 모양입니다. 도박꾼들을 잘 몰라서 그러시나본데.”

“도박꾼들은 잘 알았죠.” 축복 자매가 말했다. “퀸 씨가 스페이드 에이스를 구경도 못해봤을 때부터 알았어요.”

2

누군가 어깨를 세게 흔들어 퀸을 깨웠을 때 밖은 아직도 캄캄했다. 그는 눈을 떴다.

등불을 든 키가 작고 뚱뚱한 남자가 알이 두꺼운 안경 너머로 그를 내려다보고 있었다.

"어이쿠, 십년감수했소, 이 사람 죽었나 싶은 생각이 슬슬 들던 참인데. 이제 일어나요, 벌떡."

"왜요? 무슨 일이죠?"

"아무 일도 없어요. 그저 일어나서 새날을 맞아야 할 때가 된 것뿐이지. 나는 굳건한 마음 형제라오. 축복 자매가 그러는데, 손님을 면도해주고 다른 사람들이 일어나기 전에 아침도 좀 챙겨주라는군요."

"지금 몇십니까?"

"탑에는 시계가 없어요. 세면장에서 기다리리다."

퀸은 다른 형제들의 턱과 두피에 어쩌다 그런 흉터가 생겼는지를 곧 알게 되었다. 면도날은 무뎠고 등불빛은 흐렸으며, 굳건한 마음 형제는 근시였다.

“이런, 가만히 있질 못하는 분이시구먼.” 형제는 사근사근하게 관심을 보이며 말했다. “신경이 날카로워서 고생 좀 하셨겠소?”

“가끔은요.”

“기왕 하는 김에 머리도 좀 다듬어드릴 수 있는데.”

“아니, 괜찮습니다. 면도만으로 충분해요. 괜한 수고 끼치고 싶진 않습니다.”

“축복 자매 말로는 될 수 있는 한 신사분처럼 꾸며드려야 한다는데. 손님이 꽤 마음에 들었나보오. 어쩌다 그랬는지 호기심이 생기는구먼.”

“저도 호기심이 생기네요, 형제님.”

마음 형제는 그 화제를 좀더 파고들고 싶은 듯했으나, 축복 자매의 개인적 용무나 마음 상태를 캐들어갈 엄두는 내지 못했다.

“뭐, 나는 이제 가서 아침을 차려야겠소. 불은 지펴놨으니 우리 둘이 먹을 달걀만 삶으면 되지.”

“어째서 저희 둘만입니까?”

마음 형제의 통통한 얼굴이 분홍빛이 되었다.

“회개 자매가 근처에 없을 때 먹는 편이 더 평화로울 거요. 보통은 그 자매가 요리 담당이거든. 아, 그렇지만 그 여자가 아침에 얼마나 못되게 구는지. 뿌루퉁해가지고. 뿌루퉁한 여자보다 더 고약한 건 없다니까."

퀸이 옷을 다 입고 식당에 가보니 굳건한 마음 형제가 아침상을 차려놓았다. 삶은 달걀과 빵, 잼이었다. 형제는 중간에 말이 끊긴 적이 없는 것처럼 대화를 자연스레 이어나갔다.

"우리 젊을 때는 여자들 혀가 그렇게 매섭지 않았다고. 조용조용 말하고 여리여리한데다가 발도 작고 섬세했지. 여기 여자들 발이 얼마나 넓적한지 봤소?"

"못 봤는데요."

"아이고, 정말 넓적하다오. 아주 커다란데다 평발이지."

마음 형제는 이발소식 잡담을 주절대고는 있지만, 안절부절못하는 것 같았다. 그는 자기 음식에는 거의 손도 대지 않았고, 누가 몰래 덮치기라도 할까 걱정되는 사람처럼 어깨 너머를 연신 돌아보았다.

퀸이 물었다. "어째서 다른 사람들이 깨기 전에 저를 쫓아보내지 못해 안달이신가요?"

"뭐, 그게. 딱히 그러려고 한 건 아닌데."

"딱히 그러신 것 같은데요."

"퀸 씨랑은 개인적으로 관계가 없소이다. 그게, 예방조치라고나 해둘까."

"저도 그렇게 해두겠습니다. 말씀하신 게 무슨 상황인지 알기만 하면."

마음 형제는 입이 근질거리는 사람처럼 아랫입술을 깨물면서 잠시 우물쭈물했다.

"뭐, 말해줘도 나쁠 건 없겠지. 그게, 회개 자매의 맏이 카르마랑 관련이 있는 일인데. 지난번에 트럭을 몰고 도시에 갈 때 그애가 짐칸에 몰래 숨어들었지 뭐요. 삼베자루 밑에 숨어서. 가시면류관 형제는 샌펠리스까지 반이나 가고서야 그애를 발견했고. 그애가 삼베자루 덕에 깜박 존 게지. 카르마는 잠깐 학교에 다녔는데, 머릿속에 나쁜 생각만 넣어가지고 왔소. 여기를 나가 도시에서 취직하고 싶다고 하더군."

"그러면 안 됩니까?"

"아니, 안 되죠. 걔는 도시에 가면 길을 잃을 거요. 여기라면 적어도 가난한 사람들 사이에서 가난하게 살겠지."

해가 떠오르며 희붐한 장밋빛이 채광창을 가득 채웠다. 보이지 않는 탑에서 징소리가 울렸고, 그와 거의 동시에 축복 자매가 문으로 헐레벌떡 들어왔다.

"트럭이 준비되었어요, 퀸 씨. 가시면류관 형제를 기다리게 하지 마세요. 자, 코트 줘요. 제대로 솔질을 해줄 테니."

퀸은 벌써 솔질을 해두었지만, 어쨌든 건넸다. 자매는 코트를 밖으로 가지고 나가 손으로 몇 번 쓱쓱 쓸었다.

"따라오세요, 퀸 씨. 면류관 형제는 오늘 하루 할일이 많답니다."

그는 다시 코트를 입고 자매를 따라 흙길로 나섰다. 그녀는 돈이나 오고먼에 대해선 별말 하지 않았다. 퀸은 자매가 간밤에 있었던 일을 잊어버렸고 자기 생각보다도 좀더 미친 사람이 아닌가 싶어 불편한 느낌이 들었다.

오래된 쉐보레 트럭이 전조등과 엔진을 켠 채로 도로 한가운데 서 있었다. 운전석에는 밀어버린 머리에 밀짚모자를 쓴 남자가 앉아 있었다. 그는 퀸이 이제껏 만난 어떤 형제들보다도 젊었다. 퀸은 그의 나이가 마흔 정도이리라 짐작했다. 축복 자매가 퀸을 소개하자 가시면류관 형제는 빠진 앞니가 보이도록 살짝 웃어 답례했다.

"샌펠리스에 가면 면류관 형제가 어디든 내려줄 거예요, 퀸 씨."

"고맙습니다." 퀸은 트럭에 올라타며 말했다. "하지만 오고……"

축복 자매는 아무것도 모르는 표정이었다. "잘 가세요, 그리고 운전 조심해요, 가시면류관 형제. 잊지 마세요. 도시에 유혹이 있어도 등을 돌려야 한다는 걸. 사람들이 쳐다보면 눈을 내리깔아요. 사람들이 뭐라 하면 귀를 막으세요."

"아멘, 자매님."

"퀸 씨에게 부탁하고 싶은 건 신중하게 행동하라는 거예요."

"자매님, 이보세요. 그 돈 말인데……"

"오르부아르,¹ 퀸 씨."

트럭이 길 위로 굴러가기 시작했다. 퀸은 몸을 돌려 축복 자매를 보려 했지만, 그녀는 벌써 나무 사이로 사라지고 없었다.

퀸은 생각했다. 어쩌면 이 모든 일은 일어난 적 없고, 나는 이들 무리를 다 합친 것보다도 더 미쳤는지도 몰라. 그러면 엄청나게 미친 건데.

그는 엔진 소음 위로 고함쳤다. "좋은 분이십니다, 축복 자매님은."

"뭐라고 했어요? 안 들리는데?"

"축복 자매님은 좋은 분이시긴 한데, 이제 연로하시다고요. 가끔씩 깜박깜박하지 않으세요?

"차라리 그랬으면 좋겠네."

"사소한 일들은 까먹고 그러시지 않습니까? 간혹요."

"저 자매는 그럴 리 없어요." 가시면류관 형제는 못마땅하지만 칭찬의 의미를 담아 고개를 절레절레 저었다. "뭐 하나 잊는 법이 없는 사람이거든. 창문 좀 내리겠어요? 주님의 공기가 상쾌하네."

그만큼 차갑기도 했지만, 퀸은 창문을 내리고 옷깃을 세운

ı 헤어질 때 나누는 프랑스어 인사. 단어를 그대로 번역하면 '다시 만나자'라는 뜻이다.

후 두 손을 주머니에 찔러넣었다. 그의 손가락이 서늘하고 매끄러운 돈에 닿았다.

그는 탑 쪽을 돌아보며 마음속으로 말했다. "오르부아르, 자매님. 그렇게 될 겁니다."

길이 꾸불꾸불한데다 트럭 엔진이 오래되어 성질도 고약해진 탓에, 샌펠리스까지는 두 시간 넘게 걸렸다. 그곳은 산맥과 바다 사이에 쐐기처럼 박힌 좁다란 평지였다. 역사가 오래되고 부유하며 무척 보수적인 도시로, 남캘리포니아의 다른 지역과는 아무 연이 없다는 듯 초연하게 떨어져 있었다. 거리에는 정정한 할머니들과 햇볕에 그을린 할아버지들, 테니스코트나 해변, 골프장에서 태어난 듯 운동선수같이 기운 넘치는 젊은 이들이 가득했다. 도시를 다시 보니, 퀸은 매우 밝은 금발에 두꺼운 화장을 한 도리스가 이곳에서는 튀는 사람이 된 기분을 느꼈겠다 싶었다. 그런 기분에 더욱 튀어 보이려다 결국에는 신세를 망치고 말았으리라. 그래, 도리스는 절대로 이들 사이에 끼지 못했을 것이다. 그녀는 야행성 인간이었고, 샌펠리스는 낮을 사는 사람들의 도시였다. 그들에겐 새벽이 밤의 꼬리가 아니라 하루의 시작이었고, 축복 자매나 면류관 형제는 이상한 의상을 입었다 해도 저들 사이에서 도리스보다 훨씬 편안하게 보일 터였다. 어쩌면 나보다도. 그렇게 생각하자 퀸은 몸 안에서 계획과 결심이 녹아버리는 기분이 들었다. 난 여기와는 어울리지 않아. 테니스나 스카이다이빙을 하기엔 너무 늙었고, 체커스나 커내스타 카드 게임을 하기엔 너무 젊지.

그의 손가락이 주머니 속 돈을 움켜쥐었다. 백이십 달러에 톰 저겐슨이 빚진 삼백 달러까지 더하면 사백이십 달러가 된다. 리노로 돌아가서 신중하게 게임하면, 운이 좋기만 하다면……

"어디다 내려줘요?" 가시면류관 형제가 말했다. "나는 시어스로 가는데."

"시어스면 괜찮습니다."

"이 동네에 친구가 있어요?"

"한 명 있었습니다. 아직도 있을 거고요."

면류관 형제는 시어스 뒤 주차장에 차를 대며, 시끄럽게 끽 소리가 나도록 브레이크를 밟았다.

"자, 축복 자매에게 약속한 대로 안전하고 고이 모셔다드렸지. 자매랑은 이전에 알던 사이였어요?"

"아뇨."

"늘 그렇게 낯선 손님을 두고 난리법석을 떠는 사람은 아니라서."

"아마도 저를 보니 다른 누군가가 생각나셨던가보죠."

"내 보기엔 생각나는 사람이 아무도 없는데."

면류관 형제는 트럭에서 내려서 주차장을 느적느적 가로질러 시어스 뒷문으로 향했다.

"태워주셔서 고맙습니다, 형제님." 퀸이 뒤에서 소리쳤다.

"아멘."

9시였다. 축복 자매가 외부인인 그가 탑에 온 것을 환영하고 친구처럼 대접해준 이후로 열여덟 시간이 흘렀다. 그는 주머니 속 돈을 다시 만져보았다. 그 돈이 그에게 끈을 달아 잡아당기는 느낌이라, 차라리 받지 말걸 싶었다. 면류관 형제 뒤를 쫓아가 축복 자매에게 돌려달라고 건네줄까도 생각해보았다. 그렇지만 탑에서는 개인 재산 소유가 허락되지 않는다는 말이 기억났다. 이 돈을 면류관 형제에 건넸다가는 축복 자매의 입장이 난처해질 수도 있었다. 어쩌면 아주 심각한 문제가 될지도 몰랐다.

그는 몸을 돌려 재빨리 스테이트 스트리트로 걸어갔다.

톰 저겐슨은 방파제 끝에서 배와 해양보험을 팔았다. 손바닥만한 사무실 창문에는 '판매' 간판과 크기도 각양각색이고 돛대 개수와 돛 모양도 다양한 배들이 항해하는 사진이 덕지덕지 붙어 있었다.

퀸이 들어섰을 때, 저겐슨은 시가를 피우며 어깨에 전화를 다정하게 올려놓은 채 통화하고 있었다. 말 형제의 작은 새가 어깨에 올라앉은 모양과 비슷했다.

"래치 돛이라고, 그래서 뭐. 그 물건은 욕조나 다름없어. 난 입찰하지 않겠네."

그는 수화기를 내려놓고 책상 위로 몸을 내밀어 퀸과 악수했다.

"어이쿠, 조 퀸이 직접 납셨네. 어떻게 지냈나, 친구?"

"더 늙었지. 빈털터리가 됐고."

"그런 말 하지 않길 바랐는데, 조. 요새 사업이 안 좋아. 여 긴 이제는 부촌이 아니라고. 티크우드나 마호가니는 별로 선 호하지 않는 구두쇠 중산층들이 이사를 왔다니까. 그 사람들 이 찾는 건……" 저겐슨은 말을 끊고 한숨을 내쉬었다. "완전 히 거덜난 거야?"

"다른 사람이 갚을 돈 약간 빼고는."

"언제부터 조 네가 그런 일로 걱정했어? 물론 농담이야, 하하."

"하하, 그렇겠지." 퀸이 말했다. "네가 내게 삼백 달러 빚졌 다는 차용증이 있어. 그 돈, 지금 받고 싶은데."

"지금은 없어. 젠장, 이거 난처한데, 이봐, 하지만 정말 돈 이 없어. 배로 받아도 좋다면, 괜찮은 소형 갈매기'가 하나 있

<hr>

' 소형 삼각돛을 단 일이인용 요트를 가리키는 말.

는데, 136킬로그램짜리 용골에 와츠 돛, 돛은 사다리꼴이고……"

"베니스 해변에 가려면 필요한 것들이네. 다만 내가 베니스 해변엔 갈 일이 없어서."

"뭘 짜증내고 그래. 그냥 해본 말이야. 차는 이미 있겠지?"

"찍는 솜씨가 형편없는데, 톰."

"그럼 이 차는 어때. 우리 마누라가 몰던 건데, 제법 멋진 45년형 포드 빅토리아야. 그걸 가져간다고 하면 마누라가 악다구니 좀 쓰겠지만, 뭐 어쩌겠어? 그거 적어도 삼백 달러는 나가. 파란색과 크림색으로 도색했고, 타이어는 화이트월 타이어야. 히터랑 라디오도 있어."

"그거보다는 리노에 있는 54년형 포드를 타는 편이 낫겠는데."

"넌 지금 베니스 해변에 있는 것도 아니고 리노에 있는 것도 아니잖아." 저겐슨이 말했다. "지금 당장 내가 해줄 수 있는 최선이야. 빚을 다 까주는 대신 차를 가져가든지, 내가 너한테 줄 돈을 긁어모으는 동안만 쓰든지. 빌려가는 걸로 하는 게 나한테는 더 좋아. 그래야 헬렌을 달래기도 더 쉬울 테니까."

"거래 성립이네. 차는 어디 있어?"

"우리집 뒤 차고에 주차해놨어. 가비오타 로드 631번지. 일주일 동안 안 타긴 했는데…… 헬렌은 지금 덴버에 사시는 장모님 댁에 갔거든. 그래서 시동이 잘 안 걸릴 수도 있어. 여기 열쇠. 한동안 이 동네에 있을 거야, 조?"

"왔다갔다할 것 같아."

"이 주 후에 전화해. 그때쯤엔 너한테 줄 돈이 생길 테니까. 차 간수 잘해. 아니면 내가 포커 치다가 잃은 줄 알고 헬렌이 바가지를 긁을 테니. 뭐, 이러든 저러든 바가지는 긁겠지만……" 저겐슨은 두 손을 펼치고 어깨를 으쓱했다. "신수가 훤한데, 조."

"일찍 자고 일찍 일어나면 혈색이 좋아지고 눈이 반짝거리지. 그 사람들 말처럼."

"그 사람들이 누군데?"

"천국의 탑에 있는 형제자매들."

저겐슨이 눈썹을 치켰다. "무슨 종교단체 같은 데 들어간 거야?"

"비슷해." 퀸이 말했다. "차는 고마워. 나중에 보자고."

퀸은 별 어려움 없이 시동을 걸었다. 그는 주유소로 가서 기름을 가득 채우고 엔진오일을 보충하느라 축복 자매의 이십 달러짜리 지폐 중 첫 장을 떠나보내야 했다.

퀸은 주유소 직원에게 치코테까지 어떻게 가는 게 제일 좋은지 물어보았다.

"저라면 지금은 101번 도로를 따라 벤투라까지 갔다가 그 다음에 99번 도로로 꺾어들어갈 거예요. 그렇게 하면 가는 거리는 더 먼데, 150번 도로는 좀 막히거든요. 끝에서 끝까지 직진으로 800미터도 안 되는데 말이죠. 적립 쿠폰 모으세요?"

"지금부터 모아보죠."

벤투라에서 내륙으로 들어가자마자 밤까지 기다렸다가 떠날걸 하는 후회가 들었다. 레몬나무와 호두나무가 번갈아가며 간간이 심어진 메마른 언덕은 가차없는 햇볕 속에서 번득거렸고, 샌펠리스에서 샀던 담배를 손가락에 끼웠더니 공기가 너무 건조해서 반으로 뚝 부러져버렸다. 그는 샌펠리스를 생각하며 열을 식히려 했다. 대양에서 불어오는 산들바람과 돛단배가 점점이 떠 있는 항구. 하지만 그 선명한 대조에 오히려 더 심란해져서, 잠시 동안 생각을 완전히 끊어버리고 열기에 몸을 맡겼다.

치코테에는 정오쯤 도착했다. 이 소도시는 지난번 왔다간 이후로 규모가 커지긴 했지만, 생활수준이 올라가지도 않았고 확실히 더 좋아지지도 않았다. 유정이 가장자리에 늘어서 있고 그걸로 먹고사는 사람들이 거주하는 이 도시는 요리사가 깜박 잊고 오븐에서 꺼내지 않은 요리처럼 갈색으로 익어 납작하게 뻗어 있었다. 혜택을 받지 못한 나무들은 새 거주단지와 낡은 빈민가를 나누는 거리를 따라 비실비실 자랐다. 꼬마 아이들은 먼지가 풀풀 날리는 공터의 잡초 속에서 놀면서도, 샌펠리스의 깨끗한 백사장에서 노는 아이들만큼이나 즐거워 보였다. 너무 빠르고 쉽게 발전한 도시가 만들어내는 불편함이 드러나는 건 십대 청소년들이었다. 그들은 신상 컨버터블스포츠카나 랜치왜건을 타고 할일 없이 배회했다. 오직 드라이브인 영화관이나 드라이브인 아이스크림가게, 레스토랑만 다녔고, 적진에 들어선 군인들이 자기 탱크를 지키듯 차를 지켰다.

퀸은 드러그스토어에서 필요한 물품을 사고 도심 가까운 곳의 모텔에 체크인을 했다. 그런 다음 에어컨을 틀어놓은 카페에서 점심을 먹었는데, 어찌나 추운지 밥 먹는 동안 트위드 재킷의 옷깃을 세워 여며야만 했다.

식사를 마친 후에는 카페 뒤 공중전화로 갔다. 전화번호부를 찾아보니 패트릭 오고먼은 올리브 스트리트 702번지에 살고 있었다.

그럼 다 됐군. 퀸은 기쁨과 실망이 뒤섞인 기분이 들었다. 오고먼은 여전히 치코테에 있고, 백이십 달러는 쉽게 내 손에 떨어졌는데. 아침에 탑으로 도로 가서 축복 자매에게 정보를 주고 리노로 향하면 되겠군.

무척 간단해 보이는 일이었지만, 그 간단하다는 사실이 불안했다. 이것으로 다 된 거라면, 어째서 축복 자매는 왜 그럴

게 비밀리에 처리하려 했을까? 어째서 그냥 면류관 형제에게 샌펠리스에서 오고먼을 찾아가보거나 공공도서관이나 중앙 전화국에 보관된 시외 전화번호브에서 그의 주소를 찾아보라고 하지 않았을까? 자매가 이 가능성을 둘 다 생각해보지 않았다는 건 믿기지 않았다. 자매는 자기 말로도 그렇고 퀸이 관찰한 바로도 그렇고 바보가 아니었다. 그런데도 이 달러짜리 전화 통화 한 번이면 알아낼 수 있는 정보를 얻자고 백이십 달러나 냈다.

퀸은 동전 투입구에 십 센트 동전을 넣고 오고먼의 번호로 전화를 걸었다.

어떤 여자애가, 전화기까지 경주라도 한 듯 숨이 턱까지 차서 전화를 받았다. "오고먼네 집입니다."

"오고먼 씨 댁에 계신가요?"

"리처드는 씨라고 부르긴 그런데요." 여자애는 키득거리며 대답했다. "아직 열두 살인데."

"너희 아빠 말한 건데."

"우리 아빠? 잠깐만요."

전화선 건너편에서 후다닥 뛰어가는 소리가 나더니 한 여자의 목소리가 들렸다. 과장되게 정중하고 오만한 말투였다.

"누구랑 통화하고 싶으시다고요?"

"패트릭 오고먼 씨입니다."

“미안한데요, 그 사람…… 그 사람 여기 없어요.”

“언제 돌아오시나요?”

“돌아올 것 같지 않은데요.”

“그럼 연락처 좀 알려주시겠습니까?”

“오고먼 씨는 오 년 전에 죽었어요.” 그렇게 말하고 여자는
전화를 끊어버렸다.

3

올리브 스트리트는 세월의 흐름이 보이기 시작했지만 아직도 깔끔한 외양을 유지하려고 애쓰는 동네에 있었다. 702번지는 양옆에 딸린 잔디밭이 잘 관리된 집이었다. 한쪽 마당 한가운데에는 흰 협죽도가 피었고, 다른 쪽 한가운데에는 열매와 꽃이 같이 달린 오렌지나무가 한 그루 서 있었다. 남자아이용 자전거 한 대가 더 재미있는 걸 발견한 주인이 내동댕이친 것처럼 나무 옆에 아무렇게나 세워져 있었다. 스투코[1]로 마감한 작은 집은 창문을 닫고 블라인드를 내려놓았다. 누군가 최근에 보도와 포치 위에 호스로 물을 뿌린 것 같았다. 햇빛을 받은 작은 물웅덩이에서 아지랑이가 피어오르다 퀸이 보고 있는 동안에 휙 사라져버렸다.

대문에 달린 구식의 사자 머리 모양 황동 손잡이는 최근에 잘 닦아 윤을 내놓았다. 손잡이에 비친 퀸의 모습은 작고 일그

[1] 골재나 분말, 물 등을 섞어 콘크리트, 흙벽돌 건물이나 목조 건축물 벽면에 바르는 미장 재료.

려져 보였다. 어떤 면에서는 그가 생각하는 자기 이미지와 잘 어울렸다.

문을 열고 나온 여자는 집처럼 작고 깔끔하고 더이상 젊지 않았다. 얼굴도 예쁘고 몸매도 아직 괜찮았지만, 얼굴에선 흥미의 광채나 생동감이 보이지 않았다. 그녀 인생의 어느 시점에서 밖으로 걸어나왔다가 다시 돌아갈 길을 찾지 못한 것 같았다.

퀸이 입을 열었다. "오고먼 부인?"

"네. 하지만 아무것도 안 사요."

팔지도 않겠지. 퀸은 생각했다.

"전 조 퀸입니다. 남편분과 알던 사이입니다."

여자는 딱히 태도를 누그러뜨리진 않았지만 희미하게 관심을 보이는 듯했다.

"아까 전화하신 분이세요?"

"네. 그 친구가 죽었다는 소식을 갑자기 들어서 저도 꽤 충격을 받았다고 할까요. 위로도 전하고, 제 전화 때문에 심기가 불편하셨다면 사과도 드릴 겸 찾아왔습니다."

"감사합니다. 그렇게 전화를 뚝 끊어서 죄송해요. 장난전화인지, 아니면 악의적으로 그러는 건지 알 수가 없었어요. 이렇게 오랜 세월이 지났는데 누가 패트릭을 찾다니. 치코테 사람들은 모두 패트릭이 떠났다는 걸 알거든요."

떠났다. 퀸은 그 단어와 그 말을 하기 전 여자가 망설이던 태도를 머릿속에 새겨두었다.

"남편과 어떻게 아는 사이셨나요, 퀸 씨?"

이 질문에 안전한 답변이란 없었지만, 퀸은 그래도 꽤 안전하다 싶은 답을 골랐다.

"팻과 저는 같은 부대에 있었습니다."

"아, 뭐, 안으로 들어오세요. 애들이 집에 올 때가 되어 레모네이드를 만들던 참이었거든요."

응접실은 작았고, 벽지와 융단 때문에 더 작아 보였다. 오고면 부인의 취향은─어쩌면 오고면 씨의 취향은─장미꽃 천지였다. 융단에는 커다란 빨간 장미, 벽지에는 분홍색과 하얀색의 장미. 옆 창에 설치한 에어컨이 시끄럽게 윙윙 돌아가고는 있었지만 별로 효과는 없었다. 방은 여전히 더웠다.

"앉으세요."

"고맙습니다."

"그럼 남편 얘기를 해주세요."

"저는 부인이 해주시길 바라고 있었는데요."

"하지만 보통은 그런 식으로 하지는 않잖아요?" 오고면 부인이 말했다. "어떤 사람이 와서 죽은 전우의 부인에게 위로를 전하려 한다면, 보통 옛 추억을 갈해야 하는 것 아닌가요? 그러니까 이제 옛 추억 이야기 좀 시작해토세요. 집중해서 경청할 테니까요.”

퀸은 불편한 침묵 속에 앉아 있었다.

“퀸 씨는 낯을 가리는 성격이신가보네요. 누가 도와줘야 말을 꺼낼 수 있으실까. 이런 건 어때요. ‘저는 그때를 결코 잊을 수 없을 겁니다’라든가? 아니면 좀더 극적인 접근을 좋아하실지도 모르겠네요. 가령, ‘독일군들이 벌떼처럼 그 언덕을 넘어오는데, 퀸 씨는 부상당해서 부서진 탱크 안에 갇혀 있었죠. 지켜줄 사람은 딱 한 사람, 좋은 전우였던 팻 오고먼뿐.’ 이게 좋으세요?”

퀸은 고개를 저었다. “죄송합니다. 전 독일군은 본 적 없어서요. 한국군이라면 모를까.”

“좋아요. 그럼 배경을 바꿔보죠. 장면을 한국으로 전환해요. 그러면 언덕이나 부서진 탱크에 시간을 낭비해봤자 별 소용없겠네요……”

“무슨 생각을 하시는 겁니까, 오고먼 부인?”

“퀸 씨는 무슨 생각이시죠?” 부인은 강철 같은 미소를 살짝 지어 보였다. “제 남편은 입대한 적이 없어요. 그리고 다른 사람이 팻이라고 부르게 놔두지도 않았죠. 그러니 처음부터 다시 시작해보세요. 이번에는 마음대로 지어내지 마시고 진실을요.”

“진실이라곤 없었습니다. 거의 없었다고 해야겠죠. 전 남편분을 만난 적이 없습니다. 돌아가셨는지도 몰랐죠. 사실 제가 아는 건 남편분의 이름과 한때 치코테의 이 집에 살았다는 사실뿐입니다."

"그럼 어째서 여기 오신 거죠?"

"좋은 질문이네요." 퀸이 말했다. "저도 그에 걸맞은 좋은 대답을 생각해낼 수 있었으면 좋겠습니다. 진실이라고 해도 별로 믿기지가 않거든요."

"믿을지 아닐지는 듣는 사람이 판단할 문제죠. 들어볼 까요."

퀸은 재빨리 머리를 굴렸다. 그는 오고먼에게 접촉할 생각을 하지 말라는 축복 자매의 명령을 어겼다 지금 자매의 이름을 꺼내는 건 아무런 도움이 되지 않을 것이다. 그리고 말해봤자 오고먼 부인은 십중팔구 믿지 않을 터였다. 천국의 탑에 사는 형제자매라니 설득력이 떨어지는 이야기다. 그렇다면 빠져나갈 방법은 하나뿐이었다. 오고먼이 기이한 상황에서 사망한 것이라면 (퀸은 오고먼 부인이 남편기 "떠났다"고 말하면서 망설이던 것을 기억했다) 부인은 그 얘기를 하고 싶을 수도 있다. 그리고 부인이 이야기를 꺼낸다면, 그는 말할 필요가 없었다.

퀸은 말했다. "사실은요, 저는 탐정입니다, 오고먼 부인."

부인의 반응은 그의 예상보다 더 빠르고 강렬했다.

"그러면 그 사람들이 다시 처음부터 시작한다는 거예요? 일이 년 평화롭게 살았나 했더니. 겨우 이제야 나를 쳐다보거나 불쌍하게 여기거나 수군대는 사람 없이 거리를 걸을 수 있게 되었는데. 이제 모든 게 원래 자리를 찾아 돌아갈 거란 말이에요. 신문기사도 그렇고, 멍청한 질문을 하는 멍청한 사람들도 그렇고. 내 남편은 사고로 죽었어요. 그걸 돌머리에 새겨줘야 알겠대요? 남편은 살해당한 게 아니에요, 자살한 것도 아니고, 새 신분으로 새 삶을 시작하려고 도망간 것도 아니라고요. 그 사람, 믿음이 독실하고 가정에 헌신하는 사람이었어요. 더는 그 사람과의 추억이 더럽혀지도록 놔두지 않겠어요. 당신은 주차 위반한 차들이나 따라다니거나 자전거 번호판 등록 만료된 애들이나 잡는 게 좋을걸요. 저기 앞마당에 있는 자전거부터 시작하면 되겠네요. 이 년 동안 번호판이 없던데. 자, 이제 여기서 나가서 다시는 오지 마세요."

오고먼 부인은 말로 싸워 이기거나 꼬여볼 수 있는 여자가 아니었다. 그녀는 지적이고 단호하며 원망에 차 있었고, 퀸에게는 버거운 조합이었다. 그는 재빨리 조용히 그곳을 떴다.

다시 메인 스트리트로 나오면서 그는 이제 자신의 임무는 축복 자매에게 보고하는 마지막 단계를 빼고는 다 완수했다는 확신을 다지려 했다. 오고먼은 사고로 죽었다, 그의 아내는 그렇게 주장했다. 하지만 무슨 사고였지? 경찰이 일단 자발적 실종을 의심했다면, 시체가 발견되지 않았다는 뜻이 된다.

"내 일은 끝났어." 그는 소리내어 말했다. "오고먼이 어디서 어떻게 왜 죽었는지는 내 알 바 아니라고. 오 년이나 지났으니 추적할 길도 없을 거고. 리노나 가자."

리노를 떠올린들 오고먼을 마음에서 지워낼 수 없었다. 클럽에서 퀸이 맡은 업무 중 하나는, 다른 주나 다른 나라에서 경찰에게 수배된 남자들과 여자들이 있나 주의깊게 살피는 일이었다. 사진, 인상착의, 수배전단이 매일 도착했고 보안요원들이 자세히 볼 수 있게 벽에 붙었다. 수없이 많은 사람을 돌아가는 룰렛판 한번 멈추지 않고 조용하고도 재빠르게 체포했다. 퀸은 전국 어느 곳보다 리노와 라스베이거스에서 가장 많은 수배 용의자가 체포된다는 말을 이전에 들은 적이 있었다. 이 두 도시는 은행강도와 횡령범, 사기꾼, 갱단, 판돈과 대박 아니면 쪽박이라는 충동을 지닌 범죄자들을 끌어모으는 자석이었다.

퀸은 담뱃가게 앞에 차를 세우고 신문을 사러 들어갔다. 판매대에는 다양한 신문이 꽂혀 있었다. 로스앤젤레스 지역 신문 셋, 샌프란시스코 둘, 샌펠리스의 《데일리 프레스》, 《월스트리트 저널》, 그리고 지역 주간지인 《치코테 비컨》이었다. 퀸은 《비컨》을 한 부 사서 편집면을 펼쳤다. 신문 발행 주소는 8번 애비뉴였고, 발행인과 편집자는 존 해리슨 론다라는 남자였다.

론다의 사무실은 1.8미터의 벽으로 에워싸인 작은 칸이었다. 벽 아래쪽 반은 나무판이고, 위쪽 반은 유리판이었다. 일어서면 직원들이 모두 보였고, 자리에 앉으면 그들을 싹 지워버릴 수 있었다. 편리한 배치였다.

그는 키가 크고 유쾌한 얼굴과 느긋한 태도를 지닌 오십대 남자였으며, 목소리가 그윽하게 울렸다.

"무슨 일로 오셨습니까, 퀸 씨?"

"방금 패트릭 오고먼의 부인과 이야기를 나누고 온 참입니다. 아니, 유족이라고 해야 하나?"

"유족이죠."

"오고먼이 죽었을 때 치코테에 계셨습니까?"

"그래요, 사실, 이 신문사를 치리느라고 주머니를 탈탈 털었던 때죠. 당시에는 회사가 적자였고, 오고먼의 사건이 일어나지 않았더라면 계속 그 지경이었을지도 모릅니다. 한 달 만에 특종이 두 건이나 터졌어요. 하나는 오고먼 건이었고, 삼사 주 후에 지역 은행계원 하나가, 얌전하고 자그마한 숙녀였는데―어째서 가장 악질인 횡령꾼은 항상 그런 얌전하고 자그마한 여자일까요?―은행 돈을 슬쩍하다가 잡혔지요. 만장일치로 유죄판결을 받았어요. 《비컨》의 구독자 수가 일 년 사이 두 배가 되었죠. 그래요, 오고먼에게는 큰 신세를 졌어요. 기꺼이 인정하겠습니다. 그에겐 재난이었지만, 나한테는 우리 집 문 앞에 버티고 있던 늑대를 날려보낸 거친 바람이었죠. 그래, 그럼 그 유족의 친구라는 거죠?"

"아뇨." 퀸은 조심스레 말했다. "정확히 말하면 아닙니다."

"정말이에요?"

"정말입니다. 부인은 더 정말이라고 생각하고요."

론다는 실망한 표정이었다. "난 언제나 마사가 비밀 남자 친구와 함께 휙 나타나지 않을까 바라곤 하죠. 마사도 자기 연배의 괜찮은 남자와 재혼하면 좋을 텐데요."

"죄송하군요, 저는 그 그림에 들어맞질 않네요. 저는 보기보다 나이가 많고, 성질머리도 고약해서."

"됐어요, 됐어. 그만하면 알아들었습니다. 그래도 내 말은 여전히 유효해요. 마사는 과거에 머무는 건 그만두고 재혼해야만 해요. 해가 지날 때마다 오고먼은 마사의 눈에 더 완벽하게 보이겠죠. 괜찮은 남자였다는 건 인정합니다. 애처가였고, 자상한 아버지였죠. 하지만 살아 있는 사람 입장에서는 죽은 착한 남자는 죽은 나쁜 남자와 거의 똑같아요. 사실, 차라리 오고먼이 1급 악당이라는 사실이 밝혀지면 마사는 더 잘살 겁니다."

"그럴 가능성은 아직도 있죠."

"절대 그럴 리 없어요." 론다는 고개를 세차게 저었다. "그는 온화하고 소심한 남자였죠. 보통 사람들이 말하는, 직접 만나보기도 했을 싸움꾼 아일랜드인이라는 이미지하고는 정반대였어요. 나는 그런 아일랜드인도 만나보지 못했지만. 경찰들이 그 살인 사건을 조사할 때 미치고 펄쩍 뛸 뻔했던 게 뭐냐면, 치코테에서는 오고먼 흉을 보는 사람을 한 명도 찾을 수 없었다는 겁니다. 원한을 산 적도 없고, 남 짜증나게 한 적도 없고, 다툰 적도 없었어요. 오고먼이 살해된 거라면—내 생각으로는 그럴 게 확실하지만—외지인이 한 겁니다. 우연히 태워준 히치하이커라든가."

"소심한 사람은 보통 히치하이커를 선뜻 태워주지 않을 텐데."

"뭐, 그런데 그 사람은 그렇게 했어요. 마사하고 뜻이 맞지 않는 일이 별로 없었는데, 이게 그랬죠. 마사는 낯선 사람을 태워주는 게 위험한 습관이라고 생각했지만, 오고먼은 그렇다고 그만두진 않았어요. 약자를 동정하는 마음이 그의 동기였겠죠. 그 사람 본인도 약자 같은 기분이었을 테니까."

"왜죠?"

"아, 경제적으로나 다른 걸로나 딱히 성공했다고는 할 수 없었거든요. 그 집안에선 마사가 배짱과 힘이 있었어요. 잘된 일이죠. 그후 몇 년 간 마사는 정말로 그럴 필요가 있었으니까. 보험 회사에서는 오고먼의 보험금 지급을 일 년 가까이 미뤘어요. 그의 시체가 발견되지 않았다는 이유로. 그동안 마사와 두 아이는 땡전 한 푼 없었고요. 마사는 다시 동네 병원에 가서 임상병리사로 일하게 되었죠. 아직도 거기서 근무해요.”

“부인을 잘 아시는가봅니다.”

“아내가 아주 친하거든요. 베이커스필드 고등학교 동창이라서. 한동안 오고먼에 대한 기사를 내야 했을 땐 마사와 사이가 냉랭했죠. 하지만 마사도 내가 단지 일을 하고 있을 뿐이라는 걸 이해해주더군요. 이 사건과 무슨 관련이 있는 겁니까, 퀸 씨?”

퀸은 리노에서 하던 일 중에 실종된 사람을 찾는 것도 포함되어 있었다고 애매하게 대답했다. 론다는 그럭저럭 수긍하는 눈치였다. 그렇지 않았지만 그런 척하는 것일 수도 있지만. 그는 정말로 말하기를 좋아하고, 그럴 기회가 오면 기꺼이 환영하는 사람이었다.

“그럼 그 사람은 히치하이커에게 살해당했다는 거군요. 어쩌다가요?” 퀸이 물었다.

“시간이 많이 흘렀으니 세세한 점은 기억 못하지만, 듣고 싶으시다면 대강의 얼개는 얘기하죠.”

“듣고 싶네요.”

“거의 오 년 반 전, 2월 중순이었죠. 겨울 내내 비가 많이 왔었습니다. 내가 발행한 뉴스라고는 강수량 통계나 누구네 집 지하실이 침수되었네, 누구네 뒷마당이 쓸려갔네 하는 이야기가 대부분이었죠. 여기서 동쪽으로 5킬로미터쯤 떨어진 곳에 래틀스네이크 강이 있는데, 그해에 수위가 많이 올라갔어요. 지금 같은 여름에는 바짝 마른 골짜기일 뿐인 곳이라, 그때 급류가 어땠는지 상상하기 어려울 겁니다. 긴 얘기인데 간단히 하자면, 오고먼의 차는 다리의 가드레일을 들이받고 강으로 떨어졌습니다. 이틀 후 물이 빠졌을 때 발견됐어요. 문경첩에 걸려 있던 천조각에는 핏자국이 있었고요. 육안으로는 거의 보이지 않았지만, 경찰 연구소에서는 확실히 식별되었다더군요. 피는 오고먼의 혈액형과 일치했고, 천은 그가 그날 밤 저녁식사 후 집을 나설 때 입고 있던 셔츠 조각이었습니다."

"그러면 시체는요?"

"몇 킬로미터 더 내려가면 래틀스네이크 강이 토르시도[1]와 합류하죠. 토르시도는 산에서 떨어진 눈이 유입되는 곳이라 그 이름이 어울립니다. 화가 났다, 꼬였다, 분하다, 뭐 그런 상황을 묘사하는 갈이니까요. 그해는 특히 심했고요. 오고먼은 덩치가 큰 남자는 아니었습니다. 래틀스네이크 강까지 운

---

[1] 스페인어로 '구부러지다', '꼬이다', '(성격이) 삐딱하다' 등의 뜻이 담긴 단어.

반하기도 쉽고, 토르시도에 던져넣으면 다시는 발견되지 않죠. 그게 바로 당시 경찰 생각이었습니다. 지금도 그렇게 생각하고요. 또다른 가능성도 있어요. 오고먼은 차에서 셔츠가 찢어지도록 몸싸움을 벌이다가 살해당했고, 그다음에 어딘가 묻혔을 수도 있죠. 개인적으로는 강 가설을 지지합니다. 오고먼이 히치하이커를 태운 거예요. 그날이 폭풍우 치던 밤이었다는 걸 떠올려봐요. 오고먼처럼 마음이 따뜻한 남자는 길에 선 사람을 그냥 지나치지 못하거든요. 그런데 히치하이커가 강도로 돌변하자 오고먼이 저항한 거고요. 나는 이 부분에서는 범인이 외지인이었을 거라고 믿어요. 그래서 물이 불어나 일시적으로 강이 생겼다는 걸 몰랐던 겁니다. 차가 절대로 발견되지 않을 줄 알았겠죠.”

“그럼 그 외지인은 어떻게 됐죠?” 퀸이 말했다.

론다스는 담뱃불을 붙이고 타오르는 성냥을 보며 얼굴을 찌푸렸다. “글쎄요, 물론 이 이야기의 약점이 여기 있죠. 그 사람도 오고먼과 마찬가지로 완전히 사라져버렸거든요. 보안관은 한동안 치코테 출신이 아닌 사람들을 거의 다 쪼고 다녔지만, 아무것도 증명되지 않았어요. 나는 어떤 면에서는 아마추어 범죄학자인데, 이 사건은 충동적 범죄처럼 보이더군요. 그런 범죄는 계획적이지 않다 보니 종종 서툴게 저질러지지만, 계획이 없다는 바로 그 점 때문에 미해결로 남게 되죠.”

“다른 사람들도 그걸 충동적 범죄라고 결론 내렸나요? 누가요?”

“보안관, 검시관, 검시 배심단. 왜요? 퀸 씨 생각은 다릅니까?”

“제가 아는 거라곤 론다 씨에게 들은 얘기뿐이니까요.” 퀸이 말했다. “그리고 차를 얻어탔다는 외지인 얘기도 좀 모호해 보이고.”

“그 점은 인정합니다.”

“그 외지인이 오고먼과 피 터지게 몸싸움을 했다면, 그 사람 몸에도 피가 묻었을 거라고 추정해야죠. 그 사람이 침입해 들어가서 옷도 갈아입고 음식도 훔쳐먹고 할 만한 오두막이나 작은 주택이 근처에 있었습니까?”

“몇몇 있었죠. 하지만 침입한 흔적은 없었어요. 보안관 부하들이 하나하나 다 확인했으니까.”

“그럼 그 외부인은 비를 홀딱 맞은 채로 어딘가로 갔단 건데. 아마도 피도 묻었을 테고.”

“비에 다 씻겨내려갔을 수도 있죠.”

“그렇게 쉽지 않습니다.” 퀸이 말했다. “그 외지인의 입장이 되어보세요. 그럼 어떻게 하셨을 것 같습니까?”

“시내로 가서 마른 옷을 몇 벌 샀겠죠.”

“밤이었습니다. 가게는 문을 닫았겠죠.”

“나라면 모텔에 투숙했을 겁니다.”

“눈에 확 띄었을 텐데요. 모텔 직원이 확실히 기억했을 거고 경찰에 신고했을지도 모르죠.”

“뭐, 망할. 뭘 하긴 했겠죠.” 론다가 말했다. “어쩌면 다른 사람의 차를 얻어 탔을지도 모르고요. 내가 아는 건 그 남자가 사라졌다는 것뿐이에요.”

“아니면 그 여자일 수도 있죠. 그 사람들일 수도 있고.”

“그래, 그래요. 그 여자는, 그 뭐냐, 여자든 남자든 그 사람은 사라져버렸어요.”

“그 사람이 실제로 존재했다면요.”

론다가 책상 너머로 몸을 내밀었다. “무슨 얘기를 하려는 겁니까?”

“차 안에 있던 사람이 외지인이 아니었다고, 그게 친구였다고 해봅시다. 가까운 친구. 아니면 친척이라든가.”

“아까도 말했지만, 보안관은 오고먼에 대해 악담하는 사람 하나 보지 못했다니까요.”

“제 생각에는 그 남자가 오고먼을 막 죽이고 난 후에 앞에 나서서 자기가 원한이 있었다고 인정할 것 같지 않은데요. 여자일 수도 있고.”

“계속 ‘여자일 수도’라는 말을 반복하네요. 왜죠?”

“안 될 건 뭐죠? 어쨌든 이런저런 가능성을 다루는 거잖아요.”

“마사 오고먼을 염두에 둔 것 같은데요.”

“대개 부인은 남편에게 원한을 품는 법이지 않습니까.” 퀸은 건조하게 말했다.

“마사는 아닙니다. 게다가 마사는 그날 밤 집에 있었어요. 애들이랑.”

“침대에서 자고 있었겠죠?”

“당연히 다들 침대에서 자고 있었죠.” 론다는 언짢아하며 말했다. “시간이 10시 30분 정도 됐으니까. 그 집 사람들이 뭘 했겠습니까. 포커 치고 맥주라도 마셨겠어요? 리처드는 고작 일곱 살이었고, 샐리는 다섯 살밖에 안 됐었어요.”

“그때 오고먼은 몇 살이었는데요?”

“당신 나이쯤 되었죠. 마흔 줄인가.”

퀸은 론다의 생각을 바로잡지 않았다. 기분상으로는 마흔이고도 남았으니, 그렇게 보이는 게 당연하다. “오고먼의 인상착의는요?”

“푸른 눈에 흰 피부, 검은 고수머리. 중간 체격, 키는 176에서 178센티미터 정도. 확 사로잡는 매력은 딱히 없었지만, 괜찮은 외모였죠.”

“사진 있습니까?”

“확대한 스냅 사진이 대여섯 장 정도요. 마사가 오고먼이 살아서 발견되리라는 희망을 품고 있었을 때 준 겁니다. 남편이 기억상실증 같은 거라도 걸리지 않았을까 한 거죠. 마사의 희망은 쉽게 사그라들지 않았지만, 일단 사그라들자 그걸로 끝이었어요. 오고먼의 차는 우연히 다리를 들이받은 거고 오고먼은 강물에 쓸려갔다고 굳게 믿어버렸죠."

"그럼 핏자국이 묻은 셔츠 조각은요?"

"차가 가드레일을 받았을 때 충격으로 베였다고 생각하죠. 앞 유리창이 깨졌고 다른 차창 두 개도 깨졌으니 있을 수 있는 일이긴 해요. 반박할 만한 점이 하나 있긴 하지만요. 오고먼은 아주 조심스럽게 운전한다는 평판이 있었거든요."

"자살은 어떻습니까?"

"그것도 가능은 하죠." 론다가 말했다. "그리고 또 거기에도 반박할 요소가 있고요. 먼저, 오고먼은 건강한 남자였고 심각한 경제적 걱정이나 감정적 문제도 없었어요. 바로 드러난 건 없었다는 거죠. 둘째로 그는 엄격한 가톨릭교도였습니다. 마사도 그랬고요. 내 말은 교리를 철저히 지키고 성경의 말 하나하나, 마침표까지도 믿는 그런 신자였다는 겁니다. 셋째, 그는 아내를 깊이 사랑했고 아이들을 열렬히 아꼈죠."

"지금 하신 말 중 대부분은 사실의 영역에 들어가지 않는데요. 생각해보세요, 론다 씨."

"당신이 생각해보든가요." 론다는 얼굴을 찡그리며 말했다. "이런 방향으로 갔다가 저런 방향으로 틀었다가 하면서 오 년을 끌었더니 이젠 신선한 접근이 필요하네요. 계속해봐요."

"좋습니다. 증명할 수 있는 것만 사실이라고 치죠. 사실 하나, 오고먼은 건강했다. 사실 둘, 그는 자살을 중죄로 여기는 가톨릭교도였다. 론다 씨가 언급한 다른 것들은 사실이 아니라 추론일 뿐이죠. 그 사람은 말은 하지 않았지만 경제적으로나 감정적으로 문제가 있었을 수도 있어요. 아내와 아이들을 무척 사랑하는 척했지만 아니었을 수도 있고요."

"그럼 그 사람이 속마음을 감쪽같이 숨겼나보네요. 그리고 솔직히, 오고먼이 그런 걸 숨길 정도로 머리가 좋은 사람인 것 같지는 않습니다. 마사에게는 이런 말을 하진 않겠지만, 내가 보기에는 오고먼은 약간 머리가 둔한 사람처럼 보였죠. 까놓고 말해서 멍청하달까."

"그 사람 직업이 뭐였습니까?"

"정유회사 경리부에서 일했어요. 분명 마사가 밤에 남편 일을 도와줬을 테지만, 마사는 죽어도 인정하지 않겠죠. 마사는 남편한테 정말 충실해요, 거의 실수라고 할 수준으로요."

"오고먼도 그런 실수 중 하나입니까?"

"정말로 똑똑한 여자가 결혼하기에는 실수라고 할 만한 남자이긴 해요. 오고먼은 그냥 모자랐어요. 마사가 몇 살 더 어리긴 했지만, 두 사람은 부부 사이라기보다는 모자 관계나 다름없었어요. 진실은 말이죠, 치코테에서는 어울리는 짝을 고르기가 쉽지가 않다는 겁니다. 마사같이 똑똑한 여자한테도요. 마사는 할 수 있는 한 최선을 다한 거죠. 말했지만 오고먼은 숱 많고 검은 고수머리 하며 외모 하나는 괜찮거든요. 머리가 텅 빈 건 커다란 푸른 눈으로 가려졌고요. 마사 같은 여자도 넘어갔을 정도니까. 다행히 애들은 엄마를 닮았어요. 둘 다 영특하죠."

"오고먼 부인은 경찰을 꽤 혐오하는 것처럼 보이던데요."

"그럴 만하죠. 무척 험한 일을 겪은데다가 여기는 그렇게 교양 있는 동네가 아니거든요. 보안관은 부지런하지만 제 목숨이 걸려 있는 둑 하나 제대로 못 쌓는 티버하고 똑같아요. 이 사건을 수사하는 내내 보안관은 그런 빗속에 남편이 나갔다면 마사가 말렸어야 했다는 입장이었어요. 그랬으면 무사하지 않았겠느냐고."

"왜 나간 겁니까?"

"마사 말로는, 그날 장부에 실수를 해서 현장 사무실에 확인하러 가야겠다고 했다더군요."

"누가 그 장부를 확인은 해봤나요?"

"아, 그럼요. 오고먼 말이 맞더군요. 실수가 있었어요. 경리가 쉽게 찾아냈죠. 간단한 덧셈 실수던데."

"그게 뭘 증명한다고 보시나요?"

“증명이라뇨?” 론다는 얼굴을 찡그리며 되물었다. “오고먼은 머리는 둔해도 양심적이었다는 거겠죠. 방금 그렇다고 하지 않았나요.”

“하지만 그것 말고 다른 걸 증명할 수도 있죠.”

“가령?”

“오고먼이 고의로 실수했다든가.”

“왜 그런 짓을 한답니까?”

“그날 밤 현장 사무실로 다시 돌아갈 수 있는 정당한 핑계가 생기니까요. 야근을 종종 하는 편이었습니까?”

“말했잖아요. 마사가 가끔 도와줬던 것 같긴 한데, 마사는 결코 인정하지 않을 겁니다.” 론다가 말했다. “어쨌든 사실에 관한 한 퀸 씨는 너무 딴 길로 빠진 것 같네요. 오고먼은 그런 계략을 꾸밀 두뇌도 없고 그럴 성격도 아닙니다. 그래요, 실제보다 멍청한 척 연기할 수는 있죠. 그렇다고 해서 오고먼처럼 하루 스물네 시간, 일 년 삼백육십오 일 완벽히 연기할 순 없어요. 아뇨, 일 년 중 가장 심한 폭풍우가 치던 날 밤 그가 사무실에 돌아간 이유는 딱 한 가지밖에 없습니다. 실수가 걸려서 일자리에서 잘릴까봐 겁이 바짝 났던 거죠.”

“확신하시는 것 같네요.”

“확실합니다. 당신이야 거기 앉아서 계략, 비밀 회합, 음모, 그게 뭐든 말도 안 되는 소리나 주워섬길 수 있겠죠. 나는 아닙니다. 나는 오고먼을 잘 알았거든요. 그는 제 앞가림 하나 제대로 못하는 인간이었어요.”

“하지만 지적하신 대로, 오고먼은 부인에게 도움을 받았다면서요. 다른 일도 부인이 도와주었을지 모르죠.”

“이봐요, 퀸 씨.” 론다는 손바닥으로 책상을 탁 쳤다. “지금 우리가 말하는 두 사람은 선량한 이들입니다.”

“남의 금고에 슬쩍 손을 집어넣었다가 잡혔다던 숙녀만큼 선량했겠죠? 론다 씨를 괴롭히고 싶진 않지만, 그저 몇 가지 가능성이 있지 않나 머리를 굴려보는 것뿐입니다.”

“이 경우에 가능성이라고 하면 거의 끝도 없어요. 내 말 못 믿겠으면 보안관에게 물어봐요. 기실 방화와 유아 살해 빼고 책에 나온 범죄란 범죄는 다 말이 나와서 수사를 했거든요. 혹시 내 사건 파일에 관심 있습니까?”

“있고말고요.” 퀸이 말했다.

《비컨》에 기사로 낸 것 말고도 내 개인 파일이 있거든요. 마사는 오랜 친구였으니까요. 그리고 뭐, 솔직히 말해서 이 사건이 언젠가 다시 수사가 재개될 것 같다는 느낌이 늘 있었죠. 가령 캔자스시티에서 잡힌 어떤 강도라든가, 뉴올리언스나 시애틀에서 다른 살인 혐의를 받은 사람이 자기가 오고먼을 죽였다고 자백하면 모든 일이 단번에 해결되지 않을까 하는 생각 같은 거요.”

"오고먼 본인이 나타날 거라고 생각해보시거나 희망을 가져보신 적은 없습니까?"

"희망이야 가져봤죠. 하지만 생각은 안 해봤습니다. 오고먼이 그날 밤 집을 떠날 때 지갑에는 일 달러짜리 지폐 두 장밖에 없었거든요. 거기에 차랑 몸에 걸친 옷, 달랑 그뿐이었죠. 집안의 돈은 다 마사가 관리했기 때문에, 오고먼이 얼마를 들고 다니는지 동전 한 푼까지 다 알았어요."

"옷장에서 없어진 옷은 없습니까?"

"없죠." 론다가 대답했다.

"오고먼은 은행계좌가 있었습니까?"

"마사와 공동계좌가 있었죠. 그날 오후 마사에게 들키지 않고 쉽게 현금을 찾을 수 있었지만 그렇게 하진 않았어요. 돈을 빌린 적도 없고요."

"전당포에 잡힐 만한 값진 물건은 없었습니까?"

"백 달러 정도 나가는 손목시계가 있었죠. 마사가 준 선물이에요. 그런데 그건 집 화장대 서랍에 있더군요."

론다는 또 담배를 꺼내 불을 붙인 후 회전의자에 등을 기대고 천장을 빤히 보았다.

"자발적 실종 가능성을 제외할 수 있는 온갖 물리적 증거에 더해, 감정적 증거도 있어요. 오고먼은 몇 년 동안 마사에게 완전히 의존하게 됐거든요. 아내 없이는 일주일도 못 버텼을 겁니다. 꼭 꼬마 남자애처럼."

"그 나이에 꼬마 남자애라니 그것도 민폐인걸요." 퀸은 건조하게 말했다. "경찰이 유아 살해를 제외한 건 실수일지도 모르겠네요."

"농담이라면 별로 웃기지 않은데요."

"제 농담이 대체로 그렇습니다."

"파일을 갖다주죠." 론다가 일어서면서 말했다. "내가 왜 이런 짓을 하는진 모르겠지만, 나도 이 사건이 영원히 종결되는 걸 보고 싶기 때문이겠죠. 그래야 마사가 재혼을 진지하게 고려할 수 있을 테니까. 그 여자라면 좋은 아내가 될 겁니다. 당신은 마사의 가장 좋은 모습을 아직 못 봤어요."

"그랬죠. 앞으로도 볼 수 있을까 싶군요."

"마사는 활기차고 무척 재미있는……"

"홍보 문구가 상품과 맞지 않는데요." 퀸이 말했다. "그리고 저도 시장에 나와 있는 게 아니라서."

"의심이 무척 많군요."

"천성도 그렇지만, 훈련과 경험과 관찰에 따라 그렇게 됐죠, 네."

론다는 밖으로 나갔고 퀸은 의자에 기대앉아 얼굴을 찡그렸다. 유리판 너머로 세 사람의 머리가 보였다. 론다의 부스스한 회색 머리, 어떤 남자의 짧게 친 머리, 그리고 공들여 벌집

모양으로 높이 틀어올린 여자의 홍시색 머리.

셔츠. 그는 생각했다. 바로 그거야. 내 마음에 걸리는 게. 차문 경첩에 걸린 천조각. 일 년 중 가장 폭풍우가 심했던 날 밤에 오고먼은 어째서 재킷이나 비옷을 입지 않았던 거지?

론다는 종이 상자 두 개를 안고 돌아왔다. 상자에는 '패트릭 오고먼'이라는 이름표만 붙어 있었다. 상자 안에는 오려둔 신문기사와 사진, 스냅사진, 여러 경찰서가 주고받은 전보와 편지 사본이 들어 있었다. 대부분이 캘리포니아와 네바다, 애리조나에서 주고받은 것이긴 했어도 이 나라에서 가장 멀리 떨어진 지역과 멕시코, 캐나다에서 온 것도 있었다. 자료는 연대순으로 정리되어 있었지만, 다 살펴보자면 시간과 인내심이 꽤나 들 것만 같았다.

퀸이 물었다. "이 파일을 하룻밤 빌려가도 될까요?"

"그걸로 뭘 할 작정입니까?"

"모텔로 가져가서 살펴보게요. 좀더 철저히 들여다보고 싶은 점이 한둘 있어서. 예를 들자면 차의 상태라든가. 차에 히터가 달려 있었습니까? 있었다면 켜져 있었나요?"

"그게 대체 무슨 상관입니까?"

"사건이 정말로 오고먼 부인의 짐작대로 일어난 거라면, 오고먼은 일 년 중 폭풍우가 가장 심하게 몰아치던 밤에 셔츠 바람으로 차를 타고 돌아다녔단 겁니다."

론다는 일순간 어리둥절한 표정을 지었다.

"차의 히터에 대해선 무슨 얘기가 나왔던 적이 없는 것 같군요."

"얘기했어야죠."

"좋습니다. 그거 가져가서 오늘밤에 보세요. 어쩌면 우리 모두가 놓친 사소한 것들을 당신이 우연히 찾아낼지도 모르죠."

론다는 그 과업은 가망이 없다는 듯 말했고, 그날 밤 8시쯤 되었을 땐 퀸에게도 서서히 똑같은 느낌이 들기 시작했다. 사건의 사실은 빈약했고, 가능성은 끝도 없었다.

퀸은 생각했다. 유아 살해를 포함해서 말이지. 어쩌면 마사 오고먼은 꼬마 남자애 패트릭에게 신물이 났는지도 몰라.

특히 퀸의 관심을 끈 것은 검시 배심에서 마사 오고먼이 증언한 내용의 녹취록이었다.

"8시 30분경이었어요. 아이들은 잠자리에 들었고 저는 신문을 읽고 있었습니다. 패트릭이 안절부절못하면서 걱정이 있는 사람처럼 행동했어요. 가만히 있질 못하는 것 같았죠. 결국 제가 무슨 일이냐고 묻자, 남편은 그날 오후 실수를 했다고 하더군요. 그래서 다른 사람이 발견하기 전에 현장 사무실로 돌아가서 고쳐놓고 싶다고요. 패트릭은 자기 업무에 대해서는 끔찍이도 양심적이었거든요. 아, 더는 못하겠어요, 제발요. 아, 주님, 부디 저를……"

퀸은 생각했다. 아주 감동적인걸. 하지만 남은 사실은 이거야. 아이들은 자고 있었고, 마사와 패트릭 오고먼은 함께 집을 나갔을 수도 있다는 것.

차 안의 히터에 대해선 아무런 증거도 언급되지 않았지만, 핏자국이 있는 플란넬 조각에 대해선 길게 논의되었다. 혈액형은 오고먼의 것과 동일했고, 플란넬은 오고먼이 자주 입던 셔츠의 일부분이었다. 마사와 오고먼의 동료 직원 둘이 그 천을 알아보았다. 환한 노란색과 검정이 섞인 체크무늬, 소위 매클라우드 타탄'이라고 불리는 무늬였다. 그래서 그의 동료들은 오고먼을 스코틀랜드 타탄을 입은 아일랜드 사람이라고 놀려댔다고 했다.

"좋아." 퀸은 텅 빈 벽에 대고 말했다. "내가 오고먼 입장이라고 해보자. 난 꼬마 남자애 노릇을 하는 게 지긋지긋해졌어. 도망가서 세상 구경을 하고 싶어졌지. 하지만 마사와 정면으로 맞대고 이야기할 수는 없어서 그냥 사라질 수밖에 없었어. 여러 사람이 내 것임을 바로 알아볼 수 있는 셔츠를 입으면서 사고를 준비한 거야. 강 수위가 높아졌고 비도 계속 내리는 시간을 꼼꼼히 따져 골랐고. 좋아. 나는 사고를 꾸며냈고 내 피가 묻은 플란넬 조각도 만들었어. 그런 다음엔 어떻게 될까? 폭풍우가 쏟아지는데 속옷 바람이 된단 말이지. 나를 아는 사람이 발에 채일 만큼 많은 다을과 고작 5킬로미터 떨어진 곳에서. 대단한 계획인데, 오고먼. 정말 대단해.”

9시가 되자, 퀸은 론다가 말한 외지인 히치하이커의 존재를 기꺼이 믿고 싶어졌다.

4

퀸은 모텔 건너에 있는 술집 겸 식당 엘보카도에서 늦은 저녁을 먹었다. 치코테의 오락 시설은 한정되어 있어서, 식당은 카우보이 모자를 쓴 인부들과 작업복을 입은 유정 노동자들로 터져나갈 정도로 북적였다. 여자는 별로 없었다. 몇 안 되는 부인들은 12시에 집으로 차를 몰고 갈 일을 9시부터 걱정했다. 남의 눈을 의식하는 여자 사 인조는 생일 축하 파티를 하면서 바에 앉아 있는 매춘부 둘보다도 더 요란하게 법석을 떨었다. 문 가까이에는 서른 살 정도 된 새침한 얼굴의 여자가 서 있었다. 파란색 터번과 뿔테안경을 썼고, 화장은 하지 않았다. 마치 여기가 YWCA인 줄 알고 잘못 들어왔다가 이제 나갈 용기를 끌어모으려는 듯 보였다.

여자는 웨이트리스 한 명과 짧게 대화를 나누었다. 웨이트리스는 식당 안을 휙 둘러보더니, 마침내 퀸에게 시선을 고정했다.

웨이트리스는 망설이지도 않고 그에게 다가왔다. "손님, 다른 분과 합석하셔도 될까요? 저기 계신 여자분이 LA로 가는 버스를 타기 전에 식사를 하고 싶다고 하시네요. 버스정류장에서 파는 음식은 형편없어서.”

엘보카도도 마찬가지일 텐데. 하지만 퀸은 예의바르게 대답했다. “괜찮아요.” 그런 다음 그는 터번을 쓴 여자를 향해 말했다. “여기 와서 앉으시죠.”

“정말 감사합니다.”

여자는 의자 아래에서 폭탄이라도 나올까 싶은지 조심하며 그의 건너편에 앉았다.

“무척 친절하시네요.”

“그렇지도 않습니다.”

“하지만 충분히 그러신걸요.” 그녀는 멸시하는 분위기를 담아 덧붙였다. “이런 마을에선 여자가 무슨 대접을 받을지 알 수 없죠.”

“치코테를 안 좋아하시나봅니다.”

“누가 여길 좋아하겠어요? 끔찍하게도 촌스러운 동네인걸요. 그래서 떠나는 거기도 하고요.”

여자 본인은 좀 지나치게 세련된 인상이라고, 퀸은 결론 내렸다. 립스틱을 좀 바르고 머리카락이 살짝 보이도록 좀 괜찮은 모자를 쓰면 훨씬 나아 보일 것 같았다. 그런 게 없는 지금도 꽤 예뻤고. 그 여자에게는 진지하고 혈색 나쁜 아름다움이 있어, 퀸이 교회 성가대나 아마추어 현악 사중주단을 떠올리게 했다.

피시앤드칩스와 콜슬로를 먹으면서, 여자는 자기 이름이 월헬미나 드 브리스이며 직업은 타자수이고 꿈은 중역의 개인 비서가 되는 것이라고 말했다. 퀸은 여자에게 자기 이름을 말해주고 직업은 보안요원이며 꿈은 은퇴하는 것이라고 말했다.

"보안요원이라고요." 여자는 따라 말했다 "경찰이라는 뜻이에요?"

"대충요."

"그거 참 근사한데요? 세상에, 지금 사건 수사중이세요?"

"그냥 휴가를 즐기고 있다고 해두죠."

"휴가를 보내려 치코테에 오는 사람은 없어요. 여긴 사람들이 늘 빠져나가려고 발버둥을 치는 곳인걸요. 나처럼요."

"전 캘리포니아 역사에 관심이 있거든요. 가령, 이런 마을 이름은 어떻게 지어졌나 같은 얘기요."

여자는 실망한 표정이었다. "아, 그건 쉽죠. 어떤 사람이 1890년대 후반 건강 때문에 켄터키에서 여기로 왔어요. 그 사람은 담배를 재배하려고 했죠. 세계에서 가장 좋은 시가를 재배하는, 세계에서 가장 멋진 담배밭을 끝없이 만들어서요. 치코테가 바로 그거, 담배라는 뜻이에요. 다만 담배가 자라지 않았을 뿐이죠. 그래서 농장주들은 재배 품목을 면화로 바꿨는데 그건 잘 자랐어요. 그러다 석유가 발견되었고, 농업 중심지로서의 치코테는 끝났죠. 하지만 나는 그냥 여기에서 이런 얘기들이나 지껄이고 있네요. 당신은 그저 거기 앉아 있고." 그녀가 미소 짓자 왼쪽 뺨에 보조가가 파였다. "자, 이제 당신 차례예요. 어디에서 왔죠?"

"리노."

"여기서 뭘 하세요?"

"캘리포니아 역사를 좀 배우고 있죠." 퀸은 상당한 진실을 담아 말했다.

"경찰이 시간을 쓰는 방법 치고는 좀 웃기네요."

"샤캥 아 송 구,[1] 호보켄에서는 그렇게 말하더군요."

"맞는 말이에요." 여자는 중얼거렸다. "호보켄에서도 그렇고 여기서도 그렇겠죠."

그녀의 표정은 전혀 변하지 않았지만, 퀸은 놀림 당한다는 느낌을 받았다. 그리고 이 윌헬미나 드 브리스 양이 교회 성가대에서 노래하거나 현악 사중주단에서 연주한다면, 별 이유도 없이 장난삼아 고의로 틀린 음을 낼 것 같다는 느낌도 들었다.

---

[1] '사람마다 취향은 다르다'라는 뜻의 프랑스어 문장.

“정말로 진짜 솔직하게 말해보세요.” 그녀가 말했다. “왜 치코테에 왔는지.”

“여기 날씨가 맘에 들어서요.”

“끔찍하죠.”

“사람들도.”

“촌스럽고.”

“음식도.”

“배고픈 개나 이런 끔찍한 음식에 코를 들이대겠죠. 이것 보세요, 당신은 여기 사건을 수사하러 온 게 틀림없어요. 도 넛 내기라도 해도 좋아요.”

“내가 도박꾼이긴 해도, 도넛은 막 끊었는데.”

“아뇨, 진지하게요. 정말로 여기 사건 때문에 오신 거 맞잖아요?” 그녀의 청록색 눈이 두꺼운 안경 렌즈 뒤에서 번득였다. “최근에는 흥미로운 사건이 일어난 적이 없었으니, 옛날 사건일 텐데…… 돈과 관련된 건가요? 큰돈이?”

이 질문에는 퀸도 주저없이 대답할 수 있었다.

“내가 하는 일은 그 무엇도 큰돈과는 상관없어요, 드 브리스 양. 무슨 생각을 하신 거죠?”

“아무것도요.”

“로스앤젤레스에 일자리 구하러 가신다고 했죠?”

“네.”

"옷가방은 어디 있습니까?"

"옷…… 아, 맡겼어요. 버스터미널에. 그럼 들고 다닐 필요가 없으니까요. 제 옷이랑 전 재산이 다 그 안에 들어 있어서 무겁거든요. 게다가 일단 무지막지하게 크기도 하고."

여자가 간단히 가방을 맡겼다고만 주장했더라면, 그도 그 말을 믿었을 것이다. 믿지 않을 이유가 없었으니까. 하지만 그녀는 없는 가방을 퀸에게는 물론 자기에게도 진짜처럼 보이게 하려는 사람처럼 설명을 너무 길게 늘어놓았다.

웨이트리스가 퀸에게 계산서를 가져다주었다.

"전 가봐야겠군요." 그는 일어서며 말했다. "만나서 반가웠어요, 드 브리스 양. 대도시에서 행운이 있길 바랍니다."

그는 계산원에게 돈을 내고 길 건너 모텔로 향했다. 첫번째 동에 딸린 차고가 열려 있었다. 그는 안으로 들어가 엘보카도 카페의 문을 지켜보았다.

오래 기다릴 필요도 없었다. 윌헬미나 드 브리스는 밖으로 나오더니 잠깐 망설이며 보도 위에 서서 거리 위아래를 살폈다. 거세지만 무척 따뜻한 바람이 불어오기 시작하자 그녀는 치마와 터번을 동시에 붙잡으려 했다. 마침내 단정하고자 하는 마음 쪽이 이겼다. 터번은 풀리고 보니 긴 파란색 스카프였다. 그녀는 그걸 손가방 안에 집어넣었다. 가로등 불빛 아래, 갇혀 있다가 풀려난 머리카락이 사방으로 뻗치면서 홍시색으로 환히 빛났다. 여자는 거리를 따라 반 블록 정도 걸어가더니 작은 검정색 세단에 올라타 떠나버렸다.

퀸은 따라갈 기회를 놓치고 말았다. 그가 차를 가지고 나와 거리로 나설 때쯤이면 여자는 벌써 집에 가 있거나 버스터미널에 도착했을 것이다. 아니면 그게 어디든 드 브리스 양 같은 젊은 여자들이 외지인에게 정보를 빼내려다 실패한 다음 향할 만한 곳으로 간 후일 것이다. 그녀는 확실히 이런 게임에서는 아마추어였다. 터번은 물론 안경까지도 조잡한 변장이었다. 퀸은 알지도 못하는 여자가 어째서 변장을 했을까 궁금했다. 그러다 존 론다의 《비컨》 사무실에 앉아 있을 때 유리 칸막이 너머로 머리 세 개를 본 기억이 떠올랐다. 그중 하나의 머리카락 색깔이 홍시색이었다.

좋아, 그 여자가 거기 있었다고 치자고. 퀸은 생각해보았다. 론다의 목소리는 크고 또렷했고 사무실 벽은 고작 1미터 80센티미터 높이밖에 되지 않았다. 드 브리스는 꽤 관심이 가는 이야기를 엿들었기에 굳이 변장까지 하고 엘보카도 카페에 와서 우연히 마주친 척했을 것이다. 웨이트리스와 짰을 수도 있고. 하지만 정확히 뭘 들은 거지? 그와 론다가 논의한 주제라고는 오고먼 사건뿐이었고, 그 사건의 세부사항은 치코테에서는 일반상식 수준이었다. 증거도 누구나 접근할 수 있는 공공기록이고.

드 브리스는 오고먼 사건이라고 추정할 수 있는 얘기를 하긴 했지만—"옛날 사건일 텐데"—다음 순간 "큰돈이 관련된 건가요?"라고 물으면서 이 짐작을 두효로 만들어버린 거나 다름없었다. 오고먼 사건은 오고먼이 마지막으로 집을 나설 때 들고 갔다는 일 달러짜리 지폐 두 장을 빼고는 돈과는 아무런 관련이 없었다.

론다와 나눈 얘기 중에 오고먼 사건과 관련이 없던 주제는, 금고에 손을 댔다가 걸렸다던 얌전하고 자그마한 여성 횡령범에 대해 짧게 언급한 내용뿐이었다. 퀸은 이 얌전하고 작은 숙녀분이 어떻게 되었는지 궁금했다. 그 돈과 관련된 사람들이 어떻게 되었는지도.

그는 차로를 건너서 방 열쇠를 찾으러 코텔 사무실로 갔다. 야간근무 직원은 관절염으로 손이 부어오른 노인이었다. 그는 읽고 있던 영화 잡지에서 고개를 들었다.

"네, 손님?"

"17호실 열쇠 부탁합니다."

"17호실이라, 네, 손님. 잠깐만요." 노인은 발을 질질 끌며 열쇠 보관 선반으로 갔다. "잉그리드는 라스하고는 잘되지 않을 거요.[1] 데비와 해리[2]보다도 더 안 어울려. 내 말 신문에 내

---

[1] 라스 슈미트는 스웨덴의 영화제작자로, 배우 잉그리드 버그먼의 세 번째 남편이다.
[2] 데비 레이놀즈는 미국의 배우로, 첫 남편과 이혼한 후 사업가 해리 칼과 재혼했다.

도 돼요.”

“아, 그런가요.” 퀸이 말했다. “일간지에 내죠.”

“몇 호실이라고 하셨더라?”

“17호실요.”

“여기 없는데.” 노인은 이중초점 안경 너머로 퀸을 쳐다보며 말했다. “어디, 손님에게 열쇠 준 지 한 시간도 안 되지 않았소. 손님이 이름을 말하면서 차량 번호를 알려줬는데, 여기 숙박계에 똑똑히 써 있구먼.”

“전 한 시간 전에 여기 없었는데요.”

“분명히 왔었어요. 내가 손님에게 열쇠를 드렸소. 다만 그땐 모자, 회색 중절모를 쓰고, 정장 외투를 입고 있었지. 혹시 술 마시고 기억 못하는 것 아니오? 술은 기억처럼 강렬한 것도 흐릿하게 만든다오. 사람들 말로는 제임스 딘이 술을 너무 많이 마시는 바람에 대사를 자주 까먹었다던데.”

“9시에 여기 사무실에 있는 여자에게 열쇠를 맡겼는데요.” 퀸은 피곤한 말투로 대꾸했다.

“내 손녀라오.”

“그래요, 어르신 손녀. 그러고 나서는 돌아온 적이 없어요. 자, 이제 괜찮으시견 전 제 방으로 들어가고 싶은데요. 피곤해서.”

“흥청망청 마시고 돌아다니셨구먼, 허?”

"맞아요. 잉그리드와 데비를 잊으려고 흥청망청 마셨습니다. 자, 이제 마스터키를 찾아서 가보면 될 것 같은데요."

노인은 툴툴대면서 앞장서서 밖으로 나가 차로를 내려갔다. 공기는 여전히 덥고 건조했으며, 거센 바람이 불어도 도시 전체에 걸린 옅은 기름 냄새는 가시지 않았다.

퀸이 말했다. "모자도 쓰고 외투를 입기엔 꽤 더운 밤 아닙니까?"

"난 모자도 외투도 없는데."

"어르신이 제 열쇠를 줬다는 남자는 그런 차림이었다면서요."

"술 마시고 다니느라 손님 기억이 흐려진 게지."

두 사람이 퀸의 방 문 앞에 다다랐을 때 노인이 갑자기 의기양양하게 외쳤다.

"여기 봐요. 자, 열쇠가 꽂아둔 그대로 있잖아요. 내가 말했잖소. 내가 줬는데 손님이 잊어버린 거라고. 이제 무슨 생각이 드시려나, 응?"

"별생각 없는데요."

"떠돌이 손님들은 조심성이 없다니까. 술이나 진탕 퍼마시고."

뭐라고 말한들 노인이 착각한 것이라고 설득할 도리는 없어 보여서, 퀸은 그저 인사를 하고 방으로 들어가 문을 잠갔다.

　방은 언뜻 보기에는 나갈 때 그대로인 듯했다. 침대는 흐트러져 있고 베개는 머리받침대에 기대 세워져 있었으며, 목을 구부러뜨릴 수 있는 전등은 켜져 있었다. 론다가 준 오고먼 사건 파일이 든 종이 상자 두 개는 여전히 책상 위에 놓여 있었다. 거기서 뭐가 없어졌는지, 퀸으로서는 알 수 없는 일이었다. 심지어 그 자료를 수집한 론다조차 몇 년 동안 들여다보지 않았으니 알아내기는 까다로울 것이다.

　퀸은 첫번째 상자의 뚜껑을 열었다. 커다란 마닐라 봉투에는 마사가 론다에게 준 오고먼의 사진들이 있었다. 하나는 무척 오래전에 찍은 게 분명한 증명사진이었다. 사진 속 오고먼은 스무 살 정도로밖에 보이지 않았다. 나머지는 스냅사진이었다. 아이들과 함께 있는 오고먼, 개와 고양이와 함께 있는 오고먼, 마사와 함께 있는 오고먼, 자전거 옆에 서서 타이어를 교체하는 오고먼. 어떤 사진에서든 오고먼은 배경의 일부처럼 보였다. 사진의 진짜 주인공은 개와 고양이, 아이들, 마사, 자전거인 것 같았다. 오로지 증명사진에만 오고먼의 얼굴이 선명히 나와 있었다. 그는 검정 고수머리의 잘생긴 젊은이였다. 그 크고 부드러운 눈에는 삶은 당혹스럽고 자신이 기대한 대로 흘러가지 않는다는 걸 알아차리기라도 한 양 어리둥절한 기색이 옅게 떠올라 있었다. 많은 여자들을 홀릴 얼굴이었다. 특히 그를 대신해 삶의 수수께끼를 풀 수 있고, 삶이 입힌 상처와 멍에 엄마처럼 입맞춰서 날려버릴 수 있다고 믿는 여자들에게는 매력이 닿았을 것이다.

퀸은 사진들을 다시 봉투에 넣었다. 갑작스레 우울한 감정이 치밀어 동작이 느려졌다. 그 사진을 찬찬히 보기 전까지는 오고먼은 그에게 실체가 없는 사람이었다. 이제 오고먼이 인간으로 다가왔다. 아내와 아이들, 집과 개를 사랑했으며 자기 일을 열심히 한 남자, 마음이 너무 여려서 비 오는 밤길에 서 있는 히치하이커를 외면하지 못했지만 강도에 저항할 만큼 용감하지는 못했던 남자.

'주머니엔 이 달러밖에 없었다고 했지.' 퀸은 옷을 벗고 침대로 들어가며 생각했다. '어째서 시시한 이 달러 때문에 싸움까지 벌여야 했을까? 말이 안 되잖아. 다른 게 있을 거야. 아무도 말하지 않은 무언가가…… 내일 다시 마사 오고먼과 이야기를 해봐야겠군. 어쩌면 론다가 약속을 잡아줄지도 몰라.'

그는 깊은 잠에 빠져들기 직전에서야 다음날 아침 다시 탑으로 갔다가 거기서 리노로 가겠다는 계획을 세웠다는 것을 기억해냈다. 두 곳 모두 이제는 그에게는 너무나 동떨어진 곳처럼 보이기 시작했다. 치코테의 무디고 단단한 현실에 비하면 꿈같은 것들이었다. 심지어 이제는 도리스의 모습조차 선명히 떠올릴 수 없었고, 축복 자매는 위로는 얼굴 없는 머리가, 다른 쪽으로는 커다란 맨발이 삐쭉 나온 헐렁한 회색 로브의 모습으로만 떠오를 뿐이었다.

5

다음날 아침 일찍 퀸은 다시 모텔 사무실로 갔다. 머리가 시원하게 벗어지고 햇볕에 타서 그은 중년 남자가 로스앤젤레스에서 온 신문 한 뭉치를 풀고 있었다.

"무슨 일이시죠, 음…… 퀸 씨. 맞죠? 17호실인가요?"

"네."

"전 폴 프리스비입니다, 여기 주인이자 지배인이죠. 가족들도 일손을 거들긴 하지만. 무슨 일로 오셨습니까?"

"간밤에 길 건너 식당에 저녁 먹으러 간 사이 누군가 내 방에 침입했어요."

"제가 들어갔어요." 프리스비가 차갑게 말했다.

"특별한 이유라도 있습니까?"

"두 가지 있었죠. 원래 짐 없는 손님이 투숙하면 식사하러 나가실 때 방을 한번 검사합니다. 손님 경우에는 부가적인 이유도 있었고요. 차량 등록증에 써 있는 이름이 퀸이 아니더라고요."

"차는 친구한테서 빌린 겁니다."

"아, 저야 손님을 믿습니다. 하지만 이런 일을 하면 조심해서 나쁠 게 없죠."

"당연히 그러시겠죠." 퀸이 말했다. "다만 그렇게 스파이 작전처럼 행동한 이유가 궁금한데요?"

"무슨 말씀이십니까?"

"굳이 모자를 쓰고 외투를 입어서 변장까지 한 다음에 노인한테 열쇠를 받아갈 필요가 있느냔 말이죠."

"무슨 말씀 하시는지 모르겠는데요." 프리스비는 미간을 찌푸리며 말했다. "저는 제 열쇠 묶음이 있어요. 할아버지랑 무슨 일 있으셨습니까?"

퀸은 짧게 설명했다.

"할아버지는 시력이 좋지 않으세요." 프리스비가 말했다. "녹내장이죠. 할아버지 탓을 할 수는……"

"누구를 탓하려는 게 아닙니다. 그저 어떻게 다른 사람이 여기 와서 내 열쇠를 받아 갔는지 알고 싶을 뿐이죠."

"저희는 이런 일들을 방지하려고 노력하고 있어요. 하지만 모텔 일을 하다보면 가끔 그런 일도 생기죠. 특히 사칭범이 손님 이름과 자동차 등록번호를 알고 있다면요. 뭐 훔쳐간 거라도 있나요?"

"모르겠습니다. 책상 위에 상자가 둘 있었는데, 그 안에 제가 검토하려고 빌려온 서류가 들어 있었죠. 프리스비 씨도 방에 들어갔으면 그 상자를 보셨을 텐데요."

"그랬나. 뭐, 사실 봤죠."

"둘 중 하나라도 열어봤습니까?"

프리스비의 얼굴이 햇볕에 익은 대머리단큼 붉어졌다.

"아뇨, 아니, 그럴 필요도 없었죠. 저도 이름표를 봤거든요. 오고먼이라고 붙어 있는 거. 치코테에 사는 사람들은 모두 그 사건을 알아요. 그러니 당연히 왜 외지인이 불쑥 마을에 나타나 오고먼 사건을 쑤시고 다니는지 이상하게 생각했죠."

불편한 침묵이 길게 흐르고, 퀸이 마침나 입을 열었다.

"얼마나 이상하게 생각했습니까? 가령, 아내에게 말할 만큼?"

"뭐, 대충 말한 것 같긴 하네. 그래요."

"그밖에 다른 사람은요?"

"손님, 잠깐만 제 입장이 되어보시견……'

"또 누구한테요?"

다시 침묵이 흐른 뒤 프리스비가 불안해하며 말했다.

"보안관에게 전화했어요. 여기 보안관이 알아야 할 수상쩍은 일이 있을지도 모른다고 생각해서. 어쩌면 진짜 심각한 사건일 수도 있으니까요. 이제 보니 제가 착각했다는 걸 알겠지만요."

"알겠다고요?"

“제가 이래 보여도 사람을 꽤 잘 보는데, 손님은 딱히 숨길 게 있는 사람처럼 행동하진 않아서요. 하지만 어제는 달랐잖아요. 짐도 없이 투숙한데다 다른 사람의 이름과 주소로 된 번호판을 단 차를 몰고, 오고먼에 관한 자료를 잔뜩 짊어지고 오질 않나. 내가 의심 좀 했다고 탓하시면 안 되지.”

“그래서 보안관에게 전화를 했다 이거군요.”

“그냥 말만 했어요. 보안관은 손님을 지켜보겠다고 약속했고.”

“나를 지켜보겠다는 게 노인을 속여서 17호실 열쇠를 빼내는 겁니까?”

“세상에나, 말도 안 되는 소릴.” 프리스비가 열심히 부인했다. “게다가 할아버지는 보안관을 꼬마 때부터 봐오셨다고요.”

“치코테 사람들은 다 서로 알고 지내나봅니다.”

“그래요. 근처에는 대도시가 없고, 우리 도시를 지나는 큰 도로도 없고, 산만 많고 울퉁불퉁한 시골이잖아요. 여기서 살아남기 위해 서로 의지하니까 자연스럽게 다들 알고 지내죠.”

“그리고 자연스럽게 외지인을 의심하고요.”

“여긴 서로 밀접한 공동체예요, 퀸 씨. 오고먼 사건 같은 일이 생기면 우리 모두가 영향을 받아요. 대부분 그 사람을 알고 학교에 같이 다녔거나 같이 일했거나 교회나 시민모임, 학부모회에서 만난 적이 있죠. 오고먼이 공동체 사업에 깊이 관여했다는 뜻은 아니고. 하지만 오고먼 부인은 참여했고, 그 사람은 부인한테 딸린 덤이었으니까요." 희미하고 음울한 미소가 프리스비의 얼굴을 스쳐갔다. "그러고 보니 오고먼에게 딱 떨어지는 묘비명이네. '그는 덤이었다.' 퀸 씨는 이 사건과 무슨 관련이 있는 겁니까? 뭐, 범죄 실화 전문 잡지 같은 데 기사라도 써요?"

"어쩌면요."

"기사가 나오면 저한테도 꼭 좀 알려줘요."

"그렇게 하죠."

퀸은 커피숍에서 아침을 먹었다. 길 건너에 주차한 차를 지켜볼 수 있도록 맨 앞자리에 앉았는데 트렁크 안에 오고먼의 파일을 넣어놓았기 때문이었다. 프리스비는 지난밤 침입자가 누구였는지에 대한 단서를 전혀 주진 않았지만, 퀸이 고마워할 만한 다른 걸 주었다. 여기저기 캐묻고 다닐 핑계. 그는 이제부터 오고먼의 실종사건에 관해 새로운 시각으로 조사하는 아마추어 기자였다.

퀸은 드러그스토어에서 주머니에 넣을 수 있는 수첩과 볼펜 두 자루를 사서 8번 애비뉴에 있는 《비컨》 사무실로 갔다. 문을 열자마자 타자기 치는 소리와 전화벨소리 위로 존 론다의 목소리가 똑똑히 들려와 꽂혔다. 빨강머리 드 브리스 양이 귀마개를 했더라도 엿듣는 데는 아무 문제가 없었을 것이다.

론다가 말했다. "좋은 아침이네요, 퀸 씨. 내 파일을 안전하게 도로 가져왔군요."

"얼마나 안전하게 가져왔는지는 모르겠습니다."

퀸은 외투와 중절모를 쓴 남자 이야기를 했다. 론다는 얼굴을 찡그리고 손가락으로 책상을 두드리며 이야기를 들었다.

"어쩌면 방에 있는 다른 물건을 훔치러 들어온 좀도둑일지도 모르잖아요."

"다른 물건이라고 할 게 없어요. 제 소지품은 다 리노에 있거든요, 원래는 지금쯤 그리로 돌아갈 작정이어서요."

"왜 안 갔습니까?"

"오고먼에게 관심이 생겼으니까요." 퀸은 아무렇지 않게 말했다. "실화 사건 전문 잡지에 내면 재미있는 기사가 될 것 같아서요."

"벌써 났습니다. 지난 오 년 반 동안 열두 번은 났어요."

"새로운 시각을 찾아낼지도 모르잖습니까. 어제 오고먼 부인하고는 첫 단추를 잘못 끼웠지만, 론다 씨가 도와주시면 바로잡을 수도 있지 않을까요."

"어떻게요?"

"전화해서 제 말 좀 잘해주세요."

론다는 천장을 올려다보며 곰곰이 생각했다.

"해볼 순 있겠지만, 하고 싶은진 잘 모르겠는데요. 당신에 대해 아는 것도 없는데.”

“물어보세요. 친해지자고요.”

“좋아요. 그래도 먼저 경고부터 하는 편이 좋겠네요. 지난밤 마사 오고먼하고 얘기를 나눠봤는데, 당신이 전화하고 집에 찾아왔다는 얘길 하더군요. 내 흥미를 끈 건 퀸 씨가 정오에 마사에게 전화했을 땐 오고먼이 죽었다는 사실을 몰랐던 것처럼 보였다는 거죠.”

“그 말이 맞아요. 몰랐습니다.”

“어째서 그 사람을 만나려고 한 겁니까?”

“직업 윤리상……”

“거기에 분명히 유족에게 새빨간 거짓말을 치는 게 포함되어 있진 않겠죠.” 론다가 말을 끊었다.

“제가 직접 이름을 댈 순 없습니다. 그러나 제 의뢰인을 아무개 부인이라고 하죠. 아무개 부인은 저한테 돈을 주고 패트릭 오고먼이라는 이름의 남자가 치코테에 사는지 알아보라고 했어요.”

“그리고요?”

“그게 답니다. 저는 그저 여기 와서 오고먼이 아직도 여기 있는지만 알아보기로 되어 있었죠. 그 사람하고 얘기를 해서도, 전갈을 남기거나 접촉을 해서도 안 되고요.”

“아, 퀸 씨, 그만둬요.” 론다는 무뚝뚝하게 말했다. “아무개 부인은 이 도시 공무원, 시장, 보안관한테, 심지어 상공회의소에다 편지 한 장만 쓰면 그 사실을 알 수 있었어요. 왜 굳이 당신을 고용해서 이 먼 길을 가라고 하겠어요?”

“그런데 그렇게 하더군요.”

“부인이 얼마나 지불했죠?”

“백이십 달러요.”

“하느님 맙소사, 그 부인이 정신이 좀 나갔군요.”

“그거 딱 맞는 표현인데요. 하느님 맙소사, 정말 그렇죠.”

“광인인가요?”

“다들 그렇게 말할 것 같네요. 그건 그렇고 이 얘기는 모두 기밀사항입니다.”

“그렇겠죠. 아무거 부인과 오고먼은 무슨 관계인데요?”

“어떤 관계가 있는지 모르지만 저한테 말하진 않았어요.”

“내 보기엔, 당신 같은 남자가 떠맡기엔 웃기는 일이군요.”

“빈털터리가 되면, 웃기는 일도 맡죠.”

“뭐하다 털렸습니까?”

“룰렛, 주사위, 블랙잭, 카지노.”

“프로 도박꾼입니까?”

퀸은 미소를 지었지만 조금도 즐겁지 않았다.

“아마추어죠. 프로들은 이기니까. 저는 지거든요. 이번에는 몽땅 잃었죠. 아무개 부인의 돈이 아주 근사하니 산뜻하고 빳빳해 보였던 거고요."

"유족에게 거짓말을 하고 미친 느부인에게 돈을 갈취한다
고 당신이 딱히 영웅이 되진 않아요, 퀸 씨." 론다가 말했다.

"딱히 그런 게 되려는 건 아닙니다. 그건 그렇고 아무개 부
인은 노부인도 아니고. 확실히 괴상한 점이 있긴 해도 그걸 빼
면 지적인 여성입니다."

"그러면 어째서 간단히 편지를 쓰거나 전화를 하지 않은
건데요?"

"부인이 사는 곳에서는 둘 다 허용되지 않거든요. 부인은
외부 세계와 불필요한 접촉을 금지하는 이름 없는 교단의 신
도입니다."

"그러면 어떻게 부인은 당신 앞에 나타난 거죠?" 론다는
건조하게 말했다.

"부인이 나타난 게 아닙니다. 제가 부인 앞에 나타난 거지."

"어떻게요?"

"말해도 안 믿으실 텐데."

"이제까진 그런데. 그래도 계속 시도해봐요."

퀸은 계속 시도했고, 론다는 못 믿겠다는 듯 간간이 고개
를 저으며 이야기를 들었다.

"미쳤군요." 퀸이 이야기를 마치자 론다가 말했다. "모든
게 미쳤어요. 어쩌면 당신도 미쳤고."

“그 가능성은 배제하지 않겠습니다.”

“그나저나 거기는 어디고 뭐라고 하는 데입니까?”

“그건 말씀드릴 수 없어요. 남 캘리포니아에 드물지 않은 수많은 교단 중 하나죠. 사회부적응자, 신경증 환자, 세상에서 거부당한 사람 들로 이루어져 있죠. 그들은 대부분 자기 일만 신경쓰고 문제는 피합니다. 아이들 학교 보내는 문제로 지역 당국과 약간 마찰이 있을 뿐이지.”

“알았어요.” 론다는 애매하게 손짓을 하며 말했다. “이 허황된 이야기를 내가 다 믿는다 치고. 내가 어쨌으면 좋겠어요?”

“먼저, 마사 오고먼이 저를 만나주도록 소개 좀 잘 해주십시오.”

“그건 쉽지 않겠는데요.”

“그리고 또하나, 어제 오후 론다 씨가 오고먼 파일을 가지러 가셨을 때 바깥 사무실에 있던 빨강머리 여자 이름을 알려주시죠.”

“그건 왜 알려고?”

“그 여자가 어젯밤 엘보카도 카페에서 저한테 접근했어요. 같은 시간에 중절모를 쓴 남자가 내 방을 뒤졌죠.”

“두 사건이 관련이 있다고 생각합니까?”

“그렇게 생각하지 않는다면 바보겠죠. 그 여자는 남자가 일을 마치기 전 내가 식당을 나가지 못하도록 붙들고 있던 거예요."

"분명 착각일 겁니다. 문제의 젊은 여자는 엘보카도 같은 곳에서 낯선 남자에게 접근하는 짓은 꿈에서도 해본 적 없을 걸요. 좀도둑을 도와 망을 봐줄 사람이 아닌 건 물론이고요. 점잖은 여자예요."

"별로 놀랍지 않은데요." 퀸은 건조하게 말했다. "사건 관련자는 모두 점잖은 사람들이잖습니까. 사람들이었든가. 그래서 이 사건이 특이한 거죠. 악인도 없고, 사기꾼도 없고, 수상한 숙녀도 없고. 오고먼은 착한 남자였고, 마사 오고먼은 공동체의 기둥이고, 아무개 부인은 헌신적인 교인이니, 빨강머리 여자는 주일학교 선생일지도 모르겠네요."

"사실, 선생 맞습니다."

"이 여자 누굽니까, 론다 씨?"

"망할, 얘기를 해줘야 하는지 모르겠습니다. 무척 좋은 여자예요. 게다가 당신이 착각했을 수도 있잖아요. 어제 오후 그 여자가 여기 있을 때 실제로 얼굴을 봤습니까?"

"아뇨. 머리 꼭대기만 봤죠."

"그것만 가지고는 그 여자가 카페에서 당신에게 접근한 여자와 동일인물이라고 증명할 수 없잖아요. 게다가 윌리처럼 똑똑한 관리자가 그런 멍청한 속임수를 쓸 티가 없어요."

"윌리라." 퀸은 그 이름을 따라했다. "윌헬미나를 줄인 겁니까?"

"그래요."

"윌헬미나 드 브리스?"

"어떻게, 왜, 그래요." 론다는 화들짝 놀란 표정이었다. "그 여자 이름을 어떻게 아는 겁니까?"

"어젯밤 저녁을 먹을 때 말해주더군요."

"정확히는 지금은 윌리 킹입니다. 잠깐 결혼생활을 했다가 금방 이혼했죠…… 자기 이름을 말해줬다고요?"

"그래요."

"그럼 그 자체로 그 여자가 어떤 야바위짓도 꾸미지 않았다는 증거가 되고도 남겠죠."

"부르고 싶은 대로 부르세요." 퀸이 말했다. "뭐가 됐든 그 여자는 일을 꾸몄고 그걸 즐겼으니까요."

"그것 말고 또 무슨 얘기를 했습니까?"

"반복할 가치가 없는 수많은 거짓말이죠. 그건 그렇고, 혹시 그 여자에게 남자친구가 있습니까?"

이 질문은 론다의 성질을 건드린 듯했다. 그는 몸을 앞으로 내밀고 퀸을 한참 동안 매서운 눈으로 쏘아보았다. "잘 들어요, 퀸 씨. 이렇게 마을로 쳐들어와서 우리 동네에서 가장 선량한 시민들을 비방하고 다녀선 안 됩니다."

"그럼 윌리 킹은 치코테의 가장 선량한 시민 중 한 명과 사귀고 있다는 말이군요."

"난 그런 말은 하지 않았어요. 그저……'

"말씀해보시죠. 치코테에 나쁜 시민이 있긴 합니까? 지금까지 제가 만난 사람들은 모두, 아니, 이야기를 들은 사람들은 모두 진정으로 탁월한 인격자들이던데도. 아니, 제가 틀렸군요. 예외가 한 명 있죠. 지역 은행에서 횡령을 저지른 얌전하고 자그마한 여성분."

"갑자기 그 여자 얘기는 왜 나옵니까?"

"계속 마음에 남아 있었거든요." 퀸이 말했다.

"어째서죠?"

"론다 씨의 업계와 마찬가지로 내 업계에서도 죄인이 성인聖人보다 더 주의를 끌죠. 치코테에는 성인들이 바글바글한 것 같습니다만, 그래도……"

"마을은 가만 놔둬요. 알겠어요? 여긴 보통 마을이에요. 보통 사람들이 살고, 보통 일들이 일어난다고요."

"그 여성 횡령범 얘기를 해주세요, 론다 씨."

"그러니까 어째서 궁금해하죠?"

"윌리 킹이 어제 이 사무실 얘기를 엿듣고 있을 때, 론다 씨는 주로 오고먼 사건에 대해 이야기하셨어요. 하지만 횡령범 얘기도 꺼내셨죠. 윌리 킹이, 어쩌면 그 남자친구도 어느 쪽 사건에 관심이 있는지 궁금하군요."

론다는 얼버무리려는 듯 어깨를 으쓱하며 말했다.

"치코테 사람들은 모두 양쪽 사건에 다 관심이 있습니다."

"제 모텔 방에 침입할 정도로요?"

"아니, 물론 그건 아니죠."

"좋습니다, 그럼. 윌리의 남자친구가 누구죠?"

"뭐 하나 확실히 말할 수는 없지만, 소문은 들었어요. 이런 크기의 마을에선 젊고 매력적인 여성이 결혼 상대가 될 만한 홀아비 밑에서 일한다면, 그 남자에게 작업을 건다고 짐작하곤 하죠."

"그 사람 이름은요?"

"조지 헤이우드. 부동산업을 해요. 윌리는 그 사람 비서였다가 승진했죠. 헤이우드가 《비컨》에 싣는 광고를 봤더니 윌리를 동업자로 올려놓았더군요. 얼마나 가까운 동업자인지는 다들 추측할 뿐이지만 누구도 상관할 일은 아니죠."

"제가 상관할 일일 수는 있죠." 퀸이 말했다. "윌리는 지난밤 엘보카도 카페에 우연히 흘러들어온 게 아녜요. 우연히 변장을 했을 리도 없고요."

"그럴 리는 없어 보이긴 하네요."

"윌리가 오고먼 사건과 연관이 있습니까?"

"내가 알기론 없어요."

"횡령은 어떻습니까?"

"음, 연관이라고 하면 너무 과한 표현인데요."

"적당한 말로 해보세요."

론다는 의자 등받이에 기대며 가슴 위로 팔짱을 꼈다.

"윌리 본인은 횡령 사건과 아무 상관 없어요. 횡령은 딱 한 건이 아니었어요. 십 년에서 십일 년 정도에 걸쳐 여러 번 있던 일이죠. 다만 윌리가 조지 헤이우드 밑에서 일했다는 사실 정도나 상관이 있달까."

"그럼 조지 헤이우드는 횡령에 관련되어 있단 말입니까?"

"자발적으로는 아니고요." 론다가 날카롭게 말했다. "그 사람의 정직함은 한 번도 의심받지 않았어요. 하지만 어쩔 수 없이 얽힌 거죠. 횡령범이 그의 여동생, 앨버타 헤이우드였으니까." 론다는 말을 멈추더니 얼굴을 찡그리며 하늘을 올려다보았다. "그 여자 사건도 나름대로 오고먼 사건만큼이나 비극적이에요. 둘 다 조용하고 나대지 않는 사람들이었죠."

"이었다고요? 그 여자도 죽었다는 뜻입니까?"

"어느 정도는 그런 셈이죠. 오 년째 테콜로테 여자형무소에 갇혀 있고 앞으로 오 년, 아니, 십 년은 더 있을 가능성이 높거든요."

"가석방은요?"

"곧 심사가 있을 예정이지만, 그렇다고 상황이 더 나아지는 일은 없을 겁니다."

“왜죠?”

“그게, 가석방 심사위원회가 금품 절도와 관련된 사건을 심사하러 모일 땐 두 가지를 확인하려고 합니다. 돈은 어떻게 되었는가와 도둑이 돈을 훔친 행위를 반성하고 있는가요. 앨버타 헤이우드는 그들 기준을 충족하지 못할 거예요. 테콜로테 교도소에서 행동을 들어보니, 고분고분하긴 했으나 참회하진 않았다더군요. 그리고 돈 말인데, 심사위원회가 앨버타의 설명을 믿을지가 관건입니다. 어떤 사람들은 믿지만, 어떤 사람들은 믿지 않죠.”

“론다 씨는 어떤데요.”

“아, 난 믿습니다.” 론다가 말했다. “그녀는 횡령한 돈을 십 년쯤에 걸쳐서 다 썼답니다. 얼마는 자선기관에 내고, 친구들과 친척들에게 빌려주기도 하고 주식 투자도 했다가 나머지는 경마에 걸어 다 날렸다는군요. 일반적인 횡령범의 이미지에 잘 들어맞는 모습이죠. 앨버타 헤이우드가 체포된 후 조사를 해봤는데 꽤 놀라운 사실들을 발견할 수 있었어요. 이를테면 횡령 사건에 얽힌 돈은 한 해 동안 전국의 모든 강도, 은행 강도, 소매치기, 자동차 도둑이 훔친 돈을 다 합친 것보다도 큰 어마어마한 액수였죠.”

“믿기 어려운데요.”

“직접 확인해봐요. 사실일 테니까. 흥미로운 점이 하나 더 있어요. 앨버타 헤이우드는 범죄를 저지를 것 같지 않은 사람처럼 보였어요. 다른 횡령범들도 공통적으로 이런 의외성을 갖고 있다는 사실을 알아냈죠. 일반적인 횡령범은 전과도 없고 범죄자처럼 행동하지도 않으며 자신이 범죄자라고도 생각하지 않아요. 그가 속한 집단에서도 그 사람을 범죄자로 여기지 않는 경우는 많죠. 보통 자신이 횡령한 돈의 일부를 바로 그 피해자들에게 주곤 하니까요. 치코테 시도 앨버타 헤이우드를 굳건히 지지했습니다. 그들의 돈을 수십만 달러 훔쳐갔을진 모르지만, 보이스카우트는 본부에 새 가구를 샀고 장애아동협회는 새 스테이션왜건을 얻었거든요. 물론 등에 칼을 맞고 아파 죽겠는데 앞에서 막대사탕을 주며 달랜다고 고마워하다니, 어불성설이긴 하죠.”

“헤이우드 양과 잘 아는 사이셨습니까?”

“가족을 제외하고 다른 사람이 아는 만큼은 알았다고 할 수 있을까요. 앨버타는 마을 사람들 거의 코두와 지나가다 인사 정도는 하는 사이였지만 가까운 친구는 없었어요. 테콜로테에서는 모범수였다는군요. 규율을 잘 따르고 조용하고 아무 문제도 일으키지 않고. 당연히 이런 점이 가석방 심사에서 유리하게 작용되겠지만, 여전히 돈의 사용처에 관한 앨버타의 설명을 심사위원회가 믿어줄지 아닐지가 관건이죠. 하지만 내가 보기엔 앨버타가 사실을 말하는 게 분명해요.”

“두 범죄가 관련있다고 보기도 했었나요? 헤이우드 양의 횡령과 오고먼 살인요.”

“아, 그럼요. 경찰은 한번은 앨버타가 오고먼을 살해했다고 의심해본 적도 있죠.”

“근거가 있었나요?”

“앨버타가 체포되었을 때 경찰은 여전히 오고먼 살인의 동기를 찾으려고 강변의 모든 돌을 뒤집어보고 있었어요. 그러다 누가 큰 바위를 뒤집었는데 이게 나온 거죠. 먼저, 오고먼도 앨버타처럼 회계사였습니다. 그러니 앨버타의 횡령을 먼저 눈치채서 폭로하겠다고 협박하는 바람에 그의 입을 확실히 막으려고 살해했을지도요. 그렇지만 이 가설에는 오류가 상당히 많습니다. 먼저, 앨버타는 오고먼이 사라진 날 밤 극장에 있었어요. 둘째로 오고먼은 앨버타 본인을 통하는 것 말고는 은행 장부에 접근할 방법이 없었어요. 그리고 앨버타가 은행 돈에 손을 댔다면 자기 손톱 매니큐어를 자랑하려고 낯선 사람을 끼워넣을 리는 없었다고 추측하는 편이 안전하겠죠.”

“오고먼도 앨버타에게 낯선 사람이었습니까?”

“실질적으로 그랬죠. 오고먼이 자기 오빠 조지 밑에서 부동산 영업사원으로 잠깐 일하던 시절에 두어 번 봤을 수는 있습니다. 잠깐이라고 한 건 한 달도 버티지 못했기 때문이죠. 불쌍한 오고먼은 타히티에서 사롱'도 못 팔 사람이에요. 성격 자체가 느긋하고 소극적인데다 돈에 별로 신경도 안 쓰니까요. 영업사원들처럼 물고 붙잡는 일을 할 수가 없죠. 오고먼은 되는 대로 살아나가는 걸로 만족했고 마사도 마찬가지였어요. 마사는 아이들을 대학에 보내지 못할까 걱정은 했지만"

"그 부인이 오고먼의 보험금을 받기는 했습니까?"

"아, 네. 회사에서 결국엔 지급했죠. 하지만 얼마 되지는 않았어요. 오천 달러 정도일 겁니다."

"오천 달러라." 퀸은 말했다. "이 달러보다 동기로는 더 낫겠지요."

"무슨 뜻으로 그런 말을 하는 겁니까?"

"론다 씨가 가정한 히치하이커는 이 달러를 가져갔지만, 마사 오고먼은 오천 달러를 받았단 겁니다."

론다의 얼굴이 분노에 찬 듯 붉어졌지만, 침착하게 말했다. "마사도 의심을 받았습니다, 당연히. 아무것도 나오진 않았어요. 이상하죠. 사람들은 결백한 피해자인 마사보다는 죄를 저지른 앨버타 헤이우드에게 훨씬 더 친절했으니. 하지만 또다시 보이스카우트들이 쓸 수 있는 새 가구라든가 장애 아동들이 탈 수 있는 스테이션왜건이라거나 하는 문제에 부딪치게 되죠. 치코테의 선량하고 멍청한 시민들은 자신들이 수십만 달러를 빼앗긴 후에 고작 오 퍼센트만 돌려받았다는 사실을 이해하지도 못하고 이해하려고도 하지 않는 것 같더군요. 나머지 돈은 도박사 등등에게 가버렸는데.”

“앨버타가 이름과 날짜를 댔습니까?”

“아뇨. 거부했죠. 다른 사람들을 곤란에 빠뜨리고 싶지 않다나. 하지만 담뱃가게 주인은 경찰에게 그녀가 잡히기 직전까지 육칠 개월 동안 매일 경마 예상지를 사갔다고 증언했습니다.”

“어떻게 꼬리가 밟혔죠?”

“은행장이 동네 다른 은행들의 예금은 증가하는데 자기네 예금은 줄어들어서 의심하게 된 거죠. 은행 감사원을 불렀습니다. 이유야 빤하지만, 은행 직원들은 감사원들이 도착한다는 사실을 미리 고지받지 않거든요. 어쨌든 감사원 중 한 명이 앨버타 헤이우드를 불러 임의로 골라낸 사소한 장부 오류를 설명할 것을 요구했습니다. 앨버타는 미끼라는 걸 바로 알아차렸고요. 모든 걸 고백했고, 간략한 재판 후에 테콜로테 교도소에 수감되었죠.”

“오빠인 조지 외에는 가까운 친척은 없었나요?”

“동생 루스가 있는데, 결혼할 남자 때문에 가족이랑 싸우고 그보다 일 년 전에 마을을 떠났습니다. 그리고 동네 유명 인사인 어머니도 있죠. 헤이우드 부인은 앨버타의 재판에 참

석하지도 않았고, 더는 딸의 일에 관여하지 않겠다고 했습니다. 그 어머니가 당신 영향력을 조지에게 쓴 게 아닌가 싶은데요. 조지는 언제나 동생을 좋아했지만, 면회는 테콜로테로 이송되기 전 군 감옥에 있을 때 딱 한 번 갔습니다. 가족들에게는, 앨버타 헤이우드는 은행 조사관들이 드착했던 날 죽었던 거죠. 적어도 헤이우드 부인과 조지에게는 그렇습니다. 동생 루스에 대해선 모르겠습니다. 루스는 가족사진에서 빠졌다고나 할까."

"헤이우드 부인은 어떤 사람입니까?"

"무시무시하죠." 론다는 얼굴을 찡그리며 말했다. "조지는 자기 어머니를 참아내는 것만 해도 훈장감입니다. 안 그랬다간 정신 차리게 얻어맞겠지만."

"그 사람이 어머니와 같이 삽니까?"

"네, 아내가 죽고 혼자된 지 칠팔 년 됩니다. 여기서 부동산은 이제는 핫케이크처럼 잘 팔리지는 않지만, 조지가 하는 사업은 그럭저럭 괜찮은 것 같아요. 앨버타가 잡혀가고 나서 우리는 모두 조지가 치코테를 떠나 헤이우드라는 이름이 수치스러운 실수라고 여겨지질 않을 대도시에 자리잡을 거라고 생각했어요. 하지만 조지는 투지가 있었죠. 여기 남았어요…… 뭐, 이게 답니다, 퀸 씨. 앨버타 헤이우드 얘기는 다 들은 거예요. 이 이야기의 교훈은 큰돈을 횡령하거든 그걸 남을 쥐버리지도 말고 도박으로 다 써버리지도 말라는 겁니다. 가석방 심사위원회에게 좋은 인상을 줄 수 있도록 안전한 곳에 보관해두란 거죠."

"가석방 심사는 언제입니까?"

"다음달요." 론다가 말했다. "조지가 이 주 전 평소처럼 광고를 실으러 왔을 때 내가 다시 알려줬는데요. 조지는 관심이 없는지 그 얘기를 하고 싶어하지도 않더군요."

"론다 씨는 관심이 있어 보이는데요."

"뉴스니까요. 뉴스가 있는 곳엔 《비컨》이 빛난다.[1] 발행인 란에 써 있는 말이죠. 조만간 좀더 나은 표현, 적어도 좀더 정확한 말을 생각해내야겠어요. 자, 퀸 씨가 괜찮으시면 오늘은 여기까지 할까요. 할일이 있어서."

"마사 오고먼에게 절 소개해주시는 건 어떡하고요?"

"그건 쉽지 않을 겁니다. 마사에게 딱히 좋은 인상을 주진 않았던데."

"두번째 기회가 생기면 좀더 잘하겠습니다."

"알았어요." 론다가 말했다. "마사가 있는 병원 임상병리실로 연락을 해보죠. 11시쯤 전화해요."

I 비컨(Beacon)은 봉화, 신호를 알리는 불빛이라는 뜻이다.

6

퀸은 드러그스토어에 있는 공중전화에서 조지 헤이우드의 사무실로 전화했다. 얼 퍼킨스라고 이름을 밝힌 남자가 헤이우드 씨는 감기에 걸려 집에 있다고 말했다.

"그럼 킹 부인은 계신가요?" 퀸이 말했다.

"아니요. 점심 후에나 돌아올걸요. 헤이우드 씨가 처리하기로 한 부지를 고객에게 보여주려고 출장 갔거든요. 긴급한 용무라면, 헤이우드 씨 집으로 해보시죠. 5-0936입니다."

"고맙습니다."

퀸은 5-0936으로 전화를 걸어 조지 헤이우드를 찾았다.

"아파요." 여자의 목소리는 나이 때문에 갈라졌지만 여전히 단호했다. "감기에 걸려 누워 있어요."

"잠시 통화할 수 있을까요."

"안 되겠네요."

"헤이우드 부인이십니까?"

"그런데요."

"저는 이 도시에 오래 머물지 못하는데,

긴급한 사안 때문에 헤이우드 씨를 만나고 싶어서요. 제 이름은 조 퀸입니다. 전화했다고 전해주시면……"

"적당한 시간에 말해주죠." 부인이 전화를 끊자, 퀸은 적당한 시간이라는 게 정오일까 아니면 다음 크리스마스일까 궁금해졌다.

그는 《치코테 비컨》 한 부를 사고 식당 카운터에서 커피한 잔을 주문했다. 《비컨》에는 세계 뉴스는 최소한으로 간간히 끼어 있고, 주로 지역 활동에 대한 길고 지루한 설명과 그와 관련된 사람들을 나열한 길고 지루한 명단이 있을 뿐이었다. 존 론다가 오고먼과 앨버타 헤이우드에게 감사를 표현한것도 놀랄 일은 아니었다. 적어도 그들은 론다에게 재미있는소재를 주었으니. 론다는 어느 쪽 사건이든 수사를 재개한다면 환영하리라는 데 의심의 여지가 없었다. 어쩌면 그래서 무리해서 나를 위해 수고를 마다하지 않는지도 모르지, 퀸은 생각했다. 《비컨》은 새로 치고 올라갈 자극이 필요하고, 오고먼사건에 새 단서가 나왔다는 뉴스는 1면에서 부인회 카드놀이행사와 YMCA 소시지 바비큐 모임을 밀어낼 테니까.

11시에 그는 론다의 사무실로 전화했다.

"음, 해냈어요." 론다는 자랑스러운 목소리로 말했다. "당연히, 마사는 처음엔 내키지 않아 했지만 내가 돌려 말했죠. 병원 식당에서 정오에 만나겠답니다. 병원은 서드 애비뉴 근처 시 스트리트에 있어요. 식당은 지하에 있고요."

"정말 고맙습니다."

"헤이우드와 연락은 해봤어요?"

"아뇨. 감기에 걸려 누워 있다면서 어머니가 통화를 막네요."

론다는 그 말이 설명하고 싶지 않은 개인적 농담이라도 되는 양 웃었다. "윌리 킹은 어떻게 됐습니까?"

"출장이랍니다."

"어딜 가나 타이밍이 안 좋네요, 허?"

"저한테는 그랬죠." 퀸이 말했다. "윌리와 조지 헤이우드에게는 타이밍이 참 편리하게 맞았고요."

"참 의심 많은 사람이군요, 퀸 씨. 어젯밤 카페에서 있던 우연이 당신 말대로라면, 윌리가 그렇게 행동한 데는 합당한 이유가 분명 있을 겁니다. 그녀도 점잖은 사업가니까요."

"치코테 사람들은 모두 점잖은가봅니다." 퀸이 말했다. "제가 여기 오래 어정거리다보면, 그 점잖음이 저한테도 좀 옮겠죠."

병원은 새로 지은 건물이었고, 지하 식당에는 분수가 있는 광장을 내다보는 넓은 창이 있어 밝고 바람이 잘 통했다. 하얀 제복을 입은 그녀는 단정하고 매력적이었다. 퀸이 마지막으로 보았을 때는 분노로 일그러졌던 얼굴이 이제는 차분했다.

그녀가 먼저 입을 열었다. "앉으세요, 퀸 씨."

"고맙습니다."

"이번에는 무슨 공으로 속여넘기려고 하시나요?"

"던질 공은 없습니다. 심판이 아직 공을 던지지 않았거든요."

그녀는 눈썹을 치켜올렸다. "이 더러운 게임에 심판까지 바라서요? 정말 순진하시네요. 심판은 경기가 공정하게 진행되는지 확인하면서 양쪽을 다 보호해야 하죠. 제 남편한테는 물론이고 저나 우리 아이들에게도 그렇게 해주지 않았지만요."

"죄송합니다, 오고먼 부인. 제가, 음, 도울 수 있으면 좋겠네요."

"저는 이제껏 무관심한 낯선 사람보다, 나를 돕겠다고 나선 사람들의 손에 더 많이 시달렸어요."

"그럼 제가 무관심한 낯선 사람이 되게 해주십시오."

마사는 깍지 낀 손을 탁자 위에 올려놓고 조금도 양보하지 않을 기세로 뻣뻣하게 앉아 있었다.

"괜히 에둘러 말하지 않기로 하죠. 어떤 여자가 퀸 씨를 고용해서 내 남편의 행적을 찾아보라고 했다는데 이유가 뭐죠?"

"그 정보는 론다 씨에게 기밀이라고 하고 해준 건데." 퀸은 얼굴을 붉혔다. "그 말을 전할 줄은 몰랐습니다."

"사람 보는 눈이 없으시네요. 그 사람은 동네 소식통이에요."

“아.”

“남을 괴롭히지는 않아요, 소식통이라는 사람들이 그렇잖아요? 하지만 떠벌리고 다니는 걸 정말 좋아하죠. 그리고 기사로도 내고. 그 여자는 뭔가요, 퀸 씨? 무슨 동기로 그런 일을 시킨 거죠?”

“정말 모릅니다. 론다가 그 얘기도 했나고죠?”

“아, 그럼요.”

“제가 이 일을 맡은 건 저한테도 그게 필요해서지요.” 퀸이 말했다. “의뢰인은 제게 추천서를 요구하지 않았고, 저도 요구하지 않았어요. 저는 그저 오고먼 씨가 연락이 끊긴 친척이나 옛 친구인 줄 알았습니다. 이런 상황에 부딪칠 줄 알았더라면, 저도 당연히 의뢰인에게 더 자세히 물어봤을 겁니다.”

“그 여자분은 이 교단인지 뭔지에 얼마나 오래 머물렀죠?”

“그분 말로는 아들이 매해 크리스마스마다 이십 달러짜리 지폐를 보내준다고 했어요. 그러고 저한테 백이십 달러를 주었죠.”

“그러면 육 년이군요.” 마사 오고먼은 곰곰이 생각했다. “그렇게 오래 세상과 동떨어져 살았다면, 패트릭이 죽었다는 사실을 몰랐을 가능성도 있네요.”

“그랬을 가능성이 높죠.”

“어떻게 생긴 분인가요?”

퀸은 축복 자매를 할 수 있는 한 자세히 묘사했다.

"패트릭이 그렇게 생긴 분과 알고 지낸 기억은 없어요." 오고먼 부인이 말했다. "우리는 십육 년간 결혼생활을 했죠. 그 사람 친구들이 제 친구들이에요."

"제가 말씀드린 인상착의가 그다지 정확하지 않았는지도 모르겠습니다. 일단 ―團의 사람들이 모두 똑같이 무늬 없는 회색 로브를 입으면 구분하기 어려우니까요. 그게 아마 로브의 목적이겠죠. 멋과 개성을 억누르는 것. 어쨌든 효과는 있지만요."

퀸은 그렇게 말하면서도 자기 말이 과장이라는 사실을 알았다. 축복 자매는 여전히 개성을 지니고 있었고, 다른 사람도 어느 정도는 그랬다. 무한의 빛 형제는 가축을 전전긍긍하며 살피는 것이 자신의 책임이라고 여겼고, 회개 자매는 학교에서 배울지도 모르는 사악한 세속적 생활방식에서 아이들을 구해내려 했으며, 말없는 말 형제는 자신의 목소리 대신에 작은 새 한 마리만을 기르고 있고, 승천의 영광 자매는 검소하게 형제들의 머리카락을 모아 매트리스를 만들었다. 굳건한 마음 형제는 근시이면서도 열정적으로 면도기를 휘둘렀다. 그들은 항상 개인이었으며, 언제나 그럴 것이었다. 개미 언덕의 개미나 벌집의 벌이 아니었다.

"이전에 간호사였다고요?" 마사 오고먼이 물었다.

“그렇게 말하더군요.”

“물론 전 이젠 간호사들을 많이 알지만, 여기서 일하기 전에는 몰랐어요. 게다가 패트릭과 제가 친구라고 생각하는 사람들은 대부분 아직도 치코테에 살고 있고요.”

“존 론다와 그의 부인처럼요?”

“그 부인은 확실히 친구죠. 존은, 친구일 수도 있고요.”

“조지 헤이우드는요?”

그녀는 분수에 반쯤 최면이라도 걸린 것처럼 꼼짝 않고 솟아나는 물만 쳐다보면서 잠깐 망설였다. “헤이우드 씨를 만난 적은 있어요, 하지만 개인적으로 친하게 지내는 관계는 아니었죠. 오래전에 패트릭이 그 사람 밑에서 몇 주 일한 적이 있어요. 만족스러운 일은 아니었어요. 패트릭은 그런 일을 하기엔 너무 정직했죠.”

퀸은 마사의 관점이 론다와 사뭇 다르다는 것을 눈치챘다.

“헤이우드의 동료인 킹 부인과는 아는 사이신가요?”

“아뇨.”

“앨버타 헤이우드는요?”

“돈을 훔친 그 여자요? 소개받은 적은 없지만, 패트릭 수표를 현금으로 바꾸러 은행에 가면 가끔 봤어요. 대체 이 사람들은 왜 물어보는 거죠? 패트릭과 저하고는 상관없는 사람이에요. 패트릭이 헤이우드 씨 밑에서 일한 지는 칠 년도 넘었고요, 다시 말하지만 저는 그 사람과 알고 지내는 사이도 아니고 그의 동료나 동생도 몰라요.”

“남편분이 회계사셨다지요, 오고먼 부인?”

그녀는 갑자기 경계하는 듯했다. “네, 그래요. 남편은 통신 수업을 들었어요. 숫자에 타고난 재능은 없었지만, 그래도……”

“그래도 부인이 도와주셨고요?”

“가끔은요. 론다에게 들으셨겠죠. 뭐, 비밀도 아니니까요. 남편이 필요할 때 돕는 건 아내의 업무죠. 제가 남편을 도와준 것도, 그이가 도움이 필요로 했다는 것도 전 부끄럽지 않아요. 전 현실적인 여자예요, 퀸 씨. 사실과 싸우진 않죠. 패트릭에게 지성이 넘치지 않는다면 저에게 좀 기댈 수 있는 거예요. 저도 그 사람에게는 있지만 저에겐 없는 좋은 점에 기댈 수 있었던 것처럼요. 다정함, 관용, 인내 같은 것들. 그런 것들은 제 장점은 아니에요. 패트릭의 장점이죠. 저희는 서로 돕고 서로 기댔어요. 그러면서 함께 충만하고 행복했던 삶을 살았죠.”

눈물이 그녀의 눈에 그렁그렁했다. 퀸은 이 눈물이 한때 충만하고 행복했던 삶에 대한 회한 때문인지, 아니면 그런 척하고는 싶지만 실제로는 충만하지도 행복하지도 않았던 삶이었다는 깨달음 때문인지 알 수 없었다. 오고먼 부부는 이상적인 부부였을까, 아니면 이상 때문에 실패를 인정하지 못하는 부부였을까? 오고먼은 자신이 열등한 면이 있다는 사실을 아내만큼 평정한 태도로 받아들였을까?

"패트릭 사고가 있고 나서 오랫동안 소문, 수군거림, 비꼬는 말이 돌았어요." 그녀는 손수건으로 눈가를 훔치며 말했다. "사람들이 저를 빤히 쳐다보곤 했는데, 그 사람들이 무슨 생각을 하는지 알겠더라고요. 저 사람이 내가 아는 마사 오고먼일까, 아니면 보험금 때문에 남편을 죽인 괴물일까? 아니, 제 망상이 아니었어요, 퀸 씨. 제 친구들조차도 저를 의심했으니까요. 존 론다에게 물어봐요. 그 사람도 그중 한 명이에요. 저에게는 이중의 비극이었죠. 남편을 잃었을 뿐만 아니라, 남편의 죽음을 초래했다는 의심까지 받았어요. 남편을 살해했든가, 아니면 남편이 자기 손으로 돋숨을 끊을 만한 이유를 제공했든가."

"무슨 이유요?"

"빤하죠. 남편은 공처가였고, 나는 남편을 이리저리 휘두르면서 가족을 위해 바지를 입고 나가 가장 노릇을 했고, 뭐 그런 거요. 론다나 그 부인 같은 몇몇 사람들은 진실을 알았죠. 제가 그 책임을 떠맡지 않았더라면, 우리 가족에게는 입을 바지 한 벌 없었으리라는 걸. 패트릭은 친절하고 상냥하고 사랑이 많은 사람이었지만 돈은 그에게 아무 의미가 없었어요. 납부하지 않은 고지서도 그냥 종이 쪼가리일 뿐이었죠.

저도 밖에 나가 일자리를 구하고 싶은 마음이 간절했지만, 그랬다간 패트릭의 자신감이 무너졌을 거예요. 그렇지 않아도 별로 높지 않은데. 저는 패트릭의 약점과 요구 사이에서 줄타기를 하고 있었죠.”

“그런 상황에서 충만하고 행복한 삶을 살 여자는 거의 없을 텐데요.”

“없다고요? 여자들을 잘 모르시나보네요.”

“인정합니다.”

“아니면 사랑에 대해서 잘 모르시든가.”

“그것도 아마 모를 겁니다. 하지만 배우려고 노력하는 중입니다.”

“그 나이에 배우실 수 있을까 싶네요.” 그녀는 조용히 말했다. “사랑은 고난을 견딜 수 있는 어린 나이에야 일어나는 일이에요. 날아오는 펀치를 싹싹 피할 수 있거나 심판이 여덟까지 센 이후에도 비틀비틀 일어날 수 있는 어린 나이에나 사랑을 할 수 있죠.” 그녀는 자랑스럽다는 듯 살짝 미소를 지으며 덧붙였다. “우리 아들 리처드가 권투 팬이에요. 저한테 용어를 가르쳐주고 있죠.”

“론다 씨 말로는 아이가 무척 영특하다더군요.”

“제 생각에도 그래요. 하지만 고슴도치도 제 자식은 예쁘다니까.”

"남편분이 당한 사고에 대해 말씀해주시겠습니까, 오고먼 부인."

그녀의 눈길은 흔들림 없이 곧았다.

"존 론다가 어제 오후에 빌려준 파일에 없는 얘기는 없어요."

"한 가지가 언급되지 않았더군요. 남편분 차에는 히터가 있었습니까?"

"아뇨. 우리는 사치품에는 돈을 쓰지 않았어요."

"집을 떠날 땐 뭘 입고 있었죠?"

"심리 때 제 증언을 보셨으면 뭘 입었는지 아실 텐데요. 체크무늬 플란넬 셔츠였어요. 노란색과 검은색 무늬."

"그날 밤 비가 오지 않았습니까?"

"네. 며칠 동안 계속 왔죠."

"하지만 오고먼 씨는 비옷이나 그런 유의 재킷을 입지 않았죠?"

"무슨 얘기를 하시려는지 알아요. 하지만 그래봤자 소용없을걸요. 패트릭은 비옷이 필요없었어요. 우리 차고는 집에 붙어 있고, 그가 주차하는 유정 현장은 이전에 비행기 격납고였어서 사무실에 바로 붙어 있었거든요. 남편은 빗속으로 나갈 필요가 없었어요."

"비도 왔지만 춥기도 했을 텐데요. 제 생각에는"

"패트릭은 추위를 거리끼는 사람이 아니었어요. 외투도 하나 없었는걸요.”

“론다 씨의 파일에 있는 신문기사 조각에 따르면, 그날 밤 온도는 4도 정도였으니 꽤 추웠죠.”

“셔츠는 모직이었어요.” 그녀가 말했다. “두꺼운 모직 플란넬. 게다가 집을 나갈 때는 무척 서두르고 있었어요. 누가 발견하기 전에 사무실에 가서 실수를 고치려고 거의 정신이 나갔었거든요.”

“정신이 나갔었다.”

퀸은 그 말을 따라했다. 어감이 센 단어였고, 그가 알고 있는 오고먼의 이미지, 조용하고 느긋하고 소극적이며 야망 없는 남자와는 별로 어울리지 않았다.

“사고는 남편분이 유정 현장에 가던 길에 발생한 거죠?”

“네.”

“남편분이 정신이 나가서 서둘렀다면, 히치하이커를 태우려고 할 리는 없었을 것 같은데요?”

“히치하이커는 없었어요.” 그녀는 무뚝뚝하게 말했다. “론다와 보안관의 바삐 돌아가는 머릿속에나 있었겠죠. 패트릭이 너무 급히 서둘렀다는 것 말고도 당신 의견을 뒷받침해줄게 하나 더 있어요. 일주일 전 치코테에 사는 한 부부가 히치하이커에게 강탈을 당했거든요. 그래서 패트릭은 길에서 낯선 남자를 다시는 태워주지 않겠다고 제게 단단히 약속을 했어요.”

“여자라면요? 혹은 아는 남자라던?”

“무슨 남자요? 무슨 여자? 패트릭에게 원한을 품을 사람은 하나도 없어요. 누가 그에게 가진 돈을 달라고 하면, 패트릭은 기꺼이 줄 사람이에요. 굳이 폭력을 쓸 필요도 없었을 거예요.” 그녀는 체념의 의미로 두 손을 펼쳐보였다. “이제 제가 왜 사고라고 말했는지 아시겠죠. 다른 가설을 뒷받침할 증거가 없어요. 패트릭은 서두르고 있었고, 평소보다 빨리 운전한데다가 폭우 때문에 시야가 흐렸던 거예요.”

“남편분을 무척 사랑하셨군요, 오고먼 부인?”

“그 사람을 위해서라면 뭐든 할 수 있었어요. 세상 어떤 일이라도. 그리고 여전히……” 그녀는 고개를 돌리며 아랫입술을 깨물었다.

“아직도 할 수 있다는 말씀이신가요?”

“제 말은, 그날 밤 패트릭의 마음속에 뭔가 끔찍한 일이 일어났다고 한다면, 그가 갑자기 완전히 정신이 나가버려서…… 음, 그 사람이 다시 돌아온다면, 아니, 발견된다면, 저는 그 사람 옆에 붙어 있을 거예요.”

“사람들은 갑자기 정신이 나가진 않습니다. 정신불안의 징조가 항상 먼저 나타나죠. 남편분이 그런 징조를 보인 적이 있습니까?”

“없어요.”

“이유도 없이 우울해진다든가, 갑작스레 성질을 부린다거나, 평소보다 술을 더 자주 마신다든가, 수면이나 식사, 옷 입는 습관 같은 데 변화가 생긴다든가, 그런 일은 없었습니까?”

“없었어요.” 마사가 말했다. “어쩌면 그전보다 더 조용하고 생각이 더 깊어졌다는 정도일까요.”

“생각이 깊어졌다는 게 무슨 뜻입니까, 배려가 늘었다는 겁니까, 아니면 생각에 골똘히 잠겼다는 겁니까?”

“골똘히 생각에 잠겼다는 거죠. 한번은 농담조로 남편에게 백일몽이라도 꾸는 거냐고 했더니 남편은 백일몽白日夢이 아니고 악일몽惡日夢이라고 하더군요. 전에는 한 번도 들어본 적이 없는 이상한 말이라 기억이 나요. 들어본 적 있나요?”

“네.” 퀸이 말했다. “헤어날 수 없는 뭔가를 가리키는 말이죠.”

7

헤이우드 부동산은 작은 호텔 1층, 냉방 되는 사무실에 자리잡고 있었다. 시군 지도, 치코테의 항공사진, 델라웨어 강을 건너는 워싱턴 장군의 판화, 젊은 시절의 링컨을 묘사한 또다른 판화가 벽을 가득 덮었다.

셔츠 차림에 얼굴이 누리끼리한 남자는 얼 퍼킨스라고 자기를 소개했다. 명판이 있는 책상이 여럿 있었지만, 사무실을 지키는 사람은 퍼킨스뿐이었다. 퀸은 불경기라서 다른 사람들이 나오질 않는 건지, 호경기라서 다들 윌리 킹처럼 부지를 보여주러 나간 건지 궁금했다.

"킹 부인은 언제쯤 돌아오시죠?" 퀸이 물었다.

"아무때나 오겠죠. 말 그대로입니다. 아무때나 온다는 거요. 이런 곳에서는 살인을 저지르고도 도망칠걸요. 규율이라는 게 없거든요. 선생님도 사업가신가요, 성함이……?"

"퀸입니다. 저도 사업을 하죠, 네."

"그러면 사업이란 직원들이 엄격하게 고

수하는 엄격하고 즉각적인 규율 없이는 제대로 돌아가지 않는다는 것도 아시겠네요. 규율이 없다면 우리에게 뭐가 있겠어요? 혼돈뿐이죠.”

쿤은 텅 비다시피 한 사무실을 휙 둘러보았다.

“깨끗하고 조용한 혼돈이네요.”

“혼돈이 언제나 표면에 나타란 법은 없죠.” 퍼킨스는 삐딱하게 말했다. “이를테면, 제 점심시간은 12시부터 1시까지예요. 지금은 1시가 다 됐는데, 아직도 점심을 먹지 못했다고요. 선생님에게는 사소한 예일지는 모르겠지만 저한테는 아닙니다. 저라면 그 부지를 보여주고 여기 11시까지 돌아올 수도 있었겠죠. 저는 빈들빈들 돌아다닌 다음에 그걸 보충하려고 상사에게 꼬리치는 그런 사람은 아니니까요.”

“킹 부인이 헤이우드 씨 밑에서 일한 지 얼마나 됐습니까?”

“몰라요. 저도 지난 1월에야 들어와서.”

“킹 부인 남편은 있습니까?”

“안 보이던데요.” 퍼킨스는 득의만면하여 말했다. “이혼했거든요.”

“퍼킨스 씨는 치코테에 오래 사셨나요?”

“새너제이 주립 전문대에 다녔던 이 년 빼고는 평생 살았죠. 참, 말이 됩니까. 이 년이나 대학을 다녔는데, 결국은 이 꼴로…… 뭐, 됐습니다. 시간문제였겠죠.”

뜨겁고 건조한 공기가 훅 들어오는가 싶더니 문이 열리고, 하얀 민소매 원피스를 입고 챙이 넓은 밀짚모자를 쓴 윌리 킹이 들어왔다. 그녀는 모자 때문인지 퀸을 알아보지 못하는 것 같았다.

"미안해요. 내가 늦었네요, 얼."

"그러게요, 그럴 줄 예상했어야 했는데." 퍼킨스가 말했다. "내 위궤양이……"

"거기는 팔린 거나 마찬가지예요. 그 지역 날씨에 대해선 거짓말을 좀 보태야 했지만."

여자는 핸드백을 책상 위에 올려놓고 모자를 벗다가 퀸을 보았다. 잠깐 입매가 굳어졌을 뿐, 그녀의 얼굴은 표정 하나 변하지 않았다.

"미, 미안해요. 손님이 계신 줄 몰랐네요. 필요한 게 있으신가요?"

"아, 그런 것 같은데요." 퀸이 말했다.

"금방 처리해드릴게요. 얼, 당신은 가서 점심 먹는 게 좋겠어요. 기억해요. 후추도 안 좋고, 케첩도 안 좋아요."

"내 위를 갉아먹는 건 후추가 아니에요." 퍼킨스가 말했다. "규율 문란이지."

"좋아요. 가서 좋은 규율 좀 생각해봐요. 목록도 만들어오고요."

“목록은 벌써 만들었어요.”

“하나 더 만들면 되죠.”

“맙소사, 그렇게 하죠.” 퍼킨스는 그렇게 대꾸하고는 나가면서 문을 쾅 닫았다.

“아직 애예요.” 윌리 킹은 자애로운 어조로 말했다. “위궤양 같은 거 생기긴 너무 어린데. 퀸 씨는 위궤양 없죠?”

“당신이 했던 이야기를 삼키려다가 좀 생길 뻔했습니다, 킹 부인. 후추와 케첩이랑 상관없이요. LA는 잘 갔다 오셨나요?”

“마음을 바꿨어요.”

“결국 치코테도 살아볼 만큼 세련되었다는 결론을 내렸나 보죠?”

“치코테에 관해 한 얘기는 여전히 유효해요. 여긴 구멍이죠.”

“그럼 기어서 나가요.”

“더 나쁜 구멍에 빠진 게 아닌가 싶어요.” 그녀는 맨 어깨를 으쓱했다. “게다가 전 여기에 이어진 끈이 있거든요. 인맥이 있죠.”

“헤이우드 씨라든가.”

“헤이우드 씨요, 당연하죠. 제 상사인데.”

“직장 안에서도 알고 밖에서도 알고?”

“무슨 얘기 하시는지 모르겠네요.” 그녀는 무덤덤하게 말했다. "지난밤에 있던 일 얘기하시는 거 아닌가요?"

"그럴 수도 있겠네요, 네."

"사실 그건 완전히 내 생각이었어요. 《비컨》 다음 호에 우리 광고를 싣는 문제를 의논하러 론다 씨 사무실에 갔다가 얘기하시는 걸 들었죠. 오고먼 사건에 대해 논의하고 계셨잖아요. 당연히 호기심이 치솟았죠. 치코테 사람들에게 오고먼이라는 단어는 샌프란시스코 사람들에게 지진이라는 단어와 같거든요. 모두 그와 관련된 사연이 있죠. 아니면 가설이 있든가. 모두 오고먼을 알았거나 그를 알았다고 주장했어요. 그러니."

그녀는 잠깐 말을 멈추고 숨을 크게 들이마셨다.

"그러니 이런 생각을 해낸 거죠. 당신이 사건 수사를 하고 있고 새로운 단서를 찾았을지도 모르니, 당신이랑 나랑……"

"당신이랑 나랑 뭐죠?"

"그 사건을 같이 해결할 수 있을지도 모른다고 생각했어요. 특종을 잡는 거죠. 유명해지고."

"그게 당신 생각이었다 이겁니까, 하? 영광을 꿈꾸면서?"

"아, 이렇게 냉정한 상태에서 말하니까 꽤 멍청하게 들리네요. 하지만 지난밤 당신에게 접근해서 뭔가 뽑아내려고 한 이유를 솔직히 말하라고 한다면, 이게 진실이랍니다."

"그러면 당신 친구는 누굽니까?" 퀸이 물었다.

“무슨 친구요?”

“내 방을 뒤진 남자요.”

“그 일에 대해선 아무것도 몰라요.” 그녀는 얼굴을 찡그리며 말했다. “나를 당황하게 하려고 당신이 꾸며낸 얘기일 수도 있잖아요.”

“간밤에 조지 헤이우드는 어디 있었습니까?”

“감기에 걸렸으니 침대에 누워 있었겠죠. 일주일 내내 사무실에 나오질 않았어요. 기관지염에 걸려서…… 맙소사, 설마 헤이우드 씨가 그런 짓을 했다고……”

“그래요. 설마? 사람 잡는다고, 난 당신이 엘보카도에서 연기를 하는 동안 헤이우드 씨가 내 모텔 방에 들어왔다고 생각했어요.”

“세상에, 무슨 그런 끔찍한 생각을.” 윌리 킹은 격분해서 말했다. “그런 생각을 하는 것만으로도 끔찍해요. 정말 너무하네요. 헤이우드 씨는 지역 사회에서 존경과 사랑을 받는 사업가예요. 정말 훌륭한 분이라고요.”

“치코테에는 착한 사람들이 천국보다 더 많이 살고 있나 봅니다. 하지만 그중 한 명이 노인을 속여서 열쇠를 빼앗고 내 방에 들어왔어요. 그리고 난 아직도 그 사람이 헤이우드고 당신이 그를 도왔다고 생각하죠.”

“그건 명예훼손이에요. 아니면 비방이든가. 둘이 늘 헷갈리더군요."

"킹 부인은 많은 걸 헷갈리시는 것 같은데요. 자, 그러면 오늘은 평소와 다르게 제게 진실을 말해주는 건 어떻습니까? 조지 헤이우드가 왜 나한테 관심을 갖죠? 내 방에서 뭘 찾으려고 했던 겁니까? 더 중요한 건, 뭘 가져갔죠?"

"헤이우드 씨를 직접 만나보면 이 모든 게 얼마나 어이없는 말인지 알게 될 거예요."

"만나려고 노력은 하고 있죠."

"어째서요?" 윌리의 얼굴은 원피스만큼이나 하얗게 질렸다.

"어째서 당신을 미끼로 썼는지 물어볼 수도 있고……"

"안 돼요. 그런 짓 하지 마요. 그 사람은 내가 그 끔찍한 식당에서 당신에게 접근했다는 걸 모른단 말이에요. 알게 되면 노발대발할 거예요. 나를 해고할 수도 있다고요."

"수작질은 그만둬요, 킹 부인."

"아니, 진심이에요. 그 사람이 절차에 얼마나 까다로운데요. 특히 동생 앨버타 일이 있고 나서는 더해요. 앨버타가 나쁜 짓을 저질렀으니까 자기는 관행을 위반하거나 나쁜 인상을 줄 여지조차 만들지 않아야 한다고 생각한단 말이에요. 그리고 직원들에게도 똑같고요. 내가 해고됐으면 좋겠어요?"

"아뇨."

"그럼 제발 어젯밤 얘기는 그 사람에게 하지 마요. 내가 그런 식의 게임을 하고 다녔다는 걸 그 사람은 절대 이해하지 못할 거예요. 탐정 월리 킹 같은 거요. 헤이우드 씨는 그런 게임을 좋아하는 사람이 아니에요. 정신이 지나치게 맑은 사람이라고요. 말하지 않겠다고 약속할 거죠?"

"얘기 안 할 수도 있죠. 대신 내 부탁 몇 개만 들어준다면."

월리 킹은 잠시 그를 찬찬히 살폈다.

"내가 생각하는 종류의 부탁을 의미하는 거라면……"

"사람 잘못 봤네요, 킹 부인. 그저 몇 가지 물어보고 싶을 뿐입니다."

"그럼 물어보세요."

"헤이우드의 모친을 압니까?

"어떻게 모르겠어요." 월리 킹은 우울하게 말했다. "그분이 어쨌기에요?"

"따님이 두 분이었죠?"

"그분은 그렇게 얘기 안 할 거예요. 조지, 헤이우드 씨조차도 동생들 이름을 입에 올리지 못하거든요, 특히 앨버타는."

"다른 쪽은 어떻게 됐습니까?"

"루스요? 루스는 도망가서 어머니가 허락하지 않는 남자랑 결혼했어요. 아귈라라고 샌펠리스 출신 어부였죠. 그 아줌마에게는 그 딸과의 연은 그걸로 끝이었어요."

"아귈라 부인은 지금 어디 있습니까?"

“샌펠리스에 있겠죠. 왜요?”

“그냥 확인하려고요.”

“하지만 어째서 헤이우드 가족을 확인하는 거죠?” 윌리
킹이 날카롭게 말했다. “오고먼을 아는 사람들과 이야기하지
않고?”

“헤이우드 씨도 그 사람을 알았습니다.”

“잠시, 아주 짧게. 업무 선상에서 알았을 뿐이에요.”

“앨버타 헤이우드도 마찬가지고요.”

“그랬을지도 모르죠. 그건 확신하지 못하겠네요.”

“조지 헤이우드는 동생을 아주 아꼈다는데요, 맞습니까?”

“네, 그랬던 것 같아요.”

“그렇게나 아꼈으니, 실제로 동생의 횡령이 밝혀진 후 조
지 씨 본인도 경찰의 수많은 질문에 답해야 했겠죠?”

퀸의 입장에서는 추측일 뿐이었기에, 윌리의 격렬한 반응
은 놀라울 뿐이었다.

“그건 질문 이상이었다고 말해줄 수 있겠네요. 경찰은 물
음표만 붙였을 뿐이지 대놓고 용의자로 보다시피 했어요. 돈
은 어디에 있지? 앨버타가 조지에게 얼마쯤 빌려주거나 주지
않았느냐? 어떻게 같은 집에 살면서도 동생이 무슨 일을 꾸미
는지 전혀 모를 수가 있나? 동생이 매일 집에 가지고 오던 경
마 신문을 못 봤다는 소리냐?”

“음. 보지 못했답니까?”

“그렇죠. 앨버타가 집에 가지고 온 적이 없으니까요. 앨버타의 방이나 집안 어디에서도 경마 신문은 한 장도 나오지 않았어요.”

“조심성이 많은 숙녀군요. 아니면 앨버타가 잡혀간 후 누가 수고스럽게 청소를 해주었든가. 앨버타 씨와는 아는 사이였습니까, 킹 부인?”

“잘 알지는 못했어요. 사실 그런 사람은 없었죠. 제 말은, 앨버타는 매일 배경에서 지나치긴 하지만 무슨 일이 생기기 전까지는 딱히 한 명의 인간으로 인식하게 되지는 않는 부류의 사람이라는 거예요.”

“무슨 일이 생기기 전까지는 인간으로 인식하게 되지도 않는다.” 퀸이 따라했다. “어쩌면 그게 앨버타의 주된 동기일지도 모르겠네요. 관심을 끄는 거요.”

“틀렸어요.” 윌리 킹은 고개를 세차게 흔들었다. “앨버타는 너무너무, 어마어마하게 괴로워했거든요. 재판에 갔었죠. 끔찍했어요. 큰 상처를 입었는데, 어디가 아프니 도와달라고 말할 수도 없는 짐승을 보는 것 같았죠.”

“그렇지만 조지 헤이우드도 동생에게서 등을 돌렸잖습니까?”

“그럴 수밖에 없었죠. 아, 그건 비인간적으로 들릴 수 있겠네요. 퀸 씨는 그 자리에 없었으니까. 난 있었어요. 그 아줌마가 매 시간마다 발작을 일으켜서 조지가 앨버타 일에 아예 신경쓰지 못하게 방해했죠.”

“헤이우드 부인이 그렇게 괴롭혀야 했던 이유가 뭐죠?”

“먼저, 타고난 천성이 그래요. 다음으로는, 앨버타는 그 엄마에게는 언제나 실망스러운 딸이었어요. 수줍고 수수했고, 남자친구도 없었고, 결혼도 안 한데다 아이도 낳지 못했죠. 심지어 같이 살기에 재미있는 사람도 아니었어요. 헤이우드 부인 같은 여자에겐 실망이 한 해 한 해 거듭되면…… 뭐, 나는 그런 인상을 받았어요. 횡령 사건은 헤이우드 부인에게 있어, 앨버타에게 항상 하고 싶었던 일을 할 수 있는 좋은 핑계가 되어줬을 뿐이라고. 앨버타를 집에서 쫓아낸 다음 연을 완전히 끊고 잊어버리는 거요.”

월리 킹은 자기 손을 내려다보았다. 날씬하고 창백했으며 반지 하나 끼지 않은 손이었다.

“그리고 조지가 있었잖아요. 눈에 넣어도 안 아픈 아들. 조지의 첫 아내가 죽었을 때, 헤이우드 부인은 이웃의 눈이 없었으면 길에 나와 춤이라도 추었을걸요. 그건 조지가 또다시 어머니의 소유가 된다는 뜻이니까요. 머리, 가슴 그리고 쓸개까지도. 그 여자는 괴물이에요. 그 얘기는 몇 주일 내내 할 수도 있지만, 이제 그만해야겠네요.”

한 가지 점을 명확하게 밝히기 위해 몇 주일이나 말할 필요도 없었다. 노부인과 월리 킹은 같은 남자를 두고 싸우고 있다는 것.

전화가 울리자, 킹 부인은 똑 부러지고 사무적인 목소리로 대답했다.

"헤이우드 부동산입니다. 네…… 죄송합니다. 루스벨트 파크 건너편 저택은 연방 주택 관리국 규정에 맞질 않아요. 고객님께 맞는 다른 대출을 알아봐드리겠습니다…… 네, 가능한 빨리요." 그녀는 전화를 내려놓고 퀸을 향해 얼굴을 약간 찡그려 보였다. "뭐, 난 다시 일하러 가봐야겠군요. 하던 얘기를 끊기는 싫지만. 이야기 즐거웠어요, 퀸 씨."

"어쩌면 조금 더 얘기하고 싶은 기분이 들지 않을까요? 오늘 저녁이라든가?"

"정말 안 돼요."

"왜죠? LA에 가는 버스를 타야 해서?"

"어린 동생을 데리고 영화를 보러 가야 해서죠."

"미안합니다." 퀸은 사과하며 일어섰다. "제가 다음에 시내에 올 때는 괜찮을까요?"

"이제 떠나세요?"

"부인이 어린 동생과 데이트가 있다고 하니 저를 붙잡아 놓는 건 아무것도 없네요."

"언제 돌아오시는데요?"

"언제 돌아오기 바랍니까?"

윌리는 그를 한참 똑바로 쳐다보았다.

"장난은 그만 쳐요. 나는 남자가 진지하게 데이트를 원할 때랑 아닐 때 정도는 구분할 수 있어요. 당신은 아니죠. 그리고 나도 아니고요."

"그러면 내가 언제 오는지 왜 관심을 가졌죠?"

"그저 예의를 차리려고요."

"고맙네요." 퀸은 말했다. "정보도 고맙고."

"천만에요, 안녕히 가세요."

퀸은 거리로 나와 차에 타고 서쪽으로 한 블록 가서 유턴을 한 후 슈퍼마켓의 주차장에 차를 세웠다. 거기서는 헤이우드 부동산과 시청 꼭대기에 달린 시계가 보였다.

1시 30분이 되자 얼 퍼킨스가 점심을 먹고 돌아왔다. 점심이 속 편히 잘 맞았던 것 같은 표정이 아니었다. 이 분 후 윌리킹이 챙 넓은 모자를 쓰고 손가방을 움켜쥐고서 부동산에서 나왔다. 허둥지둥하긴 했으나 결연한 표정으로 그녀는 차에 올라타 남쪽으로 향했다.

퀸은 멀리서 그녀의 뒤를 밟았다. 목적지까지 직선 행로로 가는 것으로 짐작하건대, 그녀는 자신이 안전하다고 생각하거나 너무 서두르는 바람에 조심할 겨를이 없는 모양이었다.

윌리는 포치 기둥에 '매물'이라고 적힌 헤이우드 부동산 표지판이 걸려 있는 오래된 목조주택 앞 차로에 차를 세우더니 현관문을 따고 안으로 들어갔다. 자기가 말한 대로 다시 일하러 온 것 같았다. 그 집은 루스벨트 파크에 면하고 있었으니, 의심의 여지 없이 전화로 말한 그 집이 분명했다.

그가 막 떠나려는 찰나, 녹색 폰티액 스테이션왜건이 집 앞에 서더니 한 남자가 내렸다. 이 무더위에도 남자는 진회색 정장을 입고 그에 어울리는 중절모를 쓰고 있었다. 키가 크고 마른 남자였는데, 서두르지 말라는 말을 듣기라도 한 양 천천히 신중하게 걸음을 내디뎠다. 포치 계단을 반쯤 올랐을 때 그는 갑작스레 기침 발작을 일으켰다. 그는 난간에 기대 한 손으로 입을 막고 다른 한 손으로는 가슴을 눌렀다. 기침이 멎자, 남자는 계단을 마저 올랐고 주머니에서 커다란 열쇠꾸러미를 꺼낸 후 그중 하나로 문을 열고 집안에 들어갔다.

퀸은 생각했다. 깔끔하고, 안전하고, 간단하네. 조지와 윌리는 노부인이나 다른 사람에게 들키지 않고 만나고 싶을 때는 헤이우드 부동산이 관리하는 빈집을 하나 정해서 만나는군. 어쩌면 매번 다른 집을 고르는지도 모르지. 그리고 해고될지 모르니 조지에게 말하지 말아달라는 윌리의 열정적인 간청은 그저 내가 조지를 만나 질문하는 걸 막고자 하는 시도였던 거야. 뭐, 연기 좋은데. 거의 넘어갈 뻔했지 뭐야. 사실, 윌리에게 넘어갈 뻔했지.

퀸은 창문을 가린 블라인드 중 하나가 올라가 비밀이 드러나기를 바라기라도 하는 듯한 오래된 목조주택을 한참 보았다. 막다른 길이었고 그도 그 사실을 알았다. 설사 기다렸다가 조지 헤이우드에게 불쑥 말을 건다 해도, 어떤 정보든 억지로 빼낼 수도 없었다. 퀸은 헤이우드에게 질문할 권한도 없고, 헤이우드가 자기 모텔 방을 수색한 남자라는 증거도 없었다.

퀸은 시동을 걸고 차를 뺐다. 2시에 가까운 시간이라 모텔에서 체크아웃해야 했다. 산길로 가서 샌펠키스를 우회하면, 5시까지는 탑에 도착할 수 있을 듯했다.

윌리는 조지의 열쇠가 자물쇠에서 돌아가고 앞문이 열렸다 닫히는 소리를 들었다. 현관으로 뛰어나가 조지의 품에 안기고 싶은 마음이 간절했다. 대신, 그녀는 미동도 없이 어두침침한 거실에서 기다리면서 조지 앞에서 자기 기분대로 행동할 수 있는 날이 과연 오기나 할까 생각했다. 최근 그는 마음속에 심각한 문제가 너무 많아 다른 부담은 견딜 수 없다는 듯 그녀의 열정을 계속 꺾으려는 것 같았다.

"나 여기 있어요, 조지." 빈방은 마치 반향실처럼 그녀의 목소리를 증폭했다. 진심이 지나치게 넘치는 목소리였다. 그녀는 목소리를 낮춰야겠다고 스스로를 다잡았다.

조지가 현관에서 들어왔다. 그는 모자를 벗어 미국 국가를 듣는 사람처럼 가슴에 갖다댔다. 윌리는 웃음이 킬킬 목구멍에서 기어올라오는 느낌을 받았지만 침을 꿀꺽 삼켜서 눌러 내렸다.

"당신, 미행당했더군." 그가 말했다.

"아뇨. 맹세코 아무도 못 봤는데……"

"퀸의 차가 길 건너에 서 있던데."

그녀는 블라인드 한쪽 끝을 올리고 내다보았다.

"아무 차도 안 보이는데요."

"거기 있었어. 조심하라고 말했잖아."

"그러려고 했어요." 목구멍에 가득찼던 웃음은 이제 덩어리로 바뀌어버렸고, 그녀는 목이 메었지만 아닌 척할 수밖에 없었다. "오늘은 몸이 좀 괜찮아요, 조지?"

그는 그렇게 하찮은 일에는 신경쓸 때가 아니라는 듯 짜증스럽게 고개를 저었다.

"퀸은 뭔가 노리고 있어. 오늘 사무실에도 전화했고 그다음에는 집에도 했거군. 부탁대로 어머니가 그를 떨쳐버리긴 했지만."

헤이우드 부인의 이름이 나오기만 해도 윌리의 몸은 굳어졌다. "나라도 똑같이 했을 거예요."

"저 사람, 당신에게 신뢰를 잃은 거 아닌가 싶은데."

"그렇진 않을걸요. 저 사람, 내게 오늘밤 데이트를 신청했거든요."

"받아들였어?"

"아뇨."

"왜?"

"나는…… 당신이 좋아할 것 같지 않았어요."

"유용한 정보를 빼낼 수 있었을지도 모르잖아."

윌리는 오래된 벽돌 난로를 빤히 보았다. 그녀는 그 안에서 타올랐다가 꺼져버리도록 남겨진 불을 떠올렸고, 다시 한 번 불이 타오를 수 있을까 궁금했다.

"당신 마음을 상하게 한 거라면 미안해. 윌리." 그는 더 상냥한 목소리로 말했다.

"그러지 마요. 분명 당신 마음속엔 내 감정보다 더 중요한 문제들이 있겠죠."

"알아주니 기쁘군."

"오, 알 수밖에 없죠. 당신이 명확히 밝혔으니까."

그는 두 손을 그녀의 어깨 위에 얹었다.

"윌리, 그러지 마, 제발. 나를 좀 참아줘."

"이게 다 무슨 일인지 내게 얘기만 해줘도……"

"할 수 없어. 하지만 심각한 일이야. 많은 사람들이 관련되어 있어. 좋은 사람들이."

“어떤 종류의 사람들인지가 중요한가요? 그리고 좋은 사람과 나쁜 사람을 어떻게 구분하죠? 어머니에게 물어보나요?”

“어머니는 가만놔두자고. 어머니는 무슨 일이 일어나고 있는지 전혀 낌새도 못 채셔.”

“어머니가 나를 가만놔두시면, 나도 어머니를 가만히 놔두죠.” 그녀는 몸을 돌려 싸울 태세가 된 사람처럼 그를 마주 보았다. 그러나 그는 싸우기엔 늙고 창백해 보였다. “됐어요, 조지. 나갔다가 다시 들어온 걸로 해요.”

“좋아.”

“안녕, 조지.”

그는 미소 지었다. “안녕, 윌리.”

“어떻게 지내요?”

“잘 지내. 당신은?”

“저도 잘 지내요.” 말은 이렇게 했지만 그가 입맞추려하자 그녀는 고개를 돌렸다. “먼젓번보다 더 나아진 게 없는 거잖아요. 당신은 실은 내 생각은 안 하죠. 퀸 생각만 할 뿐이지. 그렇지 않아요?”

“그럴 수밖에 없는 거잖아.”

“얼마 안 남았어요.”

“무슨 뜻이야, 얼마 안 남았다니?”

“퀸은 마을을 떠난대요.”

조지의 손이 윌리에게 찰싹 얻어맞기라도 한 듯 옆으로 툭 떨어졌다.

"언제?"

"오늘 오후인 것 같아요. 어쩌면 당장 지금 떠날지도요."

"왜? 왜 떠난다는 거야?"

"내가 오늘밤 데이트 신청에 응하지 않으니 여기 남을 이유가 없다고 했어요. 당연히 농담이었겠죠.'

윌리는 조지가 부인해주기를 바라며 기다렸다. '당연히 농담이었을 리가 없지. 당신은 정말 매력적이잖아. 그 사람도 상심하지 않으려고 마을을 떠나는 거겠지.'

"그 사람이 농담한 거예요." 그녀가 반복했다.

하지만 조지는 이번에는 그녀의 갈을 듣지도 않았다. 그는 방을 가로질러가며 모자를 머리에 얹었다.

"조지?"

"아침에 전화할게."

"어디 가요? 아직 얘기도 못했잖아요, 조지."

"지금은 시간이 없어. 고객에게 그린에이커에 있는 윌슨 집을 보여주기로 했으니까."

윌리는 윌슨 부지는 얼 담당이고 조지가 끼어들 리가 없다는 것을 알았지만, 따지지 않았다.

현관으로 이어지는 아치형 복도 아래에서 조지는 몸을 돌리고 그녀를 돌아보았다.

"내 부탁 하나만 들어줘. 들어줄 거지, 윌리?"

"물론이죠. 당신은 내 상사잖아요."

"어머니에게 오늘밤 저녁식사에 못 가니 나 기다리지 말라고 말씀 좀 전해줘."

"알겠어요."

이건 큰 부탁이었고 두 사람 다 그 사실을 알았다.

윌리는 현관문이 열렸다 닫히는 소리를 들으며 일어섰다. 곧 이어 스테이션왜건의 엔진 소리, 차가 너무 급하게 출발하며 타이어가 긁히는 소리가 났다. 그녀는 고개를 수그린 채로 낡은 벽난로로 걸어갔다. 그 안은 수천 번의 불로 그을려 있었다. 그녀는 그중 한 번의 불이 약간의 온기라도 남겨준 양 두 손을 앞으로 뻗었다.

잠시 후 그녀는 밖으로 나와 현관문을 잠그고 우체국으로 향했다. 거기 있는 공중전화에서 조지의 집으로 전화를 걸었다.

"헤이우드 부인?"

"네."

"윌리 킹이에요."

"킹 부인, 아, 그래요. 내 아들은 집에 없는데."

윌리는 입을 꾹 다물었다. 그들이 대화할 때마다 꼬박꼬박 헤이우드 부인은 조지를 '내 아들'이라고 불렀다. '내'라는 단어를 확실히 강조하기까지 했다.

"네, 알아요, 헤이우드 부인. 저한테 오늘 저녁에 어딜 간다고 말씀 좀 전해달라고 했어요."

"어딜요?"

"저도 모르겠어요."

"그럼 당신과 함께 있지 않다는 거예요?"

"네."

"요새 저녁마다 어딜 그렇게 가는지. 낮에도 마찬가지고."

"사업하다보면 그렇죠." 윌리는 말했다.

"물론, 당신이 그애에게 큰 도움이 되어주겠죠."

"그러려고 노력하고 있어요."

"아, 정말 도움이 되고말고요. 그애 말로는 당신이 정말 공격적인 세일즈맨이라고. 아니, 세일즈우먼이라고 해야 하나? 내 아들의 사업에서 내가 참 당황스러운 것 중 하나죠. 부동산 거래가 한밤에 그렇게 많이 성사되다니 참 특이하지 뭐예요. '성사된다'고 하는 거 맞죠?"

"어떤 말이든 쓰고 싶은 대로 쓰시면 돼요, 헤이우드 부인."

잠시 침묵이 흐르는 동안, 윌리는 자신의 화난 숨소리를 헤이우드 부인이 듣지 못하도록 수화기를 막았다.

"킹 부인, 당신과 나 둘 다 조지를 참 아껴요, 그렇죠?"

윌리는 생각했다. 나는 그렇지. 하지만 당신은 누구도 아끼지 않잖아요. 그러나 이렇게 대답했다. "그렇죠."

"혹시나 그애가 오늘밤 어딜 가는지 생각나는 데 없어요?"

"그거야 조지가 알아서 하는 일이라서요."

"당신이 관련된 일은 아니고?"

"네." 아직은 아니죠. 그녀는 속으로 덧붙였다.

"세상에나, 당신이 겉보기만큼 내 아들에게 관심이 있으면 그것도 당신 일로 삼아야죠. 조지는 물론 인격이 훌륭한 남자지만, 그애도 인간이고 주위에 유혹하는 여자들은 많으니까요."

"저보고 스파이처럼 아드님을 감시하라는 건가요, 헤이우드 부인?"

"사람이 있는 눈과 귀를 좀 쓴다고 해서 스파이짓이라고 할 건 없겠죠."

또 한 번 침묵이 흘렀다. 헤이우드 부인은 좀더 치명적인 공격을 준비하느라 시간이 필요한 것 같았다. 하지만 부인이 다시 입을 열었을 때, 그 목소리는 기이할 정도로 갈라져 있었다.

"이런 느낌이 들어요. 조지가 곤란에 처했다는 끔찍한 느낌이…… 아, 킹 부인과 내가 그렇게 친한 사이였던 건 아니지만, 그래도 난 당신은 조지의 안전에 진짜 위협이 되는 사람이라고 생각한 적은 없었어요."

"고맙습니다." 윌리는 건조하게 말했다. 그녀는 헤이우드 부인의 갑작스러운 목소리와 태도의 변화에 어안이 벙벙했다. "조지가 스스로 처리 못할 만큼 곤란한 상황에 처했다고 생각할 근거는 없는데요."

"분명 그렇게 됐어요. 난 느낄 수 있어요. 알 수 있고. 여자가 관련된 문제예요."

"여자요? 분명 부인이 잘못 아신 거예요."

"그랬으면 좋겠네요. 하지만 그렇지 않아요. 최근에 너무 많은 일이 있었어요. 설명도 없이 시외로 너무 자주 출장을 가고. 어디로 가는 거죠? 뭘 하는 거죠? 누굴 만나는 거예요?"

"조지에게 물어는 보셨어요?"

"물어봤죠. 아무 얘기도 하진 않았지만 죄책감은 숨기지 못하더군요. 그럼 걔가 여자 말고 뭐에 죄책감을 느끼겠어요?"

"확실히 부인이 잘못 아신 거예요." 윌리는 다시 한번 말했다. 하지만 이번에는 자신의 목소리에서도 의심의 기운이 풍겼다. 전화를 끊고도 오랫동안 그녀는 비좁고 공기도 통하지 않는 공중전화부스에서 전화기에 머리를 대고 서 있었다.

탑으로 이어지는 흙길을 찾는 것은 퀸의 예상보다도 훨씬 어려웠다. 그는 4~5킬로미터 정도 지났다가 들어가는 길을 놓쳤다는 사실을 깨달았다. 위태롭게 차를 돌리고는 기어를 저단에 놓고 천천히 달리면서 기억나는 유일한 지형지물, 유칼립투스 덤불을 찾으려 했다. 눈을 찌르는 햇살, 앞도 안 보이는 끝없는 커브길을 따라 운전해야 하는 긴장감, 시골의 완전한 적막 때문에 그의 신경은 너덜너덜해지고 자신감이 깎여갔다. 치코테에서는 좋아 보였던 생각, 올바른 듯 보였던 결정이 황량한 갈색 풍경 속에서는 연약하고 바보같이 느껴졌으며, 오고먼을 찾으려는 노력은 비현실적이고 우스운, 여우 없는 여우 사냥 같았다.

어린 사슴 한 마리가 졸참나무숲에서 통통 튀어나와 우아하게 길로 걸어들어와 퀸의 앞을 지나다가 하마터면 차에 치일 뻔했다. 사슴은 건강하고 잘 먹고 자란 듯 보였다. 퀸은 생각했다. 이런 계절에 이 근처에서 찾을 수 있는 먹이만 가지고는 저렇게 안 되었을 거야. 여기 어디에 관개지가 있겠군.

그는 다음 언덕 꼭대기에 차를 세우고. 주변을 돌아보았다. 저 멀리 동쪽에, 비스듬하게 떨어지는 햇살 속에 뭔가 번쩍이는 것이 보였다. 그가 처음 보았던 탑 모습 그대로였다. 유리에 비친 빛의 반사상일 뿐인 탑.

그가 브레이크에서 발을 떼자 차가 소리도 없이 천천히 언덕을 따라 굴러갔다. 1킬로미터쯤 앞으로 유칼립투스 덤불과 좁은 흙길이 언뜻 보였다. 일단 그 길 위에 들어서자 집으로 돌아가는 듯 이상한 기분이 들었다. 심지어 다시 가면 인사와 환영을 받을 거라 생각하니 들뜨기까지 했다. 그때 그의 앞을 터덕터덕 걸어가는 형제 한 명을 보았다. 퀸은 옆을 지나며 경적을 울렸다.

그를 전날 아침에 샌펠리스까지 데려다주었던 가시면류관 형제였다.

"한번 남을 태워주면 나중에 돌려받기 마련이죠." 퀸은 몸을 옆으로 내밀어 문을 열었다. "타시죠, 형제님."

면류관 형제는 여전히 로브 속에서 손을 갖잡은 채로 빳빳이 굳었다.

"우리는 퀸 씨가 오실 줄 알았어요."

"좋네요."

"좋은 건 아니죠. 전혀 좋은 게 아니랄까."

“무슨 문제라도?”

“차는 잠깐 여기 길옆에 대고 같이 가시죠.” 면류관 형제는 간명하게 말했다. “당신을 교주님께 데려오라는 명령을 받았어요.”

“좋습니다.” 퀸은 차를 주차하고 내렸다. “아니, 이것도 좋은 게 아닌가요?”

“탑 안을 쑤시고 돌아다니는 외지인은 악마를 유혹해서 우리 모두를 무너뜨리지만, 교주님은 당신하고 얘기하고 싶으시다는군요.”

“축복 자매는 어디 있습니까?”

“자기 죄에 대한 고통을 받는 중이죠.”

“그게 무슨 뜻입니까, 형제?”

“돈은 모든 악의 근원입니다.” 면류관 형제는 돌아서며 침을 땅에 퉤 뱉고 손등으로 입가를 닦은 후 덧붙였다. “아멘.”

“아멘. 하지만 우리는 돈 얘기를 하고 있던 게 아니었는데요.”

“하고 있었잖아요. 어제 아침에. 당신이 자매에게 하는 말 들었어요. ‘그 돈 말인데……’라고 한 거. 그 얘기를 듣고 교주님께 말씀드렸죠. 그게 우리 규칙 중 하나예요. 교주님이 모든 걸 아셔야, 우리 자신으로부터 우리를 구해주시지.”

“축복 자매는 어디 있습니까?” 퀸은 되풀이했다.

면류관 형제는 그저 고개만 흔들고 흙길 위를 걸어갔다.

잠시 망설이다가 퀸은 그를 따라갔다. 두 사람은 공동식당, 퀸이 밤을 보냈던 보관창고, 퀸이 이전에는 보지 못했던 작은 건물 두어 채를 지났다. 45미터쯤 더 가자 길이 갑자기 가팔라졌다. 오르막길의 경사와 익숙하지 못한 고도 때문에 퀸은 숨을 거칠고 빠르게 몰아쉬었다.

면류관 형제는 발을 잠시 멈추고 경멸하듯이 그를 돌아보았다.

"삶은 물렁하고, 체질은 허약하고, 근육은 출렁이는군."

"그래도 혀는 출렁이지 않죠." 퀸이 말했다. "저는 선생에게 고자질하는 어린애는 아니니까."

"교주님은 모든 것을 다 들으셔야 해요." 면류관 형제는 얼굴을 붉히며 말했다. "축복 자매를 위해서 그런 거요. 우리는 모두 자기 자신과 우리 안에 있는 악마에게서 구원받아야 하지. 우리 모두는 내면을 갉아먹는 악마를 품고 다니니까."

"바로 그거였군요. 저는 간이 또 울렁대는 건 줄 알았죠."

"마음껏 농담하쇼. 지상에서 웃으면 영원토록 울게 될 테니."

"그 말은 높이 사도록 하죠."

"사다니." 면류관 형제가 말했다. "또 돈 얘기군요. 악한 언어를 쓰면 영원히 지옥불 속에서 타오르게 되죠. 신발 벗어요."

"왜요?"

"여기서부터는 축성된 땅이니까요."

공터, 언덕 위에 오 층짜리 탑이 하늘 높이 솟아 있었다. 유리와 삼나무로 지은 건물은 안쪽 정원을 둘러싼 오각형 모양이었다.

퀸은 신발을 입구 아치 밖에 놓아두었다. 문에는 문구가 찍힌 판화가 걸려 있었다. '천국의 왕국이 모든 진정한 신도를 기다리나니 회개하고 기뻐하라.' 안쪽 마당에는 밧줄 난간이 달리고 깨끗이 닦은 나무 계단이 탑의 5층까지 이어졌다.

"혼자 올라가야 해요." 면류관 형제가 말했다.

"왜죠?"

"교주님께서 명령을 내리시거나 제안을 하시면, 굳이 왜냐고 묻지 않는 편이 신상에 좋아요."

퀸은 계단을 오르기 시작했다. 매 층마다 무거운 떡갈나무 문이 있고, 그 뒤는 교인들의 생활공간으로 보이는 장소로 이어졌다. 마당 쪽으로 열린 창문은 없었지만, 5층만은 예외였다. 여기는 문이 열려 있었다.

깊게 울리는 목소리가 말했다.

"들어오시오. 문은 닫아요. 바람이 들어오니."

퀸은 안으로 들어갔다. 바로 그 순간 그는 어째서 탑을 이 황야에 지었으며, 건축 비용을 댄 부인이 어째서 자기가 천국에 더 가까이 간다고 느꼈는지 알 것 같았다. 광활히 펼쳐지는 빛과 하늘은 눈으로 받아들이기 버거울 정도였다. 다섯면 전부 창이 나 있는데 그 바깥으로는 산 너머 산이 솟았고, 900미터 아래에는 잎사귀 위에 얹힌 다이아몬드처럼 초록 골짜기 속 푸른 호수가 있었다.

풍경이 너무 압도적인 나머지 방안의 사람들은 하찮아 보였다. 그 안에 있는 사람은 둘이었다. 똑같은 하얀 로브를 입고 선홍색 새틴 허리띠를 헐렁하게 묶은 남자와 여자. 여자는 무척 나이들어 보였다. 흐르는 세월에 몸은 쪼그라들어서 이제는 꼬마 소녀만한 체구였고, 얼굴은 호두처럼 주름이 지고 갈색으로 변했다. 그녀는 긴 의자에 앉아 하늘이 자신을 위해 열리기를 기다리는 듯 올려다보았다.

남자는 오십대로도 칠십대로도 보이는, 정확한 나이를 짐작할 수 없는 모습이었다. 여위고 지적으로 보이는 얼굴과 방안 온도에 인광처럼 타오르는 눈을 하고 있었다. 마룻바닥에 책상다리를 하고 앉은 남자는 작은 손베틀로 작업하는 중이었다.

"내가 교주요."

그는 오만한 기색 없이 편안하게 말했다.

"여기는 푸레사' 대모大母요. 당신을 환영하니 편안히 앉아요."

<hr>

▎ 스페인어로 푸레사(Pureza)는 '순수'를 뜻한다.

“부에나 아코히다.” 여자는 마치 영어를 이해하지 못하는 네 번째 사람이 이 앞에 있어서 그 사람에게 통역해주듯이 말했다. “살루드.”[1]

“우리는 당신에게 악의가 없소.”

“노 에스타모스 말리시오스.”[2]

“푸레사 대모, 퀸 씨를 위해서 통역해줄 필요는 없어요.”

여자는 몸을 돌려 교주를 고집스러운 표정으로 노려보았다. “난 내 모국어로 듣고 싶어요.”

“시간과 장소만 마땅하다면 나도 그래요. 이제 양해를 해준다면 퀸 씨와 나는 몇 가지 문제를 논의해야겠어요.”

“나도 남아서 듣고 싶어요.” 그녀가 투덜거렸다. “천국의 문이 열려 나를 받아주기를 바라며 여기서 홀로 기다리는 건 쓸쓸해요.”

“주님이 항상 당신과 함께 하실 거요, 푸레사 대모.”

“주님이 뭔가 말씀 좀 해주셨으면 좋겠네요. 나는 기다리고 바라보면서, 너무 쓸쓸해요…… 저 젊은이는 누구지? 왜 내 탑에 있는 거지?”

“퀸 씨는 축복 자매를 만나러 온 거요.”

“아, 아, 아. 그래선 안 돼!”

<hr>

[1] 스페인어로 ‘부에나 아코히다’는 ‘환영합니다’, ‘살루드’는 ‘안녕하세요’라는 뜻이다.
[2] 스페인어로 ‘우리는 악의가 없습니다’라는 뜻.

"그래서 내가 이 사람에게 설명하려는 거요. 개인적으로."

교주는 한 손으로 대모의 팔꿈치를 잡아 그녀를 계단으로 안내했다.

"내려갈 때 조심해요, 푸레사. 떨어지기라도 했다간 안마당까지는 한참이니까."

"저 젊은이에게 내 탑을 방문하고 싶으면 내 비서 카피로테가 나눠주는 초대장을 기다려야 한다고 전해요. 당장 카피로테 좀 불러줘요."

"카피로테는 여기 없어요, 푸레사. 그건 오래전 얘기 아니오. 이제 난간 꼭 붙잡고 천천히 내려가요."

교주는 문을 조용히 닫고 베틀 앞 자기 자리로 돌아왔다.

"대모의 탑이라고요?" 퀸이 말했다.

"대모가 이 탑을 세우라고 의뢰했소. 이젠 우리 모두의 소유라오. 우리 공동체에는 사유재산이 없어요. 우리의 불쌍한 축복 자매처럼 물질적 죄악을 저지르지 않는 한." 그는 조용히 하라는 듯 한 손을 들었다. "부인하지는 마시오, 퀸 씨. 축복 자매가 완전히 고백했고, 완전히 뉘우치고 있다오."

"자매를 보고 싶습니다. 어디 있죠?"

"당신이 뭘 하고 싶든 말든 우리에겐 그리 중요하지 않소. 당신이 우리 사유지를 무단 침입했을 때, 어떤 면에서는 완전히 다른 헌법, 완전히 다른 법 체계가 있는 다른 나라에 들어

177

선 거나 마찬가지요."

"그래도 여전히 합중국의 일부이지 않습니까." 퀸이 말했다. "아닌가요?"

"공식적인 독립 선언은 없었지. 그건 사실이오. 하지만 우리는 옳다고 믿지 않는 법은 받아들이지 않아요."

"'우리'라고는 하지만 '나'를 가리키는 것 아닙니까?"

"나는 다른 사람들을 넘어서는 계시와 환영을 볼 수 있는 능력을 부여받도록 선택받은 자요. 그렇지만 나는 신의 의지를 실현하는 유일한 도구이자, 다른 종복들 사이에서도 순수한 종이오…… 그러나 당신에게 확신을 준 것 같지는 않군요."

"그러게요."

퀸은 이 남자가 실제 삶에서는 실패자 외에 또 무엇이었을까 생각했다.

"저한테 하고 싶은 말이 있다고 하셨죠. 뭡니까?"

"돈 이야기지."

"여기에서는 그건 더러운 단어인 줄 알았는데요."

"더러운 거래를 묘사하기 위해서는 더러운 단어를 쓸 필요가 있을 때도 있소. 아주 하찮은 일을 해주고 여자에게 큰 돈을 받는다거나." 교주는 오른손으로 이마를 짚고, 왼손으로는 하늘을 가리켰다. "봤소, 나는 모든 걸 알지."

"예지력으로 본 건 아니잖습니까." 퀸이 말했다. "그리고 여자에게 큰돈을 받는 걸 별로 거리끼지 않으셨던 것 같은데. 이곳도 쿠폰으로 지은 건 아닐 텐데요."

"그 사악한 혀를 조심하시오, 퀸 씨. 그러면 나도 그에 버금가게 사악해질 수 있는 내 성질을 조심할 테니. 푸레사 대모는 내 아내고, 내 과업에 헌신하며, 우리를 기다리는 영광의 비전을 공유하지. 아, 영광, 당신도 그 영광을 볼 수 있었다면 어째서 우리 모두가 여기 있는지 이해할 거요."

교주의 얼굴은 별안간 설명할 수 없는 변화를 겪었다. 예언자는 갑자기 사라지고 현실주의자가 남았다.

"축복 자매에게 오고먼이라는 남자에 대해 보고를 하고 싶으시겠지?"

"그러고 싶은 것뿐 아니라, 그럴 작정입니다."

"불가능할 것 같은데. 축복 자매는 독방에 갇혀서 자신의 금욕 맹세를 새로이 다지고 있다오. 죄악의 엄중함에 비하면 사소한 처벌이지요. 돈을 숨겨 공동기금에서 빼돌리고 뒤에 남기고 떠나오겠다고 약속했던 세계와 다시 접촉하려 하다니. 우리 사이에서 완전히 추방당해 마땅하지만, 주님은 비전을 통해 자매를 용서하라 말씀하셨소."

퀸은 생각했다. 주님이라니. 거기다 약간의 상식을 더했겠지. 축복 자매는 추방하기에는 쓸모가 너무 많잖아. 그랬다간 나머지 인간들이 죽어가길 기다리는 동안 건강하게 지켜줄 사람이 아무도 남지 않을 테니까.

“보고는 나에게 하시오. 내가 자매에게 확실히 전해줄 테니.” 교주가 말했다.

“죄송합니다만, 제가 받은 지시사항은 구체적이었습니다. 자매님이 아니라면, 보고도 할 수 없습니다.”

“잘 알았소이다. 보고를 할 수 없다면 돈도 받을 필요가 없겠지. 축복 자매가 당신에게 준 돈 중 나머지 액수를 즉시 반환할 것을 요청하오. 내 보기엔 무척 공평하고 정당한 생각 같은데.”

“그와 관련해서 딱 한 가지 문제가 있는데요.” 퀸이 말했다. “돈은 없어요.”

교주는 한 손으로 베틀을 휙 밀어버렸다. “하루 반 만에 백이십 달러를 다 써버렸다고? 거짓말 마시오.”

“제가 사는 미합중국에선 생활비가 많이 올랐거든요.”

“도박으로 다 날려버린 것 아닌가? 도박하고 술을 마시고, 놀아나고……”

“네, 이것저것 하느라 무척 바쁘게 살았죠. 자, 이제는 돈 받은 만큼 일을 하고 여기서 나가고 싶은데요. 이 동네 날씨가 나랑 맞지가 않네요. 공기가 너무 뜨거워서요.”

피가 몰려 교주의 얼굴과 목을 물들였지만, 그는 자제한 목소리로 말했다. “나는 오랫동안 무지하고 믿음 없는 자들의 모욕에 익숙했소. 다만 주님께서 분노의 검으로 당신을 벌하실 거라는 경고를 하고 싶을 뿐이오.”

“이미 벌하신 걸로 치시죠.”

퀸의 어조는 상당히 가벼웠지만, 감정은 그렇지 못했다. 이곳이 그를 억누르기 시작했고, 죽음을 영광으로 받아들이는 분위기가 치코테 전체에 걸린 석유 냄새처럼 탑에 걸려 있었다. 그는 생각했다. 일단 죽음을 멋진 것으로 받아들이게 되면, 남이 죽는 걸 도와주는 것만으로 호의를 베풀고 있다고 생각하는 데까지 순식간에 가게 되지. 이 노친네가 이제까지는 남에게 해를 입히지 않았을지 몰라도, 다음 비전에서는 내가 특별출연하게 되겠군.

“게임은 그만두죠. 나는 축복 자매님을 보러 왔습니다. 자매가 내게 일을 맡기며 돈을 주었다는 사실을 제쳐두더라도, 나는 자매님을 점점 좋아하게 되었고 자매가 괜찮은지 확인하고 싶다고요. 자, 교주님이 법과 어떤 문제가 있었다는 건 그리 비밀도 아니죠. 물론, 내가 있는 쪽 사회의 법이지만. 그리고 지금 문제를 더 불리고 있는지도 모릅니다.”

“그거 협박이오?”

“바로 그렇습니다, 교주님. 내가 어제 아침 여길 떠날 때처럼 축복 자매님이 몸 성히 살아 있는 모습을 보지 않고서는 여기서 한 발짝도 움직이지 않겠습니다.”

"살아 있지 않을 이유가 뭐요? 대체 그런 허튼소리는 뭐지? 우리가 마치 야만인, 미개인, 광인이라도 되는 양 말하는데……"

"그쪽에 가까우니까요."

교주는 엉거주춤 일어서며 베틀을 발로 차버렸다. 베틀이 벽에 부딪혀 부서졌다.

"나가시오. 여기 당장 나가. 그렇지 않으면 당신에게 닥칠 일에 책임 못 져. 내 눈 앞에서 꺼지시오."

갑자기 문이 벌컥 열리더니 푸레사 대모가 혀를 끌끌 차는 소리를 내며 들어왔다.

"아, 그건 너무 예의가 없잖아요, 해리. 내가 카피로테에게 등사하라고 한 초대장을 보낸 후에 그러면 정말 예의가 없죠."

"아, 주님." 교주는 두 손으로 얼굴을 가렸다.

"내가 엿들었다고 혼낼 필요도 없어요. 나 외롭다고 말했잖아요. 트리스테, 데삼파라다[1]……"

"당신을 버린 적 없어요, 푸레사."

"그럼 모두 어디 갔지? 마마는 어디 있고, 아침을 가져다주던 돌로레스나 내 승마부츠를 닦아주던 페드로, 카피로테는 어디에? 모두 어디에 있지? 모두 어디로 사라졌어, 해리? 어째

---

[1] 스페인어로 '쓸쓸하게 버려져서'라는 뜻.

서 나는 데리고 가지 않은 거지? 오, 해리, 다들 왜 나를 기다리지 않은 거야?"

"이제 조용히 해요, 푸레사. 인내심을 가져야지." 교주는 방 저편으로 가서 여자를 자기 품에 안고 성긴 머리카락과 가녀린 어깨를 토닥였다. "용기를 잃으면 안 돼요, 푸레사. 곧, 그들을 다시 보게 될 거요."

"돌로레스가 침대로 아침식사를 가져다줄까?"

"그럼요."

"그럼 페드로가 말을 안 들으면, 내가 승마 채찍으로 때려도 되지?"

"그렇게 해요." 교주의 목소리는 진이 빠져 속삭이는 듯했다. "뭐든 원하는 대로 해요."

"당신도 때릴지 몰라, 해리."

"알았소."

"하지만 세게는 안 때릴게. 약간 다끔하게, 내가 살아 있다는 걸 알려줄 수 있을 정도로만 머리를 살짝…… 하지만 난 그땐 살아 있지 않겠지. 아, 너무 머리가 뒤죽박죽이야. 내가 살아 있지도 않은데, 어떻게 내가 살아 있다는 걸 알려줄 수 있는 정도로 살짝 때릴 수 있다지?"

"나도 모르겠소. 그러니까 제발 그만해요. 제발 조용히 당신 방으로 가요."

"이젠 내가 생각하도록 도와주지도 않겠다 이거지." 대모는 머리를 앞뒤로 까닥이며 말했다. "이전에는 내가 생각하도록 도와주고, 내게 뭐든지 설명해줬는데. 이젠 나보고 조용히 하고 방에나 들어가라고나 하고. 왜 우리가 여기 온 거예요, 해리? 이유가 있다는 건 알지만."

"영원한 구원을 위해."

"그게 다라고? ……어머, 어머, 어머, 여기 낯선 청년이 서 있네, 해리. 카피로테를 시켜서 나가는 길을 안내해주고, 앞으로는 제대로 된 명함이 없는 사람들은 들여보내지 말라고 해요. 어서 그렇게 해요. 내 명령은 즉시 이행해야 해. 나는 이사벨라 콘스탄치아 퀘리다 펠리치아 데 라 게라 여사니까."

"아니, 아니요. 당신은 푸레사 대모이지." 교주는 부드럽게 말했다. "그리고 이제 방에 가서 휴식을 취할 거고."

"하지만 왜?"

"당신은 피곤하니까."

"난 피곤하지 않아. 난 외로워요. 피곤한 사람은 당신이지, 안 그래요, 해리?"

"어쩌면."

"너무 지쳤네. 불쌍한 해리, 무이 아마도 미오.▎"

"내가 부축할게요, 푸레사. 내 팔을 잡아요."

늙은 여인의 머리 너머로 그는 퀸에게 따라오라는 신호를 보냈고, 세 사람은 계단을 내려갔다. 4층에 이르자 교주는 문을 열었고, 푸레사 대모는 딱 한 번 못마땅하게 끙 소리를 내고는 안으로 들어갔다. 교주는 문에 기대어 눈을 감았다. 일 분, 이 분이 흘러갔다. 퀸은 이 남자가 환각에 빠졌거나 서서 잠든 게 아닌가 하는 생각이 슬슬 들었다.

갑자기 교주가 눈을 번쩍 뜨더니 자기 이마를 짚었다.

"당신이 나를 연민하는 게 느껴지는군, 퀸 씨. 하지만 난 받아들이지 않겠소. 내가 화를 내는 게 시간과 에너지의 낭비에 불과한 것처럼, 당신이 괜히 남을 연민하는 것도 마찬가지요. 내가 이젠 화를 내지 않는 걸 보았겠지? 베틀을 발로 찬 건, 얼마나 사소한 일이오. 영원 속에서 본다면 아주 하찮은 일이지. 나는 정화되었고 씻김을 받았소."

"잘됐네요." 퀸이 말했다. "이제 축복 자매님을 만나고 싶은데요."

"좋아요, 만나게 해주지. 당신의 사악한 생각과 어두운 의심을 후회하게 될 거요. 자매는 지금 영혼의 독방에 있어요. 내가 거기 집어넣었나? 아니지. 자기 스스로 걸어들어간 거요. 금욕의 맹세를 새롭게 하는 것이지. 내가 강요해서 그렇다고? 아니, 아니요. 퀸 씨. 자기 스스로 내린 결정이야. 당신의 단순한 정신으로는 상황이 이해되지 않겠지만."

"시도는 해보겠습니다."

"영혼의 독방에선 감각이 존재하지 않아요. 눈은 보지 못하고, 귀는 듣지 못하며, 살은 아무것도 느끼지 못하지. 어쩌면 고립이 완전하다면, 당신이 온 것도 모를 수 있어요."

"다시 또 말하지만, 알지도 모르는 것 아닙니까. 특히 나 혼자 만난다면."

"물론이오. 나는 성령을 향한 자매의 헌신에 완벽한 믿음을 갖고 있으니."

자매는 1층 작은 정사각형 방에 있었다. 방에는 나무 벤치 외에 다른 가구는 없었다. 자매는 들어오는 한줄기 햇빛 속에서 창을 바라보며 그 위에 앉아 있었다. 땀인지 눈물인지 모를 것이 이마와 뺨에 흘러내린 자국이 있었고, 로브는 군데군데 축축한 얼룩이 졌다. 퀸이 이름을 부르자, 자매는 대답하지 않았지만 굽은 어깨는 움찔했고 눈꺼풀은 깜박거렸다.

"축복 자매님, 저한테 돌아오라고 하셔서 그렇게 했습니다."

그녀는 고개를 돌리고 그를 보았지만 아무 말도 없이 괴로워하기만 했다. 눈에 어린 두려움이 너무나 강렬해서 퀸은 고함치고 싶은 기분이 들었다. '그만 좀 해요, 저 늙은 여자처럼 정신이 나가기 전에 이 정신병원에서 도망쳐요. 교주의 정체를 알아채란 말이에요. 그 사람은 정신분열증 환자에 공포로 사람들을 꼬여내는 잡상인이에요. 저 사람이 쓰는 사기 수법은 아주 케케묵었다고요. 저주를 풀 필요도 없어요. 저자가 믿는 건 자기 자신뿐이고, 바로 그래서 두 배로 위험하니까.'

퀸은 대화를 나누듯 말을 걸었다.

"시어스 백화점 전단에서 보셨다는 분홍색 폭신폭신한 슬리퍼 기억나세요? 그거랑 똑같은 게 치코테 상점 진열장에 있더라고요."

순간 공포 외에 다른 것이 그녀의 눈에 비쳤다. 흥미, 호기심. 다음 순간 그것은 사라지고 자매는 무기력하고 단조로운 톤으로 말하고 있었다.

"나는 세상과 그 안의 사악한 것들과는 완전히 연을 끊었습니다. 육체와 그의 허약함도 끊었습니다. 나는 성령의 위안, 영혼의 구원을 찾습니다."

"똑똑히 말씀하실 수 있어서 다행이네요." 퀸은 그녀에게서 미소를 끌어내보려고 했다. "그건 그렇고 오고먼 씨는 찾을 수 없었습니다. 오 년 반 전에 실종되었더군요. 그 아내는 남편이 죽었다고 생각하고, 다른 사람들도 많이들 그렇게 생각해요. 자매님은 어떻게 생각하십니까?"

"위안 없이 행한 일이지만, 나는 주님 옆에서 위안을 받으리라. 굶주렸지만 만찬을 받으리라."

“오고먼과 아는 사이셨나요? 친구 사이였습니까?”

“맨발로 거친 황야를 디뎠지만 천국으로 향하는 평탄한 황금 길을 걸으리라.”

“어쩌면 오고먼을 만나게 되실지도 모르죠. 그 사람은 좋은 사람이었던 것 같으니. 적도 없고, 아내와 아이들도 착하고. 사실 그 아내가 정말 훌륭한 사람이더라고요. 그런 사람이 불확실한 상황 속에서 인생을 낭비하고 있다니 참 안타까운 일이죠. 오고먼이 돌아오지 않는다는 걸 확실히 하면 새출발할 수 있을 것 같던데요. 제 말 듣고 있죠, 자매님. 내 말 들리잖아요. 한 가지 질문에만 대답해줘요. 오고먼이 돌아올 수 있겠습니까?”

“장신구를 걸친 자만심을 버렸지만, 나는 영원한 아름다움을 얻으리라. 들판에서 나 자신을 낮추었지만, 이후로는 크게 일어나 걸으리라. 진정으로 믿는 이들에게 이 모든 것이 임하기를, 아멘.”

“저는 치코테로 돌아갈 겁니다, 자매님. 마사 오고먼에게 전할 말씀은 없습니까? 그 여자는 과거를 끊고 일어설 자격이 있는 사람이에요. 할 수 있다면 그 여자가 과거를 정리하도록 도와주십시오. 자매님은 너그러운 분이잖아요.”

“나는 세상과 그 안의 사악한 것들과는 완전히 연을 끊었습니다. 육체와 그의 허약함도 끊었습니다. 위안 없이 행한 일이지만……"

"자매님, 내 말 좀 들어요."

"나는 주님 곁에서 위안을 받으리라. 굶주렸지만 만찬을 받으리라. 맨발로 거친 황야를 디뎠지만 천국으로 향하는 평탄한 황금 길을 걸으리라. 장신구를 걸친 자만심을 버렸지만, 나는 영원한 아름다움을 얻으리라."

퀸은 밖으로 나가 조용히 문을 닫았다. 축복 자매는 이제 오고먼보다 더 멀리 있어 닿을 수 없는 사람이 되었다.

9

안마당에는 바베큐 화덕을 닮은 돌제단이 있고. 조잡하게 만든 나무 벤치가 그 제단을 몇 겹으로 에워쌌다. 교주는 그 돌제단 앞에 고개를 수그리고 팔짱을 낀 채로 서 있었다.

그는 돌아보지도 않고 말했다.

"어땠소, 퀸 씨? 축복 자매가 여전히 몸 성히 살아 있는 걸 확인했겠죠?"

"살아는 있더군요."

"그래도 아직 만족하지 못하시오?"

"그렇죠. 이 장소와 여기 사는 사람들에 대해서 더 많이 알고 싶어졌습니다. 사람들 이름과 직업, 출신 같은 걸요."

"그러면 그 정보를 갖고 뭘 하시겠소?"

"오고먼 사건을 해결해봐야죠."

"당신은 내게는 외부인이오, 퀸 씨. 내게는 당신에 대한 어떤 의무도 없소. 하지만 순전히 너그러운 마음에서 하나만 알려드리지. 오고먼이라는 이름은 여기에서 아무도 모르오."

"축복 자매님이 그 이름을 뜬금없이 골

랐단 말입니까?"

"꿈에서 들었겠지." 교주는 조용히 말했다. "아니면 당신네들이 꿈이라고들 하는 데서. 나라면 달리 부르겠소. 나는 패트릭 오고먼의 영혼이 지옥에서 헤매며 구원을 찾고 있다고 생각하오. 그가 자매에게 말을 걸었겠지, 자매의 도움을 구한 거요. 그게 자매의 이름 아니오. 구원의 축복 자매. 그렇지 않았다면 자기를 도와줄 사람으로 나를 골랐을 텐데. 내가 교주니까."

퀸은 그를 빤히 보았다. 이 남자는 확실히 자기가 하는 말을 믿는 것 같았다. 그와 말싸움을 해봤자 소용도 없고 위험하기까지 할 터였다.

"어째서 오고먼이 지옥에 있다는 겁니까, 교주님? 모든 증거로 보면 그는 자기 나름대로 모범적인 삶을 살았는데요."

"그 사람은 진정으로 신앙이 있는 자가 아니었소. 이젠 물론 참회했겠지. 두번째 기회를 간청하고 있소. 축복 자매가 잠들어 있는 동안 도움을 요청했고, 자매의 마음이 그의 진동을 수용했겠지. 선량한 자매는 호기심도 많고 두려움도 많아요. 그 때문에 정신이 흐려져서 아주 어리석은 짓을 하고 만 것이지."

"저를 고용한 일 말이지요."

"그렇소." 교주의 옅은 미소에는 연민의 흔적이 어렸다.

"이제 알겠소, 퀸 씨? 당신은 영원한 지옥의 구렁텅이에서 헤매는 자를 찾아달라는 부탁을 받은 거요. 무시무시한 과업이지. 당신 같은 무모한 청년에게조차. 당신 생각은 다른가?"

"교주님 전제를 받아들인다면, 저도 동의해야겠죠."

"하지만 하지 않으신다."

"네."

"이보다 더 나은 전제가 있소, 퀸 씨?"

"내 생각엔 축복 자매는 오고먼 씨와 아주 오래전, 여기 오기 전에 알았던 사이 같군요."

"완전히 빗나갔는데." 교주는 차분하게 말했다. "선량한 자매는 오고먼이 심연의 지옥에서 구원을 구하며 소통할 때까지 그 이름을 들어본 적도 없었소. 그 불쌍하고 가련한 사람을 생각하니 내 다음이 찢어지는 것 같지만, 난들 뭘 할 수 있겠어요? 그의 참회는 너무 늦었고, 그는 자신의 무지와 방종의 죄로 영겁의 세월 동안 고통을 받을 거요. 조심해요, 퀸 씨, 조심해. 당신도 삶의 방식을 바꾸고 세상과 그 죄악, 육체와 약함과 완전히 연을 끊지 않는 한 그렇게 될 테니."

"충고 고맙습니다, 교주님."

"이건 충고가 아니라오. 경고지. 금욕하시오, 그래야 구원받을 테니. 회개하고 기뻐하시오…… 당신은 푸레사 대모를 그저 늙은 여자로단 보겠지. 육체는 쇠약하고 정신은 병들고.

하지만 나는 그 여자를 신의 피조물, 선택된 자들 중 한 명으로 본다오."

"그리고 갈취당한 자들 중 하나겠죠. 대체 이 장소에 대모님의 돈이 얼마나 쏟아부어졌습니까?"

"그래봤자 내 화를 다시 부추길 순 없소, 퀸 씨. 그런 노력을 하다니 안됐군요. 나는 나름대로 당신을 배려하지 않았소? 질문에 답하지 않았나? 축복 자매를 만나게 허락해주지 않았소? 그런데도 아직 만족을 못하오? 탐욕스러운 사람이로군."

"난 오고먼이 어떻게 됐는지 알아내서 그 아내에게 진실을 말해줄 수 있길 바랄 뿐입니다."

"그 부인에게 패트릭 오고먼은 지옥에서 헤매고 있다고 말하시오. 영원히 저주받은 자들의 고통을 격고 있다고. 그게 진실이오."

밖으로 나온 다음 퀸은 아치 문 아래서 바라보는 교주의 눈길을 느끼며 신발을 도로 신고 넥타이를 고쳐맸다. 해는 뉘엿뉘엿 지고, 식당 굴뚝에서 솟아오른 연기는 바람 한 점 없는 대기 속으로 곧게 흘러들어갔다. 교단의 일원 중 지금 눈에 보이는 사람들은 회개 자매의 작은 아이 둘뿐이었다. 아이들은 납작하게 누른 종이 상자를 썰대 삼아 솔잎으로 미끄러운 내리막길에서 타고 있었다. 그때 여언의 말 형제가 작은 새가 든 새장을 들고 탑 입구로 다가왔다. 그 옆에서 붉어진 얼굴로 숨을 헐떡이는 사람은 그날 아침 퀸을 면도해주었던 굳 건한 마음 형제였다.

형제들은 이마에 손을 대고 허리를 굽혀 교주에게 인사했 다. 그후에 퀸을 향해 예의바르게 고개를 끄덕였다.

"평화가 함께하기를, 형제들이여." 교주가 말했다.

"평화가 함께하기를." 마음 형제가 메아리처럼 따라했다.

"어째서 여기까지 왔습니까?"

"말 형제님은 잉꼬가 아프다고 생각합니다. 축복 자매님이 살펴봐주기를 바라고 있습니다."

"축복 자매는 독방에 있습니다."

"잉꼬의 행동이 무척 이상합니다." 마음 형제는 사과조로 말했다. "교주님에게 보여드려요, 말 형제님."

말 형제는 머리를 어깨 위에 얹고 한 손을 입에 갖다댔다.

"새가 아무 말도 하지 않는답니다." 마음 형제가 통역해주 었다. "그리고 머리를 숨기고 앉아 있대요."

말 형제는 한 손으로 자기 가슴을 가리키고는 앞뒤로 빠 르게 움직였다.

"새의 맥박이 아주 빠르대요." 마음 형제가 말했다. "게다 가 몸을 부르르 떨어요. 말 형제님은 걱정이 많이 된다고 합 니다. 자매가 와서 봐줬으면……"

"축복 자매는 독방에 있습니다." 교주는 날카롭게 반복했다. "내가 보기에 그 새는 완전히 멀쩡해 보이는군. 아무래도 나는 듣는 데 지친 만큼 말하는 데에도 지친 것 같습니다. 새라는 것은 다 심장박동이 빨라질 때가 있지 않습니까. 아주 정상적이지요. 걱정할 게 없어요."

말 형제의 입가가 부르르 떨렸고 마음 형제는 길고 깊은 한숨을 내쉬었지만, 둘 다 더는 말대꾸하지 않았다. 그들이 건물 모퉁이로 사라져갈 때 맨발이 먼지 연기를 남겼다.

이 짧은 만남에 퀸은 당혹스러웠다. 새는 교주뿐 아니라 그가 보기에도 건강해 보였고, 아프다는 건 그저 축복 자매를 면회하기 위한 허락을 받으려고 만든 핑계인 듯싶었다. 그게 아니라면, 나를 다시 한번 보려고 했는지도. 그는 생각했다. 아니, 너무 의심이 많아지고 있어. 여기 두 시간 정도 더 있다간 지옥에서 오는 오고먼의 진동을 받을 수도 있겠군. 빨리 뜨는 게 낫겠어.

교주도 동시에 똑같은 생각을 한 것 같았다.

"더는 내 힘을 퀸 씨에게 쓰고 싶지 않소이다. 당장 떠나시오."

"알겠습니다."

"오고먼 부인에게 내가 부군의 고통을 덜기 위해 기도하고 있다고 전해주시오."

"그다지 위로가 될 것 같지 않은데요."

"그 사람이 지옥에 간 게 내 잘못은 아니라오. 그 사람이 내게 왔으면 구원해줬을 텐데…… 퀸 씨에게도 평화가 함께하기를. 당신이 돌아올 일이 없으면 좋겠군. 개종자가 되어 겸손히 자기를 낮추고 참회해서 오는 게 아니라면."

"카피로테가 보낸 초대장을 받는 게 낫겠습니다."

퀸이 말했지만, 교주는 벌써 문을 닫아버렸다.

퀸은 흙길을 향해 돌아갔다. 그가 공동식당 앞을 지날 때 형제자매 십여 명을 지나쳤지만 아무도 인사하지 않았다. 오로지 한 명만 이쪽을 호기심어린 눈길로 쳐다보았고, 퀸은 무한의 빛 형제의 가죽 같은 얼굴을 알아보았다. 매트리스에서 벼룩을 없애주려고 보관창고로 왔던 사람이었다. 마치 신자도 모두가 퀸은 위협이 되므로 그의 존재 자체를 모른 척하라는 명령을 받은 것만 같았다. 하지만 그가 지나가자마자 목덜미가 근질거릴 정도로 수십여 개의 시선이 날아와 꽂혔다.

그 느낌은 차에 타고 사람들이 하나도 눈에 보이지 않을 때까지 지속되었다. 나무 한 그루 한 그루마다 형제나 자매가 숨어 그를 감시하고 있는 기분이었다.

그가 브레이크에서 발을 떼자 차가 출발하며 흙길을 따라 내려갔다. 그의 마음은 탑을 처음 떠날 때로 돌아갔다. 해가 뜨기도 전 면류관 형제가 모는 고물 트럭을 타고 떠나던 때. 그 시간에 떠나야만 했던 이유가 있었다는 사실이 문득 생각났다. 회개 자매의 장녀, 카르마가 몰래 차에 숨어들어 도시로 도망치는 걸 막기 위해서였다.

갑자기 온몸에 땀이 솟았다. 목 뒤로 느껴지는 눈길은 벌레가 기어가는 느낌이었다. 그는 한 손으로 벌레를 털어내려 했지만, 그의 차갑고 축축한 피부 위에는 아무것도 없었다.

그가 소리내어 말했다.

"카르마?"

아무 대답이 없었다.

벌써 대로에 도착한 후였다. 그는 차를 멈추고 시동을 끈 후 내렸다. 그러고는 뒷문을 열었다.

"여기가 종점이야, 친구."

바닥에 웅크려 있던 회색 덩어리가 꿈틀하며 칭얼거렸다.

"자. 지금 출발하면 어두워지기 전에 탑으로 돌아갈 수 있을 거야." 퀸이 말했다.

카르마의 검고 긴 머리가 나타나는가 싶더니, 여드름으로 얼룩덜룩하고 분개심으로 부루퉁해진 얼굴도 따라 나왔다.

"난 안 돌아가요."

"작은 새가 전해주는 소문을 듣자하니 돌아갈 거라는데."

"난 작은 새들이 싫어요. 말 형제님도 싫고. 주교님도 푸레사 대모님도 면류관 형제님도 영광 자매님도 다 싫어. 제일 싫은 건 우리 엄마와 꺅꺅거리는 지겨운 애들이고. 그래요, 난 축복 자매님도 싫다고요."

"싫은 게 산더미네."

"더 있어요. 계시의 목격자 형제님도 싫어요. 밥 먹을 때마다 이가 딸깍딸깍하니까. 빛 형제님도 싫어요. 나보고 게으르다고 했거든요. 또 싫은 건……"

"알았다, 알았어. 네가 뭘 싫어하는 분야에서는 일급 전문가라는 걸 잘 알겠네. 자, 이제 내려. 움직여야지."

"제발, 제발 날 좀 데려가주세요. 폐 끼치지 않을게요. 입도 벙긋 안 하고 있을게요. 여기 없는 사람이다 생각하셔도 돼요. 도시에 도착하면, 일자리를 얻을 거예요. 빛 형제님은 내가 게으르다고 하지만, 난 그렇지 않다고요…… 싫다고 안 하실 거죠, 네?"

"아니, 싫다고 할 거야."

"내가 그냥 어린애라고 생각해서 그래요?"

"다른 이유도 많아, 카르마. 자, 이제 착하게 굴어야지. 우리 둘 다 곤란해지지는 말자고……"

"난 벌써 곤란해졌어요." 그녀는 침착하게 말했다. "그건 아저씨도 마찬가지고요. 나도 들은 게 있으니까."

"뭘 들었는데?"

카르마는 뒷좌석에 앉아 긴 머리카락을 귀 뒤로 넘겼다.

"아, 이런저런 거죠. 사람들은 내가 너무 어려서 이해하지 못할 거라고 생각하는지 내 앞에서는 별말을 다하거든요.”

“축복 자매님이 네 앞에서 뭐라고 했어?’

“모두가요.”

“내가 특히 관심 있는 사람은 축복 자매님인데.”

“그 자매님이 말을 많이 하긴 하죠.”

“나에 대해서?”

“네.”

“너한테 뭐라고 했는데?”

“아, 이런저런 거요.”

퀸은 카르마를 매서운 눈으로 쏘아보았다.

“지금 말을 빙빙 돌리면서 시간을 질질 끌고 있는데, 카르
마. 나한테는 안 통한다. 내가 머리채 잡고 끌어내기 전에 네
발로 나와.”

“소리 지를 거예요. 난 소리 엄청 잘 지르니까 그 소리가 산
에 다 울려퍼질 걸요. 사람들이 내 목소리를 듣고, 아저씨가
나를 납치했다고 생각할 거예요. 교주님이 엄청 노하셔서서 아
저씨를 죽일지도 몰라요. 성질이 아주 못됐거든요.”

“교주님이 널 죽일 수도 있지.”

“그러든가 말든가. 어차피 난 인생의 목표도 없어요.”

“알았다. 네가 자처한 거야.”

퀸은 뒷좌석으로 들어가 여자애를 잡으려고 했다. 카르마

는 길게 심호흡을 하고 소리를 지르려 입을 벌렸다. 그는 손으로 여자애의 입을 막아 소리를 끊었다.

"잘 들어. 이 정신 나간 꼬맹아. 너 때문에 우리 둘 다 망하게 생겼어. 난 너를 샌펠리스로 데려갈 순 없어. 넌 돈도 옷도 널 지켜줄 사람도 필요하게 될 거 아냐. 넌 여기가 싫겠지만, 적어도 보호는 받고 있잖아. 다 클 때까지 기다려. 그럼 네 힘으로 떠날 수 있을 터니까. 알아들었어, 카르마?"

카르마는 고개를 끄덕였다.

"내가 손을 떼면, 소리지르지 않고 합리적으로 의논할 거라고 약속해?"

여자애는 다시 고개를 끄덕였다.

"좋아." 그는 카르마의 입에서 손을 떼고 진이 빠져서는 뒷좌석에 기댔다. "아팠니?"

"아뇨."

"너 몇 살이지, 카르마?"

"스물한 살 돼요."

"그렇게 되겠지. 그런데 몇 년 더 있어야 그 나이가 되냐고. 거짓말 말고 솔직히 말해."

카르마는 뜸을 들이다 말했다.

"열여섯이요. 하지만 도시에 가면 쉽게 일자리를 구해서 얼굴을 치료할 약을 살 돈을 벌 수 있어요. 그러면 나도 다른 여자애들과 비슷해 보이겠죠."

"네 얼굴은 꽤 예쁜데."

"아뇨, 끔찍해요. 이 끔찍한 빨간 것들이 얼굴 하나 가득이잖아요. 사람들은 나이들면 없어질 거라고 하는데, 아직도 그대로예요. 앞으로도 그럴 거고. 이걸 없애버릴 돈이 필요하다고요. 학교에 다녔던 마지막 해에 어떤 선생님이 그런 게 있다고 말해줬어요. 여드름 연고라고 한다는데. 정말 좋은 선생님이었어요. 선생님도 여드름이 있었기 때문에 내 기분을 이해한다고 했어요."

"그래서 도시에 가려는 거구나. 여드름 연고를 사려고?"

"음, 그거부터 할 거긴 하죠." 그녀는 양손으로 자기 뺨을 쓸었다. "정말 연고가 필요해요."

"내가 너 대신 사다 준다고 약속하면 어떨까? 그러면 자기 앞가림을 좀더 잘할 수 있을 때까지 도시로 도망가는 건 미뤄둘래?"

카르마는 머리카락 한 가닥을 꼬았다 풀었다 하며 한참을 생각했다.

"날 그냥 쫓아버리려는 거죠."

"맞아. 하지만 도와주고 싶은 것도 진심이야."

"언제 갖다줄 수 있는데요?"

"가능한 한 빨리."

“그 약이 맞다는 걸 어떻게 알아요?”

“약사에게 물어볼 거야. 그거 파는 사람에게.”

카르마는 고개를 돌려 무척 진지하게 그를 올려다보았다.

“나도 예뻐질 거라고 생각하세요? 학교에 있는 다른 여자애들만큼?”

“당연히 너도 예뻐질 거야.”

벌써 꽤 어둑어둑해졌건만, 카르마는 차에서 내려 탑으로 돌아갈 생각을 하지 않았다.

“여기 사람들은 다들 너무 못생겼어요. 그리고 더러워요. 바닥이 우리보다 더 깨끗하죠. 학교에는 뜨거운 물이 나오는 샤워기랑 진짜 비누가 있었고, 한 사람 앞에 하나씩 커다란 흰 수건을 받았어요.”

“탑에 산 지는 얼마나 되었니, 카르마?”

“사 년요. 그게 지어졌을 때부터.”

“그럼 그전에는?”

“어디 산속에 있었어요. 저 아래 남쪽에 있는 샌게이브리얼 산. 나무 오두막이 많았어요. 그런데 푸레사 대모님이 와서 우리에게 탑이 생긴 거고요.”

“대모님은 개종자였어?”

“네, 부자 개종자죠. 우리 중엔 부자는 별로 없어요. 내 생각에 부자들은 돈을 펑펑 쓰면서 재미있게 놀고 다니느라 너무 바빠서 죽은 후엔 어떻게 될지 생각할 시간이 없나봐요.”

“카르마 넌 걱정이 되고?”

“교주님이 그 이상하게 생긴 눈으로 우리에게 겁을 줘요. 하지만 축복 자매님이랑 있으면 무섭지 않아요. 아까는 자매님이 싫다고 했지만, 정말 그런 건 아니에요. 자매님은 매일 내 여드름이 나으라고 기도하는 걸요.”

“자매님이 지금 어디 있는 줄 아니?”

“다들 알아요. 자매님은 독방에 있잖아요.”

“얼마나 오래?”

“닷새요. 처벌은 보통 닷새 동안 해요.”

“자매님이 처벌받는 이유를 아니?”

카르마는 고개를 저었다.

“다들 수군거리긴 했는데, 난 못 들었어요. 자매님이랑 교주님이랑 면류관 형제님이랑 뭐가 있었다고. 엄마랑 내가 어제 정오에 저녁 지으러 갔을 때, 축복 자매님은 없었고 말 형제님이 화덕 앞에 웅크려서 울고 있더라고요. 그 형제님은 축복 자매님을 떠받들어요. 자매님이 아기처럼 돌봐주고 아플 때면 야단법석을 떠니까. 면류관 형제님 혼자 기뻐하는 것 같았어요. 그 사람은 사탄보다 사악하다니까요.”

“면류관 형제가 개종한 지는 얼마나 됐지?”

“탑을 짓고 일 년쯤 후에 왔어요. 그러니까 삼 년 전이죠.”

“축복 자매님은?”

“샌게이브리얼 산에서부터 우리랑 함께 있었어요. 나머지 사람들 거의가 그랬어요. 교주님이랑 싸우고 지금은 떠난 사람들도 있지만. 우리 아빠처럼.”

“네 아빠는 어디 있는데, 카르마?”

“몰라요.” 카르마는 작은 목소리로 대답했다. “물어보지도 못해요. 추방된 사람은 그 이름도 다시 말하면 안 되거든요.”

“패트릭 오고먼이라고 하는 남자 얘기를 누가 하는 걸 들은 적 있니?”

“아뇨.”

“그 이름 기억할 수 있겠어? 패트릭 오고먼인데.”

“네. 왜요?”

“그 이름이 들리나 귀를 쫑긋 세우고 있어주면 고맙겠다. 내가 이런 부탁 했다고 누구한테 말할 필요는 없겠지. 이건 전적으로 너와 나 사이의 일이야. 연고처럼. 거래 성립?”

“네.” 그녀는 뺨과 이마, 턱에 손을 갖다댔다. “여드름만 없어지면 내가 정말 예뻐질 거라고 한 말, 정말이에요?”

“그럴 거라고 확신한다.”

“연고는 어떻게 보내줄 거예요? 교주님은 소포를 다 뜯어보고 약으로 보이는 건 다 버리는데. 교주님은 약이나 의사를 안 믿어요. 오로지 신앙뿐이지.”

"내가 직접 배달할 거야."

이젠 너무 어두워져서 카르마의 얼굴이 보이지 않았지만, 퀸은 그애가 항의하려는 뜻인지 반대하려는 뜻인지는 모르겠지만 살짝 움직이는 것을 느꼈다.

"사람들은 퀸 아저씨가 여기 오는 걸 바라지 않아요. 아저씨가 우리 공동체에 말썽을 일으키려 한다고 생각하거든요."

"그렇지 않아. 공동체 그 자체에는 별 흥미가 없어."

"계속 오잖아요."

"첫번째는 사고였어. 두번째로 간 건 부탁받은 대로 축복 자매님에게 정보를 주려고 간 거였고."

"그거 진짜 진실이에요?"

"그래." 퀸이 말했다. "시간이 늦었다, 카르마. 지금 출발해야 사람들이 나를 때려잡으러 몰려오기 전에 돌아가겠구나."

"나를 찾는 사람은 아무도 없을 거예요. 엄마한테 목이 아파서 자러 간다고 했거든요. 엄마는 늦게까지 부엌일이 많아서." 카르마는 쓸쓸하게 덧붙였다. "그 시간쯤 되면 도시까지 반은 가 있을 줄 알았죠. 그런데 아니네요. 고작 여기에 처박혀 있어요. 죽을 때까지 여기 있겠죠. 다른 사람들처럼 늙고 못생기고 더러워질 거고. 아, 지금 바로 죽어서 천국에 갔으면 좋겠어요. 기회가 생기면 저지를 수 있는 모든 죄를 저지르기 전에요. 예쁜 원피스와 신발을 사고 교주님에게 말대꾸하고 매일 머리를 향수로 감는 것 같은 죄들 말이죠.”

퀸은 차에서 내려 카르마가 내릴 수 있게 문을 잡아주었다. 소녀는 천천히 어색하게 내렸다.

“어두운데 길 잘 찾아갈 수 있겠니?” 퀸이 말했다.

“이 길을 백만 번은 다녔는걸요.”

“그럼 오늘은 일단 여기서 헤어지자.”

“정말로 돌아올 거죠?”

“그래.”

“내 여드름 연고도 잊지 않고 가져올 거고요?”

“그럼.” 퀸이 말했다. “너도 우리 거래 잊지 않을 거지?”

“누가 패트릭 오고먼 얘기를 하지 않는지 귀를 쫑긋 세우고 있을게요. 하지만 사람들이 얘기할 거 같진 않아요.”

“왜?”

“우린 개종 전에 알았던 사람들에 대해선 이야기하면 안 되거든요. 그리고 우리 공동체엔 오고먼이라는 사람이 없고요. 내가 푸레사 대모님을 보살필 때, 교주님이 우리 바깥세상 이름을 적어놓은 책을 자주 읽는데요. 거기 오고먼이라는 이름은 없었어요. 나, 기억력이 무척 좋아요.”

“축복 자매님 이름도 기억나니?”

“당연하죠. 메리 앨리스 페더스톤이고 시카고에 살았어요.”

퀸은 다른 사람들 이름도 물어봤지만, 말해준 이름 중 어느 것도 메리 앨리스 페더스톤만큼 의미가 있진 않았다.

떠오르는 달빛 아래에서 그는 탑으로 돌아가는 카르마를 지켜보았다. 죽고 싶다고 투정했던 것은 다 잊어버리고 기회가 오면 저지르겠다고 큰소리쳤던 죄에 몰두한 듯 발걸음은 씩씩하고 가벼웠다.

퀸은 샌펠리스로 가서 부두의 모텔에 들어갔다. 그는 간간히 들려오는 무적霧笛이 우는 소리와 방파저에 부딪쳐오는 파도 소리를 들으며 잠이 들었다.

10

아침 9시가 되자 태양이 타올라 안개를 대부분 걷어버렸다. 파도가 낮게 쳐 잔잔한 바다 위에 여러 빛깔이 어렸다. 수평선의 하늘색, 미역 양식판이 놓인 자리의 갈색, 항구 자체의 회녹색. 공기는 따뜻하고 바람 한 점 없었다. 걸음마라도 떼었을까 싶은 아이 둘이 산들바람을 기다리는 자그마한 너벅선 안에 얌전히 앉아 있었다.

퀸은 백사장을 지나 방파제로 향했다. 톰 저겐슨의 사무실엔 자물쇠가 채워져 있었지만, 저겐슨 본인은 콘크리트벽 위에 앉아 말끔한 하얀 선원복 차림에 요트 모자를 쓰고 항해용 신발을 신은 백발 남자와 이야기하고 있었다.

한참 후, 백발 남자가 화난 몸짓을 하며 휙 돌아서더니 계류 선박들이 있는 경사로로 내려가버렸다.

저겐슨은 웃음기 없는 얼굴로 퀸에게 다가왔다.

"돌아온 거야, 아니면 여기 그냥 쭉 있었던 거야?"

"돌아왔어."

"내가 돈을 모을 짬도 안 주는군. 일이 주만 기다려달라고 했잖아. 하루이틀이 아니고."

"그냥 인사차 방문했어." 퀸이 말했다. "그건 그렇고 선원복 입은 친구는 누구야?"

"뉴포트비치에서 온 골치 아픈 놈. 항해에 대해선 쥐뿔도 모르면서, 22미터짜리 배를 갖고 있다고 지가 무슨 함대 제독이나 바람의 지배자인 것처럼 군다니까…… 퀸, 사정이 얼마나 궁해?"

"어제 말했잖아. 빈털터리라고."

"며칠만 일해볼래?"

"무슨 일인데?"

"제독이 경호원을 찾아." 저겐슨이 말했다. "아니, 더 엄밀하게 말하자면 배 경호원이지. 그 사람 아내가 이혼을 신청해서, 제독이 자기 안전금고에서 전 재산을 다 빼내서 브라이니벨 호에 들고 타겠다는 대단한 생각을 해냈지 뭐야. 아내가 공동재산 처분을 제한하는 법원 명령을 받아내기 전에. 아내가 자기가 어디 있는지 찾아내서 브라이니와 거기 실린 걸 몽땅 빼앗을까봐 겁먹었더라고."

"난 배에 대해서는 아는 게 하나도 없는데."

"알 필요도 없어. 브라이니는 파도가 2미터까지 일어서 모래톱을 넘을 수 있게 될 때까지는 아무데도 안 가거든. 그러자면 네댓새 걸려. 네가 할 일은 배에 가만히 있으면서 금발 약탈자들이 건널판자를 올라오지 못하게 하는 거야."

"보수는 얼만데?"

"이 노친네 꽤 필사적이야. 하루에 칠십오 달러는 뜯어낼 수 있을 것 같은데. 그 정도면 미역값보단 비싸잖아."

"제독 이름이 뭐야?"

"올번 코널리. 별로 중요한 점은 아니지만, 요즘 할리우드에서 뜨기 시작하는 신인 배우랑 결혼했어. 뭐, 할리우드에서는 서른 안 된 여자 배우는 다 뜨기 시작하는 신인이라고 하니까." 저겐슨은 잠시 말을 멈추고 담뱃불을 붙였다. "생각해봐, 하루종일 햇볕 아래서 뒹굴고, 맥주 몇 캔 까면서 진러미 게임이나 하고. 괜찮아 보이지 않아?"

"깔끔하네." 퀸이 말했다. "특히 제독의 운이 별로 좋지 않다면 더 그렇고."

"천만 달러가 있는데, 무슨 행운이 더 필요하겠어? 내가 가서 네 얘기 좀 잘해줄까? 약간 홍보도 해주지, 뭐."

"돈이 되면 뭐라도 하지."

"좋아. 그럼 브라이니로 뛰어가서 제독하고 얘기하고 올게. 일은 아무때나 시작할 수 있지?"

"그럼."

퀸은 그렇게 대답하고 생각했다. 달리 할일도 없는걸. 오고먼은 지옥에 있고, 축복 자매는 독방에 있으며, 앨버타 헤이우드는 감옥에 있지. 그 누구도 도망가지 않아.

"여기서 낚시로 먹고사는 사람들을 많이 아나?"

"얼굴은 다 알지. 이름도 대부분 알고."

"아귈라라는 남자는?"

"알지, 프랭크 아귈라. 루시 케이 호 주인. 저기 방조제에 올라가면 그 배가 보일걸." 저겐슨은 계류한 선박 중 막 줄 너머를 가리켰다. "몬터레이 타입 구식 낚배인데, 돛대가 까만 배 좌현 옆에 정박해 있어. 보여?"

"그런 거 같아."

"아귈라에게는 왜 관심 있는데?"

"육 년 전에 루스 헤이우드랑 결혼했지. 부부 사이가 원만한지 궁금해서."

"금슬이 아주 좋지." 저겐슨이 말했다. '부인이 아주 바지런한 여자라서 가끔은 항구까지 와서 배를 청소하고 프랭크가 그물 수선하는 것도 도와줘. 아귈라 부부는 남들과 많이 어울리진 않지만, 유쾌하고 가식이 없는 사람들이야…… 가자, 내 사무실에서 기다려. 나는 그동안 브라이니 벨 호에서 코널리 좀 만나고 올 테니."

저겐슨은 사무실 문을 열고 안으로 들어갔다.

"타자기도 있으니, 코널리도 봉 잡았다 싶을 만큼 근사한 추천장 두어 통 직접 쳐봐. 세세한 부분은 신경쓸 필요 없어. 10시가 되면 코널리는 사팔뜨기가 되도록 마셔서 아무것도 읽을 수 없을 테니까."

저겐슨이 가버리자, 퀸은 전화번호부에서 프랭크 아귈라의 전화번호를 찾아서 전화를 걸었다. 보모라고 말한 여자가 아귈라 부부는 조합회의에 참가하기 위해 이틀 동안 샌피드로에 갔다고 말해주었다.

퀸이 브라이니 벨 호에 가자 작업복을 입은 청년이 뱃머리에서 배 이름 위를 페인트로 덧칠하고 있었고, 코널리는 난간 너머로 몸을 내밀고 빨리 하라고 재촉하고 있었다.

퀸이 말했다. "코널리 씨?"

"퀸?"

"네."

"늦었군."

"모텔에서 짐도 찾고 차도 처리하느라요."

"왜 거기 우두커니 서 있나." 코널리가 말했다. "승선하시라는 말 같은 거 기다리지 말고 재까닥 올라타."

퀸은 건널판자를 오르면서, 이 일은 저겐슨이 말한 것만큼 유쾌하지는 않겠다고 이미 확신했다.

“앉게나, 퀸.” 코널리가 말했다. “그, 이름이 뭐더라, 배 파는 얼간이. 그 친구가 내가 어떤 곤란한 상황에 처했는지 말했겠지?”

“네.”

“여자들은 배에 대해서는 이름 갈고는 아는 게 없잖나. 그래서 브라이니의 이름을 바꾸라고 했지. 꽤 똑똑하지 않나?”

“교묘한데요.”

코널리는 뒤로 기대면서 커다란 딸기코 옆을 긁었다.

“그래, 자네도 농담 따먹기를 좋아하는 그런 냉소적인 개자식인가, 어?”

“그런 자식이죠.”

“그래, 여기선 내가 농담을 해, 퀸. 그걸 명심하라고. 농담은 내가 하고, 나머지는 웃는 거야, 알았나?”

“웃어주는 건 녹음된 걸로 사면 더 싸게 먹힐 텐데요.”

“앞으로 자네를 좋아하게 될 거 같진 않아.” 코널리는 곰곰이 생각하며 말했다. “하지만 자네가 그런 척 굴어준다면 나 역시 네댓새 동안은 그런 척이라도 해보도록 하지.”

“공평한 것 같네요.”

“나는 공평한 남자야, 아주 공평하지. 그 조그만 금발 계집, 엘시는 영 모르더라만. 지 손으로 갖질 못하면 내가 알아서 갖다줬을 거 아니야. 자기 경력이 맘에 안 든다고 그렇게 동네방네 떠들면서 돌아다니지만 않았어도 내가 돈 주고 일을 구해줬을 거 아니냐고. 딴 남자들도 땅콩 봉지 같은 걸 사다주니까…… 그, 뭐 어쩌고 저쩌고 하던 친구 말로는 자네가 카드를 친다는데.”

“네.”

“돈을 걸고?”

“이제까지는 돈을 걸고 했죠.” 퀸이 조심스레 말했다.

“좋아. 그러면 아래 선실로 가서 시작해보자고.”

첫날, 그렇게 앞으로 따라야 할 패턴이 세워졌다. 아침에 코널리는 비교적 정신이 맑아서 자신이 얼마나 좋은 남자인지, 엘시가 자기에게 얼마나 못되게 굴었는지를 떠들었다. 오후에는 코널리가 정신을 잃고 탁자 위로 쓰러질 때까지 진러미 카드 게임을 했다. 그런 후 퀸은 제독을 선실 침대에 던져놓고 갑판으로 가서 아귈라의 낚싯배 루시 케이 호에 무슨 움직임이 있나 쌍안경으로 살폈다. 저녁이 되면 코널리는 다시 술을 마시면서 엘시가 얼마나 괜찮은 여자였는지, 자기가 얼마나 그녀에게 못되게 굴었는지를 떠들었다. 퀸은 엘시가 두 명이고 코널리도 두 명이라는 인상을 받았다. 괜찮은 여자인 저녁의 엘시가 좋은 남자인 아침의 코널리랑 결혼했다면 모든 게 다 술술 풀렸을 것이다.

나흘째 오후, 코널리가 침대에서 코를 드르렁드르렁 골고 있을 때, 퀸은 쌍안경을 들고 갑판으로 올라갔다. 맥브라이드라는 선장과 이전에는 본 적 없는 선원 두 명이 장비를 들고 벌써 배에 타 있었다. 꽤 조용히 활동하는 사람들 같았다.

"우리는 내일 자정에 항해하네." 맥브라이드가 퀸에게 말했다. "파고波高가 6.1이야. 제독이랍시고 돌아다니는 얼간이는 어디 있나?"

"자고 있어요."

"좋아. 일을 좀 해치울 수 있겠군. 우리랑 같이 갈 건가, 퀸?"

"어디 가는데요?"

"제독은 적을 피하려고 하지." 맥브라이드는 씩씩하게 말했다. "내 명령은 일급비밀이야. 그리고 우리 친구는 해협 한가운데에서 마음을 휙 바꿔버리는 사소한 습관이 있거든."

"나는 어디 가는지 알고 싶은데요."

"그게 뭐 중요해? 그냥 따라와."

"어째서 갑자기 우정이 폭발한 건가요, 선장님?"

"우정이라니, 헛소리." 맥브라이드가 말했다. "난 진러미가 싫거든. 자네가 게임을 해주니까 내가 할 필요가 없잖아."

퀸은 루시 케이 호에 쌍안경의 초점을 맞췄다. 갑판 위에는 아무도 보이지 않았지만, 이전에는 없었던 작은 조각배 하나가 배 옆에 매여 있었다. 십오 분 정도 지나자, 청바지와 티셔츠를 입은 여자가 선교 위에 나타나서 담요같이 보이는 것을 난간 위에 걸었다. 그런 다음 여자는 다시 사라졌다.

퀸은 맥브라이드 선장에게 다가갔다.

"코널리가 깨어나면, 내가 일 좀 보러 해변에 갔다고 해주겠어요?"

"방금 한번 들여다보고 왔어. 태풍이 와도 안 깰 것 같던데."

"그럼 나한텐 잘됐네요."

그는 저겐슨의 사무실로 가서 작은 배를 하나 빌려 루시케이 호까지 노를 저어갔다. 여자는 갑판 위에 있었고, 난간 위에는 이제 침대 시트들과 담요들이 줄줄이 널려 햇볕 속에서 바람을 쐬고 있었다.

퀸이 물었다. "아귈라 부인?"

그녀는 보통 주부들이 문간에 선 영업사원을 볼 때 그러듯이 그를 의심스럽게 내려다보았다. 그런 다음 햇볕에 탈색된 머리카락 한 가닥을 뒤로 넘겼다.

"그런데요. 무슨 일이시죠?"

"전 조 퀸이라고 합니다. 몇 분만 얘기할 수 있을까요?"

"무슨 일인데요?"

"언니분 일입니다."

놀란 표정이 그녀의 얼굴에 스쳤다 사라졌다. "못하겠는데요." 부인은 조용히 말했다. "난 언론 쪽 사람들하고는 언니 얘기는 안 해요."

"전 기자가 아닙니다, 아귈라 부인. 정부 요원도 아니고요. 그분 일에 관심 있는 일개 시민일 뿐이죠. 가석방 심사가 곧 다가온다는데, 돌아가는 상황을 보니 언니분은 거절당할 거라고 확신하고 계시더군요."

"왜죠? 언니는 빚도 갚았고, 모범적으로 행동했어요. 어째서 언니에게 다른 기회를 주지 않는 거죠? 그리고 어떻게 나를 찾아낸 거예요? 내가 누군지는 어떻게 알았죠?"

"제가 배에 올라가게 허락해주시면 설명드리죠."

"시간이 별로 없어요." 부인은 무뚝뚝하게 말했다. "할일이 있어서."

"간단하게 말씀드리겠습니다."

퀸이 부표에 배를 묶고 사다리를 어설프게 올라가는 동안 부인은 그를 지켜보았다. 배는 번쩍거리는 브라이니 벨 호와는 사뭇 달랐지만 퀸은 이 위에서 훨씬 편안함을 느꼈다. 이 배는 놀이가 아니라 작업을 하기 위한 배였고, 간판은 니스가 아니라 생선 비늘로 번들거렸다. 엘시와 제독이라면 이 비좁은 배에 있는 모습을 남에게 보이고 싶지 않을 것이다.

"킹 부인, 그러니까 오빠분의 직장 동료가 부인의 결혼 후 이름과 사는 곳을 알려주셨습니다. 저는 어제 치코테에 가서 킹 부인과 얘기를 나눴고 마사 오고먼 같은 다른 사람들하고도 얘기를 했죠. 오고먼 부인 기억하시죠?"

“실제로 만난 적은 없어요.”

“그 남편은 만난 적 있습니까?”

“그건 됐고 이게 어떻게 된 영문이죠?” 아귈라 부인이 날카롭게 말했다. “우리 언니 앨버타 얘기를 하려는 줄 알았는데요. 나는 오고먼에게는 관심이 없어요. 앨버타 언니를 도울 방법이 있다면, 당연히 기꺼이 하죠. 하지만 거기에 오고먼 부부가 왜 끼어드는지는 모르겠네요. 그 세 사람 사이의 연결점이라고는 치코테에 살았다는 것밖에 없는걸요.”

“앨버타는 회계사였죠. 그리고 오고먼도요.”

“그런 사람이 수백 명은 있을걸요.”

“그 수백 명의 사람들에게는 딱히 대단한 일이 일어나지 않았다는 차이가 있죠.” 퀸이 말했다. “한 달 새에 앨버타와 오고먼 둘 다 무척 남다른 운명을 맞지 않았습니까.”

“한 달 새라고요?” 아귈라 부인이 그의 말을 되풀이했다. “난 그건 아니라고 생각하네요, 퀸 씨. 앨버타 언니는 훨씬 더 전에 이미 그런 운명을 맞은 거예요. 처음 장부로 장난을 치기 시작했을 때 끝난 거죠. 까놓고 말하면, 언니는 오고먼이 치코테에 오기 전부터 은행에서 돈을 훔쳤어요. 어쩌다 그랬는진 하늘과 땅만 알겠죠. 언니는 뭘 필요로 하지도 않았고, 어쩌면 남편과 애들 빼고는 자기가 가진 것보다 더 바라는 것 같지도 않았거든요. 그런 얘기조차 하지도 않았고요. 난 가끔 우리 넷이 살던 때를 회상하곤 허요. 앨버타 언니, 조지 오빠, 엄마와 내가 함께 밥을 먹고 저녁 시간을 함께 보내고, 다른 평범한 가족들처럼 지내던 때를. 그동안 내내, 그 모든 세월 동안 앨버타 언니는 뭔가 이상이 있다는 낌새조차 내비치지 않았어요. 사고가 터졌을 땐, 난 이미 프랭크와 결혼해서 여기 샌펠리스에 살고 있었죠. 어느 날 저녁, 밖에 나가서 차로로 배달된 신문을 주웠는데, 1면에 언니의 사진과 사건 이야기가 모두 실려 있는 거예요……"

부인은 마치 그날의 기억이 너무 고통스러워 다시 대면하고 싶지 않다는 듯 고개를 돌려버렸다.

"언니분과 가까운 사이였습니까, 아귈라 부인?"

"그럴지도요. 어떤 사람들은 앨버타 언니를 냉정한 사람처럼 묘사하지만, 언니는 조지 오빠와 나에게는 늘 다정했어요. 우리에게 이런저런 물건을 사주고, 깜짝 선물을 준비하곤 했거든요. 아, 이제는 언니가 그때 썼던 돈이 언니 돈이 아니었다는 걸 알아요. 그리고 언니는 그 돈을 자기가 갖지 못했던 것, 사랑을 사기 위해 썼다는 것도요. 불쌍한 앨버타 언니, 한 손은 사랑을 잡으려 내밀었지만, 다른 손으로는 그걸 밀어버렸어요."

"진지하게 사귀는 사람은 없었습니까?" 퀸이 물었다.

"가끔 데이트를 했지만, 남자들은 항상 언니 속을 몰라 어리둥절했죠. 그런 일이 몇 번 반복됐어요."

"여가 시간엔 뭘 했습니까?"

"자원봉사를 하고 영화관이나 강연, 콘서트에 갔어요."

"혼자서요?"

"보통은요. 혼자서 여기저기 다니는 걸 꺼리지 않는 것 같았지만, 엄마는 항상 그걸 두고 난리를 피웠죠. 앨버타 언니에게 친구가 별로 없고 언니가 남들과 별로 잘 지내지 못해서 당신 체면이 깎인다고 생각했거든요. 정작 언니 본인은 남들과 사귀고 싶어하지도 않았는데."

"사귀고 싶어하지 않은 겁니까, 아니면 사람을 사귈 수 없어서 좌절한 겁니까?"

"언니한테 좌절한 기색은 없었어요. 사실, 제가 집에 있던 마지막 해에 언니는 꽤 만족스러워 보였는걸요. 행복하고 충만했다는 의미가 아니라, 자신의 삶에서 체념할 건 체념하고 그걸 최대로 이용하기로 한 것 같았죠. 언니는 독신생활이라는 결과를 받아들인 게 아닐까 싶네요."

"그때 언니분이 몇 살이었죠?"

"서른둘이었어요."

"독신생활을 받아들이기는 좀 이른 나이 아닙니까?"

"앨버타 언니 같은 여자에게는 아니죠. 언니는 항상 자기 상황을 무척 현실적으로 파악했어요. 나처럼 이상형이 빨간 컨버터블을 타고 우리집 대문 앞으로 올 거라는 꿈은 꾸지 않았죠." 부인은 의식적으로 한 손을 배 난간 위에 얹었다. 자랑스러워하는 동시에 보호하는 듯한 몸짓이었다. "나는 이렇게 물고기 비늘과 곰팡이 냄새가 풀풀 풍기는 낡아빠진 배에서 행복하게 살 수 있을 거라는 생각은 한 번도 하지 않았거든요."

부인이 자기 말을 반박해주기를 기다리듯 잠시 말을 끊길래, 퀸은 그 기대에 부응하여 루시 케이는 낡아빠진 배가 아니라 근사한 선박이라고 말해주었다.

"하지만 다시 앨버타 얘기로 돌아가볼까요, 아퀼라 부인. 언니분이 횡령을 저질렀던 기간을 보면, '현실적'이라고 하셨던 부인의 표현에는 동의하기가 어렵네요. 언젠가는 들킨다는 사실 정도는 알았을 것 아닙니까. 왜 그만두지 않은 거죠? 아니면 기회가 있을 때 도망갈 수도 있었을 텐데요?"

"언니는 벌을 받기를 원했던 게 아닐까요. 이 말이 퀸 씨에게는 웃기게 들릴지도 모르겠는데요, 앨버타 언니는 무척 엄격하고 굳건한 양심을 갖고 있었어요. 모든 일에서 무척 도덕적이었죠. 일단 약속을 하면 얼마나 오래 걸리든, 얼마나 먼 길을 가야 하든 꼭 지키는 사람이었어요. 우리가 어렸을 때 말썽에 휘말리면 앨버타 언니가 먼저 나서서 잘못을 인정하고 벌을 받았던 게 기억나요. 언니는 나보다 더 용기가 있었어요. 아직도 그렇죠."

"아직도 그렇다라." 퀸은 부인의 말을 따라했다. "그 말인
즉, 부인은 교도소로 면회를 가신단 뜻인가요?"

"갈 수 있을 땐 가요. 자주는 아니지만. 지금까지 일고여덟
번 정도 갔어요."

"편지도 쓰십니까?"

"한 달에 한 번요."

"그럼 언니분도 답장을 쓰고요?"

"네."

"언니분 편지를 갖고 계신가요, 아귈라 부인?"

"아뇨." 부인은 얼굴을 붉히며 말했다. "그 편지를 보관하
진 않아요. 우리 애들은 아직 글을 못 읽지만, 더 나이가 든
친구도 있고 보모와 프랭크의 친척들도 있으니까요. 앨버타
언니가 부끄러워서는 아니지만, 아이들과 프랭크를 위해서라
도 우리 언니가 감옥에 있다는 사실을 굳이 광고하진 않죠.
그래봤자 언니에게 좋을 것도 없고."

"언니분은 편지를 어떻게 씁니까?"

"짧고, 유쾌하고, 예의바르죠. 바로 언니가 보낼 만한 편지
예요. 언니는 불행한 것처럼 보이지 않아요. 불만이 있다면 감
옥이 아니라 조지 오빠한테 있고요."

"오빠가 언니와 연락을 끊어서요?"

루스 아귈라는 놀라서 입을 살짝 벌리고 퀸을 빤히 올려다보았다.

"대체 어쩌다 그런 생각을 하게 됐죠?"

"조지 씨가 어머님이 시켜서 앨버타와의 모든 연을 끊었다고 알고 있는데요."

"누가 그런 말을 했어요?"

"존 론다, 《치코테 비컨》의 편집자죠. 그리고 조지 씨의 동업자인 킹 부인도요."

"뭐, 난 그 사람들을 모르니까 거짓말쟁이라고는 못하겠네요. 하지만 살다 살다 그런 허튼소리는 처음 들어봐요. 조지 오빠는 자기 식구에게 절대 등돌릴 수 없는 사람이에요. 앨버타 언니에게 얼마나 헌신적인데요. 오빠에게 언니는 중죄로 기소되었고 마흔줄에 들어선 여자가 아니라 아직도 자기가 보호해야 하는 꼬마 여동생이에요. 공정한 대우를 받는지 항상 살펴봐줘야 하죠. 나도 꼬마 여동생이지만, 나는 결혼했으니까 돌봐줄 사람이 있다는 걸 알거든요. 그러니까 이제 오빠에게 나는 더이상 중요하지가 않아요. 오빠가 아끼고 걱정하고 수선을 떠는 사람은 앨버타 언니죠. 그 두 사람은 어째서 퀸 씨에게 그런 거짓말을 했을까요?"

"둘 다 진심으로 그렇게 믿기 때문이겠죠." 퀸은 말했다.

"어째서요? 어디서 그런 얘기를 주워들었대요?"

“조지 씨에게 들었을 게 뻔하죠. 둘 다 그 사람 친구니까요. 킹 부인은 특히 가까운 사람이고.”

루스 아귈라는 즉각 단호하게 반박했다.

“그건 정말 말도 안 돼요. 오빠는 앨버타를 위해 할 수 있는 모든 일을 다 해놓고도 고의로 나쁜 인간인 척할 사람이 아니에요. 실은 언니가 원하는 것 이상을 했죠. 언니도 편지에 바로 이 점을 불평했고요. 매달 조지 오빠가 면회를 와서 감정적으로 구는 바람에 기분이 너무 상한다면서요. 오빠는 계속 언니를 도우려고 하고, 언니는 거절해요. 언니 말로는 자기는 스스로 부담을 질 수 있을 만큼 나이가 들었고, 오빠가 괴로워하는 모습만 봐도 마음이 불편해진다는 거예요. 언니는 오빠한테 보고 싶지 않다고, 적어도 그렇게 자주 보고 싶진 않다고 얘기했지만 오빠는 어쨌든 계속 가요.”

“감옥에 있는 사람들은 보통 한 명이라도 더 면회 오길 바라는데요. 불쌍할 정도로 바라죠.”

“또 말하는데, 앨버타 언니는 무척 현실적이에요. 오빠가 괴로워하는 모습을 보는 게 언니를 더 괴롭게만 하니까, 오빠가 면회를 자주 오지 않길 바라는 거죠.”

“어떻게 보면 말이 되네요.” 퀸이 말했다. “하지만 저한텐 그건 진짜 이유를 덮기 위한 핑계처럼 들리는데요.”

“그럼 진짜 이유라는 게 뭐죠?”

“저도 모릅니다. 어쩌면 언니분은 현재 환경에 적응하고 받아들이기 위해 세운 방어기제를 오빠가 구너뜨리고 있다고 생각하는지도 모르죠. 부인도 언니가 그렇게 불행한 것처럼 보이지 않았다면서요. 그렇게 믿고 싶으신 겁니까, 아니면 그게 진실입니까? 아귈라 부인.”

“둘 다네요.”

“그래도 언니분이 괴로워한다는 말도 하셨잖아요.” 퀸이 말했다. “행복한 괴로움이라는 것도 있을까요?”

“그럼요. 벌을 받고 싶었는데 받고 있다든가요. 아니면, 고생 끝에 기다릴 낙이 있을 수도 있고요.”

“그게 뭘까요, 말하자면 고액의 돈 같은?”

그녀는 루시 케이 호의 회색 선체로 철썩철썩 밀려오는 기름 낀 물을 내려다보았다.

“돈은 다 사라졌어요, 퀸 씨. 그중 일부는 남한테 줘버렸고, 대부분 도박으로 다 써버렸죠. 언니는 어떤 편지에 라스베이거스에서 주말을 보냈다고 썼더라고요. 조지 오빠와 어머니는 언니가 로스앤젤레스나 샌프란시스코로 가서 쇼핑을 하고 공연을 본 줄 알았죠. 웃기지 않아요? 난 정말 앨버타 언니가 도박을 할 여자라고는 생각도 못해봤는데.”

“라스베이거스는 절대로 도박을 할 것 같지 않은 여자들이 바글바글한 곳이죠.”

"정말 특이한 강박이겠네요. 심지어 매주 돈을 잃어가면서도 가다니."

"돈을 계속 잃을 때야말로 그만둘 생각을 못하는 때거든요." 퀸이 말했다.

아퀼라 부인은 서글프게 고개를 저었다. "언니가 그 돈을 훔치느라고 몇 해 동안 그렇게 수고로운 짓을 하고도 그걸 다 내버렸다는 생각을 하면, 정말 이해가 되질 않아요. 앨버타 언니는 그렇게 충동적으로 행동하는 사람이 아니거든요. 항상 계획을 세우는 사람이었어요. 꼼꼼하게, 일 분 단위로 계획을 세웠죠. 언니가 하는 일은 미리 다 생각해서 정한 거였어요. 옷에 쓰는 돈부터 출퇴근하는 경로까지. 언니는 영화를 보러 가는 단순한 일까지도 무슨 작전처럼 수행했다니까요. 영화가 7시 반에 시작하면, 6시에는 저녁을 차려야 했죠. 그리고 7시까지는 설거지와 뒷정리를 마쳐야 하고, 뭐 그런 식으로요. 언니와 어디 가는 건 별로 재미가 없었어요. 언니가 뭘 하나 하는 내내 그다음에 어떻게 움직일지 계획하고 있다는 게 느껴졌거든요."

퀸은 생각했다. 그 여자가 지금 뭘 하나 하고 있기는 하지. 감옥에 있는 내내 이다음에는 어떻게 하기로 계획했을까? 론다 말이 맞다면, 그 여자는 몇 년 동안 풀려나지 못할 텐데.

그는 말했다. "앨버타 씨가 은행에서 덜미를 잡힌 실수는 아주 사소한 것이었다고 알고 있는데요."

"그랬죠."

"앨버타 씨가 저지른 실수보다 더 극적인 결과를 일으킨 또다른 실수가 생각나네요."

"그게 뭐죠?"

"오고먼이 사라진 날 밤, 그 사람은 낮에 저지른 실수를 고치러 사무실로 돌아가는 길이었죠. 한 달 동안 작은 도시에서 두 명의 회계사, 두 건의 실수, 두 가지 치명적인 운명이라. 여기에 오고먼은 한때 조지 헤이우드 밑에서 일했으니, 적어도 앨버타 씨와는 얼굴이라도 아는 사이였으리라는 사실까지 더해지고요. 아, 또다른 사실을 하나 더해야겠네요. 제가 치코테에 가서 오고먼에 대해 묻자, 호기심이 치솟은 나머지 조지 씨가 제 모텔 방에 침입해서 짐을 뒤졌다는 사실요."

"오빠를 잘 안다면 그게 정말 공상에 불과한 이야기라는 걸 아실 텐데요."

"오빠분을 잘 알아보려고 노력하는 중입니다. 이제까지는 별로 기회가 없었거든요."

"당신이 말한 그 의문점에 대해 얘기하자면, 그게 다예요. 오고먼이 실종되었을 때 경찰이 모든 각도에서 살펴보았다는 사실을 잊으신 것 같은데. 치코테에는 경찰한테 신문받지 않은 사람이 하나도 없어요. 조지 오빠가 내게 《비컨》을 한 부도 빼놓지 않고 보내줬죠."

"왜죠?"

"내가 치코테 출신이고 오고먼과 약간 아는 사이라서 흥미가 있을 것 같다고 생각했나봐요."

"얼마나 약간입니까?"

"오빠 사무실에서 두어 번 봤어요. 잘생긴 남자더군요. 하지만 약간 여성스러운 데가 있어서 난 좀 꺼려지던데. 좀 표현이 심했는지도 모르겠는데, 나한테는 그렇게 보였어요."

"이런 유형은 어떤 여자들에게는 무척 매력적이기도 하니까요." 퀸이 말했다. "마사 오고먼을 만난 적은 없다고 하셨죠."

"한번 거리에서 지나가는데, 누가 저 여자라고 알려준 적은 있어요."

"누구죠?"

부인은 잠시 망설였다.

"조지 오빠요. 오빠는 그 여자가 무척 매력적인 여자라고 생각하는데 어째서 오고먼 같은 남자에게 자기 인생을 맡겼는지 모르겠다고 했어요."

퀸도 마찬가지였다. 마사 오고먼은 결혼생활에서 좋았던 점을 그렇게나 많이 늘어놓긴 했지만.

"조지 씨가 그 부인에게 관심이 있었습니까?"

"그 여자가 유부녀가 아니었다면 있었을지도 모르겠어요.

결혼했다니 안타까운 일이죠. 조지 오빠는 아내가 필요했거든요. 지금도 필요하고요. 새언니는 오빠가 서른도 되지 않았을 때 죽었어요. 시간을 끌수록 엄마랑 둘이서만 집에서 사는 시간이 길어질 뿐이죠. 그러면 끊고 나오기가 더 힘들어질 거예요. 그게 얼마나 힘든 일인지는 내가 잘 알죠. 그래도 해야만 했어요. 내가 끊고 나오든가, 거기서 망가지든가."

모퉁이를 하나씩 돌 때마다 조지 헤이우드와 맞닥뜨리는 기분이었다. 두 사건 사이의 연관성은 그가 처음부터 의심했던 대로 앨버타 헤이우드가 아니라 조지였다. 앨버타라고 생각했던 적도 있었지만 아니었다. 조지와 마사 오고먼, 존경받는 사업가와 슬픔에 젖은 과부. 그리고 마사가 재혼하지 않은 이유는 오고먼과의 추억에 대한 헌신과는 아무런 상관이 없을지도 몰랐다. 그는 조지가 어머니를 끊고 나오기를 기다리는 것이다. 그러면 두 사람이 되는군. 퀸은 생각했다. 마사 오고먼과 윌리 킹. 나라면 윌리 쪽에는 동전 하나 걸지 않을 거야.

"조지 씨가 동생에게 충실하고 다정하다고 말씀하셨잖습니까. 그건 동생 쪽도 마찬가지인가요?"

"그럼요. 지나칠 정도로 그렇죠."

"지나칠 정도라고요?"

부인의 뺨 양쪽에 붉은 점이 떠올랐고, 손으로는 배 밖으로 떨어질까 두려운 듯 난간을 꽉 잡았다.

"그 말은 괜히 했나봐요. 난 정신과 의사가 아니니까요. 사람들을 분석하고 돌아다닐 권리는 없죠. 다만…… 음, 새언니가 죽은 후 오빠가 집으로 돌아온 건 실수였다는 생각을 떨칠 수가 없어요. 오빠는 사랑을 주고받을 줄 아는 따뜻하고 사랑이 넘치는 남자였어요. 진짜 사랑 말이에요. 우리 엄마나 앨버타 언니가 하는 그런 식의 신경질적인 사랑 말고요. 엄마랑 언니를 두고 이런 식으로 말하는 건 무자비하겠지만, 나와 프랭크가 결혼하는 일에 두 사람이 점잖게 대처했으면 나도 이러진 않을 거예요. 질문은 짧았는데, 답이 길었죠?

좀더 짧게 말하면 그래요, 앨버타 언니는 조지 오빠를 무척 아꼈어요. 오빠가 없었다면, 언니 인생은 완전히 달랐을 거예요. 더 만족스러웠겠죠. 그랬다면 돈을 훔치거나 도박을 하지도 않았을 거고요. 다른 평범한 여자들처럼 결혼도 했을 거고. 조지 오빠도 알고 있었다고 생각해요. 어떤 식으로는요. 그 때문에 죄책감에 시달렸죠. 그러니까 오빠가 면회를 가면 두 사람은 서로가 고통스러워하는 걸 보는 거예요. 아, 정말 이게 무슨 난장판이에요. 구역질이 날 것 같네요. 내가 하고 싶은 말은 난 그 사람들이 싫다는 거예요. 세 사람 모두 싫어요. 프랭크나 우리 애들이 그 사람들 중 누구와도 관련되는 것도 싫고요."

퀸은 아귈라 부인의 격렬한 감정에 놀랐고, 아마 본인도 그러리라 생각했다. 부인은 자기가 폭발한 걸 누가 엿듣지나 않았는지 확인하듯이 근처에 정박된 배들을 둘러보았다. 그런 후에 다시 퀸을 돌아보며 소심하게 살짝 웃었다.

"내가 가족 얘기를 할 때면 항상 이런다고 프랭크가 그러더군요. 처음에는 감정을 억누르고 초연하게 구는데, 결국에는 히스테리를 터뜨린다고요."

"제가 상대해야 하는 히스테리들이 이렇게 조용하면 좋겠네요."

"사실, 내가 가족에게 원하는 건 날 좀 내버려뒀으면 하는 것뿐이에요. 퀸 씨가 앨버타 언니에 대해 이야기를 하겠다면서 저 사다리를 올라오는 걸 봤을 땐, 당신을 배 바깥으로 밀어버리고 싶었어요."

"그렇게 하지 않으셔서 다행이네요." 퀸이 말했다. "양복이 이거 한 벌뿐이거든요."

퀸이 브라이니 벨 호에 돌아갔을 땐 5시였다. 새 하얀 제복에 이전과 똑같이 더러운 표정을 띤 제독이 성난 황소처럼 배 위를 서성거리고 있었다.

"대체 어딜 갔다 온 거야, 이 게으른 건달놈아? 하루 이십사 시간 배에 있어야 하는 거 몰라?"

“어떤 근사한 금발 여자가 방파제에 있는 걸 봐서요. 엘시처럼 보이길래, 확인해보는 게 좋겠다 생각했죠. 정말 엘시더라고……”

“이런, 망할! 여기서 나가자. 선장 불러. 우리 당장 떠난다고 말해.”

“그런데 스포케인 출신의 엘시 둘리틀이래요. 착한 여자던데.”

“뭐라고, 이 시시한 건달 새끼 봐라.” 코널리가 말했다. “농담이 막 터져나와서 어쩔 수가 없나보지? 내 돈 받아 처먹는 놈이, 어? 이게 혼이 나봐야 정신을 차리려나?”

“그러다 자칫하면 그 옷 버려요.”

“젠장, 내가 스무 살만 더 젊었어도……”

“제독님이 스무 살만 더 젊었어도, 지금과 똑같았을 겁니다. 진러미 게임을 할 때 속임수를 쓰지 않고서는 코커스패니얼 한 마리도 못 이길 돌머리 술주정뱅이.”

“속임수는 무슨!” 코널리가 외쳤다. “난 평생 속임수는 쓴 적 없어! 당장 사과해, 아니면 명예훼손으로 네놈을 고소할 테다.”

퀸은 재미있다는 표정을 지었다. “게임 첫 판 절반이 지나기도 전에 딱 걸렸거든요. 속임수를 그만두지 않으면 쓴맛을 보게 될 걸요.”

"네가 이겼잖아. 네가 이겼는데 내가 무슨 속임수를 썼다는 거야?"

"나도 쓴맛을 본 적이 있으니까."

코널리의 입이 낚시에 걸린 넙치처럼 축 늘어졌다. "뭐, 져주는 척하면서 속였군. 넌 도둑놈이나 다름없어."

그는 맥브라이드 선장과 선원들, 경찰, 항구 순찰대더러 좀 와보라고 고래고래 소리를 질렀다. 이미 여남은 명 되는 사람이 모여 있었다. 퀸은 보수도 기다리지 않고 조용히 건널판자를 내려갔다. 주머니에는 코널리의 돈 삼백 달러가 들어 있었는데, 하루에 칠십오 달러씩 나흘치에 상응하는 액수였다. 코널리의 손에서 직접 받는 것보다도 기분이 좋았다.

입 닥치고 바닷속으로 뛰어내리시든가, 제독.

11

테콜로테 여성 형무소는 디어밸리 위쪽에 자리한 80만 제곱미터 고원에 지어진 콘크리트 건물 단지였다. 퀸은 이 장소가 선정된 이유는 탈옥을 막기 위해서라고 생각했다. 달리 탈출할 데가 없는 곳이었다. 그 지역 일대는 탑을 에워쌌던 동네보다도 더 황량했다. 80킬로미터 이내에는 마을도 하나 없었고, 토지는 돌투성이에다 비도 적게 내리는 곳이라 농장도 목장도 들어설 엄두를 내지 못했다. 테콜로테로 이어지는 포장도로는 길을 만들던 인부들이 좌절에 빠져서 짓다 말고 집에 가기라도 한 것처럼 교도소 문 앞에서 딱 끊겨 있었다.

행정동에 들어서자 퀸은 담당 직원에게 앨버타 헤이우드를 접견하고 싶다고 말하면서 네바다주에서 발급받은 사립탐정 면허증을 제시했다. 반시간 동안 질문받은 후에 그는 포장이 깔린 마당 건너로 안내를 받았고, 삼 층짜리 콘크리트 건물의 일층 어떤 방에 혼자 남겨졌다. 한때 누군가 장식을 막 시작했다가 그만둔 방 같았다. 창문은 커튼을 절반만 쳐두었고, 유화 몇 점이 벽에 걸려 있었다. 천을 씌운 의자가 두세 개 있었지만, 앉을 자리는 대부분 탑의 공동식당에 있던 벤치와 비슷한 나무의자뿐이었다.

다른 대기자들도 있었다. 노부부는 문 옆에 함께 가까이 붙어서서 귓속말을 주고받았다. 젊은 여자는 자기 신원을 두꺼운 화장 아래로 숨겼거나 잃어버린 듯했다. 퀸 정도의 연배가 되어 보이는 남자는 눈빛은 둔했지만 옷맵시는 날렵했다. 푸른 제복을 입은 여자 세 명은 부자연스러울 정도로 침착하면서도, 자원봉사 활동가 특유의 집단적 활기를 초조하게 발산하고 있었다. 어떤 남자와 그의 십대 아들은 오면서 다툰 듯했는데, 이런 싸움이 처음도 아니고 마지막도 아닐 것 같았다. 백발이 성성한 여자는 찢어진 종이가방을 들었는데, 그 틈새로 퀸은 윤기가 흐르는 빨간 사과를 언뜻 볼 수 있었다.

교도관이 와서 이름을 부르면 한 사람씩 안내를 받고 나가, 결국에는 퀸하고 십대 아들과 함께 온 남자만이 대기실에 남았다.

남자는 낮고 진지한 목소리로 입을 열었다. "이번에는 엄마에게 좀더 버릇 있게 굴 거지? 알겠어? 그렇게 뚱한 표정 짓지 말고. 네 친어머니잖냐."

"그걸 모르겠어요? 매일 학교에서 귀가 닳도록 듣는데."

"지금은 그런 말 마라. 네 엄마 입장을 생각해봐. 엄마는 외롭고 너를 보기만을 손꼽아 기다리는데. 적어도 웃어줄 순 있잖냐. 좀 반가워하면서, 엄마한테 좋아 보인다고 하고 보고 싶었다고 얘기해."

"못해요. 그런 걸 어떻게 해요. 죄 새빨간 거짓말이잖아."

"입 닥치고 아빠 말 잘 들어. 난들 좋아서 이러는 줄 알아? 다른 사람들은 다 재미있어서 이러는 거 같아? 네 엄마라고 좋아서 여기 감방 안에 갇혀 있다고 생각하냐고?"

"그딴 생각 안 해요." 소년은 아무 관심 없다는 투로 말했다. "그냥 아무것도 생각하기 싫어요."

"지금도 충분히 버거우니까 일을 더 어렵게 만들지 말자, 마이크. 아빠도 받아들이는 데 한계가 있으니까."

교도관이 다시 나타났다.

"절 따라 오십시오, 윌리엄스 씨. 어떻게 지냈니, 마이크? 학교에서 공부 잘하고 있어?"

소년이 대답하지 않자, 아버지가 대신 말했다.

"잘하고 있어요. 절 안 닮았나봅니다. 우리 집안에서 제일 머리 좋은 사람은 애 엄마였거든요. 그 머리를 애한테 물려줬나봐요. 제 엄마한테 고마운 줄 알아야죠."

"됐어요. 머리 같은 거 안 물려받아도 돼요, 아무것도 필요 없다고요."

세 사람은 복도로 나갔다.

퀸은 십 분에서 십오 분 정도를 더 기다렸다. 벽에 걸린 그림들과 의자를 씌운 천, 자신이 있는 건물과 똑같은 삼층 콘크리트 건물의 창문으로 보이는 풍경을 꼼꼼히 뜯어보았다. 이 시설에 있는 사람 중 몇 명이나 갱생에 성공할지 궁금했다. 달에 가려고 우주선을 만드는 바로 그 사람들이 동료 인간을 18세기의 유형지에 보내고 있었고, 우주인 일곱 명에게 쓰이는 돈이 감옥에 갇힌 사람 이십오만 명에게 쓰이는 돈보다 더 많았다.

푸른 서지[1] 제복을 입은 튼실한 여자가 문 앞에 나타났다.

"퀸 씨?"

"네."

"헤이우드 씨의 접견인 승인 목록에 성함이 없네요."

"그 부분은 행정동에 있는 사람들에게 설명했는데요."

"그러셨군요, 뭐, 퀸 씨를 만날지 아닐지는 전적으로 헤이우드 씨에게 달려 있으니까요. 이리로 오시죠."

접견실에는 말을 나누는 소리가 웅웅 울렸고, 접견칸은 거의 다 차 있었다. 철망 뒤에 앉은 앨버타 헤이우드는 은행의 자기 자리에 있는 듯 침착하게 앉아 있었다. 작은 손은 느슨히 맞잡아 카운터 위에 올려두었고 푸른 눈어는 경계심이 어

---

[1] 사선으로 골이 있는 모직 직물. 내구성이 좋아서 교복이나 제복에 많이 쓰인다.

리긴 했으나 우호적인 표정이 떠올라 있었다. 퀸은 그녀가 이렇게 말하지 않을까 하는 상상을 했다. 네, 그럼요, 저희 은행에 계좌를 만들어주셔서 무척 감사합니다……

대신에, 앨버타는 이렇게 말했다. "어머, 사람을 그렇게 빤히 보시면 어떡해요. 감옥 면회는 처음이신가요?"

"아뇨, 그런 건 아닌데요."

"교도관 말로는 성함이 퀸이라면서요. 제 고객 중에 퀸이라는 분이 몇 분 있어서 그분들 중 하나인가 했죠. 지금 보니 아니네요. 이전에 뵌 적 없는 것 맞죠?"

"네, 헤이우드 씨."

"그럼 여긴 왜 오신 건가요?"

"전 사립탐정입니다." 퀸이 말했다.

"정말요? 참 흥미로운 직업이겠네요. 이전에 사립탐정을 만난 적이 있긴 한지도 기억이 안 나요. 정확히 무슨 일을 하시는데요?"

"돈 받은 대로 하죠."

"물론 당연히 그렇겠죠." 그녀의 목소리에서 살며시 밀어내는 느낌이 내비쳤다. "그걸로는 어째서 저를 만나러 오셨는지 감도 잡히지 않네요. 제 세계는 지난 몇 년 동안 무척 한정적이었어서."

"전 패트릭 오그먼을 찾아달라는 의뢰를 받았습니다."

퀸은 여자의 반응에는 대비하지 못했다. 분노한 표정이 얼굴을 스쳐가더니 마치 숨을 애써 고르려는 듯 입이 벌어졌다.

"그러면 그 사람을 찾으면 되잖아요. 여기서 시간 낭비하지 말고 가서 찾으라고요. 그리고 찾아내면, 그 사람에게 본때를 보여줘요. 괜히 봐주지 말고."

"그렇게 격한 감정을 드러내시는 걸 보니 꽤 잘 아시는 사이인가봅니다, 헤이우드 씨랑은."

"격한 감정 같은 것 없어요. 잘 알지도 못하던 사이니까. 그 사람이 내게 한 짓이 있어서 그런 거지."

"무슨 짓이었는데요?"

"애초에 그 사람이 그런 식으로 실종되지 않았더라면 내가 여기 올 일도 없었을 거예요. 한 달 동안 온 동네가 오고먼이 이랬다더라, 오고먼이 저랬다더라, 왜, 어떻게, 누구랑, 언제, 이러쿵저러쿵. 오고먼을 둘러싸고 온갖 소동이 벌어지지 않았다면 마음이 흐트러져서 장부에 멍청한 실수를 하지도 않았을 거라고요. 그 일 때문에 신경이 너무 날카로워져서 집중할 수가 없었어요. 평범하고 하찮은 사람 하나 없어진 것 가지고 그렇게 야단법석을 떨다니, 참 어처구니가 없어서. 일이 제대로 되지 않는 것도 당연하죠. 그런 일을 하려면 엄청난 집중력과 꼼꼼한 계획이 필요하다고요."

"제 생각에도 그랬을 것만 같네요." 퀸이 말했다.

“어떤 바보같은 남자가 집에서 나와 도망치기로 하는 바람에 내가 결국 징역을 살게 됐잖아요. 나는 정말 단순히 무고한 구경꾼이었을 뿐인데.”

앨버타는 자신이 정말로 단순히 무고한 구경꾼이라고 생각하는 듯한 말투였다. 처음부터 그렇게 생각했는지, 아니면 테콜로테 교도소에서 몇 년씩 지루한 기다림의 시간을 보내다보니 약간, 어쩌면 약간보다 조금 더 많이 편집광이 된 건지 퀸은 궁금했다. 그녀는 순교자였고, 오고먼은 악한이었다. 자기가 백이라면, 오고먼은 흑이었다.

그녀는 눈을 가늘게 뜨고 철망 사이로 퀸을 빤히 보았다.

“솔직한 의견을 말해보세요. 그래야 공평하지 않겠어요?”

“저는 의견을 낼 만큼 상세한 사항을 잘 알지 못합니다.”

“상세한 상황이 뭐가 더 필요한가요. 오고먼이 나를 이 철창 속에 처넣은 거예요. 그 사람 쪽에서는 고의였는지도 몰라요.”

“그럴 가능성은 별로 없어 보이는데요, 헤이우드 씨. 오고먼은 본인의 실종이 헤이우드 씨의 집중력에 영향을 끼친다는 결과를 예측할 수 없었을 것 아닙니까. 오고먼하고는 안면만 있는 사이 아니셨나요?”

“인사는 주고받는 정도였죠.”

앨버타는 자기의 역경에 책임 있는 남자와 그 정도라도 알고 지낸 것이 억울하다는 듯한 말투였다.

"나중에 언젠가 다시 우리가 길에서 다시 마주치게 된다면, 못 본 척해버릴 거예요. 방울뱀처럼 피할 거라고요."

"두 사람이 길에서 다시 마주칠 일은 없을 것 같은데요."

"왜죠? 내가 여기 영원히 처박혀 있을 것도 아닌데."

"그렇진 않겠죠. 하지만 오고먼은 자기가 있는 곳에 계속 처박혀 있을지도 모르지 않습니까." 퀸은 말했다. "대부분 그가 살해당했다고 믿고 있어요."

"누가 굳이 오고먼 같은 사람을 죽인대요? 물론, 그 사람이 나한테 한 짓처럼 그런 더러운 속임수를 다른 사람에게 썼으면 모를까."

"누가 그 사람에게 원한을 품었다는 증거는 없었습니다."

"어쨌든, 그 사람은 살해당하지 않았어요. 죽지 않았다고요. 그럴 리가 없어요."

"어째서죠?"

그녀는 그 질문에서 도망가려는 듯 엉거주춤 일어났다. 그러다 교도관이 보고 있는 것을 깨닫고는 다시 자리에 앉았다.

"그러면 나는 누구를 탓해야 하는데요. 누군가는 비난을 받아야죠. 누군가는 책임이 있다고요. 그건 분명 오고먼이고요. 그 사람이 나한테 일부러 그랬다고요. 어쩌면 그 사람, 내가 자기한테 너무 속물처럼 잘난 체했다고 생각했을까요? 아니면 조지 오빠가 해고해서 화가 난 걸까요?"

“오고먼에게 무슨 일이 생겼든 앨버타 씨를 끌고 들어갈 작정은 아니었을 겁니다.”

“그렇지만 결국 끌고 들어갔잖아요.”

“그럴 계획은 아니었다는 거죠. 확실합니다.” 퀸이 말했다.

“다른 사람들도 저한테 계속 그렇게 말하더군요. 하지만 사정을 몰라서 하는 말이에요.”

그녀는 ‘다른 사람들’이 누군지 설명하지 않았지만, 퀸은 아마도 교도소 심리학자들을 가리키는 것이리라 짐작했다. 어쩌면 조지까지.

“오빠분인 조지 씨가 꽤 자주 면회 온다고 하던데요.”

“매달 와요.” 그녀는 갑자기 심한 통증을 느끼는 사람처럼 손가락 끝으로 관자놀이를 세게 눌렀다. “안 왔으면 좋겠어요. 너무 슬프니까. 오빠는 옛날 친구들, 옛날 장소들 얘기를 하는데, 나는 그런 것들을 더는 생각할 여유가 없어요. 그랬다간 자제력이…… 너무 감정적이 되고 마니까요. 그게 아니면 미래에 대해 얘기를 하는데 그건 더 나빠요. 여기서는 미래가 있다는 걸 안다고 해도 마음속으론 느낄 수 없죠. 매일이 일년 같으니까요.”

앨버타는 쓸쓸한 미소를 살짝 지으며 덧붙였다.

“내 계산으로는, 나는 지금 1875살 정도 돼요. 그러니 미래를 생각하기엔 약간 늦었죠. 당연하지만 그 사람들한테 이런 말을 하진 않아요. 그 사람들은 그걸 우울증, 멜랑콜리아라고 할지도 모르겠네요. 뭔가 이름이 있긴 할 거예요. 하지만 딱 맞는 이름은 이거죠. 감옥. 감옥이라고요. 여기서는 그 말을 어떻게든 피해서 '교정기관'이라거나 '성인 관리당국 지부'라는 표현을 쓰려고 하는데 웃기지도 않아요. 그런 근사한 용어를 써봤자 누가 속는다고. 나는 감옥에 갇힌 죄수고, 조지 오빠가 유럽 여행을 가자느니 자기 사무실에서 일하면 된다느니 하는 이야기를 명랑하게 떠들 때마다 구역질이 나요. 지난 오 년 동안 감방에 갇혀서 여기 있는 식당밖에 갈 수 없었던 사람에게 유럽 여행이 실감나기나 하겠어요? 나는 왜 여기 있는 거죠? 우리는 모두 왜 여기 있는 거냐고요? 더 좋은 방법이 분명히 있을 텐데요. 있어야만 할 거예요. 사회가 우리 범죄에 복수를 하고 싶다면, 차라리 시청 앞에서 매질을 하지 그래요? 우리를 고문하고 그걸로 끝내는 게 낫지 않아요? 우리가 좀더 쓸모 있는 일을 할 수도 있는데, 어째서 우리를 여기 놔두고 끝도 없이 비생산적인 시간을 보내게 하는 거냐고요? 우리는 채소나 같아요. 채소는 자라나서 먹히기라도 하죠. 우리에겐 심지어 그런 만족감도 없어요. 우리는 개 사료로도 쓸 수 없으니까." 앨버타는 두 손을 내밀었다. "나를 차라리 고기 가는 기계에 넣어요. 잘게 다져서 배고픈 개나 굶주린 고양이에게 주라고요!"

그녀가 목소리를 높이자 옆 칸에 있던 사람들이 일어서서 칸막이 너머로 넘겨다보았다.

"쓸모 있는 존재로 만들어달라고요! 날 갈아줘요! 내 말 잘 들었죠, 당신들 모두! 차라리 잘게 갈려서 굶주린 동물이라도 배불리고 싶지 않아요?"

교도관이 황급히 다가왔다. 열쇠가 푸른 제복을 입은 다리에 부딪쳐 쩔렁쩔렁 소리가 났다.

"무슨 문제 있습니까, 헤이우드 씨?"

"감옥이 문제죠. 난 감옥에 있고 동물들은 굶어죽어가고 있잖아요."

"쉿, 조용히 해요. 굶어죽는 동물은 없어요."

"동물한테 관심도 없으면서!"

"난 헤이우드 씨에게 좀더 관심이 있죠." 교도관은 유쾌하게 말했다. "따라오세요. 방에 도로 데려가야겠어요."

"감방이겠죠. 난 감옥에 갇힌 죄수이고 감방에 살아요. 방이 아니라고요."

"뭐든 간에 돌아가야 해요. 여기서 더 난동 피우며 시끄럽게 굴도록 놔둘 수는 없어요. 자, 착한 소녀처럼 굴 거죠?"

"난 착한 소녀가 아니에요." 앨버타는 또렷이 말했다. "감옥의 감방에 사는 나쁜 여자라고요."

"맙소사."

"그리고 말조심해요."

교도관은 앨버타 헤이우드의 팔꿈치를 꽉 잡고 데리고 나갔다. 접견실 안의 대화는 다시 시작되었지만, 목소리는 더 잦아들었고 경계심은 높아졌다. 퀸이 일어나 나가려고 하자, 그를 따라오는 눈길에 비난이 가득했다. 그 여자 질문에 대답하지 않았잖소, 선생. 어째서 우리 모두 여기 있는 거지?

퀸은 행정동으로 돌아갔고, 또 한 번 이런저런 절차를 거치며 기다린 끝에 가석방 심사를 앞둔 수감자들을 상담하는 정신과 사회복지사를 만날 수 있게 허가를 받았다.

브라우닝 부인은 젊고 진지했으며 영문을 모르겠다는 눈치였다.

"지금은 모두가 무척 긴장하는 시기에요. 당연하게도요. 그래도 헤이우드 씨가 발작을 일으켰다는 보고를 받고 좀 놀랐네요. 그럴 리 없다고 생각했는데. 실은 전 헤이우드 씨와 직접 만난 일은 거의 없어요."

부인은 헤이우드 씨에게 좀더 분명히 초점을 맞추려는 듯 안경을 고쳐썼다.

"이런 기관에선 심리 담당 직원이 너무 적어서 삐걱거리는 바퀴에나 기름을 칠 수 있죠. 삐걱거리는 바퀴가 얼마나 많은지 헤이우드 씨처럼 조용한 사람에게는 신경도 쓸 수 없어요."

“헤이우드 씨는 이제껏 한 번도 문제를 일으킨 적이 없단 말입니까?”

“아, 그럼요. 자기 일을 잘하고 있는 걸요. 교도소 도서관에서요. 그리고 부기 회계 강좌 두어 개도 맡아 가르쳐요.” 퀸에게는 재미있는 역설처럼 느껴졌으나 브라우닝 부인은 알아채지 못한 듯 말을 이어나갔다. “숫자에는 타고난 재능이 있는 분이에요.”

“그럴 거라고 짐작했습니다.”

“가끔 보면 수학적 능력이 뛰어나다는 점이랑 온기와 감정이 부족하다는 점 사이에 상관관계가 있어 보이는 여자들이 있더군요. 헤이우드 씨는 다른 수감자들에게 존경받긴 하지만 그리 호감은 사지 못하더라고요. 특별히 친한 친구나 비밀을 털어놓는 사람도 없고요. 여기 오기 전에도 그랬을 것 같더군요. 면회 오는 분이라고는 오빠분밖에 없으니. 게다가 그 면회도 무척 만족스럽지 못하고요.”

“어떤 면에서요?”

“아, 헤이우드 씨는 면회를 무척 고대하는 눈치긴 해도, 끝나고 나면 오랫동안 언짢아해요. 언짢아한다는 게 오늘같이 행동한다는 뜻은 아니에요. 구석으로 들어가서는 완전히 입을 다물어버린다는 뜻이죠. 털어놓고 싶은 말이 무척 많은데 스스로 꺼내지 못하는 것 같아요.”

"오늘은 꺼냈잖아요."

"네, 어쩌면 그게 돌파구인지도 모르겠네요."

하지만 두 사람이 본 그 밝은 전망은 무척 희미하고 아직도 아득하다는 듯, 브라우닝 부인의 눈에는 긴장감이 담겨 있었다.

"헤이우드 씨에게는 이상한 점이 하나 더 있어요. 적어도 그분의 상황을 생각하면 제겐 이상하게 느껴져요. 이제 거의 마흔이 되었고, 전과 기록도 있고, 돌아갈 남편이나 가족도 없고, 이젠 훈련받은 유일한 분야에서 일자리도 얻지 못하겠죠. 말하자면 헤이우드 씨의 미래는 깜깜하다는 얘기예요. 본인도 오직 바라는 건 죽는 것밖에 없다고 말하고요. 하지만 자기를 유별나게 잘 가꿔요. 다이어트를 하기도 하죠. 여기처럼 싸구려 탄수화물 음식만 나오는 곳에서 다이어트를 하려면 엄청난 의지가 필요하거든요. 감방에서 운동도 하죠. 아침에 반시간, 저녁에 반시간. 그리고 오빠 분이 차입금을 넣어주는데, 한 달에 십팔 달러씩 매점에서 쓸 수 있어요. 그 돈으로 담배나 껌을 사는 대신에 비타민 알약을 사요. 정말로 그분이 죽길 바라는 거라면, 건강하게 죽기로 작정했나보다 싶어요……"

12

퀸은 그날 밤은 샌펠리스에서 보내고 다음 날 정오에 치코테로 돌아왔다. 그주 내내 날씨는 전혀 나아지지 않았고, 치코테도 별반 달라지지 않았다. 가차없는 태양 아래서 바짝 마른 채로 번영하고 있었다. 물이 필요한 석유의 도시다웠다.

그는 전에 묵었던 시내 모텔로 다시 갔다. 마침 근무중이었던 프리스비는 약간 놀란 얼굴이었다.

"세상에, 다시 오셨네요, 퀸 씨."

"그러네요."

"일주일 전에 있었던 사소한 소동으로 악감을 품지 않으셨다니 다행이네요. 할아버지에게 다음부턴 좀더 주의하라고 경고를 드렸으니, 그런 일은 두 번 다시 없을 겁니다. 제가 보증하죠."

"그럼요. 그런 일은 또 없겠죠."

"오고먼 기사는 잘 되어가십니까?"

"별로요."

프리스비는 카운터 너머로 몸을 내밀었다. "이런 말이 퍼지면 안 되지만요, 제 친구가 보안관인데 가끔 저를 특별 보안관보로 임명하기도 하거든요. 제 생각엔 이 사건은 망친 것 같아요.”

“왜죠?”

“시민적 자긍심, 그게 이유죠. 관할 공무원 중 누구도 여기에 대도시만큼 불량 청소년 범죄가 있다는 걸, 아니, 더 심하다는 사실을 인정하지 않을걸요. 그러니까, 제 생각에는 이렇게 된 거예요. 오고먼이 석유 채굴 현장 사무실로 가는 길에 애송이 무리가 그를 보고는 약간 놀려주면서 재미를 보기로 한 거죠. 그리고 그 사람을 길 옆으로 몰아버린 거지. 작년에 저도 똑같은 짓을 당했는데, 결국 도랑에 처박혀서 갈빗대가 두 대 부러지고 뇌진탕까지 일어났다니까요. 물론 걔들은 그냥 애들이에요. 소동을 피우는 것 말고는 별다른 동기도 없죠. 근처 애들 중 몇몇, 특히 농장 애들은 열 살, 열한 살 때부터 운전을 배워요. 그러다 보니 열여섯쯤 되면 차에 대한 모든 걸 알지만, 운전 매너는 전혀 모르죠. 뭐, 전 오고먼보다는 운이 좋았네요. 강이 아니라 도랑에 처박혔으니.”

“오고먼이 길에서 내몰려 떨어졌다는 증거가 있습니까?”

“범퍼 왼쪽에 움푹 들어간 자국이 있었어요.”

“분명히 보안관도 그건 알아봤겠죠.”

“그럼요.” 프리스비가 말했다. “내가 직접 가리켜 보여주기까지 했는걸. 경찰들이 차를 강에서 인양할 때 저도 거기 있었어요. 그래서 맨 먼저 작년 제 차에서 찾아낸 것과 똑같은 자국이 있나부터 찾아봤죠. 같은 자리에 푹 팬 자국이 있었고, 거기에 옅은 진녹색 페인트가 묻어 있더라고요. 긁어내서 과학 검사를 해볼 만큼은 아니었을지 모르지만, 가까이 들여다보면 뭘 찾아봐야 하는지 알 만큼은 묻어 있었죠."

흥분이 되살아나 피가 오르는지 프리스비의 얼굴이 벌겋게 달아올랐다. 얼굴이 점점 부풀다 곧 터질 것 같은 환한 분홍색 풍선처럼 변했다. 하지만 퀸이 쳐다보는 동안, 풍선에서는 서서히 바람이 빠지고 색이 스러지기 시작했다.

"모든 게 제 이론을 뒷받침해줬죠." 프리스비는 갑자기 긴 한숨을 내쉬었다. "딱 하나만 빼놓고."

"그게 뭐였죠?"

"마사 오고먼."

그 이름은 마치 이제까지 듣게 되기를 고대하면서도 피하려고 했던 불협화음처럼 퀸의 귀에 날아와 꽂혔다.

"오고먼 부인이 어쨌는데요?"

"그 부인이 거짓말했다고 주장하는 건 아니고요. 제가 본 바로는, 그 부인은 참하고 말도 조곤조곤 하는 젊은 처자던데요. 거리에서 부딪치는 화장 떡칠한 여자들하고는 영 딴판이더라고."

"마사 오고먼은 차의 우그러진 자국에 대해서 뭐라고 했습니까?”

“자기가 일주일 전에 낸 거라고 하던데요. 일방통행로 왼쪽에 주차하려다가 가로등을 들이받았다고. 무슨 거리인지, 어떤 가로등인지는 기억해내지 못했지만요, 다들 그 부인의 말을 믿었어요.”

“프리스비 씨만 빼고요.”

“그게 꽤 특이해서 잊히지지가 않더라고. 마음에 남아서.” 프리스비는 보안관이 바깥에 잠복해 있기라도 한 양 창문 너머를 불안하게 넘겨다보았다. “잠깐만이라도 오고먼이 다른 차에 몰려 길 밖으로 떠밀려갔다는 내 이론이 맞다고 칩시다. 그 차에 탄 사람이 불량 청소년 무리가 아니라 오고먼을 싫어할 이유가 있어서 그가 죽길 바랐던 사람이라고 쳐요. 그런 경우 오고먼 부인의 이야기는 꽤 훌륭한 은폐 구실이 되거든. 그렇지 않아요?”

“본인을 숨길 수 있는 은폐 구실요?”

“아니면, 음…… 뭐, 친구라든가.”

“남자친구 말하는 겁니까?”

“뭐, 그런 일은 흔하잖아요.” 프리스비는 방어적으로 말했다. “젠장, 난 결백한 여성을 중상모략하고 싶진 않아요. 하지만 만약 그 여자가 결백하지 않다면 어쩝니까? 그 우그러진 자국을 생각해봐요, 퀸 씨. 어디서 그런 자국이 생겼는지 기억하지 못했던 이유는 뭐죠? 기억했다면 그 얘기가 맞는지 확인해볼 수 있었는데?"

"프리스비 씨가 간과하신 게 있는데, 부인에게 유리한 점이 하나 있죠. 치코테의 가로등은 모두 진녹색이라는 거요."

"그해 지나다녔던 차들도 15퍼센트는 그랬어요."

"그걸 어떻게 아십니까?"

"직접 확인했거든." 프리스비가 말했다. "한 달 내내 여기 왔던 차들을 살펴봤어요. 거의 오백 대 중에서, 칠십 대가 넘게 진녹색이었다고요."

"오고면 부인이 거짓말한다는 것을 증명하기 위해 고생 깨나 하셨네요."

프리스비의 말랑말랑한 둥근 얼굴이 부풀어오르더니 다시 분홍색이 되었다.

"부인이 거짓말한다는 걸 증명하려는 게 아니었어요, 진실을 찾아내려던 것뿐이지. 그게, 난 부인이 부딪친, 아니, 부딪쳤다고 말한 그 가로등을 찾으려 일방통행로의 가로등을 다 조사하고 다니기도 했거든."

"수확이 있었습니까?"

"사실 모든 가로등이 심하게 우그러져 있더라고요. 다들 보도에 너무 가까이 박혀 있어서. 오래전에 설치했으니까요. 스포츠카를 타고 다니는 그런 미친 사람들이 있으리라는 걸

꿈도 생각 못했을 때 일이었죠."

"그럼 아무것도 증명하지 못하신 거네요."

"증명했죠." 프리스비는 무뚝뚝하게 말했다. "그해 길에 다 녔던 차들 중 15퍼센트가 진녹색이었다는 걸."

퀸은 어느 드러그스토어로 들어가서 마사 오고먼이 일하는 병원에 전화를 걸었다. 오늘은 병가라서 출근하지 않았다는 대답이 돌아왔다. 집으로 전화를 걸자 오고먼의 아들이 엄마는 편두통 때문에 누워 있어서 전화를 받을 수 없다고 말했다.

"그럼 엄마한테 얘기 좀 전해줄래?"

"그럼요."

"조 퀸이 메인 스트리트에 있는 프리스비 모텔에 묵고 있다고 말씀드리렴. 원하시면 그리로 연락하시면 된다고."

원하지 않겠지, 그는 전화를 끊으며 생각했다. 그 여자에겐 나보다도 오고먼이 더 생생한 존재야. 그녀는 아직도 그가 문안으로 걸어들어오기를 기다리고 있어. 아니, 정말 그런가?

아니, 정말 그런가? 커다란 대답을 담은 이 작은 질문이 그의 마음속에서 메아리치고 다시 메아리쳤다.

마사 오고먼은 침실에서 외쳤다.

"전화하신 분 누구니, 리처드? 창문이 열려 있으니까 고함치지 말고. 여기 와서 얘기해줘."

리처드는 방안으로 들어가서 침대 발치에 섰다. 블라인드가 내려져 있고 방이 너무 어두컴컴해서, 엄마는 그저 하얗고 형태 없는 덩어리로 보일 뿐이었다.

"자기 이름이 조 퀸이고, 메인 스트리트에 있는 프리스비 모텔에 묵고 있다고 전해달래요."

"그게 정말…… 정말이야?"

"네."

오래도록 침묵이 흘렀고 침대 위의 덩어리는 꼼짝도 하지 않았지만, 소년은 공기 중의 긴장감을 감지할 수 있었다.

"무슨 일이에요, 엄마?"

"아무 일도 아냐."

"요새 엄마 이상해요. 또 돈 없어서 걱정해요?"

"아니, 우리는 괜찮단다."

마사는 벌떡 일어나 앉더니 힘이 넘치려는 걸 보여주려는 듯 침대 옆으로 발을 휙 내려놓았다. 하지만 그렇게 움직이자 머리 왼쪽 전체가 울리며 고통이 퍼져갔다. 고통을 덜기 위해 한 손으로 목을 꽉 누르며 마사는 짐짓 명랑한 목소리로 말했다.

"사실, 두통은 훨씬 나아졌어. 축하하게 뭔가 해야겠다."

"좋아요."

"지금 출근하기는 너무 늦었고 내일은 엄마가 쉬는 날이고 그다음날은 일요일 아니니. 캠핑을 가면 어떨까. 너랑 샐리는 어떠니, 맘에 드니?"

"그럼요. 와. 정말 신난다."

"좋아, 그럼 너는 헛간에서 침낭을 꺼내고 샐리한테도 샌드위치 만들라고 말해줘. 엄마는 통조림 좀 챙길게."

일어서는 것만으로도 괴로웠지만, 마사는 이렇게 해야만 한다는 걸 깨달았다. 시내를 빠져나가야만 했다. 퀸에게 맞서는 것보다 신체적 고통에 맞서는 것이 더 쉬웠다.

점심식사 후, 퀸은 차를 타고 헤이우드 부동산 사무소로 갔다. 전에 만났던 청년, 얼 퍼킨스가 방 뒤편에서 전화를 받고 있었다. 얼굴이 일그러진 것으로 보아 다시 배앓이를 하고 있거나 아니면 고객과 문제가 있는 모양이었다.

윌리 킹은 자기 눈색과 같은 녹색 여름용 실크 원피스를 우아하고 시원하게 입고서 책상 뒤에 앉아 있었다. 그녀는 퀸이 돌아온 일을 그리 반기는 것 같지 않았다.

"음, 여기 뭐하러 다시 왔어요?"

"치코테에 점점 정이 드네요."

"헛소리는. 여기에 정드는 사람은 아무도 없어요. 우린 그냥 여기 붙잡혀 있는 거지."

“뭐가 당신을 붙잡았죠? 조지 헤이우드?”

윌리는 화를 내려는 듯한 표정이었지만, 잘 되지 않았다.

“멍청한 소리 마요. 나랑 얼 퍼킨스에 대한 소문은 못 들었나요? 난 그 사람을 미친듯이 사랑한다고요. 우린 결혼할 거고 그런 다음에는 영원히 오래오래 행복하게 살 거예요. 우리 셋이서요. 얼과 나와 그 사람의 위궤양과.”

“멋진 미래 같네요.” 퀸이 말했다. “위궤양에게는.”

그녀는 살짝 얼굴을 붉히며 손을 내려다보았다. 크고 튼튼한 손이었다. 퀸은 손톱에 바른 주황색 매니큐어를 뺀다면 축복 자매의 손과 닮았다는 생각을 했다.

“얼른 사라져서 나 좀 가만 놔두지 않겠어요? 머리가 좀 아파서.”

“치코테의 숙녀들이 머리가 아픈 날인가보네요.”

“난 진짜예요. 그냥 좀 가세요. 당신 질문에는 하나도 대답 못하겠으니까. 내가 어쩌다 이런, 이런 엉망진창에 휘말렸는지 정말 모르겠네요.”

“뭐가 엉망진창이죠, 윌리?”

“아, 모두 다요.” 그녀는 꽉 붙든 채 비틀고 있는 두 손이 자신이 제어할 수 없는 별개의 존재이기라도 한 듯 쳐다보았다. “젠킨슨의 법칙 들어봤어요? 그 법칙에 따르면 모든 사람이 미쳤다지요. 거기에 윌리 킹의 법칙을 더할 수도 있겠어요.

전부 다 엉망진창이다."

"예외는 없습니까?"

"내 자리에서는 안 보이네요."

"그럼 자리를 바꿔요." 퀸이 말했다.

"그럴 수가 없어요. 너무 늦었어요."

"어쩌다 이렇게 우울해진 거죠, 윌리?"

"모르겠네요. 어쩌면 더위 때문인지도 모르죠. 이 동네 때문인지도 모르고."

"같은 동네에서 여름마다 같은 더위를 겪었을 텐데요."

"휴가가 필요한 것 같아요. 어디든 매일 시원하고 안개가 끼고 비가 오는 곳으로 여행 가고 싶네요. 이 년 전 차를 몰고 시애틀로 가면서 여기가 딱 맞는 곳인지도 모르겠다고 생각했어요. 그런데 어떻게 됐는지 알아요? 내가 시애틀에 갔을 때 역사상 최악의 더위와 최악의 가뭄이 닥쳐왔죠."

"어디 가나 윌리 킹의 법칙은 증명된다는 건가요?"

윌리는 자리를 바꿔보라는 퀸의 제안에 뒤늦게 반응하듯 의자에서 불안하게 꼼지락거렸다.

"당신은 어떤 질문에든 직설적이거나 진지하게 대답하는 법이 없군요. 안 그래요?"

"피할 수 있을 땐 하지 않죠. 그게 퀸의 법칙입니다."

"한 번만 그 법칙을 깨고 왜 돌아왔는지 말해줘요."

"조지 헤이우드와 이야기를 해보려고요."

"무엇에 대해서요?"

"테콜로테 교도소에 있는 자기 동생 앨버타와 면회하는 일에 대해서요."

"대체 어쩌다 그런 미친 생각을 하게 됐어요?" 윌리는 초조하게 말했다. "조지가 벌써 몇 년 전에 앨버타와 연을 완전히 끊었다는 건 잘 알고 있을 텐데요. 내가 말했잖아요."

"당신이 말해줬다고 해서 반드시 진실이란 법은 없죠."

"그래요. 내가 여기저기서 간혹 가다 거짓말을 했다 쳐요. 하지만 그 일은 아니에요."

"어쩌면 윌리 당신은 거짓말을 한 게 아닐지도 모르죠." 퀸이 말했다. "하지만 잘못 알고 있었을 수는 있잖아요. 조지는 한 달에 한 번씩 동생 면회를 가더군요."

"믿을 수가 없네요. 아닌 척할 이유가 뭐가 있다고요?"

"그게 바로 내가 그 사람에게 물어보려던 것 중 하나죠. 약속을 잡을 수만 있다면 바로 오늘 오후에."

"불가능해요."

"어째서요?"

윌리는 위경련의 날카로운 고통을 진정시키기라도 하듯 두 손을 꽉 맞잡아 배에 대고 의자에 앉은 채로 몸을 앞으로 내밀었다.

“여기 없거든요. 그제 떠났어요.”

“어디로요?”

“하와이요. 지난 두 달 동안 천식 때문에 고생을 많이 해서, 의사 말이 기후를 바꿔보면 상태가 나아질지도 모른대요.”

“얼마나 오래 가 있는답니까?”

“나도 몰라요. 모든 일이 너무 갑작스레 일어났거든요. 사흘 전에 사무실로 들어오더니 뜬금없이 그다음날 아침 휴가차 하와이로 간다고 알리더군요.”

“당신에게 비행기표 예약을 부탁했습니까?”

“아뇨. 자기가 직접 했다고 말하더군요.” 그녀는 주머니 안을 더듬더니 손수건을 꺼내어 이마에 댔다. “그건 꽤…… 충격이었어요. 난 이런 저런 계획을 많이 세워두었거든요. 당신은 내가 그냥 꿈꾼 거라고할지도 모르겠네요. 하지만 나는 조지와 올해 휴가를 함께 보낼 줄 알았어요. 그랬는데 갑자기 한 대 쾅 얻어맞은 거죠. 그 사람은 하와이토 가버렸어요. 혼자서요. 얘기 끝.”

“그래서 그렇게 우울해진 겁니까?”

“뭐, 적어도 빈말이라도 할 수 있잖아요. 윌리, 당신이 같이 가지 못해서 아쉽군, 뭐 그런 사소한 얘기요. 하지만 그런 말도 하지 않았어요. 두렵네요. 여기가 종착지인가 싶어서 두려워요.”

"상상이 너무 과하군요, 윌리."

"아뇨, 그런 것 같진 않아요. 나도 이게 내 상상이라고 생각할 수 있다면 좋겠는데, 그럴 수가 없네요. 조지는 완전히 딴 사람처럼 행동했어요. 이젠 조지라고 할 수도 없어요. 진짜 조지, 나의 조지는 어디 머물지, 뭘 할지, 얼마나 가 있을지 미리 꼼꼼히 계획을 세워두지 않고는 여행을 떠날 사람이 아니에요. 그런데 자기가 다음날 떠난다는 사실 말고는 아무것도 자세히 알려주지 않았다고요. 이제 알겠죠. 내가 두려워하고도 남을 이유가 있다는 걸요. 그 사람이 다시 돌아오지 않을 것 같은 끔찍한 예감이 들어요. 오고먼 생각이 계속 떠오르는 거 있죠."

"왜 오고먼 생각이 난다는 겁니까?"

그녀는 다시 손수건을 이마에 댔다.

"끝은 무척 갑자기 다가오죠. 조지와 다퉈서라도 따라가게 해달라고 빌었어야 했어요. 그랬다면 비행기가 추락하더라도 적어도 함께 죽을 수는 있었을 텐데."

"점점 병적으로 집착하는군요, 윌리. 그제 비행기 추락 사고가 있었다는 소식은 못 들었어요. 지금 이 순간 조지는 햇볕에 그을린 아가씨들 무리에 둘러싸여 훌라춤을 배우고 있을지도 모르죠."

그녀는 차갑게 퀸을 올려다보았다. "내 기운을 북돋아주려고 그런 말을 하는 거라면, 쓸데없는 짓이었다는 걸 알려주고 싶네요. 햇볕에 그을린 아가씨라니, 턱도 없는 말을.”

“머리엔 히비스커스꽃을 꽂고.”

“난 우리집 뒷마당에서 히비스커스를 길러요. 꽃을 머리에 꽂고 싶다면 언제든 할 수 있다고요. 그리고 선탠도 하고 훌라춤도 출 수 있죠, 해야 한다면요.”

“내기라도 한다면 전 언제든 윌리 당신에게 걸 겁니다.”

“정말요?”

“어디 한번 두고봐요.”

“아, 장난은 그만 쳐요, 퀸.” 윌리는 머리를 세차게 흔들었다. “난 당신 타입이 아니에요. 당신도 내 타입이 아니고요. 난 좀더 나이 많고 더 성숙한 타입이 좋아요. 지금 막 무언가 목표를 세우고 가는 사람보다는 이미 거기 도착한 사람이 좋다고요. 이제 별빛을 따라가느라 배는 쫄쫄 굶어도 좋다는 식으로 살 순 없어요. 다시는요. 난 안정을 원해요. 당신은 심지어 자기가 뭘 원하는지도 모를 것 같은데.”

“찾아가는 중입니다.”

“언제부터요?”

“이 주 전 밑바닥을 쳤을 때부터죠.”

“그 밑바닥이 얼마나 아래였는데요, 퀸?”

“까마득한 아래였죠. 그러다 보니 올라가는 것 말고는 다른 방향이 없더군요. 천국의 탑이라고 들어봤어요?"

"이모 한 분이 무척 독실한 신자인데, 대화중에 항상 그런 표현을 쓰시긴 했죠."

"이건 관용구가 아닙니다. 샌펠리스 뒷산에 있는 실제 장소예요. 난 거기 두 번 갔고, 세번째로 돌아가겠다고 약속도 했습니다. 그러고 보니 생각나는데, 혹시 이전에 여드름이 났었나요?"

윌리는 정확하게 뽑아 다듬은 눈썹을 치켰다.

"뭐예요, 정신 나갔어요?"

"그런지도 모르죠. 하지만 어쨌든 질문에 대답은 듣고 싶습니다."

"아니, 여드름이 난 적은 없어요." 그녀는 바보를 살살 달래듯 조심스럽게 말했다. "내 동생은 고등학교 때 났지만요. 하루에 얼굴을 예닐곱 번씩 씻고 노턴 드라잉로션을 바르고 사탕이나 기름진 음식을 끊고 나서야 다 없앨 수 있었죠. 이런 걸 알고 싶은 건가요?"

"그래요. 고마워요, 윌리."

"왜 그런 걸 알고 싶은지 물어봐도 대답은……"

"안 할 겁니다."

"정말 특이한 사람이네요." 윌리는 골똘히 생각하며 말했다. "하지만 벌써 누군가 지적해줬겠죠."

“엄마 무릎에 있을 때부터요. 게다가, 우리 모두가 조지처럼 완벽할 순 없잖습니까.”

“난 그 사람이 완벽하다고 주장한 적 없어요.”

갑자기 햇볕에 그을린 아가씨들에 둘러싸인 조지의 모습이 너무 선명히 떠오르기라도 했는지 윌리의 목소리에 날이 섰다.

“그 사람은 일단 자기 어머니처럼 황소고집이죠. 어떤 생각이 떠오르면 곧장 뛰어들어서 행동해요. 다른 사람에게 상담하지도 않고, 내가…… 다른 사람이 어떻게 생각할까 따져보지도 않는다니까요.”

“갑자기 하와이로 가버린 것처럼?”

“그게 좋은 예죠.”

“그 사람이 하와이로 간 건 확실합니까?”

“왜 내가…… 물론이죠. 물론, 확실해요.”

“그 사람을 배웅했어요?”

“당연하죠.”

“어디서요?”

“내가 사는 아파트로 작별인사를 하러 왔었어요. 샌펠리스에 가서 비행기를 타고 로스앤젤레스로 간 다음 호놀룰루행 제트여객기로 갈아탄다더군요.”

“차는 샌펠리스 공항에 두고?”

“그래요.”

“샌펠리스 공항에는 주차장이 없어요.”

“근처에 있겠죠.” 윌리가 불안해하며 물었다. “없어요?”

“그럴 수도 있겠죠. 어떤 차로 갔죠?”

“자기 차요. 녹색 폰티액 스테이션왜건. 작년 모델이에요. 이런 건 왜 물어보는 거예요? 마음에 안 드네요. 신경이 날카로워진다고요. 조지가 하와이에 가지 않았다는 뜻인 것 같은데요.”

“아뇨. 그냥 확실히 확인하고 싶어서죠.”

“당신이 그런 뜻을 은근슬쩍 내비치기 전까지 나는 의심할 생각도 못했어요.” 그녀는 비난하는 듯한 목소리로 말했다. “어쩌면 당신은 자기 나름의 이유로 조지와 나 사이에 문제를 일으키려고 일부러 그러는 건지도 모르겠네요.”

“조지와 당신 사이에 문제는 언제나 있었죠. 그렇지 않아요, 윌리?”

윌리가 입을 꽉 다물자 퀸이 이제껏 보지 못했던 강하고 억센 표정이 그녀의 얼굴에 떠올랐다.

“내가 처리할 수 없었던 문젠 없었어요. 그 사람 어머니는, 음, 좀 까다롭긴 했지만요.”

“지난번에는 조지의 어머니가 꼬장꼬장한 노파라는 식으로 말했던 것 같은데. 지금은 좀 나아졌나보네요? 아니면 당신이 나아진 건가요?"

윌리가 대답하지 않자, 퀸은 말을 이었다.

"며칠 전 꽤 믿을 만한 정보원에게 재미있는 소문을 들었어요. 조지에 관한 건데요."

"그런 건 별로 듣고 싶지 않네요. 조지 같은 위치에 있는 남자는, 특히 앨버타에게 그런 일이 생긴 후에는, 온갖 소문과 가십의 목표물이 되죠. 조지는 자기가 할 수 있는 유일한 방식으로 그걸 견뎌왔어요. 깨끗하고, 품위 있고, 모범적인 삶을 사는 거죠. 조지에겐 그를 만나보지 않은 사람은 알 수 없는 면이 있어요. 그 사람이 유난히 용감한 사람이라는 점이요. 추문을 피하려 했다면 쉽게 마을을 뜰 수 있었어요. 하지만 그러지 않았죠. 그는 여기 머물러서 싸웠어요."

"왜죠?"

"말했잖아요. 용감한 남자라고."

"치코테에 끈이 있기 때문인지도 모르죠. 당신을 여기 묶어놓는 것과 똑같은 끈이."

"어머니를 말하는 거예요? 아니면 나?"

"둘 다 아닙니다. 마사 오고먼을 말하는 거죠."

윌리의 얼굴은 금방이라도 부서져나갈 것 같았지만, 순전히 의지력으로 간신히 가다듬고 붙들어놓을 수 있었다. 하지만 그런 노력 때문에 온몸이 떨렸다.

“황당하기 그지없네요.”

“안 될 것도 없죠. 마사는 매력적인 여자고 품격이 있으니.”

“품격요? 자기가 다른 사람들보다 나은 사람인 양 행동하는 걸 그렇게 부르나보죠. 난 마사 오고먼을 잘 알아요. 가장 친한 친구가 마사랑 같이 임상병리실에서 일하는데, 마사는 누가 아주 작은 실수 하나만 해도 난리를 피운다더군요.”

“임상병리실에서는 아주 작은 실수가 크게 번질 수도 있죠.”

퀸은 윌리가 조지라는 주제에서 화제를 깔끔히 돌려버렸다는 것을 깨달았다. 처음 있는 일도 아니었다. 어떤 부류의 새들이 있지. 그는 생각했다. 위협을 받으면 둥지가 다른 데 있는 것처럼 행동해서 둥지를 보호하는 새들. 그 책략에는 짹짹거리고 날개를 파드득거리는 것도 포함돼. 윌리는 둘 다 잘하긴 해. 하지만 약간 너무 뻔하지. 게다가 지금은 자기 둥지가 어디 있는지, 그 안에 뭐가 있는지 확실히 알지 못한다는 약점도 있고.

윌리는 어쨌든 계속 짹짹거리고 있었다.

“그 여자는 차갑고 매서운 여자예요. 그 얼음 같은 얼굴을 한번 보기만 해도 그 정도는 알 수 있죠. 임상병리실 여자들은 모두 그 여자를 두려워한다더군요.”

“당신도 무척 두려워하는 것처럼 보이는데요.”

“내가요? 왜 그래야 하는데요?”

"조지 때문이죠."

월리는 다시 한번, 그건 정말 황당한 소리이며 조지가 그런 여자에게 신경을 쓸 거라 생각하다니 정말 어이가 없다고 퀸에게 말했다. 하지만 그녀의 말에는 공허한 울림이 있었고, 퀸은 그녀 본인조차도 확신하지 못한다는 것을 눈치챘다. 그가 눈치챈 것은 하나 더 있었다. 윌리가 심각한 질투심에 괴로워한다는 것. 퀸은 무엇 때문인지 궁금했다. 일주일 전만 해도 윌리는 무척 자신감에 넘쳤고, 호박 속의 화석 파리처럼 고질적인 문제는 조지의 어머니뿐이었다. 이제 호박을 말끔히 닦아내자 다른 파리들이 눈에 띄었다. 마사 오고먼과 햇볕에 그을리고 머리에 히비스커스꽃을 꽂은 여자들, 그리고 퀸이 아직 발견하지 못했을 수도 있는 다른 사람까지.

13

하얀 벽돌로 지은 삼 층짜리 오래된 집이었다. 남을 깔보며, 석유 사업 졸부들과 억지로 어울리기는 하지만 그들을 무시하려고 애쓰는 빅토리아 시대의 귀족 마나님이 살 것 같은 집. 그 마나님은 두꺼운 레이스 커튼과 높이 솟은 작은 탑 뒤에서 지붕이 평평하고 삼나무와 스투코로 마감한 랜치 양식의 상자처럼 네모난 집들을 굽어보고, 살펴보고, 못마땅해하면서 패배할 게 빤한 전투를 벌이고 있으리라. 퀸은 문을 열어준 여자가 이 집에 어울리는 사람일 거라 기대했다.

헤이우드 부인은 기대와는 달랐다. 베이지색 모직 원피스를 입은 부인은 날씬하고 세련된 사람이었다. 머리는 백금빛이 도는 분홍색으로 물들였고, 얼굴의 주름을 제거한 수술 흔적은 눈에 띄지 않을 만큼 희미했다. 부인은 아들인 조지만큼이나 젊어 보였지만, 눈에는 오래된 비탄이 어려 있었다.

"헤이우드 부인?"

"그런데요." 아무리 성형수술을 했다고

한들 목소리의 나이까지 감추진 못했다. 늙은 여자 특유의 갈라지고 긁히는 목소리가 났다. "잡상인은 사절이에요."

"제 이름은 조 퀸입니다. 헤이우드 씨와 업무차 의논할 일이 있어서요."

"업무는 사무실에서만 보는데요."

"사무실에 전화를 드렸더니 안 계신다고 하더군요. 그래서 혹시 집에 계실까 싶어 찾아뵈었습니다."

"없어요."

"음, 방해해서 죄송합니다, 헤이우드 부인. 남편분이 집에 오시면, 제게 연락해달라고 말씀 좀 전해주시겠습니까? 저는 메인 스트리트의 프리스비 모텔에 묵고 있습니다."

"남편요?"

부인은 굶주린 고양이처럼 그 말을 덥석 물었다. 퀸은 날카로운 앞발톱이 찌르는 듯한 기분이 들 정도였다. 부인의 눈에 어린 절박한 허기와 그 감정을 미처 숨기지 못한 수줍고 소녀다운 미소에 혐오감이 솟아올랐지만 동시에 연민도 일었다.

"실수하셨네요, 퀸 씨. 하지만 꽤 즐거운 실수였어요. 우리 인간이 저지르는 실수들이 모두 이처럼 유쾌할 수 없다니 안타깝군요. 조지는 내 아들이에요."

퀸은 그렇게 저열한 미끼를 썼다는 것이 미안했지만, 이제 와서 빼앗아 치워버리기엔 너무 늦어버렸다.

“믿기 어렵네요.”

“솔직히 말하면 난 아첨을 좋아해요. 그러니 굳이 당신 말을 걸고넘어지진 않겠어요.”

“이전에도 이런 실수가 있었을 것 같은데요, 부인.”

“아, 그래요. 많이 있었죠. 하지만 언제나 놀랍고 즐겁답니다. 이번에는 우리 애에게 솔직히 말하지 말까봐요. 그러면 우리 사이의 작은 비밀로 남을 수 있겠죠. 퀸 씨와 나만 아는 비밀.”

그리고 부인이 다음에 만나는 사람 백 명은 알게 될 비밀이겠지. 퀸은 생각했다.

지금 헤이우드 부인을 직접 대면해보자, 부인이 두 딸과 완전히 연을 끊었다는 사실이 놀랍지 않았다. 이 집에는 그녀와 비교될 더 젊은 여자들이 들어설 자리가 없었다. 헤이우드 부인의 모성본능은 자기보호본능보다는 훨씬 더 약했다. 부인은 자기 나름대로 생존을 추구하려 했고, 감상 같은 사치는 누릴 여유가 없었다. 불쌍한 윌리, 안정으로 향하는 길은 구멍과 우회로가 본인이 다룰 수 있는 정도보다 훨씬 더 많겠군. 앨버타와 루스가 들어설 자리가 없다면, 윌리의 자리도 있을 리가 없지.

헤이우드 부인은 패션 잡지에 실리는 사진 같은 자세로 문지방에 기대섰다.

“물론 항상 몸매 관리를 하죠. 어째서 사람들이 쉰, 아니, 마흔을 넘으면 그렇게 자기를 놓아버리는지 모르겠다니까요. 우리 가족에게는 나의 원칙을 각인시키려고 항상 노력한답니다. 인간은 자신이 먹는 대로 된다.”

헤이우드 부인이 분통과 억울함을 먹는다면, 그 법칙은 의심할 여지 없이 사실이었다.

퀸이 물었다. “헤이우드 씨를 만날 수 없다니 아쉽군요. 오늘 오후 늦게라도 사무실에 오실까요?”

“아, 아뇨. 조지는 하와이에 갔어요.” 부인은 화제를 바꾼 게 마음에 들지 않거나 조지가 하와이에 있다는 게 마음에 들지 않는 게 분명했다. “의사 지시래요. 물론 말도 안 되죠. 조지에게 찬물 목욕과 꾸준한 운동으로 치료하지 못할 병 같은 건 없어요. 하지만 그래도 의사들은 다 엇비슷하지 않나요? 딱히 내놓을 치료법이 없으면, 날씨나 환경을 바꿔보라고 추천하죠. 퀸 씨는 조지의 친구인가요?”

“의논할 업무가 있어서요.”

“뭐, 그애가 언제 돌아올지는 모르겠네요. 얘가 여행을 간다고 해서 나도 정말 깜짝 놀랐지요. 심지어 비행기표를 사기까지 나한테 말도 꺼내지 않았다니까. 그래서 내가 손쓰기에도 너무 늦었죠. 어떤 무능한 의사가 제안했다고 해서 그렇게 돈을 써버리다니 정말로 바보 같고 사치스럽기 그지없잖아요.

샌펠리스에 갔어도 편안하게 쉬었을 텐데요. 거기 날씨는 하와이나 별다를 바 없는데. 나도 나름대로 여기저기 쑤시고 저리지만, 그렇다고 외국으로 훌쩍 떠나고 그러진 않죠. 밀 배아와 타이거밀크 영양바를 좀더 먹고 무릎 굽혔다 펴기 운동을 몇 번 더 할 뿐이죠. 퀸 씨는 운동의 효과를 믿나요?”

“아, 그럼요. 네. 믿습니다.”

“그럴 거 같았어요. 몸이 무척 좋네요.”

부인은 패션 잡지 모델에서 올림픽 챔피언으로 자세를 바꾸고 또 한 번의 칭찬을 기대하는 듯한 눈길로 퀸을 바라보았다. 퀸은 토하면 모를까 달리 할말이 떠오르지 않았다. 대신에 그는 이렇게 말했다.

“혹시 헤이우드 씨가 어떤 항공을 탔는지 아십니까?”

“아뇨. 알아야 하나요?”

“아드님이 비행기 표를 샀다고 말씀하셔서요. 표를 어머님께 보여주셨나 싶었죠.”

“내 코앞에서 봉투를 흔들어대긴 했지만, 오직 내 부아를 돋우려고 그런다는 걸 알았기 때문에 철저히 무관심한 척했죠. 난 보통은 싸움을 걸어와도 딱히 받아주지 않는답니다. 그랬다간 심장과 혈관에 너무 무리가 가니까. 나는 그저 내 관점을 표현하고 그 문제를 더 논의하기를 거절할 뿐이죠. 조지는 내가 자기 여행을 어떻게 생각할지 똑똑히 알고 있었어요.

내가 보기에는 불필요하고 사치스러운 일이라, 걔한테 정말로 건강이 걱정되면 여자들이나 쫓아다니는 대신 저녁에 더 자주 집에 있는 편이 나을 거라고 단도직입적으로 말했죠."

"헤이우드 씨는 결혼하지 않으셨습니까?'

"했었죠. 걔 아내는 오래전에 죽었어요. 예상치 못했던 일도 아니죠. 며느리는 불쌍하게도 매가리라고는 없는 허약한 애라서, 그애한테는 인생 자체가 너무 버거웠거든요. 당연하지만 며느리가 죽은 후 이 도시 여자들이 전부 조지에게 꼬리를 쳤어요. 다행히도 그애한테는 내가 있어서 그런 여자들의 계략과 가식을 지적해줄 수 있었죠. 그애 혼자서는 여자들의 속셈을 꿰뚫어보지 못하거든요. 조지는 정말 구제불능일 정도로 순진하다니까요. 딱 맞는 예가 며칠 전에도 있었죠. 어떤 여자가 전화를 해서 자기가 수상한 편지를 받았다면서 조지를 만나야겠다고 하는 거예요. 그 여자가 말하는 걸 직접 들었죠. 아주 우연이긴 한데, 어쩌다가 다른 방 전화를 받았거든요. 수상한 편지라니, 참. 애들도 그런 속임수는 꿰뚫어볼 수 있을 텐데. 그런데, 정말이지 조지는 안 된다니까요. 그렇게 기침을 하면서도 나가지 뭐예요. 설사 그 여자가 참말을 하는 거라고 해도 만나봤자 아무짝에 소용없는 여자라는 말을 해줄 기회도 없이 말이에요. 제대로 된 사람은 수상한 편지를 받지 않아요. 내가 나중에 물어봤는데, 그애는 역정만

273

내고. 참, 독한 술과 그보다 더 독한 여자들이 판치는 이런 시대에 엄마 노릇을 하기란 쉽지 않아요."

그녀는 너무 하얗고 완벽해서 그녀의 나머지 부분과 마찬가지로 오래되지 않은 게 뻔한 이를 반짝 드러내며 미소 지었다.

"퀸 씨는 참 편안하고 심파티코[1]한 분이네요. 치코테에 사시나요?"

"아뇨."

"참, 안타깝네요. 언제 한번 저녁에 와서 조지와 나와 함께 식사를 할 수 있으면 좋을 것 같았는데. 우리는 소박하고 건강한 음식을 먹지만, 맛은 무척 좋답니다."

"말씀은 감사합니다." 퀸이 말했다. "이거 아십니까, 부인 덕에 호기심이 솟는군요, 헤이우드 부인."

부인은 으쓱하는 표정이었다. "내 덕에요? 왜죠?"

"그 수상한 편지 말입니다. 그게 정말로 존재했을까요?"

"뭐, 나야 모르죠. 조지가 말해주지 않으려 했으니. 하지만 개인적인 생각으로는 그 여자가 지어냈다고 생각해요. 조지를 자기 집으로 끌어들여서 자기 영역에서 자기 모습을 보여주려고 했던 거죠. 두 아이와 벽난로에서 타오르는 불, 스토브

---

[1] '친절한' '붙임성 좋은'이라는 뜻의 스페인어 단어.

에서 부글부글 끓는 냄비, 그런 것들요. 퀸 씨가 내가 하는 말을 잘 따라왔나 모르겠네요, 고의적으로 가정적인 모습을 보여줬단 뜻이에요."

퀸은 생각했다. 잘 따라갔죠. 마사 오고먼의 현관 바로 앞까지.

벽난로에서 불은 타오르지 않았고, 무언가 스토브 위에서 부글부글 끓고 있었다 해도 그 향기는 잠긴 창문과 내려진 블라인드 틈으로 새어나오지 않았다. 현관에 달린 황동 사자 머리 손잡이는 퀸이 일주일 전 처음 방문한 이러로 아무도 쓴 적 없는 것 같았다. 퀸이 누군가 문 앞으로 나오기를 기다리는 동안 10미터 떨어진 옆집 마당에서 반바지와 티셔츠를 입은 열 살쯤 된 소녀가 그를 신기하다는 듯 쳐다보고 있었다.

잠시 후, 소녀가 꿈꾸는 듯한 목소리로 말했다.

"그 집에는 아무도 없어요. 한 시간 전에 나갔어요."

"어디로 갔는지 혹시 아니?"

"나한테는 말 안 하던데. 하지만 리처드가 차에 침낭을 싣는 건 봤어요. 그러니까 캠핑 간 거 같아요. 그 집 사람들은 캠핑 많이 하거든요."

여자애는 껌을 씹으면서 얼마간 생각에 빠졌다.

퀸은 얘기를 더 끌어내려고 말을 걸었다.

“오고먼 씨 댁 옆집에 오래 살았니?”

“사실 평생 산 거나 마찬가지에요. 샐리는 나랑 가장 친한 친구고요. 나는 리처드는 싫어해요. 걔는 자기가 대장인 줄 알아서.”

“그 집 사람들과 캠핑 간 적 있어?”

“딱 한 번요. 작년에. 마음에 안 들었어요.”

“왜?”

“커다란 흑곰이 나올 것 같다는 생각이 계속 들어서요. 방울뱀도요. 왜냐면, 우리가 야영한 데가 래틀스네이크 강▮이었거든요. 정말 무서웠어요.”

“꼬마 아가씨 이름이 뭘까?”

“미란다 나이츠요. 이 이름 싫어요.”

“아저씨 생각엔 아주 예쁜 이름인데.” 퀸이 말했다. “정확히 래틀스테이크 강 어디인지 기억나니, 미란다?”

“그럼요. 패러다이스 폭포예요. 래틀스네이크 강이 토르시도 강으로 흘러드는 데요. 하지만 거기는 진짜 폭포도 아니에요. 그냥 물방울이 똑뚝 떨어지는 큰 바위라서. 리처드는 거기 좋아해요. 바위 뒤에 숨어서 곰 소리를 내다가 튀어나와서 샐리랑 나를 놀래거든요. 사람 정말 기분나쁘게 해요, 리

▮ ‘래틀스네이크’는 ‘방울뱀’이라는 뜻이다.

처드는."

"아, 알겠다."

"내 동생들도 기분나쁜데. 하지단 걔네들은 나보다 작으니까 별문제 없죠."

"그래, 네가 아주 잘 처리할 것 같은데." 퀸이 말했다. "저기, 미란다. 오고먼 씨네는 주로 패러다이스 폭포에서 캠핑하니?"

"샐리가 거기 말고 다른 데 갔다그 말한 적은 없어요."

"너, 거기 어떻게 가는지 알아?"

"아니요." 미란다가 말했다. "하지만 한 시간도 안 걸려요."

"확실해?"

"당연하죠. 작년에 그 집 사람들하고 같이 갔을 때, 엄마가 너무 보고 싶고 흑곰이랑 방울뱀이 무서웠거든요. 오고먼 아줌마가 집에서 한 시간도 안 걸리는 데 있다고 했어요."

"고맙다, 미란다."

"뭘요."

퀸은 차로 돌아갔다. 그는 주유소에 가서 길을 물어보고 곧장 패러다이스 폭포로 향할 생각이었다. 하지만 한낮의 열기가 너무 강렬하여 차도와 보도에서 아지랑이가 솟아올라온 마을은 삐쭉삐쭉 자라난 듯 흐릿하게 보였다.

그는 모텔로 돌아가서 에어컨을 한껏 올리고 침대에 누웠다. 마사 오고먼에 대한 말을 들을수록 그녀를 점점 알 수 없게 되었다. 그녀의 이미지는 열기 속에서 어른거리는 마을처럼 흐릿해져버렸다.

처음에는 꽤 명확했다. 마사는 가족에게 헌신하고 아직도 사랑하는 남편의 죽음을 애도하는 여자, 분별력과 감수성을 동시에 갖추고 있어서 남편의 실종 수사가 재개된다는 생각만으로도 두려워하는 여자였다. 그 두려움은 꽤 자연스러웠다. 힘든 시기를 겪었고, 추문과 소문, 유명세로 괴로워했다. 그런 것들은 이제 모두 사그라들었으니, 퀸은 마사가 다시 시작하는 것을 꺼리는 이유도 이해할 수 있었다.

검시 배심에서 사건을 해결할 기회가 있었는데도 그걸 마사 오고먼이 거부했다는 사실도 그의 마음을 불편하게 했다. 만약 후진하다 차를 가로등에 들이받아 뒤 범퍼가 우그러졌다는 주장을 하지 않았더라면, 검시관의 배심원단은 오고먼의 차가 길에서 밀려났다는 판결을 내렸을지도 모르는 일이다. 이런 주장 뒤에 숨은 이유는 둘 중 하나일 수밖에 없다. 그 말이 사실이거나, 수사에서 특정 영역이 밝혀지는 걸 견딜 수 없었거나. '배심원 여러분, 범퍼는 제가 망가뜨렸으니 그쪽은 더 알아보실 필요가 없습니다.' 그들은 더 알아보지 않은 것 같았다. 프리스비처럼 의심하는 사람 몇몇만이 마사가 자기 체면이나 혹은 남의 체면을 살리려고 거짓말을 했다고 믿을 뿐이었다.

움푹 파인 자국과 진녹색 페인트의 희미한 흔적. 그것은 그 자체로는 사소하지만 마사의 성격이나 행동과는 반대라는 점 대문에 퀸의 눈에 더 커 보였다. 그녀는 몸이 아파서 출근하지 못했다고 하면서도 캠핑을 떠났다. 그리고 그녀가 고른 장소도, 미란다라는 여자애가 한 말에 따르면 항상 골랐던 곳도 그저 평범한 옛날 캠핑장이 아니었다. 경찰과 존 론다가 한 말이 맞다면, 그곳은 남편의 시체가 떠내려간 곳이었다. 퀸은 존 론다가 이런 말을 했던 것을 기억했다. 오고먼의 차가 넘어간 다리 너머 몇 킬로미터 떨어진 곳, 래틀스네이크 강이 토르시도 강과 합류하는 지점은 그 당시에는 산에서 흘러내린 물과 녹아버린 눈이 유입하여 급류가 몰아쳤다고 했다.

어째서 마사는 같은 곳으로 계속 돌아가는 건가? 퀸은 궁금했다. 남편을 찾고자 하는 건가? 이 오랜 세월이 흘렀는데도 바위 사이에 끼어 있을까봐? 아니면 죄책감이라는 동기 때문인가? 아이들에게는 뭐라고 말했을까? 우리 모두 나가서 아빠 좀 찾아보자?

소년 리처드는 모닥불을 피울 유목流木과 솔방울을 모아와서는 거기에 불을 붙이고 싶어서 안절부절못했다. 하지만 엄마는 아직 충분히 마르지 않았으니 기다려야 한다고 했다.

엄마와 동생 샐리는 숯불로 저녁을 짓고 있었다. 콩과 통옥수수, 돼지갈비였다. 이따금 돼지갈비에 불이 붙으면 샐리는 플라스틱 물총으로 불꽃을 끄곤 했다. 샐리는 남자애들처럼 물총을 다루지 못해서 무언가를, 아니면 누군가를 쏘는 척만 했다. 그애는 어른들처럼 아이들 장난감을 실용적인 목적에 쓰면서 무척 진지한 척했다.

리처드는 홀로 거닐었다. 언젠가는 여기 혼자 오고 싶었다. 자기는 다 큰 남자고 이곳이 위험한 곳이지만 자기는 조금도 무서워하지 않는다는 환상을 망칠 여자들 둘을 떼어놓고. 하지만 리처드는 무서웠다. 이곳 자체가 무서운 건 아니었지만, 여기 도착하자마자 엄마에게 닥쳐온 변화가 무서웠다. 리처드는 이해할 수도 없고 손 하나도 댈 수 없는 변화였다. 엄마는 집에서처럼 똑같이 말하고 행동하고 많이 웃었지만, 눈은 가끔 슬퍼 보이고 낯설었다. 특히 아무도 보고 있는 사람이 없을 때는 꼭 그랬다. 리처드는 항상 보고 있었다. 리처드는 경계심이 높고 영리해서 뭐 하나 놓치는 법이 없었지만, 알아차린 것의 의미를 따져보기에는 아직 아이일 뿐이었다.

아빠가 실종된 건 리처드가 일곱 살 때였다. 아직도 아빠 얼굴이 기억나긴 했지만, 그게 진짜 기억인지 엄마가 하도 말을 해서 생겨난 건지는 확실하진 않았다. 너랑 아빠가 옛날에 스쿠터에서 떼어낸 바퀴를 달아서 만든 이상한 작은 자동차 기억하니? 그래, 리처드는 그 차를 기억했다. 스쿠터 바퀴도. 하지만 아빠가 자기에게 뭔가 만들어준 기억은 나지 않았다. 마사는 계속해서 이런저런 이야기들을 끄집어내서 아들의 마음속에 선명한 아버지상을 만들어주려고 했고, 그 탓에 리처드는 혼란스러웠으며 자기 기억이 사라져가는 데에 죄책감을 느꼈다.

리처드는 바위 꼭대기로 올라가 조용히 배를 깔고 누워, 해바라기를 하는 도마뱀처럼 꼼짝도 하지 않았다. 여기서는 캠핑장에 이르는 길이 다 보였다. 곧 다른 사람들이 주말을 보내러 오기 시작할 테고, 해질녘이면 캠핑 자리가 다 차고 공기 중에는 모닥불과 구운 햄버거, 아이들이 꺅꺅거리며 고함을 지르는 소리가 가득찰 것이다. 하지만 지금 당장은 자기와 엄마, 샐리뿐이었다. 그들은 가장 좋은 자리, 강 바로 옆 자리를 골랐고 가장 좋은 돌 바비큐 화덕과 소풍 탁자, 가장 커다란 나무를 차지했다.

아빠가 처음 여기 데려와준 날 기억하니? 티처드. 엄마, 아빠가 네가 없어진 걸 알아차리기도 전에 너는 소나무를 반쯤 기어오르고 있었지 뭐니. 아빠가 나무 위로 올라가서 너를 데리고 내려왔단다. 리처드는 나무에 올라간 건 기억났지만 누가 데리고 내려와준 기억은 없었다. 리처드는 항상 나무를 잘 탔다. 어째서 혼자 내려오지 않았던 걸까? 바위 위에 누워 있다보니, 난생 처음으로 엄마도 자기만큼이나 기억력이 나쁜데 그냥 진짜로 생생하게 기억하는 척하는 게 아닐까 하는 생각이 머리를 스쳐갔다.

멀리서 차 소리가 들리자 리처드는 고개를 들고 소리에 귀를 기울이면서 살펴보았다. 이 분쯤 후, 차는 캠핑장으로 들어서는 길 위로 모습을 보였다. 파란색과 크림색의 포드 빅토리아를 어떤 아저씨가 운전하고 있었다. 차에 그 사람 말고 다른 사람은 없었고, 캠핑 장비를 지붕에 묶어놓거나 뒷좌석에 실어놓지도 않았다. 리처드는 딱히 호기심으로 살펴본 것도 아니지만 이런 사소한 점들을 저절로 알아차렸다. 잠시 후 리처드는 이전에 이 차를 본 적이 있다는 사실을 알아차렸다. 일주일 전 YMCA에서 오는 길에 저 차가 집 앞 보도에서 떠나는 모습을 보았다. 리처드가 안으로 들어갔을 때 엄마는 창백한 얼굴로 말없이 부엌에 서 있었다.

14

차에서 내리는 퀸을 보자, 그녀는 샐리에게 조심스레 태연한 목소리를 꾸며 말했다.

"가서 리처드 좀 찾아올래? 저녁식사는 삼십 분 후에나 다 될 것 같은데. 솔방울을 좀더 모아오면 크리스마스에 장식할 수 있지 않을까."

"나 쫓아버리려고 그러죠?" 여자아이는 그들에게 다가오는 퀸을 빤히 바라보았다. "저 아저씨랑 얘기하려는 거예요?"

"그래."

"돈 때문이에요?"

"어쩌면. 모르겠다."

돈이 있어서, 혹은 없어서. 이건 오고먼가의 살림에서는 핵심 단어였고, 아이들도 그를 존중하는 법을 배웠다. 샐리는 오빠와 솔방울을 찾으러 씩씩하게 걸어갔다.

마사는 몸을 돌려 퀸을 마주보았다. 그녀는 마치 기습 사찰을 당한 군인처럼 딱딱하게 차려 자세로 서 있었다.

"날 어떻게 찾았어요? 뭘 바라는 거죠?"

"친선 방문한 거라고 해두죠."

“그런 소리는 하지 말죠. 개인적으로는 당신이 내 뒤를 쫓는 것쯤은 참을 수 있어요. 하지만 어째서 우리 애들까지 끌어들이는 거죠?”

“죄송합니다. 그런 식으로밖에 일이 해결되지 않아서요. 앉아도 될까요, 오고먼 부인?”

“굳이 앉고 싶으시다면.”

그는 삼나무 피크닉 탁자에 붙은 벤치에 앉았다. 마사는 잠시 망설이다, 일종의 휴전에 합의하듯 반대편 벤치로 가서 앉았다. 그 모습에 퀸은 지난번 병원 식당에서 만났을 때를 떠올렸다. 그때도 두 사람 사이에는 탁자가 있었다. 그리고 그 탁자처럼 이 위에도 보이지 않는 질문, 의심, 의혹, 비난이 잔뜩 올려져 있었다. 퀸은 한 손으로 그 모든 것을 쓸어버리고 다시 시작하고 싶었다. 그러나 마사의 얼굴에 비친 적대감을 보면 그녀는 이런 감정을 공유하지 않는다는 것도 알 수 있었다.

그는 조용히 말했다. “제 질문에 대답하실 의무는 없습니다, 오고먼 부인. 저는 그런 걸 물어볼 공식적 권한이 없으니까요.”

“나도 그 정도는 알아요.”

“사실 저한테 이 지역에서 떠나라고 명령하실 수도 있습니다.”

“이 지역은 군 소유예요.” 그녀는 모호한 몸짓을 하며 말했다. "공영 캠핑장에서는 누구나 환영받듯이 당신도 마찬가지죠."

"이곳을 좋아하십니까?"

"오랫동안 여기 다녔어요. 샐리가 태어난 후부터."

그 말에 퀸은 놀라고 말았다. 그는 마사 오고먼이 남편의 실종 이후부터 이 캠핑장에 왔을 거라고 짐작했다. 그런데 실은, 오래전에 시작된 습관을 계속 이어왔던 것뿐이다. 그건 그가 이미 아는 마사의 성격에 잘 맞아떨어졌다. 그녀는 될 수 있는 대로 오고먼이 실종되기 전, 혹은 죽기 전부터 해왔던 것과 똑같은 방식으로 삶을 이어가려고 애쓰고 있었다. 마치 그 패턴을 반복하면 오고먼의 영을 마법처럼 불러올 수 있다는 듯이.

"그러면 남편분은 이 인근 지역을 잘 알고 계셨겠네요. 강이라든가."

"남편은 강을 샅샅이 탐험했어요. 두 강 모두 열몇 번 정도는 했을걸요. 나도 마찬가지고요."

그녀는 마치 그 사실을 이용할 테면 이용하라는 듯 도전적이었다. 퀸은 그럴 필요가 없었다. 요점은 이미 이해했으니까. 오고먼이 실종을 직접 계획했다면, 양쪽 강에 대한 지식을 살려 실험한 바에 기반해 계획을 세웠을 것이다.

"당신이 무슨 생각을 하는지 알아요." 그녀가 말했다. "하지만 틀렸어요."

"그런가요?"

"내 남편은 살해되었어요."

"일주일 전만 해도 사고로 죽었다고 주장하셨잖습니까. 사실 아주 확신하고 계셨죠."

"내 마음을 바꿀 이유가 생겼어요."

"무슨 이유죠, 오고먼 부인?"

"그건 말할 수 없어요."

"왜죠?"

"당신을 신뢰할 수 없으니까요." 그녀는 직설적으로 말했다. "당신이 나를 긷는 것보다도 훨씬 덜 믿어요. 그러니 별 대단한 정도는 아니겠죠?"

퀸은 잠시 아무 말 하지 않았다. "그게 정확히 어느 정도인지는 모르겠습니다, 오고먼 부인. 저는 그저 좀더 신뢰할 수 있다면 좋겠다 싶네요. 서로가요."

"뭐, 근데 그렇진 못하네요."

마사는 일어나서 숯불로 가더니 갈비를 불에서 내려놓았다. 너무 오래 올려놓아 숯덩이가 되어버렸다.

"제가 저녁을 망친 게 아니었으면 좋겠군요, 오고먼 부인."

"그러진 않으셨어요." 그녀는 상쾌하게 말했다. "리처드는 누가 제 아버지 아들 아니랄까봐, 고기를 바짝 굽는 걸 좋아해요. 그래야, 음, 고기 원래 형태가 생각나지 않는다고요. 그 애는 패트릭처럼 동물을 좋아하죠."

"이젠 남편분이 죽었다고 확신하시는 겁니까?"

"난 항상 확신하고 있었어요. 내가 마음을 정하지 못한 건 남편이 어떻게 죽었느냐는 사실뿐이었죠."

"하지만 최근에, 실제로는 바로 이번주에 남편이 살해되었다고 결론내렸단 겁니까?"

"그래요."

"경찰엔 말했나요?"

"아뇨." 그녀의 눈에 짜증이 짧게 스쳐지나갔다. "그럴 생각도 없어요. 우리 아이들과 나는 고통받을 만큼 받았어요. 오고먼 사건은 종결되었고, 종결된 채로 남아 있을 거예요."

"수사를 재개할 증거가 있는데도요?"

"어째서 그런 생각을 하시는 거죠?"

"오늘 오후 조지 헤이우드의 어머니와 나눈 대화 때문이죠." 퀸이 말했다. "헤이우드 부인은 다른 사람들이 전화하는 동안에 다른 방의 수화기를 들고 싶은 유혹을 못 이기는 사람이더라고요."

"그렇군요."

"그렇군요라니, 할말이 그것뿐이신가요?"

"그게 다예요."

“오고먼 부인. 그걸로는 충분하지 않아요. 남편분이 살해당했다는 확고한 증거를 받았다면, 경찰에 제출하는 게 부인 의무입니다.”

“정말인가요?” 그녀는 무관심하게 어깨를 으쓱했다. “태워버리기 전에 그 생각을 해냈다면 좋았을 텐데.”

“편지를 태웠다고요?”

“그랬죠.”

“왜요?”

“헤이우드 씨와 나는 둘 다 그게 가장 실용적인 조치라고 생각했어요.”

“헤이우드 씨와 나라고요.” 퀸은 반복했다. “언제부터 조지에게 조언을 구하고 그걸 따르기 시작했죠?”

“그게 퀸 씨가 상관할 일인가요?”

“어떤 면에서는 그렇죠.”

“무슨 면인데요?”

“경쟁자에 대해 알고 싶거든요. 내가 당신에게 반한 것 같으니까.”

그녀의 웃음은 짧고 억지로 짜낸 듯했다.

“생각 고쳐먹어요, 퀸 씨.”

“뭐, 내 말이 재미있었다면 기쁘네요.”

“아니요. 별로 재미 없었어요. 다만 내가 그렇게 뻔한 사탕

발림을 삼킬 만큼 순진하다고 생각했다는 게 놀라울 뿐이죠. 내가 당신 말을 믿을 줄 알았어요? 내가 그 말에 홀랑 넘어갈 거라고 상상했다면……"

"그만해요." 그가 날카롭게 말했다.

마사는 말을 멈췄다. 그가 명령했기 때문이라기보다는 놀랍다는 이유가 더 컸다.

"전 똑똑히 말했습니다, 오고먼 부인. 당신이 재미있어하든 놀라든 다른 걸 하든 간에 난 그 말에 충실할 겁니다. 당신은 잊어버리고 싶으면 잊어도 돼요."

"우리 둘 다 잊는 편이 좋을 것 같은데요."

"알았습니다."

"퀸 씨는…… 음, 나를 혼란에 빠뜨리시네요. 정말 예측할 수 없는 사람이에요."

"누군들 예측할 수 있겠나요." 퀸이 말했다. "시간과 수고를 들여 예측하려고 해봤자 아무도 예측할 수 없다는 걸 알게 될 뿐이죠."

"나는 당신이…… 이런 개인적 얘기는 그만하죠. 불쾌해지니까요. 이제 어떻게 생각해야 할지 도르겠어요."

"음, 조지에게 묻지는 마시고요. 그의 충고는 이제까진 별로 좋지 않았잖아요. 편지를 태우는 건 그의 생각이었습니까?"

"아뇨, 내 생각이었어요. 그 사람도 나와 의견이 같았고요.

편지는 그냥 가짜거나 나쁜 농담일 뿐이라고 생각했으니까요. 그 사람도 나처럼 그걸 진지하게 받아들이진 않았어요."

"그 편지를 쓴 사람은 누구였습니까, 오고먼 부인?"

그녀는 하늘을 올려다보았다. 해가 지기 시작하며 금빛을 띤 붉은 햇살이 그녀의 얼굴에 비쳤다.

"서명도 없었고 내가 알아볼 수 있는 글씨도 아니었어요. 하지만 지난 2월로부터 오 년 전에 내 남편을 살해했다고 하는 남자에게서 온 편지였죠."

동정의 기미나 말을 약간이라도 내보였다간 그녀가 눈물을 쏟을 것만 같았기에, 퀸은 잠시 아무런 말도 하지 않았다.

"이 지역에서 온 우편이던가요?"

"아뇨, 소인은 일리노이 주 에번스턴이었어요."

"내용은요?"

"그 남자는 막 폐암 진단을 받았대요. 그래서 죽기 전에 신에게 회개하고 고백해서 양심을 찾고 싶다더군요."

"살인의 세세한 부분까지 묘사했습니까?"

"네."

"동기도요?"

"네."

"뭐였죠?"

그녀는 고개를 천천히 젓다가 그 동작에 통증을 느낀 사람처럼 움찔했다.

"말 못해요. 난…… 수치스러우니까요."

"조지 헤이우드에게 전화해서 편지를 보여줬을 정도면 많이 수치스럽지 않았던 거잖습니까."

"그 사람의 충고가 필요했어요. 경험 있는 남자의 충고가."

"존 론다도 경험 있는 남자 아닌가요. 또한 좋은 친구이기도 하고."

"하지만 그 사람은 동시에 잡지 편집자이자 불치의 수다쟁이기도 하죠." 마사는 음울하게 말했다. "헤이우드 씨는 그렇지 않아요. 그 사람은 신중하게 대할 거라고 확신했어요. 다른 이유도 있었죠. 헤이우드 씨는 내 남편을 알았으니까. 그 사람이라면 그 편지에 적힌 고발 내용이 사실인지 판단할 수 있을 테니까요."

"남편을 고발한 내용이라는 뜻이겠죠?"

"네. 정말…… 정말 끔찍했어요. 물론 믿을 수는 없었죠. 어떤 아내도 자기 남편에 대해서 그럴 순 없죠. 하지만 그래도……" 마사의 목소리는 이제 완전히 잦아들어 거의 속삭임처럼 바뀌었다.

"그래도 믿었단 말입니까, 오고먼 부인?"

"믿고 싶진 않았어요. 하늘에 맹세코. 하지만 남편이 죽기 전 한동안 난 우리 삶에 어떤 어둠이 드리워졌다는 걸 깨닫긴 했거든요. 그런 게 존재하지 않는 척 행동하려고 계속 노력했어요. 하지만 난 억지로 불을 켤 수도 없었고 어둠이 숨긴 것을 찾아낼 수도 없었죠. 그냥 있든지 없든지 모르는 척하고 싶었어요."

그녀는 마치 기억을 문질러 떼어내려는 듯 눈을 문질렀다.

"겁에 질려서 조지 헤이우드에게 전화를 했어요. 지금이야 그게 실수였다는 걸 알지만, 그때는 절박했거든요. 패트릭을 알고 함께 일해봤던 사람과 얘기를 했어야 했어요. 남자요. 남자여야만 했죠."

"왜죠?"

그녀의 입이 살짝 움직이며 쓰디쓴 미소를 지었다.

"여자들은 쉽게 속아요. 심지어 똑똑한 여자들도. 어쩌면 똑똑한 여자들이 특히 잘 속을 수도 있고요. 헤이우드 씨는 바로 집으로 와줬어요. 그때 나는 약간 히스테리를 일으킨 것 같아요. 그 사람은 무척 침착하게 행동했지만, 속으로는 무척 흥분하고 있다는 인상을 받았죠."

"편지에 대한 그의 의견은 뭐였죠?"

"온통 허튼소리라고 했어요. 살인 사건이 일어날 때마다 감정적으로 불안한 사람들의 거짓 자백이 따라오기 마련이라고. 물론 나도 그게 사실이라는 건 알았죠. 하지만 그 편지에는 뭔가 사실적이면서도 심술궂은 데가 있었어요. 그리고 살인을 설명한 세부 묘사도 다 정확했고요. 그걸 보낸 사람이 정신이 불안한진 모르겠지만, 그 불안이 기억력이나 표현력에 영향을 끼친 것 같진 않더라고요.”

“자주 있는 일이죠.”

“나는 패트릭이 살아 있어서 직접 썼을 가능성까지도 생각했어요. 하지만 너무 차이가 컸죠. 먼저, 문체가 달라요. 봉투에 쓰인 주소는 캘리포니아, 치코테, 패트릭 오고먼 부인 앞으로 되어 있었어요. 패트릭이라면 자기 집 번지수 정도는 기억하고 있었을 테죠. 그리고 또, 글씨도 패트릭 글씨가 아니에요. 그 사람은 왼손잡이고 글씨를 왼쪽으로 확 기울여 쓰곤 했어요. 편지의 필체는 반대 방향으로 기울어져 있었고, 어른이라기보다는 초등학교 3학년이 쓴 것처럼 어색하고 서툴더군요. 하지만 패트릭이 그 편지를 썼을 리가 없는 가장 확실한 이유는 편지 내용이 패트릭에게 불리하기 때문이에요. 그런 걸 스스로 인정할 사람은 아무도 없어요.”

“편지를 쓴 사람이 남편을 잘 안다고 하던가요?”

“아뇨. 그날 밤까지는 본 적이 없다고 했어요. 강가에서 캠핑하던 방랑자였다고 하더군요. 날씨가 나빠지자 베이커스필드로 옮기기로 결심했대요. 길옆에 서서 히치하이킹 할 차를 기다리고 있었죠. 패트릭이 차를 세우고 그 사람을 태웠고요. 그런데 패트릭이, 아, 세상에. 난 믿을 수가 없어요. 믿지 않을 거예요!"

하지만 퀸은 마사가 그 말을 믿는다는 걸 알았다. 아무리 눈물을 흘린들 그 믿음을 씻어버릴 수는 없었다. 그녀는 거의 소리도 내지 않고 손으로 얼굴을 가린 채 흐느꼈다. 눈물이 손가락 사이에서 새어나와 손목을 타고 청재킷 소매 속으로 흘러들었다.

"오고먼 부인. 마사. 내 말 들어요, 마사. 아마 헤이우드 말이 맞을 겁니다. 그 편지는 가학적인 농담일 거예요."

고개를 든 그녀는 버림받은 아이처럼 그를 빤히 보았다.

"누가 나를 그렇게나 싫어할까요?"

"모르겠습니다. 하지만 꼬인 사람은 이유가 있든 없든 아무나 싫어하죠. 편지는 전반적으로 어떤 말투던가요?"

"슬픔과 후회가 어려 있었죠. 공포도 있었어요. 죽는다는 공포요. 증오도 있었지만 직접적으로 나를 향한 건 아니었어요. 그는 자기가 한 짓 때문에 자신을 미워하고, 자기를 그렇게 만든 패트릭을 미워했죠."

"남편이 부적절한 접근을 했다, 그런 말을 하려는 겁니까, 마사?"

"그래요."

그 말은 모든 걸 인정하는 한숨에 지나지 않았다.

"그래서 그걸 경찰에 보여주는 대신 편지를 태워버렸고요?"

“없애야만 했어요. 내 아이들을 위해서, 나 자신을 위해서, 그리고 그래요, 패트릭을 위해서요. 코르겠어요?”

“아니, 물론 잘 압니다.”

“경찰에 가봤자, 얻을 건 없지만 자칫하던 모든 걸 잃겠죠. 이미 꽤 많이 잃어버렸지만, 그건 나만의 손실이니까요. 우리 애들이 보호받고 패트릭의 평판이 온전히 유지되는 한 참을 수 있어요. 앞으로도 그럴 거고. 당신이 경찰에 가서 오늘 오후 내가 한 말을 죄다 떠든다고 해도, 경찰은 뭐 하나 손쓸 수 없을 거예요. 나는 그 모든 말을 부인할 거그 헤이우드 씨도 그럴 거니까. 나는 그 사람 약속을 받아놨거든요. 편지는 존재하지 않았던 거예요.”

“살인 사건 증거인멸은 무척 심각한 죄라는 걸 알고는 있겠죠?”

“법적으로는 그렇겠죠. 하지만 그건 지금든 나랑 상관없어요. 참 웃기네요. 난 항상 법을 준수하는 시민이었는데, 지금은 법이 어떻게 시행되는지 전혀 신경 쓰이지 않으니. 살인범이 나 때문에 벌을 받지 않고 빠져나간다고 해도 나는 후회하지 않아요. 그자와 함께 너무 많은 죄 없는 사람들이 벌을 받게 될 테니까요. 정의와 법이 언제나 같은 것은 아니죠. 아, 당신은 아직도 너무 젊고 꿈도 많아서 이런 사실을 깨닫지 못했으려나요?”

“젊지 않은데요. 꿈이 많은 사람도 절대 아니고.”

마사는 그를 빤히 살폈다. 얼굴은 엄숙하면서도 약간 슬퍼 보였다.

“내가 보기엔 둘 다인데요.”

“얼마든지 그렇게 생각하셔도 되죠.”

“내가 경찰에 달려가서 신고했으면 좋겠죠?”

“아뇨, 전 그냥……”

“아니, 그럴 거예요. 당신은 실은 법이 눈에는 눈을 요구하면 그렇게 된다고 믿는 사람이죠. 글쎄요, 틀렸어요. 그런 산수는 놀랄 만큼 복잡해지고, 어쨌든 법은 결국은 하나가 아니라 여러 개의 눈을 가져가버리니까. 나와 우리 아이들의 눈 여섯 개까지 거기 끼진 않을 거예요. 필요하다면 난 대법원에서 성경에 대고 선서를 하고도 내 남편의 죽음에 관한 편지가 전달된 적이라고는 없다고 증언할 수 있어요.”

“조지도 기꺼이 똑같이 해준답디까?”

“네.”

“당신과 사랑에 빠졌기 때문에?”

“당신 마음속에는 낭만이 있나보군요.” 마사는 차갑게 말했다. “그저 지나가는 단계이길 바라요. 아뇨, 헤이우드 씨는 나와 사랑에 빠지지 않았어요. 그는 어쩌다 나와 같은 관점으로 이 상황을 보게 된 것뿐이죠. 그 사람이 믿는 대로 이 편지가 거짓이든, 혹은 내가 믿는 대로 참이든 간에 우리는 둘 다 그걸 공표하면 재난만 닥칠 거라는 데 동의했어요. 이게 바로 경찰에 편지를 제출한다는 행동이 뜻하는 거죠. 그래서 내가 그걸 태워버린 거예요. 어디서 태웠는지 알고 싶어요? 뒷마당 소각로 옆에서 태웠죠. 그러니 이제는 재 한 톨까지도 바람에 날아가버렸을 거예요. 이제는 그걸 쓴 사람과 헤이우드 씨, 그리고 내 마음속에만 있는 거죠."

"그리고 제 마음속에도요."

"당신은 아니에요, 퀸 씨. 본 적이 없잖아요. 그런 편지가 있었다는 걸 확신할 수는 없죠. 내가 지어냈을 수도 있는 일이니까. 그렇지 않나요?"

"전 그렇게 생각하진 않는데요."

"나도 내가 지어낸 거면 좋겠어요. 나도……"

그녀의 바람이 무엇이든 간에 편지의 재처럼 바람에 쓸려가버렸다. 퀸은 그녀가 자기를 바라보고는 있어도, 자신은 그녀에게 투명 인간이나 다름없다는 느낌을 받았다. 그녀의 눈은 과거의 어느 지점, 지금보다 좀더 행복하고 훨씬 순수했던 때에 박혀 있었다.

"마사……"

"제발, 나를 마사라고 부르지 않았으면 좋겠어요."

"그게 당신 이름이잖아요."

그녀는 고개를 들었다.

“난 패트릭 오고먼 부인이에요.”

“그건 오래전 일이죠, 마사. 이젠 잠에서 깨어나요. 꿈은 끝나고 조명이 들어왔어요.”

“나는 조명이 켜지길 바라지 않아요.”

“하지만 이미 켜졌는걸요. 당신이 자기 입으로 그렇게 말하지 않았습니까.”

“참을 수가 없어요.” 그녀는 속삭였다. “우리는 행복한, 정말 행복한 가정인 줄 알았어요. 그런데 그 편지가 오자 갑자기 모든 것이 쓰레기가 되어버린 거예요. 청소해서 내버리기에는 너무 늦었고요. 그러니 나는 그냥 그런 척할 뿐이죠. 계속 그런 척해야만 해요.”

“계속 그런 척 살다가는 잠자리채에 걸려들 뿐이죠. 난 당신을 말릴 수는 없어요. 하지만 경고는 해줄 수 있겠군요, 당신은 모든 걸 너무 중요하게 여긴다고요. 오고먼이 낯선 남자에게 접근했다고 해서, 당신의 삶이 달빛과 장미가 가득하던 아름다운 시간에서 쓰레기로 바뀌어버리는 건 아니에요. 다른 사람의 삶이 그렇듯이, 어떨 땐 달빛도 내리고, 어떨 땐 장미도 피지만, 어떨 땐 쓰레기도 있는 인생인 거죠. 당신은 특별한 영광과 특별한 재난을 위해 선발된 비극의 주인공이 아니고, 오고먼은 영웅도 악인도 아니라 그저 재수가 없던 남자일 뿐입니다. 지난번에 우리가 얘기했을 때 당신은 자신이 무척 현실적인 여자라고 말했죠. 아직도 그렇다고 믿습니까?"

"모르겠어요. 난…… 난 믿었던 것 같아요. 나는 제대로 돌아가도록 여러 일을 처리한 거예요."

"오고먼의 일까지 포함해서."

"네."

"오고먼의 실수와 약점을 덮느라 진을 빼지 마요. 이제 자기가 직접 맞대면할 수 없는 허상을 위해서 진을 빼왔다는 걸 깨달았잖아요. 한순간은 턱을 허공에 꼿꼿이 쳐들고 자랑스럽게 내가 패트릭 오고먼의 부인이라고 떠들다가 다음 순간에는 쓰레기 때문에 투덜대죠. 대체 언제쯤 타협할 겁니까?"

"그건 당신이 상관할 바가 아니에요."

"지금부터 내가 상관할 바로 만들면 되죠."

그녀는 약간 겁먹은 듯 보였다.

"뭘 하려는 거예요?"

"한다고요? 내가 뭘 할 수 있는데요?" 그는 피곤한 듯 말했다. "당신이 이쪽 끝에서 저쪽 끝까지 뛰어다니다 지치기를 기다리는 것 말고 대체 뭘요? 어쩌면 당신은 결국에는 천국보다는 나쁘지만 지옥보다는 나은 것으로 타협할지도 모르죠. 그럴 수 있을 것 같습니까?"

"모르겠어요. 그리고 이제 얘기도 그만해야겠고요."

“왜죠?”

“어두워지고 있으니까요. 애들을 불러와야 해요.”

마사는 일어섰다. 그 동작은 불안했고, 목소리도 마찬가지였다.

“난…… 저녁 드시고 가실래요?”

“그러고 싶습니다. 몹시. 하지만 타이밍이 좋지 않은 것 같네요. 당신 아이들에게 캠핑장을 기습한 깜짝 침입자로 나타나고 싶진 않아서요. 여긴 당신과 아이들, 그리고 오고먼을 위한 곳이죠. 난 세 사람이 나와 함께 나눌 수 있는 자리를 줄 수 있을 때까지 기다리겠습니다.”

“그런 식으로 말하지 마세요. 우리는 서로 잘 알지도 못하잖아요.”

“지난번에 만났을 때 당신이 했던 말, 그 당시에는 나도 그렇게 믿었습니다. 내가 사랑을 배우기에는 너무 나이들었다는 거요. 더는 그 말을 믿지 않아요, 마사. 지금 드는 생각은, 내가 지금까지 너무 어려서 사랑을 배우길 무서워했다는 거죠.”

그녀가 몸을 돌리며 고개를 숙였다. 그는 짙게 그을린 얼굴과 대조되는 하얀 목덜미를 볼 수 있었다.

“우리는 공통점이 없어요. 아무것도요.”

“어떻게 알죠?” 퀸이 물었다.

“존 론다가 당신에 대해 얘기해줬어요. 당신이 어떻게 살았고 어디서 일했는지요. 나는 그런 삶에는 적응할 수 없어요. 내가 당신을 바꿀 수 있다고 생각할 만큼 어리석지도 않고.”

“이미 바뀌기 시작했습니다.”

“그런가요?” 그녀의 입은 미소를 지었지만, 목소리는 여전히 슬펐다. “이전에 당신이 꿈을 꾼다고 말했죠. 그러네요. 사람들은 원한다고 해서 맘대로 바뀌지 않아요.”

“당신은 힘든 일을 너무 많이 겪었죠, 마사. 그래서 환멸을 느끼는 겁니다.”

“그럼 어떻게 해야 다시 환상을 갖게 되나요?”

“내가 대신 대답해줄 순 없어요. 다만 그런 일이 내게 일어났다는 것만 알죠.”

“언제요?”

“얼마 안 됐습니다.”

“어떻게요?”

“어떻게인지는 확신하지 못하겠어요.”

하지만 그는 정확한 순간은 기억할 수 있었다. 톡 쏘는 솔향, 황금 멜론처럼 나무 사이로 떠오르는 달, 하늘에 씨를 뿌린 듯 여기저기서 터지는 별. 그리고 짜증의 기미가 살짝 어린, 축복 자매의 목소리. ‘하늘 처음 봐요?’ ‘이런 건 처음이죠.’ ‘늘 똑같던데.’ ‘저한텐 다르게 보입니다.’ ‘종교적 체험을 하고 있는 것 같아요?’ ‘우주를 감상하는 거죠.’

마사는 흥미와 걱정이 섞인 표정으로 그를 바라보고 있었다.

"무슨 일이 있었던 거죠, 조?"

"인생과 사랑에 빠졌다는 생각이 듭니다. 오랫동안 추방되어 있다가 다시 세계의 일부가 되었죠. 웃긴 건 이 일이 세상에서 가장 동떨어진 곳에서 일어났다는 겁니다."

"그 탑이라는 곳에서요?"

"그래요." 그는 하늘에 마지막으로 남은 희미한 빛을 올려다보았다. "지난주에 당신과 헤어지고 나서, 탑으로 돌아갔어요."

"축복 자매님을 만났어요? 어째서 패트릭을 찾아보라고 했는지 이유를 물어봤나요?"

"물어봤죠. 하지만 대답하지 않더군요. 내 말을 들었는지도 모르겠어요."

"왜죠? 자매님이 아팠나요?"

"어떤 면에서는 그렇습니다, 네. 두려움으로 병이 들었죠."

"뭐가 두려워서요?"

"천국에 들어가지 못하는 거요. 나를 고용했기 때문에, 정확히는 나랑 일말의 관계를 맺었기 때문에 엄중한 죄를 지은 겁니다. 또, 돈을 공동체 기금에다 내지 않고 보관하기도 했죠. '돈'이라는 단어는 교주에게는 성스럽기도 하고 더럽기도

해요. 그는 괴상한 사람입니다. 강렬하고, 위압적이며, 아주 정신이 나갔어요. 그는 자기 무리의 목줄을 꽉 잡고서 조르고 있어요. 무리가 작아질수록 더 절박하게 목줄을 죄고, 그의 선언과 칙령과 처벌은 더 극단적이 되죠. 심지어 그의 아내와 축복 자매 같은 나이든 추종자들도 불안함의 징조를 보이고 있더군요. 더 젊은 추종자들이 탑에서 탈출하는 건 시간 문제일 겁니다."

그는 온순하면서도 반항적인 눈을 한 아이들을 거실로 데리고 들어갈 때 회개 자매가 내비쳤던 고통스러운 얼굴과 벌써 탑에서 탈출해서 유년기의 더 환한 방에서 사랑하는 하인 카피로테와 살고 있는 푸레사 대모의 투덜거리는 목소리를 떠올렸다.

"다시 돌아갈 건가요?" 마사가 물었다.

"네. 돌아가겠다고 약속했거든요. 또 축복 자매님이 찾아내라고 의뢰한 남자가 죽었다는 말도 전해줘야 하고요."

"그 편지 얘기는 하지 않을 거죠?"

"안 할 겁니다."

"아무에게도?"

"아무에게도요." 퀸은 일어섰다. "난 이제 가봐야겠어요."

"그러세요."

"언제 다시 만날 수 있죠, 마사?"

"모르겠어요. 지금 당장은 너무 혼란스러워요. 그 편지와…… 당신이 한 말 때문에."

"오늘 여기 온 건 내게서 도망가려고 했던 겁니까?"

"그래요."

"내가 당신을 찾아내서 싫었어요?"

"그건 대답할 수 없네요. 묻지 마세요."

"알았어요."

그는 차로 돌아가서 올라탔다. 뒤를 흘끗 봤을 때 마사는 모닥불을 피우고 있었는데, 솟아나는 불길에 비친 그녀의 얼굴은 활기와 온기가 넘쳐 보였다. 병원 식당에서 마사가 오고먼과의 결혼생활을 처음 얘기하던 때의 그 얼굴이었다.

"차가 떠나는 소리를 듣자마자 돌아왔어요."

리처드가 말했다. 소년은 모닥불에서 처음 피어오르는 연기 냄새처럼 공기 중에 똑똑히 깔린 어떤 수수께끼의 냄새를 맡았다.

"그 남자 누구였어요?"

"엄마 친구." 마사가 말했다.

"엄마는 남자친구 거의 없잖아요."

"없지. 있었으면 좋겠니?"

"있어도 괜찮을 것 같은데."

"아니, 안 괜찮아." 샐리가 진지하게 말했다. "엄마들은 남자친구가 없다고."

마사는 소녀의 어깨 위에 한 손을 올려놓았다.

"가끔 있는 엄마들도 있어. 남편이 없을 때는."

"왜요?"

"남자와 여자는 서로에게 관심을 갖고 결혼을 하기 마련이니까."

"아이들도 낳고요?"

"가끔은, 그래."

"엄마는 아이를 몇 명이나 낳을 거예요?"

"내가 들어본 바보 같은 질문 중에서도 최고다." 리처드는 업신여기는 투로 말했다. "늙고 머리가 하얘지면 아이를 낳을 수 없어."

마사의 어조는 의도한 것보다 더 날카로웠다.

"별로 칭찬처럼 들리지는 않는구나, 그렇지 않니, 리처드?"

"엥, 잘못했어요. 하지만 엄마는 우리 엄마잖아요. 엄마들은 딱히 칭찬을 바라지 않던데."

"이따금은 깜짝 칭찬을 받으면 기분이 좋을 것 같은데. 그건 그렇고 엄마 머리카락은 갈색이지, 하얗지 않단다."

"뭐 그래요, 늙고 머리가 하얘진다는 건 그냥 하는 표현이었어요."

"음, 그게 말 그대로 정말 그렇게 될 때까지는 듣고 싶지 않은 표현이구나. 아마 그때가 되어도 안 듣고 싶을 것 같고. 잘 알겠지?"

"이크, 엄마, 오늘밤은 왜 이렇게 짜증이 많아요! 말만 하면 혼나니 말도 못 하겠네. 밥 언제 먹어요?"

"네가 알아서 차려먹어." 마사가 냉정하게 말했다. "엄마는 너무 늙어서 기운이 없어 아무것도 못 들겠다."

리처드는 눈을 동그랗게 뜨고 입을 쩍 벌린 채로 그녀를 쳐다보았다.

"헉, 방금 너무 엄마같지 않았어요."

아이들이 침낭에 들어가서 잘 준비를 마친 후, 마사는 손가방에서 거울을 꺼내고 자리에 앉아 모닥불이 비친 자기 얼굴을 뜯어보았다. 관심 있게 자기 얼굴을 살펴본 지가 한참 됐는데, 그녀는 지금 본 모습에 의기소침해졌다. 평범하고 건강하고 유능한 얼굴, 자기 살림을 해줄 사람을 찾는 아이 딸린 홀아비라면 반할지도 모르지만 아무것도 딸린 게 없는 퀸 같은 젊은 남자에게는 아무런 매력이 없을 얼굴이었다.

멍청이처럼 굴었어, 그녀는 생각했다. 잠시나마 그 사람을 믿을 뻔했지뭐야. 차라리 리처드를 믿는 편이 낫지.

15

모텔로 돌아가는 길에 퀸은 《비컨》 직원들이 있는 스투코 건물을 지나쳤다. 불은 아직도 켜져 있었다.

그는 딱히 론다를 만나고 싶은 마음은 없었다. 너무 많은 일들이 있어 그에게 털어놓을 여력이 없었으니까. 그러나 자기가 동네에 있다는 사실을 론다가 알아냈는데 아무런 접촉도 없으면 되레 의심스러울 게 분명했다. 그는 차를 세우고 건물 안으로 들어갔다.

론다는 사무실에 홀로 앉아 맥주 한 캔을 마시며 《샌프란시스코 크로니클》을 읽고 있었다. "어서 와요, 퀸 씨. 제 집처럼 편하게 앉아요. 맥주 하나 드릴까?"

"아니, 됐습니다."

"우리 아름다운 도시에 돌아왔다는 소식은 들었죠. 일주일 내내 쿨 한 거죠. 탐정 수사?"

"아뇨." 퀸이 말했다. "주로 샌펠리스에서는 가짜 해군 제독을 돌보는 일을 했죠."

"새 소식은?"

“무슨 소식요?”

“뭘 말하는지 잘 알잖아요. 오고먼 사건에 대해서 뭐 더 알아낸 거라도 있어요?”

“기사로 낼 만한 건 없습니다. 소문과 의견만 무성하지, 구체적 증거는 없고요. 낯선 히치하이커라는 론다 씨 가설로 점점 마음이 기울고 있어요.”

론다는 반은 미심쩍어하면서도 반은 즐거운 표정이었다.

“아, 그래요, 흠? 왜죠?”

“다른 무엇보다도 사실과 잘 맞아떨어지기 때문이죠.”

“이유가 그뿐이에요?”

“그래요. 왜 그러시죠?”

“그냥 확인하는 거지. 뭔가 걸려들었는데 그걸 비밀로 하고 싶어하는지도 모르니까요.” 론다는 빈 깡통을 휴지통에 던져넣었다. “애초에 당신이 나한테서 정보를 다 가져가놓고, 지금 뭐가 있다고 혼자 숨겨두면 정정당당하지 않은 것 같은데. 그렇지 않아요?”

“확실히 정정당당하다 할 순 없죠.” 퀸은 고결하게도 그렇게 대답했다. “그런 스포츠맨답지 않은 행동은 나도 안 좋게 생각해요.”

“나는 아주 진지해요, 퀸 씨.”

“나도 그런데요.”

“그럼 그렇게 **들리게** 말해요.”

“알았습니다.”

“이제 처음부터 다시 시작해보죠. 일주일 내내 뭘 하고 다녔습니까?”

“아까 대답했잖아요. 샌펠리스어서 일했다고.” 퀸은 의심을 가라앉히기 위해 자기가 했던 일을 뭐든 론다에게 대답해줘야 한다는 것을 깨달았다. “거기 있는 동안, 앨버타 헤이우드의 동생 루스와 얘기를 나눠봤습니다. 오고먼에 대해선 아무것도 알아내지 못했어요. 하지만 앨버트 헤이우드에 대해선 몇 가지 알아냈죠. 테콜로테 감옥에 가서 만났을 때는 더 많이 알아냈고.”

“그 여자를 만났어요? 직접?”

“그래요.”

“참, 놀랍네. 어떻게 그렇게 해냈죠? 나도 몇 년간 면회하려고 애를 썼는데.”

“네바다에서 발행된 탐정 면허증이 있거든요. 법률 집행 공무원들은 보통 기꺼이 협력해주죠.”

“그래, 그 여자는 어떻게 지낸답니까?” 론다가 흥분해서 탁자 너머로 몸을 내밀며 물었다. “당신에겐 무슨 말을 해줬어요? 무슨 얘기를 했죠?”

“오고먼요.”

“오고먼이라니. 참나, 또 놀래 자빠지겠네. 이건 그냥……”

“화를 버럭 내기 전에, 오고먼에 대한 앨버타의 평가는 별로 합리적이지 않았다는 걸 먼저 말해두는 편이 좋겠군요.”

“무슨 뜻이죠?”

“앨버타는 오고먼의 실종을 두고 온갖 소동이 일어난 탓에 자기가 집중력을 잃어서 실수를 했고 감옥에 왔다는 망상에 빠져 있어요. 심지어 오고먼이 고의로 계획한 일이라면서 나를 설득하려고 했죠. 앨버타에게 무시당해서거나 그 오빠인 조지에게 해고당해서 앙심을 품은 거라고요.”

“모두 오고먼 탓이라고 했다고?”

“그래요.”

“정신 나갔네.” 론다가 말했다. “그 말인즉슨 다른 무엇보다도 오고먼이 은행 감사원들보다도 한 달 전에 앨버타의 횡령을 알아차렸고, 게다가 자기가 실종되면 일어날 소동과 그 사건이 앨버타에게 미칠 영향을 둘 다 계산했다는 뜻인데. 그게 불가능한 일이라는 걸 모른단 말이오?”

“앨버타는 자기 죄책감을 처리하려는 겁니다. 가능성의 법칙이 아니라요. 오고먼이 죽었다는 생각 자체를 완전히 거부하고 있어요. 앨버타의 말에 따르면, 그가 없으면 자기의 역경에 대해 원망할 사람이 없기 때문이죠. 오고먼이 자기에게 복수하기 위해 실종을 계획했다는 망상을 붙들고 있어요. 탓할 오고먼이 없으면 자기 자신을 탓해야 하는데, 아직 그건 마주할 수가 없는 거죠. 앞으로도 못할 겁니다."

"그 여자, 얼마나 심하던가요?"

"모르겠어요. 따라가기엔 너무 멀리 가버린 것 같더군요. 어쨌든."

"어쩌다 그렇게 정신이 나갔담?"

"나라면 감방에 오 년이나 갇혀 있었다면 그걸로 충분할 것 같은데요." 퀸이 말했다. "어쩌면 앨버타도 그렇게 된 건지 모르죠."

교도소 풍경의 기억은 그의 마음을 경멸과 혐오로 채웠다. 앨버타의 병에 대한 감정이 아니라, 전체를 달래기 위해 일부를 끊어내고도 왜 나아지지 않는지 의아하게 여기는 사회에 대한 감정이었다.

론다는 감방에 갇힌 사람처럼 사무실을 왔다갔다했다.

"방금 한 말은 신문에 실을 수가 없네요. 많은 사람들이 그 말엔 반대할 거요."

"당연하겠죠."

"조지 헤이우드는 이 사실을 알아요?"

"알겠죠. 한 달에 한 번 면회를 간다는데."

"그건 또 어떻게 알아냈어요?"

"몇 사람이 말해주던데요. 앨버타를 포함해서. 조지의 면회는 앨버타에겐 괴로운 일일 뿐이고, 아마 조지에게도 그렇겠죠. 그런데도 계속 간다고 합디다."

"그럼 앨버타와 연을 끊었다는 건 집의 노친네를 속이기 위한 위장일 뿐이라고?"

"노친네도 그렇고, 아마 다른 사람도 그렇겠죠."

"조지는 별난 인간이던데." 론다는 천장을 바라보며 얼굴을 찡그렸다. "그 사람을 이해 못하겠더라고. 얼마간은 지금 몇 시인지도 말 안 해줄 것처럼 비밀스럽다가도, 그다음 갑자기 오래 헤어졌던 형제라도 만난 양 내 손을 꽉 잡더니 하와이 여행 얘기를 떠벌리는 거요. 왜 그러는 거지?"

"그러면 당신이 《비컨》에 실을 테니까요. 내 추측입니다만."

"하지만 이전에는 사교란에 실을 만한 기삿거리를 준 적이 없었어요. 심지어 파티 손님 목록에 자기 이름을 끼웠다고도 펄펄 뛰던 사람인데. 어째서 갑자기 태도가 바뀐 거지?"

"확실히 자기가 하와이에 간다는 사실을 모두에게 알리고 싶었던 모양입니다."

"사교계의 왕자라도 된 건가? 말도 안 돼. 조지와는 어울리지 않아요."

"조지와 어울리지 않는 거야 많죠." 퀸은 말했다. "하지만 어쨌든 그런 것들을 입고 있지 않습니까. 내가 어렸을 땐 형이 벗어던진 옷을 많이 갖다 입었어요. 같은 이유겠죠. 그렇게 했어야 하니까. 뭐, 이만 떠야겠습니다. 당신 시간을 너무 많이 빼앗았군요."

론다는 맥주 한 캔을 새로 땄다. "서두를 거 없어요. 아내와 말다툼을 약간 해서 아내 기분이 풀릴 때까지 한동안은 집에 가지 않을 작정이니까. 나랑 같이 맥주 안 할래요?"

"안 하는 편이 좋겠군요."

"그건 그렇고, 돌아온 후에 마사 오고먼은 만난 적 있어요?"

"왜요?"

"그냥 궁금해서. 아내가 일요일 저녁식사에 그 집 식구들을 초대하려고 오늘 오후에 병원으로 전화를 걸었대요. 병원에서 아파서 결근했다고 해서, 그 집에 도와줄 게 없나 가봤더니 마사도 없고 차도 없더라는군요. 혹시 강신은 뭘 좀 아나 싶었죠."

"나를 너무 과대평가하는 것 같습니다. 나중에 봐요, 론다씨."

"잠깐만." 론다가 엉거주춤 등을 굽히고 맥주 캔 안을 들여다보았다. "퀸 씨 당신, 좀 이상한 느낌이 드는데."

"많은 사람들이 그러더군요. 별로 신경쓸 일은 아니죠."

"아, 그런데 나는 신경이 쓰이네. 이상하게 당신이 뭔가 숨기고 있는 것 같단 말이지. 무척 중요한 걸. 그건 별로 좋지 않잖아요? 난 당신 친구예요, 동료, 동지라고. 나는 오고먼 사건에 대해 비밀 정보도 줬고, 내 개인 파일도 빌려줬잖아요.”

“참 충실한 친구였죠.” 퀸은 말했다. “잘 있어요, 친구, 동료, 동지. 이상한 느낌이 든다니 안타깝습니다. 아스피린 두 알 정도 먹으면 사라질 거예요.”

“그렇게 생각한단 말이죠, 허?”

“물론 내 생각이 틀릴 수도 있겠죠.”

“틀릴 수 있고, 틀렸어요, 제길. 나같이 늙은 신문기자를 속일 순 없어. 난 직감이 있다고.”

론다는 문을 열려고 일어서다 책상 모서리에 걸려 비틀거렸다. 퀸은 그가 얼마나 오래 술을 마셨는지, 맥주가 그의 직감력과 얼마나 관련이 있는지 궁금했다.

다시 거리로 나오니 기분이 상쾌했다. 시원한 산들바람이 불어오며 치코테 인구의 반쯤을 끌고나왔다. 정오에는 황량하던 마을이 해가 지자마자 살아났다. 메인 스트리트의 모든 상점은 열려 있었고, 극장에도 밀크셰이크와 햄버거를 파는 가판대 앞에도 줄이 늘어서 있었다. 십대 아이들이 가득 올라탄 차들이 경적을 빵빵 울려대면서 라디오를 꽝꽝 틀어놓은 채로 타이어에서 끽끽 소리가 나도록 돌아다녔다. 그 소음은 사람들의 불안감을 가라앉히고, 의미 있는 활동은 아무것도 하지 않는다는 사실을 감춰주었다.

모텔에 도착하자 퀸은 밤 동안은 쓰지 않을 요량으로 차고에 차를 집어넣고 문을 닫으려 했다. 그때 덤불 뒤에서 목소리가 들려왔다.

"퀸 씨, 조."

퀸은 몸을 돌려, 차고 옆에 기대선 윌리 킹을 보았다. 그녀는 아파 보였다. 아니면 곧 아플 사람 같아 보였거나. 얼굴은 뒤에 핀 재스민 꽃송이만큼이나 새하얬으며, 눈은 유리처럼 흐리고 초점이 맞지 않았다.

"몇 시간이나 기다렸어요." 그녀가 말했다. "아마 몇 시간쯤 됐을 거예요. 어떻게 해야 할지 몰라서…… 지금도 모르겠어요."

"이건 또다른 연극입니까, 윌리?"

"아니, 아니에요! 이건 진짜 나예요!"

"진짜 당신이라고요, 허?"

"아, 그만해요. 사람이 연기하는지 아닌지도 구분 못해요?"

"당신 같은 경우엔 모르겠는데요."

"알겠어요." 그녀는 위엄을 차리려 대쓰며 말했다. "그럼 그만두죠. 더는 당신 방해 안 할게요."

"그러시죠."

윌리가 돌아서 걷기 시작하자, 퀸은 처음으로 그녀가 낡은 캔버스 운동화를 신었다는 것을 알아차렸다. 이런 연기를 하기 전에 운동화를 신는다는 건 있을 수 없는 일이었다. 그는 그녀의 이름을 불렀고, 일 초간 망설이는 듯싶더니 그녀는 돌아서 그를 마주보았다.

"무슨 일입니까, 윌리?"

"모든 일이죠. 내 인생 모두, 모든 것이 망가졌어요."

"내 방으로 가서 얘기할까요?"

"아뇨."

"얘기하기 싫습니까?"

"당신 방으로 가는 게 싫어요. 내 말은, 그건 점잖지 않잖아요."

"아닐지도 모르죠." 퀸은 미소 지으며 말했다. "저기 앉을 만한 뜰이 있어요. 그쪽이 낫다면"

뜰이라고 해봤자 환하게 불을 밝힌 욕조 크기의 수영장 주위에 잔디가 몇 제곱미터 정도 있을 뿐이었다. 수영장에 사람은 없었지만, 아이들 발자국이 콘크리트 위에 선명히 찍혀 있고 작은 파란색 물갈퀴가 물 위에 둥둥 떠 있었다. 거리와 모텔 단지로부터 마당을 가려주는 것은 분홍색과 하얀색 꽃이 만발한 협죽도 울타리였다.

밤이라서 가구는 모두 덮어놓았기 때문에, 그들은 아직도 태양의 온기가 남은 풀밭 위에 앉았다. 윌리는 부끄럽다는 표정이었고, 괜히 왔다고 후회하는 것도 같았다. 그녀가 더듬더듬 말했다.

“이 잔디, 잘 관리했네요. 이런 날씨에 이 정도로 유지하기가 쉽지 않을 텐데. 거의 매일 호스를 돌리거나 해야 하는데, 그러면 흙이 너무 알칼리성이 되어……”

“마음에 걸리는 게 그런 겁니까, 잔디?”

“아뇨.”

“그럼 뭐죠?”

“조지죠.” 그녀는 말했다. “조지가 가버렸어요.”

“이미 알고 있었잖아요.”

“아뇨, 내 말은 조지가 정말로 사라졌다고요. 그리고 어디로 갔는지 아무도 모르고요. 아무도.”

“확실합니까?”

“한 가지는 확실해요. 하와이에 가지는 않았다는 것.” 목소리가 갈라지자, 그녀는 마치 그 갈라짐을 메우려는 듯 손으로 목을 눌렀다. “나한테 거짓말을 했어요. 그 사람이 자신에 대해서든 이 세상에 대해서든 무슨 말을 했더라도 나는 여전히 그를 사랑했을 텐데. 그런데 그 사람은 고의적으로 거짓말을 했고, 나를 바보로 만든 거예요.”

“어떻게 알아낸 겁니까, 윌리?”

“오늘 오후 당신이 사무실을 나간 후에 의심이 들더군요. 왜인진 모르겠는데, 내가 호구가 된 것 같은 기분이 덮쳐왔어요. 장거리 전화로 로스앤젤레스에 있는 모든 항공사에 전화를 걸어봤죠. 집에 급한 일이 생겼다는 얘기를 꾸며대고 조지 헤이우드에게 연락을 해야 하는데 하와이로 갔는지 아닌지 모르겠다고 했어요. 음, 항공사에서 화요일과 수요일에 탑승한 승객 명단을 확인해줬는데, 조지 헤이우드라는 이름은 어디에도 없었어요."

"그쪽에서 실수했을 수도 있죠." 퀸이 말했다. "아니면 조지가 가명으로 여행하는지도 모르고. 그럴 수도 있는 일이잖아요."

그녀는 그 말을 믿고 싶은 것 같았지만, 그러지 못했다.

"아니, 확실해요. 그는 도망쳐버렸어요. 나한테서, 자기 어머니한테서, 그리고 자기를 두고 싸우는 우리한테서. 아, 물리적으로 싸웠다는 건 아니에요. 겉으로는 티도 내지 않았죠. 하지만 여하튼 싸운 건 싸운 거지만요. 조지는 더는 참을 수 없었던 것 같아요. 어머니 편을 들지 내 편을 들지 결정하지 못한 나머지 우리 두 사람 모두에게서 탈출해야만 했던 거죠."

"그건 겁쟁이나 하는 결정일 텐데요. 그리고 내가 조지에 대해 들은 얘기로 미루어보면, 그 사람은 겁쟁이는 아닌 것 같습니다."

"어쩌면 나는 내가 뭘 하는지 깨닫지 못하고 그를 그런 비겁한 결정으로 밀어넣었는지도 몰라요. 뭐, 적어도 한 가지는 만족스럽네요. 그 여자에게도 진실은 말하지 않았다는 거요. 전화로 하지 말고 그 여자 집으로 갈걸 그랬어요. 사랑하는 조지가 결국은 하와이에 가지 않았다는 사실을 알게 됐을 때 그 할망구의 얼굴에 떠올랐을 표정을 보고 싶네요."

"부인에게 전화했어요?"

"네."

"왜죠?"

"**하고 싶었으니까요.**" 그녀는 매섭게 말했다. "내가 고통받은 만큼 그 여자도 고통받길 원했어요. 조지가 다시 돌아오기나 할지 내가 궁금해한 만큼 그 여자도 궁금해하기를 바라고요."

"극단적인 가정 아닙니까? 어째서 그 사람이 돌아오지 않을 수도 있다고 생각하죠?"

그녀는 힘없이 고개를 저었다.

"나한테 해준 얘기 말고도 더 아는 게 있나요, 윌리?"

"최근에 조지가 뭔가 맘에 걸리는 게 있던 모양인데 나한테는 말하지 않았다는 것만 알아요."

"'최근'이라면 내가 치코테에 온 흐인가요?"

"그보다 전이에요. 당신이 여기저기 쑤시면서 캐묻고 다닌 후에 악화되긴 했지만요."

"어쩌면, 내 질문이 두려웠는지도 모르죠." 퀸이 물었다.

“그가 이 마을을 떠난 건 나에게서 도망치기 위해서인 겁니다, 당신이나 그의 어머니가 아니라.”

그녀는 잠시 아무 말도 하지 않았다. 그러다 다시 입을 열었다. “어째서 그 사람이 당신을 두려워한다는 거죠? 조지는 아무것도 숨길 게 없어요. 뭐, 내가 카페에서 당신에게 접근했던 첫날 밤 일을 제외하고요.”

“그건 조지 생각이었습니까?”

“그래요.”

“그런 짓을 한 이유는 뭐였습니까?”

“그 사람 말로는……” 그녀는 자기도 모르게 그 말을 강조했다. “그 사람 말로는, 당신이 돈을 뜯어내려고 하는 저질 사기꾼일지도 모른다고 했어요. 자기가 당신 방을 뒤질 때 당신을 붙잡고 있어 달라면서요.”

“내 방이 어딘지, 아니, 애초에 내가 존재하는지는 어떻게 알았죠?”

“내가 말했어요. 처음 그 오후에 당신이 론다와 말하는 것을 엿들었거든요. 당신이 앨버타 헤이우드 이름을 꺼내길래, 조지에게 바로 말하는 편이 좋다고 생각했죠. 그렇게 했더니 그 사람이 당신을 미행해서 누구고 어디에 묵는지 알아봐달라고 부탁했고요.”

“그러면 당신 주의를 끈 이름은 오고먼이 아니라 앨버타라는 거군요?"

"실제로 앨버타의 이름이 나왔던 건 아니지만, 론다가 지역 내 횡령 사건과 얌전하고 자그마한 숙녀 이야기를 꺼내서 앨버타 얘기라는 걸 알았죠."

"누가 앨버타 이름을 꺼낼 때마다 전화로 뛰어가서 조지에게 전화를 하는 겁니까?"

"아뇨. 하지만 당신은 의심스러웠어요. 당신은 특유의 표정이 있으니까요. '그게 나한테 무슨 득이 되지?' 하는 그 표정이요, 도저히 신뢰할 수가 없었죠. 또, 그 기회를 이용해서 조지의 눈에 중요한 사람으로 보일 수 있겠다 생각하기도 했고요." 그녀는 음울하게 말했다. "그런 기회가 그렇게 자주 오지는 않으니까요. 나는 그냥 평범한 여자예요. 헤이우드 부인이 아들의 관심을 끌고 상대적으로 다른 여자들을 멍청하게 보이게 하는 데 이용하는 밀 배아와 영양 초코바 같은 것과는 경쟁하기가 힘드니까요."

"그 노부인에게 진심으로 열등감을 느끼는군요, 윌리."

"어쩔 수가 없어요. 그 여자가 내 성질을 돋는다고요. 가끔은 내가 조지와 사랑에 빠진 이유가 그저 그 여자가 죽어도 안 된다고 반대하기 때문인지도 모르겠단 생각이 들어요. 그런 말은 너무 끔찍한지 모르지만, 그 여자는 괴물이에요, 조. 진심이에요. 해가 지나면 지날수록 앨버타가 그런 범죄를 저지른 이유를 더 잘 이해할 것만 같다니까요. 앨버타는 어머니에게 반항했던 거예요. 앨버타는 언젠가 자기가 잡힐지도 모른다는 것을 알고 있었어요. 어쩌면 일부러 잡혀서 벌을 받고 어머니를 망신주려고 일을 꾸몄는지도 모르죠. 헤이우드 부인은 어리석지 않아요. 그 부인에 대해서 내가 할 수 있는 말 중에 가장 칭찬에 가까운 건 이 말이죠. 그 부인은 앨버타의 숨겨진 동기를 알 거예요. 그래서 본인도 앨버타를 완전히 저버리고 조지에게도 똑같이 하라고 우긴 거죠."

하지만 퀸은 그 말을 믿을 수가 없었다. "앨버타가 굳이 감옥에 가지 않고, 또 조지를 끌어들이지 않고도 어머니에게 벌을 줄 수 있는 방법이 백 가지는 있었을 텐데요."

윌리는 풀잎을 하나하나 뽑았다. 어린 소녀가 데이지 꽃잎을 뜯으며 그는 나를 사랑한다, 사랑하지 않는다, 하고 꽃점을 치는 것만 같았다.

"그 사람이 어디로 간 것 같아요, 조?"

"모르겠는데요. 그가 왜 떠났는지 이유를 안다면 도움이 될 것도 같은데."

"나와 자기 어머니에게서 벗어나려고요."

"그거라면 한참 전에 했어야죠."

퀸의 흥미를 끈 것은 타이밍이었다. 마사 오고먼은 조지에게 남편을 죽였다는 살인자가 보낸 편지를 보여주었다. 그리고 마사 말에 의하면 조지는 그 편지가 장난이라고 생각한다고 말하면서도 몹시 흥분했다고 했다. 그 즉시 그는 건강 때문에 하와이로 여행간다는 소문을 동네방네 퍼뜨렸다. 심지어 그 소식이 지역 신문에 실리도록 조치를 취하기까지 했다.

퀸이 말했다. "조지 쪽에서 자기 계획을 공공연히 알리는 건 특이한 일 아닙니까?"

"약간은요. 나도 놀랐어요."

"어째서 그랬다고 생각합니까?"

"전혀 모르겠어요."

"난 알겠는데. 하지만 윌리 당신은 그 생각을 좋아하지 않을 것 같군요."

"지금도 별로 좋을 건 없긴 매한가지예요. 더 나쁠 수가 있을까요?"

"훨씬 더 나쁘죠." 퀸이 말했다. "조지가 여행간다고 요란을 떤 건 바로 여기 치코테에서 이미 일어난, 혹은 앞으로 일어날 일에 대해 알리바이를 미리 만들어놓은 것일 수도 있으니까요."

그녀는 공포를 감추려는 의도인지, 음울하면서도 결연하게 풀잎을 계속 뽑았다.

"아직까지 아무 일도 없었는데요."

"그 말은 맞습니다. 하지만 조심해요, 윌리."

“나요? 왜 내가요?”

“당신은 조지가 비밀을 털어놓는 사람이니까요. 그가 당신에게 무슨 말을 했다가 지금은 그 말을 한 걸 후회하고 있을지도 모릅니다.”

“그 사람은 내게 아무 말도 하지 않았어요.” 그녀는 거칠게 말했다. “조지는 평생 누구에게도 비밀을 털어놓은 적 없어요. 그 사람은 외톨이거든요, 앨버타처럼. 두 사람이 조개처럼 입을 꽉 다무는 모습은, 정말…… 정말이지 인간 같지 않아요.”

“조개들도 서로 의사소통하는 방법이 있을 겁니다. 아니면 아직도 조지가 매달 앨버타를 면회간다는 걸 믿고 싶지 않은 건가요?”

“이젠 믿어요.”

“한번 생각해봐요, 윌리. 조지가 경계심을 내려놓았을 때 함께했던 적이 한 번은 있지 않았습니까? 가령, 그가 극도로 불안에 빠졌다든가, 술을 너무 많이 마셨다든가, 아니면 독한 진정제를 먹었다든가 할 때요.”

“조지는 자기 걱정을 나랑 의논한 적이 없어요. 술은 거의 입에 대지 않고요. 이따금 천식 때문에 약을 많이 먹긴 해야 하지만.”

“그런 상황에서 그 사람을 본 적이 있습니까?”

"가끔은요. 하지만 그 사람은 유별나게 행동하는 법이 없어요. 아, 그 약 때문만은 아닌데, 그때는 약간 멍했을지도요."

윌리가 망설였다. 이제 기억하는 과업에 모든 에너지를 몰아넣었는지 손은 잠잠했다.

"그 사람이 맹장수술을 한 적이 있어요. 삼 년 전쯤. 나는 병원에서 그 사람 옆을 지키려 했죠. 헤이우드 부인은 싫다고 했거든요. 부인은 집에 앉아서 조지가 밀 배아랑 당밀을 잘 먹었으면 맹장은 멀쩡했을 거라며 짜증이나 부리고 있었죠. 내가 병실에 들어갔더니 그 사람이 막 마취에서 깼더군요.

그 사람, 아주 웃겼어요. 나중에 조지는 자기가 그런 말을 했다니 못 믿겠다고 하더군요. 간호사들이 히스테리를 부리기 직전이었는데, 그 사람이 간호사들에게 계속 옷을 입으라고 잔소리를 했거든요. 간호사들이 발가벗고 병원을 운영하다니 점잖지 못하다며."

"당신이 옆에 있다는 걸 조지가 알았습니까?"

"대충은요."

"무슨 말입니까? 대충이라니."

"내가 앨버타라고 생각했어요." 윌리가 달했다. "나를 그 이름으로 부르면서 철이 안 든 어리석은 노처녀라고 했죠."

"뭘 어쨌는데 철이 들지 않았다고 하던가요?"

"설명 안 해주던데요. 하지만 앨버타에게 화를 많이 냈죠.

거의 펄펄 뛰었어요."

"왜요?"

"조지 옷을 집에 찾아온 떠돌이에게 줘버렸다고요. 그는 앨버타를 잘 속고 마음이 물렁한 바보라고 불렀어요. 그것도 벌거벗은 간호사들만큼이나 말이 안 되는 얘기였죠. 앨버타가 바보일지는 모르지만, 잘 속지도 않고 마음이 물렁하지도 않아요. 정말로 떠돌이가 있었고 그에게 조지의 옷가지를 줬다고 한다면, 마음이 너그러워서가 아니라 반드시 이유가 있었을 거예요. 내 말은, 헤이우드 집안 사람들은 문 앞에서 적선을 베푸는 그런 부류가 아니라는 거죠. 여러 자선단체에 기부를 할 수는 있지만, 충동적으로 주머니에서 돈을 훌쩍 꺼내어 주는 사람들은 아니에요. 그래서 그 얘기는 간호사들이 스트립쇼를 벌였다는 것만큼이나 실제 있었던 일이 아니라고 생각했죠."

"나중에 조지에게 물어봤습니까?"

"뭐, 그가 한 말 중 몇 개는 얘기해줬어요."

"반응은 어땠습니까?

"웃던데요. 하지만 편안해 보이진 않았어요. 조지는 무척 체면을 차리는 사람이라 자기가 웃음거리가 될 만한 짓을 했다는 생각은 싫어해요. 하지만 유머 감각이 있기도 하죠. 벌거벗은 간호사들 운운은 웃어넘길 수밖에 없었어요."

"앨버타 얘기도 그렇게 똑같이 재미있어하던가요?"

"아뇨. 동생을 그렇게 욕해서 죄책감을 느꼈던 것 같아요. 비록 자기 말에 책임을 질 수 없던 떠지만"

윌리는 풀잎을 가지고 하는 사랑한다, 사랑하지 않는다 게임에 흥미를 잃어버렸다. 그녀는 자기 관심을 운동화 코에 난 구멍으로 옮겨서 둥지를 짓기 위해 보풀을 모으는 새처럼 캔버스의 올을 뜯기 시작했다. 협죽도 울타리 너머 도시의 소음은 아득하고 의미 없게 들렸다.

"조지의 재정 상태는 어떤가요, 윌리?"

그녀는 누가 그런 걸 묻는다는 데 놀란 것 같았다.

"백만장자는 아니에요. 돈을 벌려면 일해야 하죠. 그래도 사업은 몇 년 전만큼 잘되진 않지만, 그럭저럭 괜찮아요. 어머니 외에는 돈 들어갈 데도 많이 없고요. 어머니는 꽤 사치스럽거든요. 로스앤젤레스에서 마지막으로 한 성형수술만 해도 천 달러는 들었고, 자연스럽게 '새' 얼굴에 어울리는 새 옷도 사달라고 했죠."

"조지가 도박을 많이 합니까? 자기 동생처럼?"

"아뇨."

"확신해요?"

"이 시점에 내가 뭘 확신할 수 있겠어요?" 그녀는 지친 목소리로 말했다. "내가 아는 건 그 사람이 도박 얘기를 한 적이 없고, 할 만한 기질도 아니라는 거죠. 조지는 계획을 좋아하고 위험을 무릅쓰는 걸 좋아하지 않아요. 작년에는 내가 아일랜드 복권을 샀다고 하니까 분통을 터뜨리다시피 했어요. 나보고 호구라고. 뭐, 따진 못했으니 그 사람 말이 맞는지도 모르죠."

조지와 앨버타, 퀸은 생각했다. 계획 세우기를 좋아하는 두 사람. 꽉 다문 껍질 사이로 서로 소통할 수 있는 두 조개. 무슨 소통을 했을까? 새로운 계획? 앨버타의 가석방 심사가 곧 다가오는데, 조지가 사라지다니 때가 참 묘하기도 하지. 이게 새로운 계획의 일부가 아니라면 말이야.

섬세하게 벌집처럼 틀어올렸던 윌리의 머리카락은 풀어져서, 마치 벌들이 떠나가고 비바람을 맞은 진짜 벌집처럼 한쪽이 무너졌다. 약간 술에 취한 듯한 모습이었지만 그녀에게 잘 어울렸다. 윌리는 제대로 판단력을 발휘할 수 있을 만큼 냉정한 상태가 아니었으니까.

"조."

"네."

"조지가 어디 갔을 것 같아요?"

"어쩌면 여기 치코테에 있을지도 모르죠."

"가명으로 호텔이나 하숙집, 뭐 그런 데 살고 있을 거란 말이에요? 그 사람은 그렇게는 못 빠져나가요. 이 마을 사람들 모두가 그를 아는걸요. 게다가, 어째서 숨어야 하죠?”

“기다리고 있는지도요.”

“뭘요?”

“누가 압니까. 나도 모르고.”

“내게 비밀을 털어놓기만 했더라면, 내 충고를 구하기만 했더라면······” 목소리가 다시 갈라지기 시작했지만, 그녀는 곧 다잡았다. “하지만 그건 어리석은 생각이죠? 조지는 절대 부탁하지 않아요. 그냥 말하는 사람이지.”

“일단 결혼한 후에는 그 사람을 바꿀 수 있을 거라고 생각했습니까?”

“난 그 사람을 바꾸고 싶진 않아요. 그냥 말을 듣는 편이 좋죠.” 그녀의 입이 고집스럽게 가는 선으로 다물어졌다. “정말이에요.”

“그래, 그래요. 말을 듣는 편이 좋다는 거죠. 그럼 내가 말을 하죠. 집으로 가서 밤새 편히 쉬어요.”

“내가 말한 건 그런 뜻이 아니에요.”

“사실을 직면해요, 윌리. 당신은 남의 말을 듣는 걸 좋아하는 사람이 아니라고요.”

“난 그런 사람이에요. 딱 맞는 사람이 말해주면.”

“뭐, 딱 맞는 사람이 여기 없잖아요. 그럼 대리라도 받아들여야죠.”

“당신은 대리치고는 형편없어요.” 윌리는 부드럽게 말했다. “남한테 명령을 내릴 만큼 자기 확신이 없거든요. 개도 속이지 못할 걸요.”

“아, 글쎄요, 암캐 몇 마리가 나를 꽤 진지하게 좋아했는데.”

윌리는 얼굴을 붉히며 몸을 돌렸다. “난 집에 가야겠어요. 하지만 당신이 가라고 해서는 아니에요. 그리고 조지와 나에 대해선 걱정하지 마요. 내가 그를 다룰 수 있으니까. 우리가 결혼한 후에요.”

“누구나 말은 그렇게 하죠, 윌리.”

“그런 거 같네요. 하지만 난 그 말을 믿을 수밖에 없어요.”

퀸은 그녀와 함께 차까지 갔다. 그들은 약간 떨어져서 말없이 걸었다. 우연히 방향은 맞았지만 각자 자기 문제에 골똘히 빠져 있는 이방인들 같았다. 윌리가 차에 타자, 퀸은 그녀의 어깨를 가볍게 건드렸고 그녀는 걱정어린 미소를 살짝 지어 보였다.

“운전 조심해요, 윌리.”

“아, 그럼요.”

“다 괜찮아질 거예요.”

“보증서라도 주고 싶어 그래요?”

“이 세상에 보증서를 받을 수 있는 사람은 하나도 없죠.” 퀸은 말했다. “그러니까 가만히 앉아서 떨어지기만 기다리지는 말아요."

"그러지 않을 거예요."

"잘 가요, 윌리."

그는 방으로 돌아가는 길에 모텔 사무실을 지나쳤다. 프리스비네 온 가족이 책상 주변에 모여 있었다. 할아버지, 프리스비와 그의 아내, 딸과 사위, 그리고 퀸이 이전에 보지 못한 몇몇 사람들. 그들은 모두 일시에 떠들어댔고 라디오 볼륨도 한껏 올려놓았다. 마치 신앙부흥회처럼 소란스러웠다. 라디오에서 나오는 음악에 맞춰 손뼉을 치고 발을 구르면 이 행사에 완벽히 어울리겠다 싶었다.

프리스비는 창문 사이로 퀸을 보고 문으로 튀어나왔다. 그의 목욕가운이 다리에 철썩 감겼고 얼굴은 땀과 흥분으로 번득였다.

"퀸 씨! 잠깐만, 퀸 씨!"

퀸은 기다렸다. 불안한 예감이 몸을 흔들었고, 상상인지 진짜 지진의 충격파를 경험한 건지 확실히 알 수 없었다. 퀸이 입을 열었다.

"열쇠는 갖고 있습니다. 고맙습니다, 프리스비 씨."

"그건 알아요. 하지만 방에 있는 라디오가 깜박깜박해서 큰 소식을 놓쳤을까봐."

그 말이 세탁기에 쑤셔넣은 옷가지처럼 프리스비의 입가

에서 축축하게 굴러다녔다.

"믿기 어려우실걸요."

"한번 들어나보죠."

"참 그렇게 얌전하고 조용하고 자그마한 여자가. 그런 엄청난 짓을 할 것과는 거리가 멀어 보이는 사람이 말이죠."

마사 얘기군. 퀸은 생각했다. 마사에게 무슨 일이 일어난 거야. 그는 손을 뻗어 프리스비가 더는 말 못하게 입을 막고 싶었지만 간신히 자제심을 발휘해 가만히 들었다.

"그 소식을 들었을 땐 깃털 하나로 쳐도 넘어갈 정도였다니까. 아내에게 소리를 질렀더니 내가 발작이라도 일으킨 줄 알고 부랴부랴 뛰어오지 뭐예요. 내가 그랬지. '베시, 무슨 일이 일어났는지 꿈도 못 꿀걸.' '화성인이라도 침공했어?' 아내가 묻더라고요. '아니.' 내가 말했어요. '앨버타 헤이우드가 탈옥했대.'"

"맙소사." 그 말은 놀라움의 표현이라기보다는 감사와 안도의 말이었다. 순간 그는 앨버타 헤이우드의 소식에 대해선 아무 생각도 할 수 없었다. 그의 마음은 마사를 넘어서기를 거부했다. 그녀는 안전했다. 그녀는 마지막에 본 대로 모닥불 앞에 앉아 있었다. 그리고 안전했다.

"그렇다니까. 헤이우드 양이 교도소 매점의 사탕 자판기를 점검하러 온 납품 트럭에 숨어서 감쪽같이 탈출했다잖아요."

"언제요?"

"오늘 오후 언제였다던데. 교도관들도 자세한 상황은 발표하지 못했는데, 탈옥은 잘했대요. 아니, 이런 경우에는 잘못했다고 해야 하나. 하하." 프리스비의 웃음은 초조한 딸꾹질이나 다름없었다. "어쨌든, 경찰은 아직 그 여자를 찾지 못했다는데. 납품 트럭이 서너 군데 더 들러버렸으니 그중 어디서 내렸는지 누가 알겠어요. 어쩌면 미리 꾸며놓은 계획이 있어서 차에서 친구가 기다렸는지도 모르지. 나는 그렇게 짐작하긴 해요. 퀸 씨는 어떻게 생각해요, 네?"

"꽤 그럴듯하게 들리는데요." 퀸이 말했다. 있을 법한 오류 두 가지만 빼고 말이지. 차에서 기다리는 친구 대신에, 녹색 폰티액 스테이션왜건을 탄 오빠일 수도 있겠지.

조개들도 의사소통을 하고, 계획가들도 작전을 시작하고.

"어쩌면 그 여자가 여기 다시 올 수도 있어요." 프리스비가 말했다.

"왜요?"

"텔레비전에서 그러는데, 탈옥한 사람들은 경찰 수사의 잘못을 바로잡으려 반드시 현장에 돌아온다거든. 그 여자가 결백하다면 그걸 증명하고 싶어할 수도 있잖아요."

"그 여자가 뭘 증명하고 싶어하든지 간에 말입니다, 프리스비 씨, 그 여자는 결백하지 않아요. 그럼 이만."

침대에 누운 지 한참 지난 뒤에도 퀸은 잠들지 못하고 윙윙 울리는 에어컨 소리와 돈 때문에 싸우는 옆방 남녀의 화난 고성을 들었다.

돈이라. 퀸은 불현듯 생각했다. 축복 자매의 돈은 시카고에 있는 아들이 보내준 것이었고, 마사 오고먼이 없앴다는 편지엔 일리노이 주 에번스턴의 소인이 찍혀 있었다. 시카고에 있는 아들, 에번스턴에서 온 편지. 어떻게든 연결되어 있다면, 물어볼 사람은 축복 자매밖에 없었다.

16

새날의 하늘에 아직 희붐한 빛이 떠오른 정도일 뿐인데도 축복 자매는 좋은 하루가 될 것임을 알았다. 맨발로 샤워실로 향하는 어두운 길을 서둘러 디뎠고, 샤워하면서는 물의 냉기나 회색 수제 비누의 거친 기운도 아랑곳하지 않았다.

"좋은 날이 다가오고 있어요, 네, 주님, 좋은 날이 다가오고 있어요, 네, 주님."

회개 자매가 등유등을 들고 들어오자 축복 자매는 큰 소리로 외쳤다.

"평화가 함께하길. 좋은 아침이네요, 그렇죠?"

회개 자매는 못마땅하다는 듯 등을 철커덩 내려놓았다.

"맙소사, 대체 갑자기 어떻게 된 거예요?"

"아무것도 아니에요, 자매님. 난 좋아요. 행복하답니다."

"이 세상에는 행복에 빠져 돌아다니는 것보다는 할일이 더 많을 텐데."

"행복하면서 일도 할 수 있어요. 그렇지 않나요?"

"모르겠네요. 난 해본 적 없어서요."

"불쌍한 자매님, 다시 머리가 아픈가요?"

"자매님은 자기 머리나 신경써요, 내 머리는 내가 신경쓸 테니까." 회개 자매는 세숫대야에 물을 약간 붓고 얼굴을 씻은 후 낡은 로브를 잘라내 만든 모직 천쪼가리로 닦았다. "징벌을 받은 직후엔 사람이 좀더 말짱한 시각을 갖게 되지 않나요."

"징벌은 끝났어요." 하지만 축복 자매는 그 기억을 떠올리자 기분이 약간 가라앉았다. 자신이 없는 동안 공동체의 삶이 편안하지 않았다는 걸 알았을 땐 만족감이 들긴 했지만, 그 시간 자체는 자매에게 암흑의 시간이었다. 교주는 결국 자매의 독방 수감 기간을 원래 예정했던 닷새에서 사흘로 깎을 수밖에 없었다. 자매 없이는 푸레사 대모를 다룰 수가 없었고, 면류관 형제가 트랙터에서 떨어져 발목을 삐었기 때문이다. 그들은 나를 필요로 하고 있어. 그녀는 생각했다. 그러자 어둡고 더러운 방 저편 짧은 세수 후에도 여전히 기름진 회개 자매의 뾰루퉁한 얼굴 너머로 기분이 다시 솟아올랐다. 그들은 나를 필요로 하고 나는 여기에 있어. 그녀는 마치 거센 바람에 연줄을 잡은 아이처럼 그 말에 꼭 매달렸다.

그녀는 다시 노래를 흥얼거렸다. "좋은 날이 다가오고 있어요, 네, 주님."

"아, 그럴 때가 됐죠." 회개 자매는 짜증스럽게 말했다. "요새 카르마의 행동거지 때문에 그와 정반대인 날을 신물나게 보냈으니까. 새 개종자가 있다면서요."

"그렇게 말하긴 너무 이르지만, 희망은 품고 있어요. 무척 긍정적인 희망이죠. 공동체에 완전히 새로운 시작이 될지도 몰라요. 어쩌면 우리가 다시 옛 시절처럼 번영하리라는 천국의 신호일 수도 있고요."

"남자래요?"

"그렇대요. 영혼이 몹시도 어지러운 사람이라고 들었어요."

"젊은 남자예요? 내 말은, 카르마가 깨어 있는 동안 감시해야 할 만큼 젊은 사람이냐는 뜻이에요."

"나도 그 사람을 보지는 못했어요."

"주님께서 늙고 허약한 자를 보내셨기를." 회개 자매는 한숨을 쉬었다. "거기에다 시력이 안 좋대도 나쁘지 않고요."

"늙고 허약한 사람은 이미 차고 넘치지 않아요? 탑은 젊음, 힘, 활력이 필요해요."

"그러면 참 좋죠. 이론적으로는. 현실적으로는 카르마를 생각해야 해요. 아, 정말 엄마가 된다는 건 얼마나 끔찍한 문제인지."

축복 자매는 진지하게 고개를 끄덕였다. "네, 정말 그래요."

"적어도 이제 자매님은 졸업했잖아요. 내 걱정은 지금부터 시작이에요.”

“카르마 얘기가 나왔으니 말인데요, 자매님. 잠시 그애를 어딘가 보내야 할지도 모르겠어요.”

“어디로요?”

“로스앤젤레스에 애들 이모가 있다면서요. 카르마가 거기 가서 살면……”

“걔는 일단 한번 가면 돌아오지 않을 거예요. 세속적 쾌락이 걔 눈엔 좋아 보이겠죠. 그런 걸 한 번도 본 적이 없는 애니까. 그것들이 얼마나 하찮은지, 얼마나 기만적인지도 모르고. 걔를 이모집으로 보내면 지옥에 맡기는 거나 다름없어요. 어떻게 그런 짓을 하라고 할 수가 있어요? 징벌을 받았더니 정신이 나갔나요?”

“그런 것 같진 않아요.”

축복 자매는 그렇게 말했지만 자신은 없었다. 확실히 그렇게 고통을 받은 후에 이처럼 기분이 좋다니 기이한 일이긴 했다. 하지만 징벌은 벌써 일주일 전쯤 끝났고, 그때의 기억은 금이 가고 때 낀 거울 속 영상처럼 흐려져가고 있었다.

바깥에 나간 자매는 다시 노래를 흥얼거리며 부엌으로 가면서 사람들이 곁을 지날 때만 노래를 멈추고 인사를 건넸다.

“좋은 아침이에요, 마음 형제…… 평화가 함께하길. 빛 형제, 새 새끼 염소는 어때요?”

"팔팔해요. 토실토실하고요."

"그렇군요."

새 새벽, 새 염소, 새 개종자.

"그래요, 주님. 좋은 날이 다가오고 있어요. 좋은 아침이에요, 예언자들의 말 형제. 기분이 어때요?"

말 형제는 미소 지으며 고개를 끄덕였다.

"꼬마 새는 이제 나아졌나요?"

또 한 번의 끄덕임, 또 한 번의 미소. 자매는 그가 원한다면 말을 할 수 있다는 것을 알았지만, 어쩌면 그가 말을 하지 않는 편이 더 나을 수도 있었다.

"그래요, 주님……"

그녀는 말 형제가 헛간에서 가져다놓은 장작으로 부엌 화덕에 불을 피웠다. 그런 후에는 회개 자매가 햄과 달걀을 부치는 것을 도우면서 교주님이 아침 시간에 나타나서 새 개종자의 영입을 발표하기를 바랐다. 이제까지는 그를 본 사람은 교주님과 푸레사 대모님뿐이었다. 그는 탑에서 시간을 보내면서 일하는 공동체를 관찰하고 교주님과 이야기를 나누며 질의응답을 했다. 양쪽 모두에게 힘든 시험 기간이었다. 축복 자매는 가입 자격을 맞추기란 쉬운 문제가 아님을 알고 있었다. 교주님이 남자를 좀더 너그럽게 대하길, 겁줘서 쫓아버리지 않길 바랐다. 공동체에는 새 피, 새 힘이 필요했다. 최근에 형제들과 자매들 중에는 너무 과로한 나머지 아픈 사람이 너무 많았다. 우유를 짜고 밭을 갈고 장작을 패는 일을 도울 여분의 손이 있다면, 소를 몰 여분의 튼튼한 다리가 있다면 얼마나 반가울지……

"또 꿈에 빠져 있네요, 자매님." 면류관 형제는 비난하는 목소리로 말했다. "빵을 좀더 잘라줄 수 있는지 세 번이나 물었건만. 빈속으로는 발목이 낫지 않는다고요."

"사실 발목은 벌써 나았어요."

"아니, 안 나았어요. 그런 말을 하는 건 내가 자매의 죄를 교주님에게 신고했다고 원한을 품어서 그런 거잖소."

"말도 안 돼요. 원한 같은 걸 품을 겨를도 없어요. 형제님 발목은 부어오른 흔적조차 없이 말끔하잖아요. 어디 봐요."

말 형제는 이 대화를 귀기울여 들으며 축복 자매가 다른 사람에게 보여주는 관심을 질투했다. 그는 한 손을 가슴에 얹고 큰 소리로 세게 기침했지만 자매는 그의 꾀병을 간파하고 못 들은 척했다.

"새 것처럼 멀쩡하네요." 자매는 면류관 형제의 발목에 가볍게 손을 대며 말했다.

새 발목, 새 새벽, 새 염소, 새 개종자. "그래요, 주님……"

하지만 교주는 나타나지 않았고, 회개 자매가 세 사람 몫의 아침식사를 탑에 가져다주는 동안 축복 자매는 카르마를 도와 상을 치우고 설거지를 했다.

양철 접시와 컵이 달그락거리는 소리 속에서 축복 자매는 노래를 이어갔다. "좋은 날이 다가오고 있어요, 그래요, 주님."

탑에는 낯선 음악이었다. 오로지 오래되고 음울한 찬송가에 교주 본인이 개사한 노래만이 울리는 곳이었다. 이 노래들은 모두 엇비슷하게 들렸고 누구에게도 기운이나 위로를 주지 않았다.

"어째서 그런 시끄러운 소리를 나세요?"

카르마는 멸시하는 투로 탁자에서 빵 부스러기들을 닦아 냈다. 마치 부스러기 하나하나가 그애에게는 개인적으로 불쾌하다는 것만 같았다.

"생명과 희망이 가득찬 느낌이 들거든."

"음, 난 아닌데. 여기는 매일매일이 똑같아요. 우리가 나이 든다는 것 말고는 바뀌는 게 없어요."

"이제 입 다물고 네 엄마랑 비슷한 짓은 그만하렴. 성질부리는 건 깨기 힘든 습관이야."

"그러거나 말거나. 성질부리지 않을 이유가 뭐 있어요?"

"다른 사람들 앞에서는 그런 말 갈아." 축복 자매는 엄격한 투로 말하려 애쓰며 말했다. "네가 징벌받는 걸 보면 내 마음이 깊이 아플 테니까."

"여기 있는 것만으로도 나는 이십사 시간 징벌당하는 거나 마찬가지인 기분이에요. 싫다고요. 다시 기회가 생기면 달아날 거예요.”

“안 돼, 카르마, 안 돼. 어렸을 때는 영원을 생각하기 어렵지만 노력은 해야지. 맨발로 거친 황야를 딛다보면 천국에 이르는 평탄한 황금길을 걷게 될 거야. 그걸 기억하렴, 애야.”

“그 말이 진실인지 내가 어떻게 알아요?”

“진실이야. 정말로 진실이란다.” 하지만 자매의 목소리는 자기 귀에도 거짓처럼 울렸다. 진실일까? “네 마음을 영광의 계시로 채워야만 해, 카르마.” 너는 할 필요 없고?

“난 못해요. 학교에서 만난 남자애들이랑 여자애들 생각만 나고, 걔들이 입었던 예쁜 옷들, 걔들이 많이 웃던 방식, 걔들이 읽어야 했던 책들이 생각나요. 나는 전에 들어보지도 못한 것들에 대한 책이 수백 권은 됐어요. 그냥 그 책들을 만지고 그 책이 거기 있다는 걸 아는 것만으로도…… 아, 정말 느낌이 근사했는데.” 광대의 화장처럼 군데군데 진홍색으로 물든 여드름 아래에 가려진 카르마의 얼굴은 창백했다. “어째서 여기서는 책을 가지면 안 돼요, 자매님?”

“모든 사람이 책에 코를 박고 있으면 공동체가 어떻게 살아남겠니? 할일이……”

“그게 진짜 이유는 아니잖아요.”

축복 자매는 불편한 표정을 지었다. “자, 자, 이건 안전한 주제가 아니구나. 규칙에 확실히 나와 있는데……"

"듣는 사람도 없잖아요. 나도 진짜 이유를 알아요. 우리가 책을 읽고 다른 사람들이 어떻게 사는지 알게 된다면 여기 있기 싫어질 수 있고, 그럼 공동체는 무너질 테니까요."

"주교님이야말로 우리의 안녕을 가장 잘 판단하실 수 있으니, 너도 그 점을 이해하길 바란다."

"움, 난 못하겠네요."

"아, 카르마. 우리 아기. 너를 어떻게 해야 할까?"

"나를 놔주세요."

"바깥세상은 잔인한 곳이란다."

"이거보다 더 잔인해요?"

대답은 없었다. 축복 자매는 몸을 돌려 지난 일 분 동안 벌써 두 번이나 닦은 양철 접시를 북북 문질렀다. 때가 됐어. 자매는 생각했다. 카르마가 여길 떠나게 내가 도와줘야 할 때가. 이애를 돕기 위해 젖 먹던 힘까지 다할 테지만, 어떻게 해야 할지 모르겠군. 오, 주님, 저를 인도해주세요.

"퀸 아저씨는 세상이 그렇게 잔인한 곳이라고 생각하지 않던데요." 카르마가 말했다.

그 이름에 축복 자매는 화들짝 놀랐다. 그녀는 지금 며칠 동안 그 이름을 일부러 누르고 있었다. 그 이름이 상자 안의 용수철 인형처럼 불쑥 튀어오르자 다시 눌러내리고 뚜껑을 억지로 닫은 후 꽉 잡았다. 하지만 뚜껑은 미끄럽고 손은 언제나 힘이 부족한데다 재빠르지 못하니, 그는 다시 튀어나올 것이다. 만나지 않았다면 좋았을 젊은 남자. 자매는 날카롭게 말했다. "퀸 씨가 무슨 생각을 하든 중요하지 않아. 그 사람은 우리 인생에서 완전히 영원히 사라져버렸어."

"아니, 그렇지 않아요."

"네가 뭘 알길래?"

"하기 싫으면 말 안 해도 되죠."

축복 자매는 개수대 가득 든 설거짓감에서 몸을 돌려서 아직도 축축한 손으로 카르마의 어깨를 움켜쥐었다.

"너, 그 사람 봤어? 그 남자랑 말했니?"

"했어요."

"언제?"

"자매님이 독방에 있었을 때요." 카르마가 말했다. "그 아저씨에게 내 여드름 얘길 했더니 여드름 치료 연고를 사서 다시 오겠다고 약속했어요. 그러니 다시 올 거예요."

"아니, 그 사람은 안 와."

"약속했어요."

"다시 안 올 거야." 축복 자매는 뚜껑을 눌러 꽉 닫았다. "우릴 가만 내버려둬야만 해. 그 사람은 우리 적이야."

카르마의 얼굴에는 막을 수 없는 홍조처럼 악의가 퍼졌다.

"교주님은 우리에겐 적이 없댔어요. 오로지 빛을 보지 못한 친구만 있을 뿐이라고. 퀸 씨가 빛을 보여달라고 돌아오는 거라면 어쩌실 건데요?"

"퀸 씨는 자기가 원래 있었던 리노의 도박장으로 되돌아갔어. 그 사람이 네게 무슨 약속을 했다면 어리석은 거고, 네가 그 말을 믿는다면 더 어리석은 거지. 내 말 잘 들어, 카르마. 나는 퀸 씨와 관련된 큰 실수를 했고 그 때문에 엄한 징벌을 받았어. 이제 그건 끝내야 해. 우리는 다시 그 사람을 만나지 않을 거고. 그 사람에 대한 얘기도 더는 하지 않을 거야. 잘 알겠어?" 자매는 말을 멈추었다가 좀더 조용하고 더 조리 있는 목소리로 말했다. "퀸 씨의 의도는 좋지만 그 사람은 말썽을 일으켜."

"패트릭 오고먼에 대한 말썽요?"

"그 이름은 어디서 들었지?"

"난…… 난 그냥 주워들었어요." 카르다는 자매가 이해가 안 될 정도로 격렬한 태도를 보이자 겁을 먹었다. "그게 그냥…… 허공에 떠다녔잖아요. 그러다가 제 귀로 들어왔겠죠."

"거짓말. 퀸 씨에게 들었지."

"아니, 맹세해요. 허공에 떠돌아다니다 내 귀로 들어왔어요."

축복 자매의 손이 이래봤자 아무 소용 없다는 뜻으로 카르마의 어깨에서 뚝 떨어졌다.

“너 정말 안 되겠구나, 카르마.”

“다들 그렇게 생각했으면 좋겠네요.” 카르마가 부드럽지만 고집센 목소리로 말했다. “그러면 나를 추방할 거고, 나는 퀸 씨가 연고를 가지고 올 때 같이 가버리면 되니까요.”

“그 사람은 안 와. 그 사람은 내가 약하고 경솔했던 순간에 돈을 내고 의뢰했던 일을 수행했을 뿐이니 다시 올 이유가 없어. 아이에게 한 약속은 퀸 씨 같은 남자에게는 아무것도 아냐. 그 사람 말을 진지하게 받아들이다니 네가 순진했지.”

“자매님도 그 사람을 진지하게 받아들이는 것 같은데요, 그렇지 않고서는 그렇게 겁을 낼 리가 없죠.”

“겁을 낸다고?” 그 말이 마치 천창을 통해 던져진 돌처럼 방 한가운데로 뚝 떨어졌다. 축복 자매는 그 돌을 위장으로 에워싸 숨기려 했다. “넌 좋은 애야, 카르마. 하지만 상상력이 너무 잔망스럽구나. 그리고 네가 퀸 씨에게 연심을 살짝 품은 게 아닌가 하는 강한 의심이 드는데.”

“무슨 뜻인지 모르겠네요, 연심이라니.”

“네가 그 사람이 여기 돌아와 구해주고 너를 마법 연고로 아름답게 만들어줄 거라는 멍청한 꿈에 빠졌다는 뜻이야. 그게 다란다, 카르마. 꿈일 뿐이라고.”

자매는 다시 접시가 든 개수대로 돌아갔다. 그쯤 됐을 때는 물이 차가워져서 기름이 물 위에 둥둥 떴으며 꺼끌꺼끌한 비누는 거품이 잘 나지 않았다. 더러운 물속에 손을 억지로 집어넣으며 다시 노래하려 했으나, 음률도 기억나지 않았고 가사는 더는 계시 같지 않은데다 구슬프기만 할 따름이었다. 확실히, 좋은 날이 다가오고 있지 않나요, 주님?

정오가 되자 안마당 제단에서 공식 발표가 있었다. 키가 크고 여위고 안경을 쓴 남자는 벌써 머리를 밀고 로브를 입었고, 교주가 그를 짧게 소개했다.

"이승에서의 삶과 내세에서의 구원을 함께 나누러 온 천사의 신앙 형제를 소개할 수 있어서 소박한 기쁨이로소이다. 아멘."

"아멘." 신앙 형제가 읊자 다른 신도들도 따라했다. "아멘."

형제들 사이에로 흥분이 암류처럼 흘렀지만 다들 재빨리 조용히 흩어져서 각자의 일로 돌아갔다. 빛 형제는 터덜터덜 헛간으로 돌아가며 흐뭇한 마음으로 새 개종자의 손이 얼마나 부드러운지, 그리고 그게 얼마나 빨리 변할지 생각했다. 회개 자매는 걱정으로 일그러진 얼굴로 숨이 턱에 차서 부엌으로 뛰어갔다. 그 남자, 늙진 않았지만 확실히 젊지도 않아. 시력이 나빠지고 있으니 카르마의 존재를 알아차리지 못할지도 모르지. 그애가 얼마나 잔인하도록 빠르게 여성으로 자라날지.

면류관 형제는 트랙터로 향하면서 앞니 사이의 틈으로 의기양양하게 휘파람을 불었다. 그는 새 개종자의 차를 보았다. 거참, 근사한 차던데, 엔진도 깊고 힘차게 으르렁대고. 그는 자신이 운전대를 잡은 모습을 상상했다. 발로 액셀러레이터를 세게 밟고 타이어가 삑삑 울리도록 구불구불한 산길을 돌아가야지. 붕, 붕, 내가 간다, 붕붕붕.

굳건한 마음 형제와 말 형제는 채소밭에서 잡초를 솎는 작업을 재개했다.

"그 친구 등이 참 튼튼하던데. 그게 중요한 거요." 마음 형제가 말했다. "팔, 다리, 손. 이런 건 일과 운동으로 강하게 키울 수 있어. 하지만 튼튼한 등은 주님의 선물이지. 그렇지 않나?"

말 형제는 고분고분하게 고개를 끄덕였지만 속으로는 심장 형제가 입을 다물길 바랐다. 그는 끔찍하게 지겨운 늙은이가 되어버렸다.

"그래, 남자의 튼튼한 등과 여자의 섬세한 팔다리, 이런 게 주님의 선물이지, 어, 말 형제? 아, 여자들, 그립네. 비밀 하나 알려줄까? 나야 별 볼 일 없는 외모지만, 한때는 여자들에게 진짜 인기가 많았다고. 믿을 수 있겠어?"

말 형제는 다시 고개를 끄덕였다. 누가 이 새끼 입 좀 닥치게 해. 내가 죽여버리기 전에.

"오늘 약간 까칠해 보이는데, 말 형제. 괜찮나? 흉막염이 다시 재발하는지도 모르겠는데, 쉬는 편이 나을지도 모르겠어. 축복 자매 말로는 과로하면 안 된다더구먼. 이제 가서 낮잠이나 편히 자요."

교주는 탑 꼭대기까지 계단을 올라가서 초록 골짜기 속 푸른 호수를 내려다보고 푸른 하늘 속 초록 산을 올려다보았다. 보통은 이 풍경에 영감을 받곤 했으나 지금은 늙고 피곤해진 기분이었다. 천사의 신앙 형제를 시험하고 반대로 시험받는 힘든 시기였다. 동시에 푸레사 대모를 다루면서 진정시키고 비위를 맞추어야 했다. 대모의 몸이 점점 쇠약해져가면서 과거로 도망치는 일도 점점 걷잡을 수 없어졌다. 그녀는 죽은 지 삼십 년이 된 하인 카피로테에게 명령을 내리고, 명령에 복종하지 않는다고 난폭해졌다. 부모와 자매를 소리쳐 부르고 그들이 대답하지 않는다고 애절하게 울었다. 가끔은 아무도 빼앗을 수 없었던 묵주를 세기도 하고, 그녀를 막으려는 교주의 노력에도 어린 시절 배웠던 성모송을 읊었다. 푸레사는 새 형제가 눈앞에 보이는 것을 싫어해서 그를 스페인어로 저주하고 자기 돈을 갈취하려 한다고 비난했으며 회초리질을 하겠다고 협박했다. 교주는 그녀를 보내버려야 할 때가 다가오고 있다는 것을 알았다. 그런 조치가 필요하기 전에 그녀가 죽기를 바랐다.

교주는 아까 방에서 쉬는 푸레사를 두고 발표를 하러 내려갔다. 그리고 지금은 방문을 부드럽게 노크하고 빈틈 사이로 입술을 대고 속삭였다.

"여보, 당신 자?"

대답이 없었다.

"푸레사?"

여전히 대답이 없자, 그는 생각했다. 자고 있군. 주님, 자비를 베푸시어 깨기 전에 죽도록 해주십시오.

교주는 그녀가 밖에 나오지 못하도록 빗장을 걸어 잠그고 자기 방으로 기도하러 갔다.

푸레사 대모는 안마당 아래 돌 제단 뒤에 숨어서 자기 방문을 헛되이 걸어 잠그는 것을 보고 숨이 막히고 눈물이 고일 지경까지 킬킬 웃었다.

푸레사는 그 자리에 오래 머물렀다. 시원하고 조용했다. 턱이 여윈 가슴 위로 기울어지고 눈꺼풀이 내려앉았다. 그러자 공기가 거세게 밀려오더니 카피로테가 하늘에서부터 그녀를 향해 하강했다.

17

퀸은 흙길을 헤매는 그 여자를 발견했다. 여자는 양손을 옆구리에서 똑바로 뻗고 뻣뻣하게 걷고 있었다. 어른에게 반항하려고 일부러 옷을 더럽힌 어린 소녀 같았다. 거리가 멀었지만 퀸은 그 더러운 얼룩이 피라는 것을 알 수 있었다. 그녀의 로브는 피로 덮여 있었다.

그는 차를 멈추고 뛰어내려 그녀에게로 달려갔다.

"푸레사 대모님, 뭘 하그 계십니까?"

푸레사는 그를 알아보지 못했지만, 두렵지도 궁금하지도 않은 것 같았다.

"세면장을 찾고 있어. 손이 더러워져서. 끈적해서 불쾌해."

"어쩌다가 끈적해졌습니까?"

"아, 저기 뒤에서. 저기 멀리 뒤에서."

"세면장은 반대 방향입니다."

"그럴 줄 알았지. 또 잘못 알았네." 그녀는 뭔가 물어보는 새처럼 머리를 갸우뚱 기울이고 그를 올려다보았다. "세면장이 어딘지 어떻게 알았지?"

"이전에도 여기 와 본 적 있습니다. 저랑 얘기하신 적도 있고요. 카피로테를 통해서 제게 초대장을 보내주시겠다고 약속하셨잖아요."

"그건 취소할 수밖에 없겠네. 카피로테는 이젠 내 밑에 없거든. 이번에는 연기가 도를 지나쳐서. 그 사람에게 밤이 오기 전에 이 지역을 떠나라고 했지…… 당신은 이걸 진짜 피라고 생각하는 것 같네?"

"네." 퀸은 심각하게 말했다. "그래요, 제 생각엔 그렇습니다."

"헛소리. 이건 주스야. 카피로테가 날 놀리려고 전분을 넣어 걸쭉하게 만든 주스. 물론 난 전혀 속지 않았지. 하지만 이거 정말 잔인한 장난 아니야?"

"그 사람은 지금 어디 있습니까?"

"아, 저 뒤에."

"어디요?"

"청년, 나한테 고함을 지르면 경을 칠 줄 알아."

"무척 중요한 일입니다, 푸레사 대모님." 퀸은 목소리를 자제하려 애쓰며 말했다. "장난이 아니에요. 진짜 피라고요."

"그놈의 속임수는 꿰뚫어봤지…… 진짜라고?" 그녀는 벌써 까맣고 뻣뻣하게 변해버린 로브의 얼룩을 내려다보았다. "진짜 피라고? 확실해?"

“네.”

“이런, 맙소사. 그 사람이 정도도 모르고 진짜 피를 모아와
서 자기에게 뒤집어쓸 줄은 몰랐네. 그런 철저함은 정말 감탄
할 만하다니까. 그자가 피를 어디서 가져왔을 것 같아? 염소
나 닭인가? 아, 이제 알겠네. 제단 앞에서 자기를 공양한 척 하
려고 하는 거야. 청년, 어디로 가? 도망가지 마. 세면장이 어딘
지 나한테 알려줘야지.”

푸레사는 일어서서 그가 나무 사이로 사라질 때까지 바라
보았다. 태양이 그녀의 시든 얼굴 위에 내려쬐었다. 그녀는 눈
을 감고 청춘 시절을 보냈던 광대한 낡은 저택을 생각했다. 햇
볕과 거리의 소음을 물리치기 위해 세운 두꺼운 흙벽과 타일
을 깐 무거운 지붕. 모든 것이 얼마나 질서정연했는지. 얼마나
조용하고 깨끗했는지. 거기서는 먼지나 피를 생각할 필요가
없었다. 피를 본 적조차 없었다. 카피로테가……

“충격일 테니, 마음 단단히 먹으렴, 이사벨라. 카피로테가
말에서 떨어져서 죽었어.”

그녀는 눈을 뜨고 절망에 빠져 외쳤다.

“카피로테? 카피로테, 죽었어?”

그녀는 교주가 다가오는 것을 보았다. 식사를 날라다주던
뚱뚱하고 성질 고약하며 체구가 작은 여자와 잔인한 눈을 한
면류관 형제도. 그들은 그녀의 이름을 불렀다. “푸레사!” 그건

그녀의 이름이 아니었다. 그녀는 이름이 여러 개였지만, 푸레
사는 그중 하나가 아니었다.

"내 이름은 이사벨라 콘스탄치아 퀘리다 펠리치아 데 라
게라야. 날 똑바로 불러줬으면 좋겠어."

"이사벨라." 교주가 말했다. "나와 같이 가야 해."

"너 따위가 나한테 명령하는 거야, 해리? 고작 식품점 직원
이었던 자기 처지를 잊은 모양이지? 네 근사한 계시를 다 어디
서 얻었지, 해리? 수프와 콩조림 깡통을 따니까 나왔어?"

"조용히 좀 해, 푸, 이사벨라."

"더는 말할 것도 없어." 그녀는 몸을 곧추세우고 오만하게
주위를 훑어보았다. "자, 이제 친절하게 나를 세면장으로 안내
해주겠어? 누군가의 피가 내 손에 묻었어. 닦아내고 싶은데."

"어떻게 된 일인지 봤어, 이사벨라?"

"뭘 봐."

"천사의 신앙 형제가 자살했잖아."

"그래, 자살했지. 그 머리 빈 멍청이는 팔을 푸드득거리면
날 수 있다고 생각했나?"

시체는 푸레사 대모가 가리킨 자리, 제단 앞에 제물처럼 누워
있었다. 남자의 얼굴은 제단의 튀어나온 돌 하나에 부딪쳐 으
스러지고 피범벅이 되어 알아볼 수가 없었다. 하지만 헛간 옆

에 주차된 차, 녹색 폰티액 스테이션왜건으로 보아 퀸은 눈앞의 시체가 조지 헤이우드라는 사실을 알았다. 안타까움으로 목이 조여왔다. 헤이우드 본인을 위해서, 그리고 그를 두고 싸웠으나 잃어버린 후 이제는 싸움에서든 상실에서든 서로를 용서할 수 없게 되어버린 두 여자를 위해서.

피는 더는 흐르지 않았으나 시체는 여전히 따뜻해서 퀸은 죽음이 닥쳐온 것은 삼십 분도 되지 않았으리라고 짐작했다. 밀어버린 머리, 맨발, 로브로 봐서 헤이우드가 개종자로 탑에 온 것은 분명했다. 하지만 얼마나 오래 여기 있었는가? 치코테에서 윌리 킹에게 작별인사를 하고 바로 온 건가? 그렇다고 하면 앨버타 헤이우드의 탈옥을 조종한 사람은 누구인가? 두 사람이 탑에서 만나서 거기 숨자는 계획을 짰을 수도 있을까?

퀸은 누군가가 소리내어 말한 질문에 대답하듯 고개를 저었다. 아니, 조지는 결코 탑을 은신처로 고르진 않았을 거야. 윌리에게, 혹은 존 론다나 마사 오고먼에게 여기는 오고먼의 죽음에 관한 수사가 다시 한번 시작된 곳이라는 사실을 들어서 알고 있었을 테니. 조지라면 내가 알고 찾아올 수 있는 곳을 고르진 않았겠지. 애당초, 왜 숨어야 했을까?

죽음, 죽음이 일어난 배경의 기이함, 갓 쏟아진 피의 광경과 냄새 때문에 구역질이 날 것만 같았다. 퀸은 밖으로 나와 거센 파도와 싸워 헤엄쳐 나와 기진맥진한 사람처럼 공기를 꿀꺽 들이마셨다.

푸레사 대모는 회개 자매와 면류관 형제의 부축을 받아 오솔길을 올라오며 스페인어로 지껄여댔다. 이 삼인조 뒤로 교주가 머리를 숙이고 걸어왔다. 그의 얼굴은 회색으로 변해 핼쓱했다.

교주가 말했다. "대모를 방으로 데려가 깨끗이 닦아드리게. 살살 모시게. 뼈가 연약하니까. 축복 자매는 어디에 있나? 자매를 불러오는 게 좋겠군."

"자매님은 아파요." 회개 자매가 말했다. "소화불량인 것 같아요."

"좋아. 그럼 자네 혼자서 할 수 있는 만큼 하게." 그들이 사라지자 교주는 퀸에게로 돌아섰다. "부적절한 때에 왔군, 퀸 씨. 우리의 새 형제가 죽었소."

"언제 그렇게 됐죠?"

"나는 내 처소에서 명상중이라 사건을 목격하지 못했소. 하지만 뻔하지 않소? 신앙 형제는 많은 문제를 안고 있고 정신이 어지러운 사람이었소. 내가 용납할 수 없는 해결 방식을 택한 거요. 나는 그를 자비와 이해로 받아들일 수밖에."

"탑 꼭대기에서 뛰어내린 겁니까?"

"그렇소. 어쩌면 그의 영적 좌절을 과소평가한 것은 내 잘못일 테지." 교주의 깊은 한숨은 거의 신음이나 다름없었다.

“이게 사실이면, 주님이 나를 용서하시고 우리의 형제에게 영원한 구원을 허락하시기를 바랄 뿐.”

“그 사람이 뛰어내리는 걸 보지 못했다면, 어떻게 현장에 그처럼 빨리 온 겁니까?”

“푸레사 대모의 비명을 들었지요. 뛰어나와봤더니 푸레사가 시체 위에 몸을 숙이고 일어나라고, 연기는 그만하라고 고함을 지르는 것을 보았지. 내가 이름을 부르자 도망쳐버리더군. 나는 그 자리에서 우리 형제를 도울 수 있는 게 없나 한참 살펴보다가 푸레사 뒤를 따라갔어요. 가는 길에 회개 자매와 면류관 형제를 만나 도움을 요청했지.”

“그럼 다른 사람들은 아직 헤이우드에 대해 모릅니까?”

“모르오.” 그는 로브 소맷자락으로 얼굴에 흐른 땀을 닦았다. “당신, 그 사람을 헤이우드라고 했나?”

“그게 그 사람 이름이니까요.”

“그 사람은, 음, 당신 친구요?”

“그 가족을 압니다.”

“그 사람은 이제 가족이 없다고 했소이다. 이 세상에 혈혈단신으로 남았다고. 그 사람이 내게 거짓말했다는 거요?”

“그 사람에게는 어머니와 동생 둘, 약혼자가 있습니다.”

교주는 충격을 받은 듯 보였다. 헤이우드 가족의 존재 때문이 아니라 자기가 속았다는 사실 때문이었다. 그의 자존심에 일격을 날린 셈이었다. 교주는 잠시 생각해보더니 말했다.

"고의적인 거짓말은 아니었으리라 확신하오. 이 세상에서 혼자인 기분이었겠지. 그래서 그렇게 주장한 거고. 그걸로 설명이 되지."

"그 사람이 진정한 개종자로 여기 왔다고 믿으십니까?"

"물론이지. 물론 그랬어요. 우리의 소박한 삶을 나누는 데 다른 이유가 있을 게 뭐 있소? 그게 쉽지 않아요, 우리처럼 산다는 게."

"이젠 어쩔 겁니까?"

"어째요?"

"이 사람의 죽음을요."

"우리는 우리 나름대로 죽은 자를 보살필 거요." 교주가 말했다. "우리가 산 자를 보살펴주는 것처럼. 그 사람을 제대로 매장해주겠소."

"책임 당국에 신고하지 않고요?"

"여기선 내가 책임자요."

"보안관, 검시관, 판사, 배심원, 의사, 장의사, 개장수, 영혼 구원자라는 겁니까?"

"그 모든 것이지, 그래요. 그리고 나를 두고 시시하게 비꼬는 걸 그만뒀으면 좋겠군요, 퀸 씨."

"참 대단한 일을 하고 계시군요, 교주님은."

"그런 일을 할 수 있는 힘을 주님이 내게 주셨지." 그는 조용히 말했다. "그리고 어떻게 해야 하는지 알 수 있는 능력도 주셨고."

"보안관은 그렇게 믿어주기가 좀 어려울 것 같은데요."

"보안관은 자기 나름대로 처리하면 될 거요. 나는 내 나름의 일을 할 거고."

"법이라는 게 있습니다. 그리고 교주님도 그 법의 관할권 안에 살고 있고. 헤이우드의 죽음은 신고해야 합니다. 교주님이 안 한다면 내가 하죠."

"왜죠?" 교주가 말했다. "우리는 평화를 사랑하는 공동체요. 누구도 해치지 않아요. 우리끼리 제대로 살 수 있도록 허락해달라는 것 외에는 바깥세상에 다른 부탁도 하지 않소."

"좋아요. 그럼 이런 식으로 말해보죠. 바깥세상의 일원이 여기로 흘러들어와서 죽었다고 칩시다. 그러면 보안관의 일이 되죠."

"천사의 신앙 형제는 우리 일원이오, 퀸 씨."

"그 사람은 조지 헤이우드입니다." 퀸이 말했다. "치코테 출신의 부동산 사업가죠. 그가 여기 온 이유가 뭐든, 영혼을 구하러 온 건 아닐걸요."

"당신의 신성모독과 거짓말을 주님께서 용서해주시길. 신앙 형제는 진정한 믿음이 있었소."

"믿은 사람은 당신이죠, 헤이우드가 아니라."

"그 사람 이름은 헤이우드가 아니오. 마틴이지. 샌디에이고 출신의 은행가라고 했고, 이 세상에 혼자 남은 홀아비이며 정신이 어지러웠던 사람이지."

순간 퀸은 자기가 실수를 했으며 녹색 폰티액 스테이션왜건은 그저 우연일 뿐이라고 믿어버릴 뻔했다. 하지만 다음 순간 교주가 부인할 때조차 그의 눈에 불확실성이 자라나는 것을 보고 목소리엔 의심이 어린 것을 들었다.

"허버트 마틴이라고 했소. 아내는 두 달 전 죽었는데……"

"수년 전이겠죠."

"아내가 없어서 황량하고 외로웠다고 했어요."

"윌리 킹이라는 빨강머리 여자친구가 있었어요."

교주는 갑작스러운 진실 폭로가 너무 과하다는 듯 아치문에 세게 기댔다.

"그 사람…… 그 사람이 구원을 바라는 게 아니었다고?"

"아니었습니다."

"그럼 왜 여기 온 거요? 우리를 강탈하려고? 우리를 속이려고? 우리는 강탈하거나 속여서 빼앗을 게 없소. 우리의 공동 기금에 그 사람이 내놓은 차 한 대뿐이지. 우리는 돈이 없소."

"어쩌면 있을지도 모른다고 생각했겠죠."

"어떻게? 나는 이 공동체는 자급자족적 기반으로 운영된다고 세세하게 설명했소. 심지어 그에게 여기서는 돈이 별로 필요없다는 걸 증명하려고 장부까지 보여줬지. 우리가 사야 할 건 휘발유와 트랙터 부품 몇 개, 그리그 시력이 나빠지는 우리 형제들을 위한 안경 몇 개밖에 없소."

"헤이우드가 흥미를 갖던가요?"

"아, 그럼, 무척 흥미로워하던데. 알겠지만 은행가로서 그 사람이……"

"부동산 사업가입니다."

"그렇군. 계속 잊어버려. 나는…… 오늘은 무척 혼란스러운 날이군. 그럼 이제 실례하오, 퀸 씨. 나는 다른 신도들에게 이 슬픈 소식을 알리고 축복 자매에게 시체를 수습해달라고 해야겠소."

"보안관이 여기 올 때까지는 모든 걸 가만히 놔두는 편이 좋을 텐데요." 퀸은 말했다.

"보안관이라, 그래. 그 사람에게 신고한다고 했지."

"제게 선택의 여지는 없습니다."

"부디 우리에게 호의를 베풀어 푸레사 대모는 언급하지 말아요. 신문을 받는다고 하면 겁을 낼 테니. 어린애 같은 사람이오."

"어린애들도 난폭해질 수 있죠."

"푸레사에게도 난폭한 면이 있지만 말뿐이오. 또, 너무 연약해서 그를 난간 너머로 밀어버릴 수도 없소. 그런 생각을 한 것만으로도 주님께서 나를 용서해주시길."

그는 로브의 주름 안으로 손을 넣어 열쇠꾸러미를 꺼냈다. 퀸은 그 열쇠의 정체를 깨닫고 충격을 받았다. 자기 차 열쇠였기 때문이다.

"나를 여기 잡아둘 작정이었습니까?"

"아니, 그저 당신의 출발시각을 조절할 수 있기를 바랐지. 헤이우드에게 가족과 친구들이 있는지는 몰랐으니. 그래서 이 바깥세상 사람들이 이 죽음을 수사할 수 있을지도 모른다는 생각은 못 한 거요. 당신은 이제 가도 좋아요, 퀸 씨. 하지만 그러기 전에, 당신이 우리에게 이루 헤아릴 수 없을 만한 해를 입혔다는 사실을 알길 바라오. 우리 입장에서는 당신에게 친절 외엔 베푼 게 없어요. 당신이 배고프고 목이 마를 때 먹을 것과 마실 것을 주었고, 당신이 집이 없을 때 보호처를 주었고, 당신이 비록 신앙이 없었는데도 기도를 주었지."

"사건 진행에 내가 전적인 책임이 있는 건 아니죠. 누구에게든 문제를 일으킬 작정은 아니었습니다."

"그건 당신 양심하고 해결을 봐야 할 문제고. 의도가 없었다고 해서 바뀌는 건 없소. 넘치는 강이 강둑으로 범람할 의도는 없었다고 해도, 빙산이 배를 들이받는다고 해도, 농지는 홍수 때문에 엉망이 됐고, 배는 가라앉아요. 그래, 배가 가라앉았어…… 그 배를 탄 사람들은 모두 죽고. 그래, 그래요. 마음속에서 선명히 보이는군."

"지금 가는 편이 낫겠군요."

"그 사람들이 살려달라고 내게 비명을 지르고 있소. 배는 반으로 갈라졌고 바다는 분노로 끓고 있지…… 두려워하지 말거라, 내 아이들아, 내가 간다. 나는 너희를 위한 천국의 문을 열어주리니."

"안녕히 계십시오, 교주님."

퀸은 그 자리를 떴다. 심장이 몸에서 빠져나가려는 듯 갈비뼈에 닿도록 쿵쿵 뛰었다. 목이 부어오르고, 입에서는 오래된 토사물, 너무 질겨서 삼킬 수 없는 과거의 찌꺼기들 맛이 났다.

그때 카르마가 나무를 지나 그에게로 어색하게 뛰어오는 모습을 보았다. 마치 새 몸에 익숙해지지 않은 사람 같았다.

카르마가 그에게 외쳤다. "교주님 어딨어요?"

"탑에 있는 걸 봤는데."

"축복 자매님이 아파요. 아, 심하게 아프세요. 말 형제님은 울고, 엄마는 찾을 수가 없고, 어떻게 해야 할지 모르겠어요. 어떻게 해야 할지 모르겠다고요."

"일단 진정해. 자매님은 어디 있어?"

"부엌에요. 바닥에 쓰러지셨어요. 아, 정말 안색이 안 좋아요. 죽어가는 것 같아요. 자매님을 살려주세요. 내가 도망칠 수 있게 해주겠다고 약속했는데, 바로 오늘 아침에 약속했는데요. 제발, 제발, 자매님 좀 살려주세요.”

퀸은 바닥에 쓰러져 고통으로 몸을 뒤틀고 있는 축복 자매를 발견했다. 입이 치아 뒤쪽으로 말려들어가고, 양쪽 입꼬리에는 탁한 무색의 액체가 흐르고 있었다. 그냥 침이라고 하기엔 너무 많았다. 말 형제는 젖은 천을 자매의 이마에 대주려 했지만, 자매는 계속 머리를 비틀며 신음했다.

“자매님이 이렇게 된 지 얼마나 됐지, 카르마?”

“모르겠어요.”

“점심 전이었니, 그후였니?”

“점심 후였어요. 아마 점심 먹고 삼십 분 후였던 것 같아요.”

“어디가 불편하다고 하지는 않으셨어?”

“배가 쥐어짜는 듯 아프다고요. 막 쥐어뜯는 것 같다고 했어요. 목이 타는 듯 아프다고도 했고. 밖으로 나가서 토한 다음 다시 들어와서 바닥에 쓰러지셨어요. 내가 도와달라고 비명을 질렀고 말 형제님이 세면장에 있다가 내 목소리를 들었어요.”

“자매님을 병원으로 데려가는 편이 좋겠다.”

말 형제는 고개를 저었고 카르마는 외쳤다.

“아니, 안 돼요. 갈 수 없어요. 교주님이 허락하지 않을 거예요. 교주님은 병원을 믿지……"

"조용히 해."

퀸은 축복 자매 옆에 무릎을 꿇고 손목의 맥박을 짚어보았다. 맥은 희미했고 손과 이마는 체내 수분을 많이 잃은 듯 뜨겁고 건조했다.

"내 말 들려요, 자매님? 이제 자매님을 선펠리스에 있는 병원으로 데리고 갈 겁니다. 겁먹지 마세요. 거기서 잘 치료해줄 겁니다. 뜨거운 물로 목욕하고 싶다고 한 말 기억나요? 폭신폭신한 분홍색 슬리퍼도? 원하는 대로 온수 목욕도 실컷 하고, 전국에서 제일 폭신폭신한 분홍색 슬리퍼도 사다드릴게요. 자매님?"

자매는 눈을 살짝 떴지만 알아보는 기색은 없었다. 잠시 후 눈꺼풀이 다시 감겼다.

퀸은 일어섰다. "될 수 있는 한 차를 문 가까이 댈게."

"내가 같이 갈게요." 카르마가 말했다.

"여기 있는 편이 좋겠다. 자매님에게 물을 약간 먹일 수 있도록 해봐."

"노력은 해봤고, 말 형제님도 해봤지만 소용은 없었어요."

카르마는 퀸을 따라 바깥 길 아래까지 내려오면서, 누군가 볼까 두려워하는 듯 초조하게 말하며 어깨 너머를 살폈다.

"오늘 아침에는 기분이 무척 좋으셨어요. 좋은 날이 온다고 계속 노래하셨고. 아팠을 리가 없어요. 그랬다면 그렇게 노래하지 못하셨을 거예요. 아, 그리고 심지어 자매님, 자매님은 생명력과 희망으로 가득찬 기분이라고도 하셨어요. 그러다가 내가 퀸 아저씨가 여드름 연고를 가지고 돌아올 거라고 말하니까 화를 냈지만요…… 가지고 왔어요?”

“그래, 차에 있어. 자매님은 내가 돌아오겠다고 하니 마음에 안 들어하셨어?”

“아, 그럼요. 뭐랄까, 무서워하시는 것 같았어요. 그리고 퀸 아저씨가 우리의 적이라고도 하셨고요.”

“하지만 난 너의 적이 아닌데. 자매님의 적도 아니고. 사실, 축복 자매님과 나는 꽤 사이가 좋았는데.”

“자매님은 그렇게 생각 안 하셨어요. 자매님은 퀸 아저씨가 원래 자기 자리인 리노의 도박장으로 돌아갔고 나는 아저씨의 약속을 진지하게 받아들여서는 안 된다고 하셨는데요.”

“자매님이 무서워한 이유는 뭐지, 카르마?”

“아마, 오고먼 때문인 것 같아요. 내가 그 사람 얘기를 꺼내니까, 자매님은 발작을 일으키기 직전까지 갔어요. 퀸 아저씨나 오고먼을 떠올리고 싶지 않은 것 같았어요. 아시잖아요, 이 문제는 이제 결론이 나서 더는 듣고 싶지 않다고 생각하는 것처럼.”

“이 문제는 결론이 난 것처럼.” 퀸은 얼굴을 찡그리며 되풀이했다. "결론이 난 건 하나뿐이었어…… 오고먼이 살해되었다는 사실만 알아냈지. 탑에도 우편물이 오니, 카르마?"

"5킬로미터 아래 대로에, 이웃 농장으로 돌아가는 모퉁이에 우편함이 두 개 있어요. 하나는 우리 건데, 교주님만 일주일에 한 번 가요. 중요한 건 아무것도 오지 않으니까요."

"우편물이 배달된다는 건 가져가기도 한다는 거잖아."

"우리는 진짜 중요한 일이 있지 않으면 편지 쓰기도 허용되지 않아요. 가령 우리가 저지른 잘못을 바로잡는다거나 하는 일이 아니라면."

잘못을 바로잡는다. 퀸은 생각했다. 살인을 자백하고 주님에게 양심의 평화를 얻는다. 그가 물었다. "축복 자매님이 아들 얘기를 한 적이 있니?"

"나한텐 한 적 없어요. 아들이 있는 건 알고 있었지만요."

"이름이 뭐야?"

"자매님 이전 이름과 같지 않을까요. 페더스톤요. 어쩌면 찰리 페더스톤일지도 모르겠어요."

"왜 어쩌면이야?"

"그게, 자매님이 바닥에 쓰러지고 나서 말 형제님이 들어왔을 때 형제님을 보면서 '찰리'라고 불렀거든요. 찰리한테 자매님이 아프다고 형제님에게 전해달라는 것 같았어요. 저한테는 그렇게 들렸어요."

“말 형제를 찰리라고 부른 걸 수도 있지 않을까?”

“그건 말이 안 돼요. 자매님도 저처럼 형제님 이름이 마이클인 걸 알고 있는데요. 마이클 로버트슨이에요.”

“너 참 기억력이 좋구나, 카르마.”

카르마는 얼굴을 붉히고는 어색하게 두 손으로 홍조를 가리려 했다.

“별로 기억할 게 많지 않아서요. 나한테 읽을거리라고는 푸레사 대모님을 돌볼 때 보는 교주님의 기록부뿐이에요. 가끔 그걸 이야기책처럼 대모님께 소리내서 읽어줘요. 그러면 대모님이 조용해지거든요. 다만 사람들이 그후로도 오래오래 행복하게 살았느냐고 물어볼 때만 빼고는요. 그러면 언제나 그렇다고 대답해드리죠.”

퀸에게는 기이하고도 감동적인 광경이었다. 소녀가 사람들 명단을 진지하게 읽으면 정신이 흐트러진 늙은 여인은 동화를 듣듯이 그 이야기에 귀를 기울인다. ‘옛날 옛적에 메리 앨리스 페더스톤이라는 여자와 마이클 로버트슨이라는 남자가 살았습니다.’ ‘그럼 그들은 오래오래 행복하게 살았니?’ ‘아, 네. 그후로도 오래오래 행복하게 살았죠.’

“찰리가 지금 여기 있는 형제들 중 누군가의 본명은 아니고?”

“아뇨. 그건 확실해요.”

그들은 거의 차에 다 다가왔다. 여자아가 퀸보다 앞서서 문을 열었다. 의기양양한 고함소리와 함께 그녀는 앞좌석에 놓인 연고 병을 집어올리더니 유리 너머로 마법이 전해지기라도 하는 양 병을 얼굴에 꼭 갖다댔다.

카르마는 반쯤은 혼잣말로, 반쯤은 퀸더러 들으라는 듯 말했다. "이제 나는 다른 여자애들과 똑같아질 거예요. 그럼 로스앤젤레스로 가서 이모랑 살아야지. 할리 백스터 우드 부인이에요. 정말 멋있는 이름이지 않아요? 그리고 학교로도 돌아갈 거예요. 그리고……"

"그후로도 오랫동안 행복하게 살겠지?"

"그래요. 그럴 거예요. 그렇게 살 거예요."

퀸은 차를 나무 사이로 운전해 부엌 문 바로 앞까지 댈 수는 있었지만, 축복 자매를 뒷좌석에 실으려면 카르마와 말 형제와 자기까지 더해서 세 사람 모두의 힘이 필요했다. 말 형제는 담요를 접어 자매의 머리 밑에 괴어주었고 축축한 천을 이마에 올려놓았다. 이번에는 자매는 싫다고 비틀지도 않았고 신음하지도 않았다. 이제 의식이 없었다.

두 남자는 나쁜 징조라는 것을 알았지만 카르마는 눈치채지 못했다.

"잠에 드셨나봐요. 그렇다면 아픈 것도 훨씬 나아지고 괜찮아지실 거란 뜻이겠죠? 그후로도 오랫동안 행복하게 사시겠죠?"

퀸은 너무 정신이 없어서 대답하지 못했지만 말 형제가 말했다.

"입 닥쳐."

오랫동안 쓰지 않아 기름이 말라버린 경첩처럼 끽끽대는 목소리였다. 예상하지 않은 목소리와 그 뒤에 숨겨진 분노에 카르마는 충격을 받고 입을 다물었다.

퀸은 소맷자락으로 눈을 닦고 있는 말 형제에게 말했다.

"자매님이 좌석에서 떨어질 수 있을 것 같아요?"

"천천히 운전하면 아니겠죠."

"천천히 운전할 여력이 없는데."

"천국의 문이 자매님을 위해 열리고 있나요? 그 뜻입니까?"

"자매님은 매우 아픕니다."

"아, 하나님, 제발 하나님, 자매의 고통이 편안히 끝날 수 있게 보살펴주시기를."

퀸은 차에 올라타고 내리막길을 따라가 흙길에 이르렀다. 룸미러로 보니 말 형제가 무릎을 꿇고 두 손은 하늘을 향해 애원하듯 쳐들고서 기도하고 있었다. 잠시 후 형제의 모습은 나무들에 삼켜졌고 탑의 모습도 그를 둘러싼 외부 건물도 퀸의 시야에서 사라졌다.

관개지 끝에 이르자 나무들은 점점 작아지고 뒤틀린 모양으로 변했다. 어떤 생명도 지탱하기 힘든 황량한 갈색 시골은 죽기에 어울리는 장소처럼 보였다.

"자매님? 내 말 들려요, 자매님? 누가 이런 짓을 자매님에게 한 거면, 내 잘못입니다. 내가 자매님의 명령을 어겼어요. 나한테 오고먼과 접촉하려고 하지 말랬죠. 엄청나게 위험할 수도 있으니까. 그저 어디 있는지만 찾아보라고 했죠. 그래서 자매님에게 보고하라고. 자매님 말을 들었어야 했어요. 죄송해요. 제발 내 말 좀 들으세요, 자매님. 죄송해요."

죄송해요. 그 말이 길에 줄지어 선 바위 벽에 부딪쳐 메아리쳤다. 죄송해요. 그러자 뒷좌석에 기력 없이 누워 있던 회색 덩어리가 살짝 움직였다. 퀸의 눈은 거울에 비친 움직임을 포착했다.

"어째서 죽은 남자를 찾아보라고 한 겁니까, 자매님?"

아무런 대답이 없었다.

"나한테 그 사람과 연락하지 말라고 했을 땐, 그 사람이 죽었는지 알 리 없었겠죠. 하지만 자매님은 오고먼과 관련해서 특이한 점이 있다는 것을 짐작했겠죠. 살인자 말고는 누가 말해줄 수 있었을까요? 그리고 어째서 이 오랜 시간이 흐른 후에 편지로 범죄를 고백했던 겁니까? 마사 오고먼에게 끊을 수 있게 해야 한다고, 불확실한 상황에 끝을 내야 해야 한다고 지난주에 내가 자매님에게 말했기 때문입니까? 고백 편지는 자매님이 살인자에게 강요한 건가요? 어째서 자매님은 그 사람을 보호하려고 하는 거죠?"

자매는 갑자기 고통인지 항의인지 모를 비명을 내뱉었다.

"그 사람이 참회했다고 믿으셨죠, 자매님. 그래서 다시는 살인하지 않을 거라고."

또 한 번의 비명. 처음보다 더 격렬한 이 비명은 불의한 일에 분노한 아이의 울음 같았다. 분노는 오해일 리가 없었지만, 퀸은 그 감정이 이런 질문을 하는 자신을 향한 것인지, 아니면 배신을 한 살인자를 향한 것인지, 아니면 제삼자를 향한 것인지는 확실히 알 수가 없었다.

"오고먼을 죽인 사람은 누굽니까, 자매님?"

샌펠리스 병원의 응급실 입구에서 축복 자매는 들것에 실려 옮겨졌다. 젊은 인턴이 피아노 상자만한 대기실로 퀸을 안내했고 질문이 시작되었다.

환자의 이름은 무엇인지? 가장 가까운 친척은 누구인가? 몇 살이었나? 만성 질환이 있었거나 감염 치료를 받고 있었나? 이 질병에 처음 어떤 증상이 있었나? 언제 무엇을 마지막으로 먹었는가? 구토했는가? 토사물의 색이 변해 있었나? 냄새가 났나? 말하는 데 어려움이 있었나? 호흡은? 피 섞인 소변이나 대변을 배설한 적이 있었나? 근육 경직이 있었나? 뒤틀림은? 얼굴 경직이나 홍조는? 손은 차가웠나, 뜨거웠나? 환각 증세가 있었나? 졸음은? 홍채는 팽창되었나, 수축되었나? 입과 턱 주변에 화상 자국이 있었나?

"죄송합니다. 모두 답을 할 수 없는 질문이군요." 퀸이 말했다. "저는 의학적 훈련을 받은 관찰자가 아니라서요."

"이 정도면 괜찮게 하셨어요. 여기서 대

기해주세요."

반시간 가까이 그는 방에 혼자 남겨져 있었다. 숨이 막힐 듯 더웠다. 항생제 냄새와 함께 뭔가 시큼한 냄새도 났다. 자신보다 전에 이 방에서 기다리며 문을 바라보고 기도했던 사람들이 남긴 땀과 공포의 냄새였다. 그 냄새는 점점 강해져 목 뒤에서 맛으로 느껴질 정도였다.

퀸은 일어서 문을 열다가 문간에서 키가 크고 덩치가 튼실한 남자와 충돌할 뻔했다. 목장 일꾼같이 보이는 남자였다. 챙이 넓은 카우보이모자를 쓰고 구겨진 서부스타일 정장을 입었으며, 넥타이 대신에 커다란 터키석과 은제 클립으로 조이는 가죽끈을 맸다. 그에게는 응급병동 같은 곳에서 너무 많은 시간을 보냈으나 좋은 일은 뭐 하나 없었던 사람처럼 경계심 어린 냉소적 기운이 있었다.

"당신 이름이 퀸입니까?"

"그런데요."

"신분증 좀 볼 수 있어요?"

퀸은 지갑에서 증명서를 꺼냈다. 남자는 자기가 딱히 쓸모도 없다고 생각하는 규칙을 따르듯 건성으로 관심 없이 서류를 훑었다.

"나는 보안관인 래시터입니다." 그는 서류를 돌려주었다. "한 시간 전에 여자 한 명을 데리고 왔다지요?"

"그래요."

"친구입니까?"

"열흘인가 열하루 전에 만났어요."

"어디서죠?"

"천국의 탑이라는 곳입니다. 여기서 동쪽으로 80킬로미터 떨어진 산속에 있는 교단이죠."

래시터의 표정으로 봐서는 이전에 탑에 가본 적이 있었고, 그 경험은 별로 유쾌하지 않았던 듯했다.

"어쩌다 그런 무리와 얽히게 된 겁니까?"

"실수로요."

"거기에 살았던 건 아니죠?"

"아닙니다."

"당신이 거기 서서 네, 아니요, 로만 답하면 밤을 새워도 모자라겠는데요. 적극적으로 정보를 줄 순 없습니까?"

"어디서부터 시작해야 할지 모르겠습니다."

"어디서든 시작해봐요. 그거면 충분합니다."

"오늘 아침 치코테에서 탑으로 차를 타고 갔습니다." 퀸은 길에서 푸레사 대모를 만나고 곧이어 죽은 남자를 발견한 과정을 설명했다. 안마당의 구조와 그와 관련한 시체의 위치, 죽음을 둘러싼 환경도 묘사했다.

보안관은 귀를 기울였다. 흥미가 있다는 흔적이라고는 눈을 살짝 찌푸린 것밖에 없었다.

“그 남자는 누굽니까?”

“조지 헤이우드요. 치코테에서 부동산 사업을 합니다.”

“그 사람이 꼭대기에서 뛰어내린 건지 아니면 밀려 떨어진 건지, 어느 쪽인지 알 길은 없다는 거죠?”

“내가 보기론 그렇습니다.”

“당신 친구들에게는 운수 나쁜 날이군요, 퀸 씨.”

“헤이우드는 내 평생 딱 한 번 본 사람일 뿐이니, 친구라고 부르긴 뭐하죠.”

“딱 한 번 봤다.” 래시터는 반복했다. “그런데도 시체를 바로 알아봤다 이거죠. 얼굴은 으스러지고 피로 덮여 있었는데도? 우리보다 시력이 고도로 발달된 모양입니다.”

“차를 알아본 겁니다.”

“번호판으로?”

“아뇨.”

“그럼 운전대 등록번호로?”

“아뇨. 제조사와 모델로요.”

“그게 답니까?”

“그래요.”

“잠깐만요, 퀸 씨. 근처에서 헤이우드의 차와 같은 제조사 모델인 차를 보았고 즉시 그게 그의 차라고 추정했단 말입니까?"

"네."

"왜죠? 길에 나가면 동일한 차가 수백 다는 될 텐데."

"헤이우드는 며칠 전 기묘한 정황 속에서 치코테를 떠났습니다." 퀸이 대답했다. "어머니와 친구들에게 하와이 가는 비행기를 탄다고 했지만 그의 동업자 중 한 명이 항공사에 확인해본 결과 그 친구 이름이 어느 항공사 승객 리스트에서도 없었다는 걸 알았거든요."

"그렇다고 해도 죽은 남자가 헤이우드라는 결론으로 뛰어넘기에는 너무 얄팍한 이유인데요. 아니면, 탑에서 당연히 그 사람을 찾아낼 거라고 예상했던 겁니까?"

"그런 기대 안 했습니다."

"그 사람을 찾으러 거기 간 것 아닙니까?"

"아뇨."

"그가 거기 있었다는 사실에 당신도 깜짝 놀란 거라고요?"

"놀랐습니다."

"심지어 이 지역에선 탑에 대해 들어본 사람도 거의 없어요. 위치를 알 리도 만무하고. 치코테에서 온 부동산업자가 거기서 뭘 하려고 했단 말이죠?"

"그는 교인들과 같은 의상을 입고 있었습니다. 거기 규율에 따른 로브를 입고 머리카락도 밀었더군요."

래시터는 과장되게 근심스러운 표정을 지어 보였다.

"이상한 곳에서 이상한 옷을 입고 머리를 밀고 얼굴은 종이처럼 짓이겨진 시체를 발견했는데, 그 사람이 딱 한 번 본 사람이라는 걸 확신했다는 거죠?"

"확신은 아니었습니다. 하지만 보안관님도 도박을 하는 사람이라면, 확률을 말해보죠."

"공식적으로는 도박은 안 하죠. 비공식적이라면, 확률이 어느 정도인가요?"

"10대 1요."

"꽤 확률이 높은 도박이네요." 래시터는 엄숙하게 고개를 끄덕이며 말했다. "꾀 높군요. 대체 무슨 근거로 그렇게 할 수 있는지 궁금해지는데요. 나한테 진상을 다 털어놓지 않은 건 아닙니까, 퀸 씨?"

"헤이우드에 대해서는 완전히 털어놓을 수가 없습니다. 아는 게 별로 없으니까요."

누가 문을 두드리자 래시터는 잠시 복도로 나갔다. 다시 들어왔을 때는 얼굴이 붉었고 구슬땀이 맺혀 있었다.

래시터가 말했다. "오늘 석간신문에 헤이우드라는 여자에 대한 기사가 있었다는데요. 봤습니까?"

"아뇨."

"어제 납품 트럭에 숨어서 테콜로테 감옥에서 탈출했답니다. 오늘 아침에 테콜로테에서 20여 킬로미터쯤 떨어진 언덕 사이를 헤매다가 잡혔다고 하고요. 여자는 충격받고 추위에 떨고 있었는데 왜 그런 행동을 했는지 아무런 설명도 하지 않았다는군요. 혹시 이 헤이우드라는 사람 두 명이 관계가 있습니까?"

"남매입니다."

"그건 좀 흥미롭지 않습니까. 헤이우드 양도 당신 친구일지도 모르겠군요?"

"딱 한 번 만났을 뿐입니다." 퀸은 피로에 젖어 대답했다. "공교롭게도 그 오빠를 만난 횟수와 같군요. 그러니 두 사람 중 어느 쪽도 친구라고 하긴 어렵죠."

"헤이우드 남매가 탑에서 접선을 계획했다고 믿을 만한 증거가 있습니까?"

"아뇨."

"그래도 웃긴 우연 아닙니까? 헤이우드는 실종되었고 이틀 후 그 동생도 그렇게 하려고 했고. 두 사람이 꽤 가까웠나요?"

"네. 그런 것 같습니다."

"나를 크게 실망시키는군요, 퀸 씨. 당신은 면허 있는 탐정이니 나한테 당연히 넘겨줄 정보가 찰랑찰랑 가득한 줄 알았죠. 하지만 네바다에서는 캘리포니아보다 탐정 면허 따기가 더 쉬운 모양입니다?"

"난들 압니까."

"뭐, 여기서 면허를 따려고 하면 알게 되겠죠." 래시터가 말했다. "이제 당신이 데리고 온 여자에 대해 말해볼까요. 이 여자와 헤이우드는 무슨 관계입니까?"

"전혀 모르겠습니다."

"구원의 축복 자매라는 이름 말고 다른 이름도 있겠죠?"

"페더스톤 부인입니다. 메리 앨리스 페더스톤."

"가까운 친척은 압니까?"

"시카고던가 시카고 근교던가에 사는 아들이 있습니다. 이름은 찰리일 것 같고요."

"이것도 또 예감입니까, 퀸 씨?"

"여기엔 돈을 걸고 싶진 않네요."

래시터는 도로 문으로 가서 복도에 선 누군가를 불렀다.

"샘한테 실험실 차를 가지고 여기로 오라고 해주겠나, 빌? 그리고 시카고 경찰에 연락해서 페더스톤이라는 남자를 찾을 수 있는지 알아봐. 이름은 찰리일 수도 있어. 그리고 그 사람에게 어머니가 사망했다고 전하게. 누군가 말도 죽일 비소를 먹였다고."

방안의 열기에도 불구하고 퀸은 몸이 떨렸고 어떤 손이 자기 목을 조르는 듯한 기분을 느꼈다. 자매는 간호사였어. 그는 생각했다. 어쩌면 독을 먹은 순간 바로 그 사실과 범인을 알았을 수도 있어. 하지만 누군가를 고발하려는 시도조차 하지 않았지. 해독제를 먹어서 목숨을 구하려고도 하지 않았고.

그는 자매와 이야기를 나누었던 첫날 밤을 기억했다. 자매는 화덕 앞에 선 채 공기 중에서 죽음의 냉기를 느끼는 듯 두 손을 맞비볐다. '나도 이제 나이가 들고 있어요…… 어떤 날들은 버티기 힘들어요. 영혼은 평화롭지만, 육신은 반항하거든요. 부드러움, 온기, 달콤함 같은 것을 간절히 바라죠. 아침에 자리에서 일어날 때면 내 정신은 천국의 손길을 느끼지만, 발은…… 얼마나 시린지. 다리는 저리고. 시어스 백화점 카탈로그에서 슬리퍼 사진을 봤는데 종종 생각은 나지만 살 수는 없어요. 분홍색에 털이 폭신폭신하고 부드럽고 따뜻해 보이던데. 이제까지 본 중에 가장 아름다운 슬리퍼였지만, 물론 육신의 방종이죠……'

"자, 힘내요, 퀸 씨." 래시터가 말했다. "당신은 탑으로 또 한 번 가야 하니까."

"왜요?"

"당신이 그 근처 지리를 아는 것 같으니까. 우리 안내인 겸 통역관이 될 수 있겠죠."

"그러고 싶지 않은데요."

"당신 의향을 묻는 게 아닙니다. 왜 그러시지? 약간 초조해요? 뭐 마음에 걸리는 거라도 있어요?"

“폭신폭신한 분홍색 슬리퍼요.”

“미안한데, 폭신폭신한 분홍색 슬리퍼가 막 품절돼서. 대신 귀엽고 포근한 곰인형은 어떠신가?”

퀸은 깊이 숨을 들이마셨다. “‘맨발로 거친 황야를 디뎠지만 천국으로 향하는 평탄한 황금 길을 걸으리라……’ 괜찮다면 축복 자매님을 보고 싶은데요.”

“나중에도 볼 시간은 많을 거요. 어디 가지 않으니.”

래시터의 입이 늘어지며 기쁜 기색이라고는 없는 미소를 지었다.

“음, 퀸 씨는 별로 이런 유의 얘기를 좋아하지 않나봅니다? 자, 내 충고 하나 하죠. 이런 얘기를 좋아하는 법을 배워요. 죽음을 너무 진지하게 생각하기 시작하면 결국에는 정신병원에서 종이인형이나 오리게 될 텐데.”

“그런 위험은 무릅쓰도록 하죠, 보안관.”

퀸은 제복 입은 보안관보가 모는 차 뒷좌석에 래시터와 함께 앉아 갔다. 보안관보 두 명과 이동식 감식 장비를 실은 두번째 차가 뒤따라왔다.

오후 4시인데도 여전히 무척 더웠다. 그들이 시 경계를 빠져나오자마자 래시터는 모자와 외투를 벗고 셔츠 옷깃 단추를 풀었다.

"축복 자매와 얼마나 잘 아는 사이였어요, 퀸 씨?"

"두어 번 이야기 나눈 정도입니다."

"그런데도 자매가 죽었다고 목이 그렇게 메입니까?"

"고인을 무척 좋아했습니다. 선량하고 지적인 여성이었어요."

"누군가는 당신처럼 피해자를 높이 평가하진 않았던 모양인데. 짐작 가는 사람 있어요?"

퀸은 창밖을 내다보며, 마사 오고먼에게 온 편지를 끌어들이지 않고 오고먼 살인에 대해서 보안관에게 말할 길이 있기를 바랐다. 그는 마사에게 이 편지에 대해 누구에게도 언급하지 않겠다고 약속했지만, 자신의 약속을 지키키 불가능할 것 같다는 사실을 서서히 깨닫고 있었다.

그는 조심스럽게 말했다. "축복 자매님이 살인자의 친구이자 비밀상담자의 역할을 했다고 믿을 이유가 있어요."

"공동체에 속한 사람?"

"네."

"당신은 지적이라고 말했지만 여자치고는 어리석고 무모한 입장을 자처한 거 아닙니까."

"그 상황을 이해하려면 공동체에 대해서 좀더 알아야 할 겁니다. 그 공동체는 이 나라의 다른 지역과는 완전히 분리된 단위로 활동합니다. 진정한 믿음이 있는 자들이라고 자칭하는데, 그들은 우리의 법에 복종하거나 우리의 관습을 따라야 한다고 믿질 않아요. 탑에 들어가면, 다른 삶은 완전히 버려야 합니다. 이름, 가족, 세속적 재산, 그리고 끝으로, 그렇지만 하찮지는 않은 것으로 죄악이 있죠. 우리의 체제하에서야 살인자를 품어주는 것은 불법입니다. 하지만 이 교단의 관점에서 보도록 하죠. 희생자는 그들이 더는 인정하지 않는 세계의 존재이고 범죄는 그들이 믿거나 유효하다고 생각하지 않는 법 아래에서만 처벌 가능한 것입니다. 축복 자매님의 눈으로 보면 살인이라는 사실이 일어난 후라 자신은 그의 종범으로 행동한 게 아니죠. 다른 사람들이 살인에 대해서 알았더라도 마찬가지고요. 물론 알았는지는 의심스럽지만요.”

“그 여자를 꽤 열심히 변명하는군요, 퀸 씨.”

“자매님은 내 변명이 필요하지 않습니다.” 퀸이 말했다. “이제 곧 보안관님도 본인과는 태도가 사뭇 다른 사람들을 대하게 될 거라는 사실을 깨닫게 해주려는 것뿐이죠. 보안관님이 그 사람들을 바꿀 수는 없을 테니 이해하는 편이 나을 겁니다.”

“무슨 미치광이 나라에 대한 보고를 하는 평화유지군 같은 말투군요.”

“미치광이 나라라도 보안관님 생각만큼 미쳐 있지 않을 수 있습니다.”

“됐어요, 됐어. 요지는 알아들었으니.”

래시터는 새로운 생각에 목이 조이기라도 했는지 언짢다는 듯 옷깃을 홱 잡아당겼다.

"그럼 당신은 이 그림 속에서 무슨 역할이죠?"

"리노에서 빈털터리가 되어서 꿔준 돈을 받으러 샌펠리스까지 히치하이크를 했습니다. 운전자는 뉴허우저라는 남자였는데 탑 근처 농장에서 일한다더군요. 그런데 서둘러 집에 가야 한다면서 나를 샌펠리스까지 못 데려다준다는 겁니다. 나는 음식과 물을 얻으러 탑으로 갔죠. 거기서 하룻밤 보내는 와중에 축복 자매님이 내게 패트릭 오고먼이라는 남자를 찾아달라고 했습니다. 그냥 찾아달라고, 그게 다였죠. 나를 고용할 당시에는 심지어 자매님도 오고건이라는 남자가 존재하는지조차 확신 못한다는 인상이었어요. 살인자가 오고먼을 죽였다고 고백했을 때 축복 자매님은 그 말을 완전히 믿지 않았을 수도 있어요. 이 모든 일이 그저 망상이었을지도 모른다고 생각했던 겁니다. 당연히 자매님은 진실을 찾아내고 싶었겠죠. 공동체의 규칙을 깨고 결과적으로 벌을 받게 된다고 해도 말입니다. 나중에 밝혀진 바로는 망상이 아니었어요. 오고먼은 실제로 존재했습니다. 그는 오 년 반 전 치코테 근처에서 살해당했죠."

"이 얘길 자매에게 했어요?"

"네, 일주일 전에."

“그 말에 놀라고 두려워하던가요?”

“아뇨.”

“살인자가 자기 범죄를 고백한 걸 후회하고 자매가 누구에게도 말하지 못하도록 입을 막을까봐 두려워하지 않았단 말입니까?”

“보기에는 그런 것 같진 않아요. 카르마, 그러니까 오늘 아침에 함께 있었던 여자애의 말에 따르면, 축복 자매님은 기분이 좋아서 좋은 날이 온다고 노래까지 불렀답니다.”

“뭐, 결국 여기까지는 오지 않았나보군요.” 래시터는 음울하게 말했다. “어쨌든 그 여자에게는 안 왔네. 뭣 때문에 좋은 날이 온다고 상상하게 된 거요?”

“모르겠습니다. 어쩌면 자기 얘기가 아니라 공동체 전체의 이야기였을지도요. 이 집단은 몇 년 동안 내리막길을 걸어왔는데, 새로운 개종자가 나타났으니 고무적이었겠죠.”

“그거 조지 헤이우드, 아니, 당신이 조지 헤이우드라고 생각하는 사람을 말하는 건가요?”

“그래요. 내가 알기론 자매님 입장에서는 헤이우드가 순수한 개종자라고 생각하지 않을 이유가 없었죠.”

“다른 사람은 그렇게 생각했던 게 분명한데.” 래시터가 말했다. “이건 좀 우습게 됐군요. 그렇지 않아요? 축복 자매는 일주일 전에도 살인이 망상이 아니고 실제로 일어났던 일이라는 걸 알고 있었어요. 그렇지만 살인자는 헤이우드가 현장에 나타나고서야 자매의 입을 막으려 했단 말이죠. 이건 어떻게 이해할 겁니까, 퀸?"

"모르겠습니다."

"현재 공동체 크기는 얼마나 돼요?"

"모두 스물일곱 명 있습니다. 애들 둘과 열여섯 살 된 소녀 카르마까지 포함해서."

"그중 용의선상에서 제외할 사람 있어요?"

"물론 애들요. 그리고 카르마. 축복 자매님만이 카르마가 공동체에서 도망가서 로스앤젤레스에서 이모와 살게끔 도와 줄 수 있는 유일한 희망이었으니까요. 그리고 교주 본인도 제 외해야 할 겁니다. 오고먼이 살해당하던 당시에 그는 이미 공 동체를 맡고 있었으니까요. 그 시기에도 샌게이브리얼 산에 이미 있었지요. 그의 아내인 푸레사 대모는 몸도 연약하고 치 매기도 있어서 용의자로 보긴 어렵죠."

"독살엔 체력도 지력도 필요하지 않은데.'

"공동체의 여성 신자는 살인에 관련된 것 같지 않습니다."

"왜죠?"

퀸은 대답을 알았지만 소리내어 말할 수는 없었다. 마사 오고먼에게 온 편지는 남자가 쓴 것이었으니까요.

"내게 보기엔 그럴 개연성이 떨어집니다. 공동체 내에서 축복 자매님의 역할은 교주만큼이나 핵심적입니다. 간호사에, 관리자에, 가정부까지 떠맡았죠. 심리학자들은 '모성상'이라고 부를 것 같군요. 푸레사가 어머니라는 칭호를 갖고 있지만 그저 이름뿐이에요. 그 여자는 그런 능력이 필요한 역할을 하지 못하고 과거에도 한 번도 한 적이 없을 겁니다."

"집단 내 남자 신도들에 대해서 말해봐요."

"가시면류관 형제는 기계공입니다. 성질이 나쁘고 반까막눈이죠. 그리고 모든 사람 중에서 가장 광신자일 겁니다. 그 사람이 축복 자매님의 규율 위반을 고발해서 벌을 받게 했거든요. 자매님을 그 사람을 싫어할 이유가 있고, 그 사람도 자매님을 싫어할 가능성이 높아요. 하지만 그 사람이 계시 속에서 지시를 받지 않는다면 살인을 저질렀을 것 같진 않습니다. 예언자들의 말 형제는 소심한 신경증 환자로 부분적 실어증을 앓고 있죠."

"그 부분적 실어증이라는 게 대체 뭐요?"

"말하는 능력이 없단 겁니다. 그 사람은 어린 소년처럼 축복 자매님에게 의지합니다. 아니, 의지했죠. 그런 이유로 용의자는 아닐 것 같습니다. 굳건한 마음 형제는 이발사인데 통통한 남자들이 보통 그렇듯 명랑한 태도를 취하고 있지만 실제로도 그런지는 확실히 모르겠습니다. 무한의 빛 형제는 가축을 돌보는데 유머라고는 없고 열심히 일하는 사람이죠. 어쩌면 그는 자신의 죄를 정화하기 위해 지칠 때까지 일하는지도 모릅니다. 어쨌든 그 사람은 소독약이라는 독약에 접근할 수는 있죠. 계시의 목격자 형제는 도축하고 치즈를 만듭니다. 그 사람은 멀리서만 잠깐 봤을 뿐이에요. 다른 사람들은 이름을 모릅니다."

"탑에 잠깐만 머물렀다는 사람치고는 꽤 많이 아는 것 같은데요."

"축복 자매님은 말을 잘하는 사람이었슬니다. 나는 잘 듣는 사람이고."

"지금도 그런 것 같네." 래시터는 건조하게 말했다. "그럼 이 말도 들어요. 난 당신이 한 말을 하나도 못 믿겠소."

"노력을 안 하시는군요, 보안관님."

차는 오르막길을 올랐고, 그 고도가 벌써 래시터에게 영향을 끼쳤다. 조금만 말을 해도 숨이 더 무거워지면서 가빠졌고, 지치거나 지루해진 게 아닌데도 자꾸만 하품을 했다.

"커브길에서는 속도를 줄여, 빌. 이 망할 산 때문에 토할 것 같아."

"다른 생각 좀 해보세요, 보안관님." 보안관보는 진지하게 말했다. "좋은 것도 있잖아요. 나무라든가. 음악, 음식."

"음식이라고?"

"구운 돼지갈비나, 살짝 익힌 감자나."

"집어치워, 알겠나?"

"네. 보안관님."

래시터는 뒷좌석에 머리를 기대고 눈을 감았다.

"내가 간다는 걸 그 사람들이 알아요, 퀸?"

"헤이우드의 사망을 신고하겠다고 교주에게 말했습니다."

"나를 어떻게 대할 것 같습니까?"

"고적대가 나와서 환영하길 바라진 말아야죠."

"젠장, 이 사건에 미치광이가 여럿 얽혀 있는 게 마음에 안 드는데. 맨정신인 사람만 있대도 충분히 나쁘지만, 그래도 그 사람들은 어떻게 행동할지 예측할 수나 있지. 당신 말대로, 이건 실질적으로 우리나라 말을 하지 않고 우리나라 법을 지키지 않는 외국에 가는 거나 다름이 없으니……"

"평화유지군에 온 걸 환영합니다." 퀸이 말했다.

"고맙군요. 하지만 입대할 맘은 없어요."

"이미 징집됐다고요, 보안관님."

앞자리에 앉은 보안관보의 어깨가 소리 없는 웃음으로 흔들렸다. 보안관은 몸을 앞으로 내밀고 그의 귀에 부드럽게 속삭였다.

"뭐가 그렇게 웃겨, 빌?"

"아무것도 아닙니다."

"나도 그렇게 생각하네. 아무것도 안 웃겨. 그래서 내가 안 웃는 거야."

래시터는 다시 퀸에게로 관심을 돌렸다.

"그 사람들이 우리를 몰아내려고 할 것 같아요? 폭력 사태가 있을 것 같으면 미리 알아두는 편이 좋은데."

"이론적으로는 그 사람들은 폭력을 믿진 않습니다."

"이론적으로는 나도 그래요. 하지만 가끔은 써야 할 때가 있지."

"내가 알기론 무기도 없어요. 머릿수를 병력으로 감안하는 게 아니라면."

"아, 그건 감안해야지."

래시터의 오른손은 본능적으로 총집에 든 총으로 향했다. 퀸은 그 동작을 눈치챘고 마음속에서 반발심이 자라나는 것을 느꼈다. 그는 처음 푸레사 대모를 보았을 때의 모습을 떠올렸다. 마치 하늘이 자기를 위해 열리기를 바라는 듯 하늘을 올려다보고 있었다. 그리고 연민과 의무 사이에서 갈등하던 교주는 그녀를 방황으로부터 끌어내 어린 시절의 복도를 지나 돌아가는 길을 안내하려 했다…… 말 형제는 그 대신 말해줄 작은 새를 어깨에 얹고 있었다…… 굳건한 마음 형제는 세상 다른 곳의 평범한 이발사처럼 면도기를 휘두르며 평범한 이야기를 떠들었다…… '우리 젊을 때는 달이지, 아가씨들이 여리여리한데다 발도 작고 섬세했지.'

그는 소독약을 보관창고로 가지고 갔을 때 빛 형제가 괴로워하는 목소리로 한 말을 기억했다. '나는 할일이 백 개는 되는데…… 가서 매트리스 좀 손보라고 하더라고. 외부인이 벼룩에게 뜯기면 안 된다면서.'

그리고 면류관 형제, 파멸의 예언자는 이렇게 말했다. '우리 모두는 내면을 갉아먹는 악마를 품고 다니니까.'

퀸은 자기 자신의 악마에게 뜯기고 갉아먹힌 목소리로 말했다. "폭력 사태는 없어야죠."

"그 사람들에게 그렇게 말해봐요."

"먼저 보안관님에게 말해두는 겁니다. 보안관님의 공격성이 그 사람들을 겁줘서 파괴행위를 일으킬 수 있으니까."

"또 평화유지군 노릇을 하는 겁니까, 퀸 씨?"

"부르고 싶은 대로 불러요."

"갑자기 주님의 군대에 하사관으로 지원이라도 하는 건가? 당신도 목소리를 들었나보지, 허?"

"맞아요." 퀸은 말했다. "나도 목소리를 들었죠."

특히 하나의 목소리를. '나는 세상과 그 안의 사악한 것들과는 완전히 연을 끊었습니다. 육체와 그의 허약함도 끊었습니다. 나는 성령의 위안, 영혼의 구원을 찾습니다…… 위안 없이 행한 일이지만, 나는 주님 곁에서 위안을 받으리라. 굶주렸지만 만찬을 받으리라…… 맨발로 거친 황야를 디뎠지만 천국으로 향하는 평탄한 황금 길을 걸으리라…… 장신구를 걸친 자만심을 버렸지만, 나는 영원한 아름다움을 얻으리라. 들판에서 나 자신을 낮추었지만, 이후로는 크게 일어나 걸으리라. 진정으로 믿는 이들에게 이 모든 것이 임하기를, 아멘.'

퀸은 황량한 풍경을 내다보았다. 이루었기를 바라요, 자매님. 주님께 바라건대, 자매님이 꼭 이루었기를.

19

퀸이 처음 방문한 이래로 무엇 하나 변함이 없어 보였다. 소떼는 바람에 꼬리를 흔들면서 목초지에서 풀을 뜯었다. 염소들은 여전히 맨저니터 나무에 매여 있었다. 통나무 우리 안의 양들은 차가 지나가자 무관심하게 쳐다보았다. 퀸이 아까 푸레사 대모를 만났던 길의 그 지점에는 조우의 흔적, 핏방울, 발자국조차 배어 있지 않았다. 떡갈나무 잎과 솔잎이 그 길과, 계피처럼 보이는 진한 주황색의 마드론 나무껍질 위를 떠다녔다. 숲은 바다처럼 그 기록을 효과적으로 숨겨버렸다.

래시터 보안관은 차에서 내려서는 나무 뒤에서 누가 기습이라도 할까 싶은지 주위를 불안하게 돌아보았다. 그는 두번째 차를 타고 온 보안관보들에게 자기가 그곳을 탐색해보기 전까지 차에 그대로 있으라고 명령을 내리고, 운전했던 빌과 함께 퀸을 따라 가파른 오르막길을 올라갔다.

아무런 소리도 들리지 않았다. 고요한 나무를 흔드는 바람 한 점 없고, 새들도 아직 저녁 모이를 모으러 나서지 않았다. 세 남자가 식당 건물로 다가가는 모습을 누가 보았는지는 모르지만, 귀에 들리는 경보 하나 없었다. 이따금 지친 연기 한줄기가 굴뚝에서 올랐다 사라져버렸다.

"젠장, 다들 어디 있지?" 래시터가 말했다. 목소리가 얄팍한 공기 중에 너무 크게 울리자 그는 당혹감에 얼굴을 붉혔다. 사과를 받아줄 사람이 나타나면 사과라도 할 기세였다.

아무도 나타나지 않았다.

보안관은 부엌문을 두드리고 기다렸다가 다시 두드렸다.

"거기 안에 누구 없어요!"

"다들 탑의 기도회에 갔을지도 모릅니다. 문을 열어봐요."

문은 잠겨 있지 않았다. 보안관이 문을 열자, 뜨겁고 건조한 공기가 래시터의 얼굴로 훅 끼쳐왔고 거대한 채광창을 통해 쏟아지는 햇살에 눈이 멀어버릴 것 같았다.

긴 나무 탁자 위에는 다음 식사 상이 차려져 있었다. 양철접시와 컵과 스테인리스스틸 식기. 등유등에는 기름을 가득 채워 불을 붙일 준비도 해놓았다. 나무 화덕에서는 불이 타고 있었고, 그 옆 바닥에는 나중에 회개 자매가 저녁 준비를 시작하러 오면 더 넣을 여분의 장작이 곱게 쌓여 있었다.

축복 자매가 쓰러졌던 돌바닥의 그 자리는 깨끗이 문질러 닦여 있었고 공기 중에서는 모직을 태우는 것 같은 톡 쏘는 냄새가 났다. 래시터는 화덕으로 가서 손잡이가 있는 뚜껑을 들어보았다. 바닥을 닦는 데 썼던 천조각이 새카맣게 타서 여전히 연기를 내고 있었다.

"증거를 태워버렸군." 래시터는 화를 억누르지 못하며 말했다. "젠장. 이자들을 철창 속에 처넣게 된다면 한 명도 못 빠져나가게 해주지. 원주민 추장들처럼 평화의 담뱃대를 드는 건 좋지만, 그 사실을 받아들여요, 퀸."

보안관은 남은 천쪼가리를 부지깽이로 끄집어내려고 헛된 시도를 몇 번 해보았으나 천은 닿는 대로 부서져나갔다. 그는 부지깽이를 내던져버렸다. 부지깽이는 아슬아슬하게 그의 발을 빗나갔고, 보안관은 퀸이 부지깽이를 던지기라도 한 것처럼 그를 노려보았다.

"좋아, 탑은 어딥니까? 댁 친구들에게 몇 가지 질문을 하고 싶은데."

빌은 상관을 불안하게 바라보았다. "진정하세요, 보안관님. 퀸 씨가 말한 것처럼 여기는 외국 영토나 다름없어요. 통역관, 그러니까 그 사람들 말을 할 수 있는 사람이 필요한지도 모릅니다. 제 말은, 물론, 보안관님은 관점이 있죠, 하지만 그 사람들도 관점이 있으니까 우리도 처음에는 좀 천천히……"

"자네 어떻게 된 건가? 여기 있는 퀸처럼 머리가 말랑해졌어?"

“아닙니다, 하지만……”

“그럼 됐어. ‘하지만’ 같은 소린 집어넣어, 빌리 보이.”

그들이 걸어가는 동안, 이따금 발밑에 참나무 이파리가 밟혀 사각거리고 풀숲에서 어치새가 위험을 감지하고 경계 신호를 주느라 끽끽 울어대는 소리 외에는 아무런 소리도 들리지 않았다. 고요 속에서 세 남자는 탑의 아치 출입문 아래를 지나 안마당으로 들어갔다. 죽은 남자는 떨어졌던 자리, 제단 앞에 누워 있었다.

시체는 담요로 덮어놓았고, 가까운 곳의 돌벤치 위에서 푸레사 대모가 묵주를 든 채로 눈을 깜박이지도 않고 침입자를 바라보았다. 푸레사는 목욕을 했고 깨끗한 흰 로브를 입었다.

퀸은 그녀에게 부드럽게 말을 걸었다.

“푸레사 대모님?”

“이사벨라라고 불러.”

“그러죠. 다른 사람들은 어디 있습니까, 이사벨라 여사님?”

“가버렸어.”

“어디로요?”

“멀리.”

“대모님만 여기 혼자 남겨두고 떠난 겁니까?”

“난 혼자가 아니야. 카피로테가 있잖아.”

푸레사는 뼈만 앙상한 손으로 죽은 남자를 가리켰다가,

다시 퀸을 가리켰다.

"그리고 당신도 있지. 당신도 있고, 당신도 있네. 그럼 네 명이고 나까지 하면 다섯. 말할 사람 하나 없이 방안에 앉아 있을 때보다는 외롭지 않은데. 다섯 명이면 오붓하게 대화하기 좋은 숫자네. 첫번째 화제는 뭐가 좋을까나?"

"친구들 얘기는 어떻습니까. 교주님, 회개 자매, 카르마……"

"모두 가버렸어. 말했잖아."

"돌아올 겁니까?"

"안 올걸." 푸레사는 무관심하게 어깨를 으쓱했다. "왜 오겠어?"

"대모님을 돌보러요."

"카피로테가 깨어나면 돌봐줄 텐데."

래시터는 죽은 남자에게서 담요를 치우고, 몸을 굽혀 머리의 상처를 살폈다.

퀸은 그에게 말했다. "대모님의 남편이 아내가 혼자 알아서 자기 몸을 지키도록 놔두고 떠났다니 믿을 수 없습니다."

래시터는 무시무시한 얼굴을 하고 몸을 폈다.

"믿을 수 없다고요?"

"아내에게 무척 정이 깊은 것 같았거든요."

"여기는 다른 나라라고 한 거 기억해요? 정이라는 말은 이 나라 말엔 없는지도 모르잖소."

“있을 겁니다.”

“뭐, 그래요. 그러면 이건 무슨 뜻이지? 이 사람들이 멀리 간 게 아니라 나무 속에서 숨바꼭질이라도 한다는 겁니까?”

“아닙니다.”

“그럼 뭐요?”

“교주가 돌아올 계획이든지, 아니면 더는 아내를 제대로 돌볼 수 없는 때가 왔다는 것을 깨닫고 아내를 여기 고의로 남겨두었든지 둘 중 하나입니다. 우리가 온다는 걸 알았으니 홀로 너무 오래 있진 않을 거라는 걸 알았겠죠.”

“교주와 다른 사람들이 도망갈 때 이 늙은 부인이 방해물이 될 거라고 생각했다는 뜻입니까?”

“아뇨. 아내가 발견되어 시설에 보내질 수 있도록 일부러 이렇게 했단 뜻입니다. 이 여자는 시설에 들어가 보살핌을 받아야 해요.”

“교주의 동기에 대한 당신 해석은 꽤 자비로운데.” 래시터가 말했다. “그렇다고 해서 사실이 바뀌진 않소. 한 사람이 살해되었고, 어쩌면 두 사람인지도 모르지. 그리고 머리가 아픈 노부인은 버려졌고.”

“순전히 이기적인 이유만으로 아내를 버리진 않았을 겁니다.”

“아직도 평화의 어쩌고 하는 몽상이나 하는군, 퀸. 그 연기에 눈이 멀어서는.”

“당신들 말이 안 들리는데.” 푸레사 대모가 날카롭게 끼어 들었다. “뭔가 재미있는 얘기라도 하고 있어? 크게 말해, 크게. 들리지도 않는 대화를 해서 뭐해?”

“맙소사, 제발. 저 여자 좀 조용히 시켜요. 저 여자를 보면 소름이 끼치는군. 생각을 할 수가 없어.” 래시터가 말했다.

탑 위층을 재빨리 조사하고 온 빌은 텅 비었다는 소식을 갖고 돌아왔다. 그는 동정의 눈빛으로 푸레사 대모를 보았다.

“우리 할머니도 저러세요.”

“그러면 할머니를 조용히 시킬 땐 어떻게 하나?”

“뭐, 할머니는 라이프 세이버 사탕을 빨아드시는 걸 좋아 하시죠.”

“그럼, 제발 저 여자에게 라이프 세이버 하나 주게. 알겠나?”

“분부대로 하죠. 이리 오세요, 할머니. 밖에 나가서 앉아 요. 좋은 것 드릴 테니까.”

“당신은 화술이 능해?” 푸레사 대모는 얼굴을 찡그리며 말했다. “시를 읊을 수 있어?”

“할 수 있고 말고요.” 빌은 푸레사를 부축해서 천천히 아 치문으로 모시고 나갔다. “이건 어때요? 입을 벌리고 눈을 감 으라. 너를 더 현명하게 만들어줄 무언가를 주리라.”

“이전에 들어본 적이 없는 말인데. 누가 썼지?”

“셰익스피어요.”

“그럴 것 같더라니. 그 사람이 좀더 유쾌했던 시절에 썼던 건가보네.”

“그랬죠.”

“아는 얘기도 있어?”

“몇 개 있습니다.”

“오래오래 행복하게 살았다는 결말로 끝나는 얘기 하나만 해줄래?”

“그럼요.”

푸레사 대모는 눈을 빛내더니 기쁨에 겨워 손뼉을 쳤다.

“지금 당장 시작해. ‘옛날 옛적에 여자가 하나 살았습니다.’ 계속 해봐.”

“‘옛날 옛적에 여자가 하나 살았습니다.’” 빌은 따라했다.

“‘이름은 메리 앨리스 페더스톤이었습니다.’”

“‘이름은 메리 앨리스 페더스톤이였습니다.’”

“‘그리고 그 여자는 오래오래 행복하게 살았습니다.’”

래시터는 그들이 떠나는 모습을 보며 소맷자락으로 얼굴에 맺힌 땀을 닦았다.

“돌아갈 때 저 여자를 샌펠리스에 데리고 가야 할 것 같군. 군 종합병원으로. 저런 할머니를 혼자 놔두고 가다니 정말 끔찍한 짓이야.”

푸레사 대모라는 당면 문제가 헤이우드의 죽음을 둘러싼 사실을 가렸다. 그의 시체는 현실의 살아 있는 사람들이 개인적 드라마를 연기하는 장면의 무대 장치에 불과했다.

"다른 건물은 없습니까?" 래시터가 말했다.

"헛간 하나, 세면장 둘, 보관창고 하나가 있습니다."

"한번 둘러봐주겠습니까? 난 본부와 교신해서 구급차 한 대를 보내고 전국에 지명수배령을 내달라고 해야 해서."

퀸은 먼저 헛간부터 들렀다. 거기 남아 있는 것은 새로 넣은 새끼에게 젖을 물린 엄마 염소뿐이었다. 트럭과 녹색 스테이션왜건은 사라졌다. 세면장도 비어 있었다. 최근에 누가 있었다는 흔적은 양철 세숫대야 바닥에 깔린 물속에 잠겨 있는 회색의 꺼끌꺼끌한 비누 하나뿐이었다. 수건으로 썼던 모직 천조각이 모두 말라 있어서, 그가 떠난 직후에 공동체 사람들이 이곳을 떠났다는 사실을 알 수 있었다. 그들은 부엌을 정돈하고 증거를 태우고 헤이우드의 시체를 덮어줄 때까지만 머물렀다가 도망간 것 같았다.

제일 큰 질문은 이것이었다. 그들이 어디로 갈 수 있었을까? 그들의 목적지가 어디든 간에 들키지 않고 탈출할 수 있다는 희망을 품을 수는 없었을 것이다. 전원이 로브를 입었고 맨발인데다가 형제들은 머리까지 밀었다. 곧바로 받게 될 관심을 피하기 위해선 평상복으로 갈아입어야 했을 것이다. 그들이 처음 탑에 왔을 때 입었던 바로 그 옷. 형제들이 뭐든 버렸을 것 같지는 않았다.

퀸은 재빨리 길을 따라가 보관창고에 다다랐다. 탑에 있을 때 밤을 보냈던 작은 방은 그가 떠날 때와 같은 상태로 보였다. 담요 두 장은 여전히 철제 침대에 깔려 있고 그 아래는 축복 자매가 읽으라고 주었던 카르마의 오라 된 교과서가 있었다. 창문은 여전히 열려 있었으며 다른 칸으로 이어지는 문의 자물쇠도 여전히 제자리였다. 하지만 좀더 자세히 살펴보니 잘못 생각했다는 것을 깨달았다. 자물쇠 하나가 너무 대충 잠갔거나 너무 서둘러 잠갔는지 제대로 맞물려 있지 않았다. 퀸은 자물쇠를 풀고 문을 열었다.

창문 하나 없는 작은 정사각형 모양의 방으로, 먼지와 곰팡내가 났다. 눈이 침침한 어둠에 익숙해지자 이 장소에 온갖 크기의 마분지 상자가 가득한 모습이 보였다. 어떤 상자엔 뚜껑이 있고 어떤 것엔 없었으며, 어떤 것은 비었고 어떤 것엔 옷가지와 책, 손가방, 모자, 편지꾸러미, 손거울, 지갑, 머리빗, 약병, 약상자가 꽉꽉 차 있었다. 공작깃털로 만든 부채, 수동 크랭크가 달린 구형 축음기, 성냥개비로 만든 카누 모형, 구멍이 송송 뚫린 붉은 벨벳 베개, 전복껍데기, 하키 스케이트 한 켤레, 찌그러진 실크 갓이 달린 전등, 액자에 담긴 〈커스터의 마지막 항전〉 복제품, 머리 없는 인형 하나와 '아빠'라고 쓰인 커다란 머그잔 하나. 종이상자 하나하나마다 공동체의 일원 이름이 크레용으로 큼지막하게 써붙여 있었다.

상자 하나는 새것이었고 최근에 발매된 세제 상표명이 찍혀 있었다. '천사의 신앙 형제'라는 이름표가 붙은 상자였다. 퀸은 그 상자를 꺼내와 철제 침대에 놓고 뚜껑을 열었다.

맨 위에 있는 진회색 중절모는 조지 헤이우드가 치코테의 빈집에서 윌리 킹을 만나던 날 쓰고 있었던 모자와 동일해 보였다. 모자와 그 밑에 든 진회색 양복 둘 다 캘리포니아 치코테의 해들리앤드선 양복점 제품이었다. 흰 셔츠, 러닝셔츠, 팬티, 그리고 손수건 두 장에는 전부 'HA1389X'라고 적힌 같은 세탁물표가 붙어 있었다. 검은 옥스퍼드 구두와 청색 줄무늬 넥타이는 전국적으로 유명한 회사 제품이어서 어디서든 살 수 있을 것이다. 지갑이나 개인 서류는 어떤 종류도 없었다.

퀸이 옷가지를 상자 안에 도로 넣는 와중에 래시터 보안관이 문간에 나타났다.

"뭘 찾았어요?" 래시터가 물었다.

"조지 헤이우드의 옷가지 같네요."

"어디 한번 볼까." 보안관은 눈을 가늘게 뜨고 비스듬히 떨어지는 햇살에 옷가지를 하나하나 비추어보며 세심하게 살폈다. "이런 상자들이 더 있어요?"

"수십 개 되던데요."

"좋아요. 살펴보는 편이 좋겠군요."

축복 자매의 상자를 가장 먼저 꺼냈다. 뚜껑에 켜켜이 덮인 먼지로 보아 한동안 연 적이 없는 것 같았다. 그 안에는 검은 모직 외투와 하얀 근무복 몇 벌, 꽃무늬 크레이프 원피스, 속옷, 하얀 간호사 신발 두 켤레, 쇠가죽 손가방 하나, 인조보석 장신구 몇 점, 남성용 금시계와 시곗줄이 들어 있었다. 아주 오래된 편지 묶음에는 '사랑하는 남편 프랭크'라는 서명이 적혀 있었고, 좀더 최근에 온 편지 몇 통에는 '찰리'라는 서명이 있었다. 가장 마지막 편지는 지난 12월에 왔다.

사랑하는 어머니께

다시 한번 어머니에게 성탄 인사드리려고 이 편지를 씁니다. 플로렌스와 두 손자들, 그리고 제가 안부 전해요. 어머니도 즐거운 성탄절 보내셨으면 좋겠어요. 언제쯤이면 어머니도 분별을 찾아 그곳을 떠나실까요? 어머니가 딱히 상식적인 이유도 없이 스스로 고난을 자처하시지 않는대도 세상에는 고난이 이미 충분한걸요. 여기에는 어머니가 지낼 곳이 많아요. 다시 한번 생각해주신다면요.

플로와 아이들은 지난달에 독감에 걸렸지만, 우리는 모두 이젠 나아졌습니다. 이십 달러를 동봉해요. 그 돈을 쓰시든 저축하시든 찢어버리시든 마음대로 하셔도 되지만, 간곡히 부탁드리는데 어머니에게 최면을 걸어버린 말만 번드르르한 미치광이에게 그 돈을 건네주진 마세요.

퀸은 행간을 읽으려 했지만 이 편지에서는 딱히 사랑이나 애정의 흔적을 찾아볼 순 없었다. 찰리는 분노에 차서 이 편지를 썼고, 어머니에게 와서 함께 지내자는 초대를 진심으로 하려 했는진 몰라도 표현은 제대로 되지 않았다. 여기 우리는 어머니가 필요해요.

"지금 편지 같은 것 읽을 시간은 없는데." 래시터가 날카롭게 말했다.

"한번 보는 편이 좋을 겁니다. 자매의 아들이 보낸 거예요, 찰리요."

"그래서?"

"보안관님이 그에게 어머니의 소식을 알려야 할지도 모르잖아요."

"거참 유쾌한 임무겠군. '여보세요, 찰리. 댁네 모친이 방금 막 세상 뜨셨는데요!'" 그는 퀸이 건넨 편지를 받아 주머니에 넣었다. "좋아요. 그럼 나머지 잡동사니를 살펴봅시다. 이 소굴에 밤새 처박혀 있고 싶진 않거든."

하키 스케이트는 무한의 빛 형제 것이었고, 전복껍데기는 계시의 목격자 형제, 전등과 커피 머그잔은 회개 자매의 것이었다. 굳건한 마음 형제가 축음기를 돌렸던 사람이고, 예언자의 말 형제가 카누에 외현을 붙인 사람이었으며, 머리 없는 인형과 벨벳 베개를 소중히 여겼던 사람은 카르마였다.

퀸은 베개 밑에서 타자기 글씨가 양면에 한 줄 간격으로 빽빽이 찍힌 종이 몇 장을 찾아냈다. 타자를 배운 지 얼마 안 된 사람이 잉크 리본이 거의 다 닳은 타자기로 친 게 분명했다. 종이 위에는 완성된 문장, 반쯤 쓰다 만 문장, 숫자, 순서대로도 적히고 역순으로도 적힌 알파벳, 몇 줄씩 늘어놓은 세미콜론과 마침표 들이 찍혀 있었고, 여기저기에 이름이 흩어져 있었다. 카르마.

몇몇 문장은 사실적이었고, 어떤 문장은 십대 애들이 꿈꿀 법한 내용이었다.

내 이름은 이름은 카르마입니다. 나는 그 이름을 싫어합니다.

내가 내가 아주 예쁘기 예쁘기 때문에 사람들이 나를 숲속 탑에 포로로 잡아놓았습니다. 공주에게는 슬픈 운명입니다.

킨 아저씨는 자가가 자기가 내 얼굴에 바를 마술 선몰 선뭉을 가져다준다고 했지만 아자씨 아저씨가 약속을 지킬 것 같진 않습니다.

오늘은 젠장 젠장 젠장이라고 세 번 큰 소리로 말했습니다.

공주는 긴 머리를 따아서 모든 적을 목 졸랐다가 풀어주고 왕국으로 돌아갔습니다.

"그게 뭐죠?" 래시터가 물었다.

"카르마가 타자기로 낙서한 겁니다."

"여긴 타자기는 없는데."

"타자기 주인이 누구든 가져가버린 거겠죠."

논리적인 결론이라 그 화제는 거기서 끝났다.

'가시면류관 형제'라고 쓰인 상자에는 과거의 감상적인 기념품은 없었고, 옷가지 몇 벌뿐이었다. 둘 다 좀먹은 트위드 정장과 스웨터, 능직셔츠 한 벌, 신발 한 켤레, 구멍이 나서 알아볼 수도 없는 양말 한 켤레가 다였다. 모든 옷가지는 오랫동안 상자 안에 건드리지 않은 채로 놓여 있었다.

별안간 퀸이 입을 열었다. "잠깐만요."

"왜 그래요?"

"사이즈 잴 때처럼 셔츠 한 벌 좀 가슴에 대보세요."

래시터는 셔츠를 들었다. "꽤 잘 맞는데."

"사이즈가 어떻게 되죠?"

"16 반인데."

"정장 외투 좀 입어보시겠습니까?"

"대체 무슨 짓을 하려는 거요, 퀸? 난 다른 사람 옷가지에 손대는 것 별론데."

하지만 래시터는 그러면서도 외투를 입어보았다. 어깨가 너무 꽉 끼고 소매는 너무 짧았다.

"이제 스웨터 차례겠지?"

"보안관님이 괜찮다면."

스웨터는 꽤 잘 맞았지만, 이번에도 소매가 너무 길었다.

"그래요, 퀸." 래시터는 스웨터를 도로 상자 안에 던져넣었다. "무슨 공을 시도하려는 거요?"

"진짜 싱커볼[1]이죠." 퀸이 말했다. "이 옷은 면류관 형제게 아닙니다. 그 사람은 보통 체격이그, 굳이 말하면 약간 작은 쪽이에요."

"여기 와서 체중이 좀 줄었나보지."

"그렇다고 다리와 팔이 줄어들진 않잖아요."

"아니면 종이 상자에 이름이 잘못 붙었든가. 설명은 열 개도 넘게 할 수 있는데."

"그럴 수도 있죠, 물론. 하지만 난 맞는 설명을 원해요."

---

[1] 야구에서 공을 던질 때 역회전을 주어 타자 근처에서 약간 아래로 가라앉게 던지는 공.

퀸은 스웨터와 외투, 셔츠를 문간으로 가져가서 햇빛에 비쳐보며 살폈다. 스웨터나 외투에는 제조사 상표가 붙어 있지 않았다. 셔츠 옷깃 안쪽에는 상표가 있었다. 애로^{Arrow}, 16 1/2, 100% 순면, 피보디앤드피보디^{Peabody&Peabody}, 그리고 거의 알아볼 수 없는 세탁물표의 남은 부분.

"혹시 확대경 있습니까, 보안관님?"

"아니, 하지만 시력은 꽤 좋은데"

"이 세탁물표 좀 읽어봐요."

"첫 글자는 H 같군." 래시터는 눈을 깜박이며 말했다. "HR, 아니면 HA. 아, 그거다. HAI거나 HAT."

"HA에 숫자 1이라면요?"

"그럴 수도 있겠는데. HA1. 다음 글자는 3이나 2. 그다음엔 8."

"HA1389X." 퀸이 말했다.

래시터는 짜증 때문에, 또한 공기 중에 안개처럼 떠도는 먼지 때문에 재채기를 했다.

"이미 아는 걸 왜 물어봅니까?"

"확실히 하고 싶어서요."

"그게 중요한 일 같아요?"

"조지 헤이우드의 세탁물표입니다."

"뭐, 알다가도 모르겠군." 래시터는 다시 재채기를 했다.

"좀이 슨 정도나 먼지를 봐서는 이건 사 년은 되었겠는데. 대체 무슨 영문이죠?"

"면류관 형제가 처음 탑에 왔을 때 그 사람이 조지 헤이우드의 옷을 입고 있었다는 거죠."

"왜죠? 그리고 어떻게 그 옷을 얻었지?"

퀸은 아직 그 질문에 대답할 준비가 되지 않았지만, 자기가 아는 대답이 맞다는 확신이 들었다. 윌리 킹은 그전날 밤 모텔 뜰에서 조지에 대해 그에게 알려주었다. 조지가 진정제에서 깨어났을 때 일을 얘기하며 이렇게 말했다. '그 사람, 아주 웃겼어요…… 내가 앨버타라고 생각했어요…… 철이 안 든 어리석은 노처녀라고 했죠…… 하지만 앨버타에게 화를 많이 냈죠…… 조지 옷을 집에 찾아온 떠돌이에게 줘버렸다고요. 그는 앨버타를 잘 속고 마음이 물렁한 바보라고 불렀어요…… 앨버타가 바보일지는 모르지만, 잘 속지도 않고 마음이 물렁하지도 않아요. 정말로 떠돌이가 있었고 그에게 조지의 옷가지를 줬다고 한다면, 마음이 너그러워서가 아니라 반드시 이유가 있었을 거예요.'

퀸은 고통스럽지만 의기양양한 기분이 마음속에서 솟아오르는 것을 느꼈다. 그가 찾고 있던, 앨버타 헤이우드와 패트릭 오고먼 살인 사건 사이의 연결이 차츰 분명해졌다. 앨버타가 조지의 옷을 준 떠돌이와 오고먼이 차에 태워준 히치하이커, 고백편지를 마사 오고먼에게 보낸 사람은 모두 동일인, 가시면류관 형제였다.

그래도 아직 답이 없는 질문이 퀸의 마음속에서 빙빙 질주했다. 지금 면류관 형제는 어디에 있을까? 그는 어떻게 자기 하나 체포당하지 않으려고 공동체 전체를 설득해서 흩어지게 할 수 있었던 건가? 조지 헤이우드가 갑자기 탑에 나타났기 때문에 축복 자매의 죽음은 필연적이 되어버렸나? 그러면 단순한 너그러움 말고 무슨 동기가 있었기에 앨버트 헤이우드는 오빠의 옷가지를 낯선 이에게 주었던 말인가? 하지만 가령, 그 사람이 낯선 사람이 아니었거나, 처음엔 낯설었다가도 곧 잘 아는 사이가 되었다면? 가령, 앨버타가 그에게 문을 열어주자마자 자신의 절박한 마음에 맞먹는 그의 마음을 간파하고 오고먼을 죽이는 대가로 돈을 주었다면?

퀸은 한동안 오고먼이 앨버타의 횡령 사건과 어떤 연결이 있거나 적어도 그를 알고 있을 거라고 생각했었다. 오고먼이 자신의 정보를 이용해서 앨버타를 협박했다고는 믿기 어려웠지만 그녀와 이야기를 하려고, 설득하려고 했을 수는 있었다. 자, 이봐요, 헤이우드 씨. 정말로 은행에서 돈을 훔치면 안 됩니다. 그건 점잖은 행동이 아니에요. 전 헤이우드 씨가 그만둬야 한다고 생각해요. 당신 때문에 내 입장이 곤란해졌어요. 내가 이 일을 알고도 입을 다물면, 당신 범죄를 용납하는 겁니다……

앨버타는 그렇게 소심하고 자그마한 사람이었으므로 오고먼은 그녀가 자기를 죽일 사람을 고용할 수 있다는 생각은 하지 못했을지도 모른다.

그래, 모든 것이 들어맞는군. 퀸은 생각했다. 심지어 감방에 돌아가서도 앨버타는 자기의 역경이 오고먼 탓이라고 비난했다. 오고먼은 죽지 않았다고 앨버타가 쿨합리하게도 우기는 건 자신의 죄책감을 맞대면할 수 없어서, 자기가 그의 죽음에 책임이 있다는 걸 인정하고 싶지 않아서일수도 있었다. 그렇다면 이 그림에서 조지는 어디에 들어맞는 거지? 동생이 오고먼 살인을 계획했다는 사실을 얼마나 오래전부터 의심하고 있었을까? 동생을 정기적으로 면회간 건 진실을 알아내려던 의도였나? 아니면 숨기려는 의도로?

"이 상자 좀 들고 가게 도와줘요." 래시터가 말했다. "형제들 중 누구라도 이걸 가지러 돌아올 경우를 대비해서 가져가는 게 낫겠군."

"내 생각엔 그 사람들이 돌아올 것 같진 않은데요."

"나도 그래요. 하지만 언제나 반전이라는 건 있잖아. 그들이 어디로 갔을 것 같아요?"

"남쪽요, 아마도. 원래 공동체는 샌게이브리얼 산에 있었습니다."

래시터는 담배에 불을 붙인 후 성냥을 꺼서 반으로 꺾어 문 밖으로 던졌다.

"내가 만약 교주라면, 하느님 용서하시길, 절대 그렇겐 안 할걸요. 잡히고 싶은 게 아니고서야. 그 사람들이 다 평상복을 입었다고 해도 스물다섯 명이 트럭이나 스테이션왜건에 타고 이동하면 꽤 눈길을 끌 거요."

"그러면 어떻게 할 것 같은데요?"

"흩어지겠죠. 가장 가까운 대도시, LA로 가서 완전히 헤어지는 거요. 괜히 산에 갔다간 도망칠 기회가 없을걸."

"도시에도 기회가 없긴 매한가지예요." 퀸이 말했다. "그 사람들은 돈이 없으니."

뒷좌석에 앉은 푸레사 대모는 차의 진동을 자장가 삼아 라이프 세이버 사탕을 빨면서 잠이 들었다. 다리를 끌어올리고 턱을 가슴까지 떨어뜨린 푸레사는 아주 나이가 많은 태아 같았다.

래시터가 앞좌석에 탔다. 차가 대로에 이르자, 래시터는 뒤를 돌아보며 퀸을 향해 얼굴을 찡그렸다.

"이 근처에 목장이 있다고 했던가요?"

"그래요. 3킬로미터쯤 떨어진 곳에 갈림길이 있어요."

"거기 들러서 도움을 좀 받아야겠는데."

"무슨 도움요?"

"도시 사람이니 그런 걸 물어보지." 래시터는 못마땅하다는 듯한 소리를 내며 말했다. "가축들을 누가 돌봐야 할 거 아닌가. 소들이 혼자 젖을 짤 수도 없고. 정말 말도 안 되는 짓이야. 그 형제란 인간들이 그렇게 가치 있는 가축들을 그냥 두고 가버리다니."

"트럭 한 대와 스테이션왜건 한 대가 다인데, 다른 대안이 없었겠죠."

"그 사람들이 여기 가까운 언덕 같은 데 숨어 있을 가능성은 없으려나. 밤이나 이런 때 소떼를 돌보러 돌아올 작정으로. 당신이야 도시 사람이니, 탑 같은 공동체가 얼마나 가축에 의존하는지 이해 못하겠죠. 가축 므리는 건강하고 잘 보살핀 것 같던데."

"그랬죠." 퀸은 빛 형제가 소와 양, 염소 얘기를 할 때 목소리에 실렸던 열의를 기억했다. 빛 형제가 어디에 있든, 가까운 언덕에 있든 샌게이브리얼 산에 있든 도시에 있든, 해가 질 때면 그가 무엇을 생각할지 퀸은 알았다.

목장으로 가는 갈림길은 말발굽으로 꾸며놓은 나무 표지판으로 표시를 해놓았다. 란초 아리도. 길에서 1킬로미터 남짓 올라갔을 때 지프차를 몰고 온 남자가 그들을 맞았다. 뒷좌석에 앉은 콜리 개 두 마리가 짖어대며 꼬리를 격정적으로 흔들었다.

보안관의 차가 접근하자, 남자는 지프를 멈추고 내렸다.

"무슨 일이에요, 보안관님?"

"안녕, 뉴하우저." 퀸이 말했다.

뉴하우저는 몸을 숙이고 창문 안을 들여다보았다.

"이런, 이거 놀라서 자빠지겠군. 당신을 다시 보다니, 퀸."

"그러게."

"지금쯤은 리노로 돌아가 있을 줄 알았는데."

"우회로를 택했지."

"있잖아, 퀸. 이전에 당신을 길 위에 놔두고 가서 왠지 양심에 걸리더라고. 무사하다니 다행이야. 인생사 어떻게 될진 모르는 일이라니까."

퀸의 갑작스러운 깊은 호흡은 홍수처럼 밀려오는 추억에 빠져 헤어나오지 못하는 사람의 가쁜 숨 같았다.

그 홍수의 가장 높은 파도를 타고 있는 이는 축복 자매로, 퀸을 보고 미소를 지으며 인사했다.

"환영합니다, 낯선 손님. ……저희는 가난한 자들을 돌려보내지 않는답니다. 저희도 가난한 자들이니까요."

퀸은 조용히 말했다.

"그래. 인생사 어떻게 될지 모르는 일이지."

20

9시에도 퀸은 여전히 보안관 사무실에서 교환수가 찰리 페더스톤을 보안관 개인전화로 연결해주기를 기다리고 있었다. 마침내 전화가 울리자 래시터는 한번 쓱 보더니 퀸에게로 눈길을 옮겼다.

"난 이런 일에는 영 젬병이라서. 당신이 좀 받아요."

"이건 내 일이 아닌데요."

"당신은 그래도 그 사람 어머니를 알잖아, 난 모르고. 받아요."

"알겠습니다." 퀸이 말했다. "하지만 그 사람하고 단둘이서 얘기하고 싶은데요."

"여긴 내 사무실인데."

"보안관님 전화기도 하죠."

"아, 제길." 래시터는 문을 쿵 닫고 나가버렸다.

퀸이 전화를 받았다. "여보세요."

"네."

"페더스톤 씨?"

"그런데요. 누구시죠?"

"제 이름은 퀸입니다. 캘리포니아주 샌

펠리스에서 전화드리는 겁니다. 페더스톤 씨와 연락하려고 한참 애썼어요.”

“외출 중이었습니다.”

“안타깝지만 나쁜 소식을 전해드려야 할 것 같아서요.”

“놀랄 일도 아니군요.” 페더스톤의 목소리에는 만성적으로 불평하는 사람의 투정이 어려 있었다. “그쪽에서는 좋은 소식이라곤 받아본 적이 없거든요.”

“어머님께서 오늘 오후 돌아가셨습니다.”

한동안 아무 대답이 없더니 상대방이 입을 열었다.

“어머니에게 경고했었어요. 거기 계속 계시는 건 바보짓이라고요. 건강도 방치하고 당신 몸도 제대로 못 돌보시고.”

“어머님께서 방치하셔서 돌아간 건 아닙니다, 페더스톤 씨. 어머님은 독살당하셨어요.”

“하느님 맙소사, 뭐라고요? 독살이라고요? 우리 어머니가 독살을 당해요? 어떻게요? 누가 그랬죠?”

“아직 상세한 상황은 모릅니다.”

“그 지옥이 어쩌고 횡설수설하는 미치광이에게 책임이 있다면, 그자의 사지를 찢어놓을 겁니다.”

“그 사람 잘못은 아닙니다.”

“모든 게 그 사람 잘못이에요.” 페더스톤은 자신의 슬픔을 분노로 바꾸어 고함을 치고 있었다. “그자와 그자가 뱉어낸 거짓부렁이 없었다면, 어머니는 여기서 품위 있게 사셨을 거예요."

"어머님의 삶은 품위 있었습니다, 페더스톤 씨. 어머님은 하고 싶은 일, 남을 돕는 일을 하신 거예요."

"그럼 그 남이라는 작자들이 감사의 마음이 넘친 나머지 어머니를 독살했대요? 참, 그거 말 되네. 내가 거길 좀 아는데, 그것 정말 말이 된다고. 지난주 어머니에게 편지를 받았을 때 뭔가 수상한 일이 벌어지는 게 아닌가 의심했어야 하는데. 뭐라도, 뭐라도 했어야 했어."

페더스톤은 이 시점에서 무너져버린 게 분명했다. 퀸은 소리죽여 흐느끼는 소리와 어떤 여자가 달래는 소리를 들었다. "찰리, 너무 가슴 아프게 생각 말아요. 당신은 어머니를 설득하라고 할 수 있는 건 다 했어요. 제발, 찰리."

잠시 후 퀸이 말했다. "페더스톤 씨? 아직 전화 끊지 않으셨죠?"

"네, 네, 저는…… 말씀하십시오."

"어머님이 돌아가시기 전에, 아드님 이름을 말씀하셨어요. 알고 싶으실 거라고 생각했습니다."

"아니에요. 난 알고 싶지 않습니다."

"유감입니다."

"내 어머니셨어요. 어머니를 돌보는 게 내 도리였는데, 그

미친놈이 두 살짜리 애도 속이지 못할 헛소리로 어머니를 꼬이는데도 아무것도 못했어요. 남편을 잃는 여자들도 많지만, 그 사람들이 다 맨발로 다니는 건 아니잖아요.”

“어머님께서 쓰셨다는 편지 말인데……”

“편지는 두 통이었죠.” 페더스톤이 말했다. “한 통은 어머니는 건강하고 행복하니 걱정 말라는 짧은 편지였어요. 다른 편지는 밀봉되어 있었는데, 어머니 대신에 여기 에번스턴에서 부쳐달라고 부탁하셨죠.”

“이유는 설명하셨습니까?”

“그 편지가 있어야 누군가를 불행하게 만드는 상황을 해결할 수 있다고 하셨어요. 어머니가 또 종교적 헛소리를 하시는구나, 하는 생각만 들어서 부쳤죠. 캘리포니아 치코테에 사는 오고먼이라는 여자에게 보내는 항공편지였어요.”

“필적은 어땠습니까?”

“제 어머니의 필적은 아니었어요. 좀더 어린애 같았죠. 3학년이나 4학년. 어쩌면 다른 손으로 쓴 글씨일지도요.”

“다른 손이라뇨?”

“오른손잡이가 왼손으로 썼거나 그 반대거나 했단 말이죠. 아니면 그 편지를 쓴 사람이 누구든 간에 반까막눈이거나.”

그 사람은 그랬지. 퀸은 생각했다. 면류관 형제는 편지 쓰는 일 자체를 성가시다고 여겼을 것이었다. 어째서 편지를 썼을까? 사면받기 전에 죽을까 두려워서? 그럴 것 같지 않았다. 그는 건강 상태가 아주 좋았고, 나머지 사람들 누구보다도 좋아 보였다. 공포가 자백의 동기가 아니라면 뭐였을까? 아니면 누구였을까?

퀸은 탑을 두번째로 방문했던 날을 기억했다. 죄의 징벌을 받아 독방에 갇혀 있는 축복 자매를 만나러 갔던 때였다. 자매에게 마사 오고먼은 남편이 정말로 죽었는지 확신하지 못한다는 이야기를 했다. '그 여자는 과거를 끊고 일어설 자격이 있는 사람이에요. 할 수 있다면 그 여자가 과거를 정리하도록 도와주십시오. 자매님은 너그러운 분이잖아요.' 퀸은 축복 자매가 자기 말을 듣고 있지 않다고 생각했다. 하지만 자매는 들은 것이 분명했다. 마사 오고먼의 역경에 대해서 곰곰이 생각해보고 면류관 형제에게 간 것이 분명했다. 다사에게 편지를 써서 기록을 바로잡아달라고 요청했으리라. 자매는 설득력이 있고 의지가 굳은 여인이었고, 면류관 형제는 자매의 요구에 동의했다.

사건이 그렇게 된 것일 수도 있겠지만, 그래도 상황은 퀸이 보기에는 현실적이지 않았고 개연성도 떨어졌다. 축복 자매와 관련된 부분은 믿을 수 있었지만, 면류관 형제 부분은 믿을 수가 없었다. 면류관 형제는 자매에 대한 적개심을 공공연히 드러냈고, 다른 몇몇 사람들처럼 자매에게 의존적이지 않았다. 그는 고집이 셌고 늘 자기 합리화하곤 했다. 그런 남자가 한 여자의 요청을 받고 다른 여자를 위해 살인을 고백하는 편지를 썼을 리가 없었다.

아니야. 퀸은 생각했다. 비현실적인 건 상황이 아니라, 등장인물의 성격이지. 축복 자매가 면류관 형제에게 명령을 내리는 건 상상할 수 있지만, 형제가 그 말에 복종하는 건 상상할 수 없어. 그들 관계에서 힘의 균형은 형제의 손에 달려 있었지, 자매의 손에 달린 게 아니었어.

페더스톤은 자기가 좋아하는 주제로 돌아와서 떠들었다. 어머니는 광신자에게 속아넘어갔고, 그 남자는 체포되어야 하며, 공동체 모두가 정신병원으로 끌려가야 하고, 건물은 불태워버려야 한다는 것이다.

퀸은 마침내 페더스톤의 말을 끊었다. "마음은 이해합니다, 페더스톤 씨, 하지만⋯⋯"

"이해 못하면서 그러지 마세요. 당신 어머니도 아니지 않습니까. 자기 가족이 광인의 최면에 걸려 개에게나 어울릴 생활을 하는 모습을 보는 마음이 어떤지 압니까."

"페더스톤 씨가 생전 어머님 모습을 볼 기회가 없었다니 유감입니다. 어머님의 삶은 페더스톤 씨가 보기보다 훨씬 더 행복했습니다. 어머님이 희생을 하셨다면, 또 보상도 받았죠. 어머님은 제게 말씀하시기를, 마침내 세상에서 내 자리를 찾았고 다시는 떠나지 않을 거라고 하셨습니다."

"그건 어머니가 한 말이 아니에요. 그 남자가 시킨 거지."

"당신이 진정으로 믿는 바를 무척 진지하게 말씀하셨던 건 어머님이셨어요."

"가엾고 미친 바보. 바보, 그게 바로 어머니였어요.

"어머님은 적어도 자기 식대로 바보였습니다."

"지금 그자를 편드는 겁니까?"

"아뇨, 어머님 편을 드는 거죠, 페더스톤 씨."

전화선 반대편에선 신음이 들리더니 어떤 여자의 목소리가 이어졌다.

"죄송합니다. 남편이 이젠 통화 못하겠다는군요. 너무 화가 나서요. 제가 그, 그 시신 관련한 일처리를 해야겠네요. 검시를 하시겠죠?"

"그렇습니다."

"검시가 끝나면 장례를 치러야 하니 어머님이 여기로 언제쯤 보내지는지 알려주시겠어요?"

"물론이죠."

"그러면 지금 당장은 더 할 얘기가 없는 것 같은데요. 다만…… 음, 찰리의 결례를 용서해주세요."

"네, 괜찮습니다. 안녕히 계십시오, 페더스톤 부인."

퀸은 전화를 내려놓았다. 손이 떨렸고, 방은 추웠지만 땀이 귀 뒤로 미끄러져내려 옷깃 속으로 스며들었다. 그는 땀을 닦아낸 후 복도로 나왔다.

래시터는 바로 문밖에 서서 경관 제복을 입은 엄격한 인상의 청년과 이야기하는 중이었다.

"찰리는 잘 처리했어요?" 보안관이 말했다.

"찰리는 잘 처리했습니다."

"고맙네요. 여긴 카스틸로 경사. 우리가 보관창고에서 찾아낸 상자들을 조사하고 있는데. 이 사람에게 말해줘, 경사."

카스틸로가 고개를 끄덕였다. "네, 보안관님, '천사의 신앙 형제'라는 이름표가 붙은 첫번째 상자 속 옷은 거기 보관된 지 일주일도 안 된 것이었습니다. 어쩌면 그보다 더 짧을지도 모릅니다."

"우리도 그건 알아." 래시터는 참을성 없이 말했다. "그건 조지 헤이우드 것이지. 계속해, 경사."

"네. '가시면류관 형제'라는 이름표가 붙은 상자의 내용물은 몇 년 동안이나 손댄 흔적이 없습니다. 제 추정으로는 육 년 정도인 것 같습니다. 주로 옷좀나방이 쓸고 간 정도로 파악한 것이고요. 곤충학이 제 취미거든요. 이 특정 종류의 나방의 생애주기와 각 세대에 대해 자세한 설명을 듣고 싶으시면……"

"그건 필요 없을 것 같아. 자네 말을 믿겠네. 육 년이겠지."

"면류관 형제의 이름표가 붙은 상자와 관련해 또 한 가지 흥미로운 점이 있습니다. 그건 이름표가 꽤 최근에 붙었다는 겁니다. 이름표를 떼어내니 그 밑에 이전에 붙어 있던 다른 이름표를 떼어낸 증거가 나오더라고요. 흔적단 남아 있었지만"

"글자를 알아볼 순 있었나?"

"아뇨."

"좋아. 고마워."

래시터는 경사가 엿들을 수 없는 곳까지 멀어지길 기다렸다.

"육 년이라. 그게 뭘 증명할 거 같아요, 퀸?"

"그 옷은 면류관 형제 것이 아니란 거죠. 그 사람이 공동체에 가입한 건 고작 삼 년 전입니다."

"어떻게 알죠?"

"카르마가 말해줬습니다. 요리를 맡은 회개 자매의 큰딸이죠."

"그럼 우리는 사람을 잘못 짚었군." 래시터는 매섭게 말했다. "그렇다고 별 차이가 있는 건 아니지만. 그 사람들이 감쪽같이 사라져서 본 사람이 없으니. 망할 무리가 통째로 사라져서 남은 건 소떼, 양떼, 염소 다섯 마리, 닭 몇 마리뿐이군. 당신은 어때요, 이런 상황이 마음에 드나?"

퀸은 어떤 면에서는 이 상황이 꽤 마음에 들었지만, 이렇게만 말했다. "이제 가도 됩니까?"

"어딜 가시게?"

"식당에 가서 저녁도 먹고, 모텔에 가서 잠도 자게요."

"그럼 그다음엔?"

"그다음에야 모르죠. 일거리를 찾아야겠네요. 어쩌면 LA로 갈 수도 있고요."

"그렇다면 안 갈 수도 있다는 건데." 래시터가 말했다. "여기 잠깐 붙어 있는 건 어때요?"

"그건 명령입니까?"

"여기 샌펠리스는 괜찮은 소도시인데. 산도 있고, 바다도 있고, 공원도 해변도 항구도 있지."

"하지만 일자리는 없죠."

"일자리는 좀 찾아봐야 하긴 하겠지. 그건 인정하죠. 하지만 이곳도 차츰 매연 내뿜지 않는 산업에 열려가고 있거든. 지원해봐요."

"그건 명령입니까?" 퀸은 되풀이했다. "아니었으면 좋겠는데요, 보안관님. 난 여기 머물 수 없거든요. 치코테로 돌아가야 합니다. 일단…… 누가 조지 헤이우드의 어머니에게는 소식을 말했습니까?"

"거기 경찰서장에게 연락은 했지. 지금쯤이면 알렸을걸요."

"앨버타에게도 누가 말해주는 편이 좋을 텐데요. 그러면 대가로 뭔가 말해줄 수도 있으니까요."

“가령 어떤 거?”

“어째서 공동체 형제 중 한 명을 고용해서 오고먼을 죽이라고 했는지, 헤이우드가 어떻게 알아냈는지.”

21

앨버타 헤이우드는 누워서 검은 생각 너머 하얀 천장을 올려다보았다. 하지만 보통 평범한 천장은 아니었다. 이따금은 하늘만큼 멀어질 때까지 물러서기도 하고, 이따금은 부드러운 새틴 같은 하얀색이 얼굴에 닿아 관에 들어간 기분이 들도록 가까이 다가오기도 했다. 하지만 관 속에 있어도 감옥에 있을 때보다 사생활이 없었다. 사람들이 에워싸고, 가슴과 등을 찌르고, 코에 튜브를 꽂고, 팔에 주삿바늘을 찔러넣고 말을 걸었다. 그 사람들이 한 말이 흥미롭다면 대답했다. 흥미롭지 않을 때는 못 들은 척했다.

간간이 그녀는 스스로 질문을 던지기도 했다. "조지는 어디 있어요?"

"자, 헤이우드 씨, 며칠 전에 말씀드렸는데요."

"기억나지 않아요."

"오빠 되시는 조지 씨는 죽었습니다."

"정말이에요? 뭐, 오빠도 자기만의 관을 찾아야겠네요. 분명히 여기엔 공간이 모자라니까. 나는 지금 상태만으로도 꽉 끼어요."

목소리의 메들리. "아직도 섬망 증세를 보이는데요." "하지만 폐렴은 다 나았어요. 백혈구 수치도 사실상 정상으로 돌아갔고." "이제 일주일이 다 되어가는데." "포도당 주입은 계속해요." "제대로 된 엑스레이를 찍을 수 있으면 좋겠는데." "코에서 튜브를 계속 빼내려 해요." "무관심해요." "히스테리도 부리고." "섬망 증세도 있어요."

목소리가 왔다가 갔다. 그녀가 튜브를 빼면 다시 끼워졌다. 이불을 끌어올리면, 사람들이 다시 내렸다. 그녀는 싸웠지만 졌다.

"헤이우드 씨, 여기 몇 가지 물어보고 싶다는 사람이 있어요."

"가버리라고 해요."

하지만 남자는 가버리지 않았다. 그는 침대 옆에 서서 그녀를 이상하게 슬픈 눈으로 내려다보았다.

"오고먼을 죽이라고 사람을 고용했습니까, 헤이우드 씨?"

"아뇨."

"오빠의 옷을 떠돌이에게 주었습니까?"

"아뇨."

결단코 사실이었다. 그녀는 둘 중 그 무엇도 하지 않았다. 그런 우스꽝스러운 질문을 한 남자는 멍청이가 분명하다.

"누구세요?"

“조 퀸입니다.”

“음, 당신은 멍청이군요, 조 퀸.”

“그래요. 그런 것 같네요.”

“난 떠돌이에게 문을 열어주진 않아요. 당연히 살인도 계획하지 않고. 조지 오빠에게 물어봐요.”

“그에겐 물어볼 수 없습니다. 엿새 전에 살해당했으니까요.”

“그랬겠죠.”

“어째서 ‘그랬겠죠’라고 한 겁니까, 헤이우드 씨?”

“조지 오빠는 사람들의 삶에 간섭하니까요. 사람들이 오빠를 죽이는 것도 너무 당연하죠.”

“당신 삶에도 간섭했나요?”

“여기 올 때마다 질문을 퍼부어서 나를 괴롭혔어요. 그런 짓은 하지 말았어야지.”

눈물이 감은 눈꺼풀 아래로 새어나왔다. 몇 방울은 조지를 위해서. 몇 방울은 그녀 자신을 위해서.

“오빠는 그런 짓을 하지 말았어야 해요. 어째서 사람들을 가만히 놔두지 못했을까?”

“무슨 사람들 말입니까, 헤이우드 씨?”

“우리요.”

“‘우리’가 누구죠?”

“우리 사람들. 전 세계의 사람들 우리.”

방안이 갑작스럽게 고요해졌고, 그녀는 자신이 큰 실수를 했다는 것을 감지할 수 있었다. 거기서 관심을 돌리려고 손을 뻗어 영양 공급 튜브를 코에서 빼냈다. 튜브는 다시 끼워졌다. 그녀는 침대에서 이불을 걷어 젖혔지만 누가 다시 덮어놓았다. 그녀는 자면서도 싸웠지만, 자면서도 패배했다. 이제 새로운 달콤한 꿈은 남아 있지 않았다.

조지의 장례식 이후 처음으로 윌리 킹은 사무실에 들렀다. 변한 건 하나도 없었다. 바닥 위로 책상과 의자, 휴지통은 그 자리에 있었고, 벽에 걸린 워싱턴은 여전히 델라웨어강을 건너고 있었으며, 청년 링컨은 여전히 속을 짐작할 수 없는 미소를 띠었다.

윌리는 주변을 돌아보며 변한 것이 하나도 없다는 사실에 억울함을 느꼈다. 그녀는 쇠지렛대를 꺼내서 이곳을 망가뜨리고 싶었다. 창문과 재떨이, 전화를 박살내고, 의자와 책상을 쪼개고. 그러면 모든 것이 마음속에서 느끼는 기분과 딱 맞아떨어지는 모습이 될 것이다.

얼 퍼킨스는 옷걸이에 외투를 걸다가 살짝 어설픈 미소를 지어 보였다. "안녕, 윌리. 괜찮아요?"

"좋아요. 그냥 좋아요, 고마워요."

"이런, 윌리, 정말 안타까워요. 내 말은, 이런, 뭐라고 하면 좋을까?"

"그냥 입 닥치려고 해봐요." 월리는 얼의 책상 위에 놓인 우편물을 흘긋 보았다. 몇 통은 벌써 뜯어놓았다. "음, 평소처럼 일하는 건가요?"

"헤이우드 부인이 조지가 죽지 않은 것처럼 일을 하라고 지시하셔서요."

"웃겨 죽겠네. 정말 웃긴 분이셔. 그 사람을 생각할 때마다 히스테리를 일으킬 것 같아요."

"또 그러지 마요, 월리."

"왜 하면 안 되는데?"

"그래봤자 아무 도움 안 돼요. 그리고 어쨌거나 부인도 월리 생각만큼 나쁜 분은 아니에요, 나름대로."

"더 나쁜 사람이죠."

"그래요, 좋아요. 더 나쁘다고 쳐요." 얼은 자포자기한 목소리로 말했다. "그렇다고 월리가 어떻게 할 수 있는 건 없어요."

"없긴 뭐가 없어요." 월리는 책상으로 가서 전화를 들었다. "그 여자에게 전화해서 조지가 살아 있을 때는 말할 수 없었던 얘기를 몇 가지 할 거예요."

"진심 아니잖아요, 월리."

"아니, 진심인걸요. 며칠 동안이나 계획했어요. 잘 들어, 이 할망구. 내가 말할 거니까. 잘 들으라고. 이기적이고 남 헐뜯기 좋아하는 아줌마. 조지를 누가 죽였는지 알고 싶어요? 아줌마가 죽인 거야. 지난주가 아니라, 지난달이 아니라. 몇 년 전에. 아주아주 오래전에. 그 앙상한 집게발로 조지의 목을 졸라 목숨을 끊은 거라고……”

“그 전화 줘요.” 얼이 말했다.

“내가 왜?”

“잔말 말고 이리 줘요.”

윌리는 고집스럽게 고개를 젓고 다이얼을 돌리기 시작했다. 조지는 죽었다. 이젠 뭐가 어떻게 되든 상관하지 않았다. 그녀에게 미래는 없었다.

“여보세요?”

“여보세요.”

“헤이우드 부인?”

“네, 제가 헤이우드 부인인데요.”

참 늙어버린 목소리네. 윌리는 놀라며 생각했다. 무척 늙고 아프고 패배해버린 목소리야.

“윌리예요, 헤이우드 부인. 좀더 일찍 전화 드렸어야 했는데 죄송해요. 어떻게 지내고 계세요?”

“적당하게 잘 지내요, 고마워요.”

“제가 조만간 저녁에 방문할까요. 서로 말벗이라도 할 수 있을 것 같은데. 저도 외롭거든요.”

"그런가요? 뭐, 당신이 자기 외로움을 알아서 처리하면, 나도 내 걸 알아서 처리하도록 하죠."

"마음 바뀌시면 연락주세요."

윌리는 수화기를 다시 걸어놓고 돌아서서 얼을 마주보았다. 그전에는 딱히 그의 존재를 인식한 적이 없었다. 그저 같은 사무실을 쓰고 소화에 문제가 있는 어린애일 뿐이었다. 어쩌면 그는 약간 어릴지 모르지만, 그래도 외모가 준수했고 일을 열심히 했다. 자기가 그의 궤양만 식사 조절로 해결할 수 있다면……

윌리는 말했다. "고마워요, 얼. 당신에겐 정말로 감사해요."

"뭐가요? 여기 있는 것 말고는 아무것도 안 했는데."

"어쩌면 그걸로 충분한지도 몰라요. 계속 거기 그렇게 있어줄 거죠?"

"뭐, 그럼요. 당신이 무슨 말을 하는지 조금도 모르겠지만."

"알게 될 거예요."

현관 입구에 있는 전화기를 놓고 헤이우드 부인은 부엌으로 돌아가 아침 준비를 이어갔다. 셀러리 줄기, 시금치, 당근, 양상추, 밀 배아, 단백질 가루, 달걀을 블렌더에 넣고 갈았더니 걸쭉한 회녹색 반죽이 나왔고, 헤이우드 부인은 이걸로 하루의 식이생활을 시작했다.

이제까지는 자기 자신이나 그 누구에게도 조지가 살해당했다는 사실은 인정하지 않았다. 부인 시각에서 조지의 죽음을 재구성해보면, 조지는 탑 꼭대기 위에 서서 현기증 발작이 와서 떨어진 것이다. 식습관이 나빴고 적절한 운동과 휴식을 취하지 않았기 때문에. 퀸에게, 래시터 보안관에게, 치코테의 경찰관들에게, 지역 신문사 사장 존 론다에게, 부인은 이 신념을 반복해서 말했다. 애초에 조지가 왜 탑에 갔는지, 거기서 무엇을 성취하려 했는지에 대한 설명을 하려는 시도는 하지 않았다. 앨버타에 관한 주제에는 침묵했다.

"외롭다고, 그래, 윌리?" 부인은 스리내어 말했다. "뭐, 그래도 싸지. 밤마다 조지를 불러내서 붙잡아놓아서 여덟 시간 수면을 취하지 못하게 한 게 누군데? 콜레스테롤이 높고 칼슘과 리보플라빈이 낮은 외식을 하게 만든 건 누군데? 조지가 YMCA에서 근육을 단련했어야 할 시간에 영화관에서 네 시간씩 앉아 있자고 조른 게 누군데?"

지난 이 주일 동안 부인은 자기 자신과, 그 자리에 있지 않고 앞으로도 있을 일 없는 사람들에게 말을 거는 습관이 붙었다. 부인이 한 말은 대부분 이제껏 모아온 영양과 긍정적 사고, 역동적 삶, 건강, 집중을 통한 행복, 마음의 평화, 의지력의 효용과 개발에 관한 자기계발서에서 발췌한 글과 훈계뿐이었다. 부인은 모든 자칭 권위자라는 이들의 말을 무척 진지하게 받아들였지만, 종종 이 말들은 자기 내부에서, 혹은 서로 충돌했다. 때문에 부인은 항상 바빴고 다른 생각을 할 겨를이 없었다.

"경찰들은 너무 어리석어서 단순한 진실을 알아채지 못해. 먼저, 그애는 자기 몸이 제대로 준비가 안 됐는데도 계단을 올라가려고 했어. 심장 근육은 말랑말랑했고, 혈관은 콜레스테롤로 막혔는데. 그리고, 또 그날 적어도 단백질 85그램의 단백질과 칼슘 1그램을 먹었어야 했는데. 물론 안 먹었겠지."

부인은 블렌더에 든 반죽을 유리잔에 붓고, 싱크대 위에서 창문을 향해 들어 보였다. 불투명한 회색 속에서 청춘과 건강과 활력, 의지력, 행복, 마음의 평화, 원활히 흐르는 혈관, 단단한 복근, 부동산에서의 횡재, 그리고 영원한 생명이 보였다.

부인은 꿈의 칵테일을 한 모금 마셨다.

"조지가 하루를 이걸로 시작했으면 아직도 살아 있었을 거야. 현기증이 일어날 리가 없지."

첫 모금은 쓴 맛이 났고, 질감도 이상했다. 두 모금째를 먹었을 때도 똑같이 썼으며, 먹기엔 묽고 마시기엔 뻑뻑했다.

"뭔가 빠뜨렸나봐. 뭘 빠뜨렸지?"

9월이 왔다. 오고먼 가의 아이들은 개학했고, 마사는 매일밤 아이들의 숙제를 봐주었다. 리처드는 '나는 여름을 어떻게 보냈나'라는 주제로 글을 쓴 다음 엄마에게 철자와 문법 실수를 확인해달라고 주었다.

"글씨가 형편없구나." 마사가 말했다. "학교에서 이제 손글씨는 안 가르치니?"

"물론 가르쳐주죠." 리처드는 명랑하게 말했다. "그냥 내가 못 배웠나봐요."

"엄마는 아무래도 이거 못 읽겠는데."

"좀 노력해봐요, 엄마."

"아, 엄마야 계속 노력하지. 하지간 선생님도 노력해줄까?"

마사는 다시 글에 집중했다. 리처드가 그려낸 여름으로 보면, 소년은 해군 건설 부대보다도 더 많은 일을 한 듯 보였다.

"네 얘기를 쓴 게 맞아?"

"그럼요. 그게 제목이잖아요? '나는 여름을 어떻게 보냈나' 있잖아요, 엄마. 이번 해에 많은 애들이 뭘 했는지 알아요?"

"알고 말고." 마사는 건조하게 말했다. "귀에 못이 박이도록 들었는걸. 어떤 아이들은 자기 커딜락을 몰고. 다른 애들은 일주일에 오십 달러씩 용돈을 받고 한밤중까지 밖에 나가서 놀아도 된다는 허락을 받고……"

"아니, 진짜로요, 엄마. 어떤 애들은, 어쨌든 한 애는 자기 숙제를 타자로 친대요."

"네 나이에?"

“그럼요. 왜 못해요?”

“네가 지금부터 모든 글에 타자기를 쓰면, 대학 갈 때쯤에는 손으로 글씨 쓰는 법은 잊어버릴 거야.”

“어쨌든 난 제대로 못 쓸 거라면서요.”

마사는 냉담하게 아들을 보았다. “뭐, 엄마가 그런 말을 한 적은 없는데. 하지만 지금 하는 말 잘 들어, 척척박사님. 손글씨에 앞으로는 좀더 주의를 기울이렴. 잘 알겠니?”

리처드는 툴툴거리고 꿈지럭거리고 눈알을 굴렸지만, 결국엔 대답했다. “네, 어머님.”

“지금부터 시작해. 선생님에게 제출하기 전에 이 글을 다시 옮겨 써. 괜찮은 점수를 받고 싶다면.”

“이전에 집에 타자기 있지 않았어요? 오래전에?”

“있었지.”

“그거 어떻게 됐어요?”

마사는 약간 망설이다 대답했다. “실은 잘 모르겠어.”

“어, 창고나 차고 어딘가에 아직 있을지도 몰라요. 내가 가서 찾아볼게요.”

“아니, 못 찾을 거야, 리처드.”

“찾을지도 몰라요. 엄마도 그게 어디 있는지는 잘 모른다면서요.”

“그게 어디 없다는 건 잘 알아. 있지도 않은 걸 찾는다고

창고와 차고를 들쑤셔놓을 필요는 없잖겠니. 자, 이젠 다른 애들은 뭘 해도 되는지 늘어놓을 생각은 마. 그저 네가 불우하고, 학대받고, 방치되고, 부당한 대접을 받고 산다는 사실을 받아들이고 거기서부터 해나가렴. 그렇게 할 거니?"

"헉, 그럼 뭐."

"그걸로 딱 요약할 수 있겠구나, 우리 친구. 그럼 뭐."

마사는 갑작스레 나온 타자기 여기에 얼마나 동요했는지 아들에게 들키지 않으려고 가벼운 말투를 유지하려고 애썼다. 타자기는 패트릭의 것으로, 중고로 산 낡은 휴대용이었는데 제대로 작동한 적이 한 번도 없었다. 키가 한데 붙어 움직이기도 했고, 여백조절기는 들쭉날쭉했으며, 한 행의 끝을 알리는 소리도 제멋대로 울렸다. 마사는 패트릭이 참으로 진지하고 참을성 있게 그 위에 웅크리고 앉아 타자판을 보지 않고 치는 법을 익히려고 노력하던 모습을 기억했다. 그러나 그는 평생 시도했던 다른 모든 일에서도 그리했듯이 타자조차도 성공하지 못했다. 내가 그 사람을 너무 지나치게 격려한 거야. 마사는 생각했다. 그 사람이 너무 높이 올라가도록 놔두었고, 그 사람이 떨어질 때는 뼈가 부러지거나 자기 한계를 깨닫지 못하도록 너무 푹신한 쿠션을 내놓았어.

리처드는 글을 다시 쓰려고 자기 방으로 돌아갔고, 마사는 전화를 들어 샌펠리스까지 장거리 전화를 걸었다.

퀸은 두번째 전화벨이 울리자마자 받았다.

"여보세요."

"마사예요, 조."

"그냥 여기 앉아서 당신에게 다시 전화를 걸면 폐가 되는지 아닌지 생각하고 있었습니다. 당신에게 전할 소식이 있어요. 탑의 일원 중 한 명인 면류관 형제가 샌디에이고에서 자동차 수리점에서 일하다가 잡혔습니다. 래시터 보안관과 내가 어제 거기까지 가서 그 사람을 신문했는데, 아무런 대답은 받아내지 못했습니다. 면류관 형제는 나와 대면해서도 자기 진짜 정체를 인정하려 들지 않아서, 다시 막다른 골목에 이른 것 같습니다. 그래도 당신이 알고 싶을 것 같아서요."

"고마워요." 마사가 말했다. "새 일은 어때요?"

"좋아요. 아직 보트는 한 대도 팔지 못했지만, 시도하는 것만으로도 재미있네요."

"이번 주말에 올라올 건가요?"

"약속은 못합니다. LA에 가서 할리 백스터 우드 부인과 접촉해보려고 해요."

"카르마의 이모 말인가요?"

"네."

"그 집은 모두 닫혀 있었다면서요."

"네, 하지만 개학했으니 이제 다시 열지 않을까 합니다. 그 집에도 애가 둘이 있으니, 계속 도망갈 수만은 없겠죠.”

“이모라는 분이 왜 도망갔다고 생각해요?”

“내 생각이 맞다면, 카르마가 같이 있고, 그 이모는 공동체의 사람이 혹여나 카르마를 다시 잡으러 올 수 있는 위험을 무릅쓰고 싶지 않았겠죠.”

어떤 얘기를 하면서도 다른 생각을 하는 두 사람 사이에 일어나는 어색한 침묵이 잠시 흘렀다.

“조……”

“내가 없어 쓸쓸한가요, 마사?”

“그렇다는 것 알잖아요…… 있잖아요, 조. 하고 싶은 얘기가 있어요. 중요한 건지는 모르겠지만요. 퍼트릭이 죽고 심리 때는 나오지 않은 얘긴데요, 그때는 그냥 기억을 못했어요. 나중에 기억이 났을 때는 너무 사소한 문제라서 다른 사람의 관심을 끌 것 같지 않았고요. 리처드가 조금 전에 그 얘기를 꺼내서.”

“무슨 얘기죠?”

“패트릭의 타자기요. 그 사람이 일주일쯤 전에 자동차에 그걸 실어놨어요. 수리점에 맡기겠다면서요. 그래놓고 계속 잊었지만요. 그날 밤 히치하이커를 태웠을 대 뒷좌석에 있었을 것 같아요.”

22

퀸은 우드 부인의 집 바깥에서 삼십 분 동안 기다렸다. 초인종을 눌러도 아무도 나오지 않았지만 안에 누가 있다는 것은 분명히 알 수 있었다. 커튼은 걷히고, 창문은 열려 있었으며, 라디오도 켜져 있었다.

그는 시계를 들여다보았다. 10시였다. 나무가 줄지어선 거리는 간간이 지나는 차와 멀리서 울리는 교회 종소리 외에는 조용했다. 잠시 후 그는 2층 창문에서 누군가 자기를 보고 있다는 것을 눈치챘다. 바람도 별로 불지 않았는데 분홍색 망사 커튼이 갑작스레 휙 움직였다.

그는 현관으로 가서 다시 초인종을 눌렀다. 고양이가 대답하듯 부드럽게 야옹거렸다.

"우드 부인?" 그는 소리 높여 불렀다. "우드 부인······?"

"없어요." 문틈으로 나오는 것은 소녀의 목소리였다. "그리고 이모가 없을 땐 누가 와도 문 열어주지 말랬어요."

"너니, 카르마?"

“우리 이모가 경찰 부르기 전에 가는 게 좋을 거예요.”

“내 말 들어 봐, 카르마. 조 퀸이야.”

“알아요. 나도 눈은 있으니까.”

“너랑 할 얘기가 있어.” 퀸이 말했다. “난 너를 해치지 않아. 난 늘 네 편이지 않았니?”

“뭐, 그러게요.”

“그러면 여기 포치로 나와서 잠깐 얘기 좀 하자. 널 다시 보고 싶거든. 많이 달라졌을 것 같은데, 그러니?”

“못 알아볼걸요.” 카르마는 갑작스레 킥킥거렸다.

“어디 한번 볼까.”

“이모에게 말 안 할 거죠?”

“물론이지.”

문이 열리자 퀸은 카르마의 말이 맞았다는 걸 알 수 있었다. 하마터면 소녀를 못 알아볼 뻔했다. 검은 머리는 픽시스타일로 짧게 잘랐고, 남은 여드름을 가리기 위해 짙게 선탠을 했다. 카르마는 몸에 붙는 실크원피스를 입고 뾰족한 하이힐을 신었으며 주황색 립스틱을 덕지덕지 발랐다. 눈 화장을 짙게 해서 눈을 제대로 뜨기 어려운 것인지, 아니면 고의로 뚱한 표정을 짓는 것인지는 알 수 없었다.

“세상에나.” 퀸이 말했다.

“놀랐어요?”

"아, 그럼. 그래, 정말 놀랐어."

카르마는 포치로 나와 조심스레 난간 위에 자세를 잡았다.

"엄마가 지금 나를 보면 발작이라도 일으키지 않을까요?"

"그럴 만한 것 같은데." 퀸이 말했다. "이모는 네가 이러고 학교 가게 허락해주셨니?"

"아, 아뇨. 립스틱만 바를 수 있어요. 분홍색만. 그리고 끔찍하지만 청소년 스웨터와 치마, 낮은 굽 신발만 신을 수 있고요. 하지만 이모가 외출하면, 나한테 어울리는 스타일이 뭔지 실험을 해보죠."

"여기서 행복하니, 카르마?"

한참 망설이다가 카르마는 고개를 끄덕여다.

"모든 게 너무 달라요. 배울 게 너무 많고. 이모는 날 좋아하는 것 같긴 한데, 내가 실수를 많이 해서 사촌들이 가끔 날 비웃어요. 나도 웃을 수 있으면 좋겠어요."

"넌 못 웃어?"

"진심으로는요. 그냥 웃는 척만 해요."

비행기 한 대가 머리 위로 높이 지나갔고 카르마는 그 위에 타고 싶은 듯 올려다보았다.

퀸이 말했다. "어머니에게 소식 들었어?"

"아뇨."

"이모는 들으셨대?"

“아뇨, 그런 것 같진 않아요. 어쨌든 이모는 아무 말 안 했어요.”

“그 마지막날에 탑에서 무슨 일이 있었니, 카르마?”

“이모는 탑 얘기는 아무에게도 결코 해서는 안 된대요. 나는 탑이 없었던 것처럼 행동해야 한다고.”

“하지만 있었잖아. 넌 네 인생의 사 분의 일을 거기서 보냈어. 어머니와, 네 남동생, 여동생과.”

“난 모든 걸 다 잊어야 한대요.” 카르마는 겁 먹은 목소리로 말했다. “그리고 그러려고 해요. 나한테 되살리라고 하지 마세요. 그건 불공평해요. 그건……”

“이모네 집까지는 어떻게 왔니, 카르마?”

“버스로요.”

“어디서?”

“베이커스필드.”

“베이커스필드까지는 어떻게 갔고?”

“트럭으로요.”

“트럭은 누가 운전했지?”

“가시면류관 형제님요.”

“너 말고 누가 탔어?”

“그런 말 하면……”

“누가 탔어, 카르마?”

"많이 있었어요. 우리 식구랑, 승천의 영광 자매님. 계시의 목격자 형제님. 아, 다는 기억 못해요." 그 이름을 읊는 것만으로 탑이 너무 생생하게, 너무 불길한 현실처럼 살아나는지 카르마의 눈이 흐릿해졌다. "난 무서웠어요. 무슨 일인지 모르겠더라고요. 베이커스필드에 도착했더니 엄마가 돈을 좀 주면서 로스앤젤레스로 가는 버스를 탔다가 이모네까지는 택시를 타라고 말했어요."

"돈은 얼마였어?"

"오십 달러요."

"그 돈은 어디서 났던 거지?"

"몰라요. 하지만 우리가 탑을 떠나기 전 교주님이 엄마에게 줬던 것 같아요.'

"어째서 다들 탑을 떠났지?"

"축복 자매님이 아팠던 일 때문에 그런 거 같아요."

"자매님은 아팠던 게 아니었어." 퀸이 말했다. "독살당한 거야. 자매님은 우리가 병원에 도착한 직후 돌아가셨어."

카르마는 꽉 쥔 주먹을 입에 갖다댔다. 눈에 고인 눈물이 마스카라와 섞여 뺨을 타고 검은 물로 흘러내렸다.

"자매님이 정말 돌아가신 건 아니죠?"

"돌아가셨어."

"그 마지막날, 자매님은 나를 탑에서 빼내서 이모네로 보내준다고 약속하셨어요. 정말 그렇게 해주셨네요, 그렇죠? 약속을 지키신 거죠?"

"그래, 카르마."

소녀는 허리를 굽히고 치맛자락으로 뺨을 닦았다. 눈물은 더 흐르지 않았다. 축복 자매는 카르마에게 친구가 되어주었지만, 한편으로는 소녀가 잊고 싶은 삶의 일부였다.

"트럭에 탔던 다른 사람들은 어떻게 됐어?" 퀸이 물었다.

"모르겠어요. 내가 가장 먼저 내렸어요."

"이모네 집에 가라는 말 말고 다른 지시를 받았니?"

"아뇨."

"미래 계획 얘기를 한 적은 없어?"

"진짜 계획이라고 할 건 없어요. 하지만 안전하다고 생각되면 다시 돌아가려는 것 같았어요."

"탑으로 돌아간다고?"

"네. 그 사람들은 쉽게 포기하지 않아요. 사람들이 뭔가를 열심히 믿으면 금방 그렇게 그만두지 않거든요."

"말 형제를 마지막으로 본 건 언제지, 카르마?"

"아저씨가 축복 자매님을 병원에 데려가려고 차에 싣는 걸 도왔을 때요."

"너랑 같은 트럭에 타진 않았어?"

"안 탔어요. 하지만 새 개종자의 스테이션왜건을 타고 교주님과 같이 갔을 거여요. 장담은 못하지만요. 트럭이 먼저 떠났고 모든 게 급하게 되죽박죽 벌어졌거든요. 사람들이 막 뛰어다니고, 애들이 울고 그랬죠.”

“무한의 빛 형제도 트럭에 탔니?”

“아뇨.”

“굳건한 마음 형제는?”

“그분도 안 탔어요.”

“떠나자는 결정은 아주 급하게 내린 거야?” 퀸이 말했다.

“네.”

“교주가?”

“그러니까 교주죠.” 카르마는 간단하게 말했다. “다른 사람은 결정을 내리지 않아요. 누가 내리겠어요?”

“지금 잘 생각해봐, 카르마. 어머니 말고 트럭에 탄 사람 중에 돈을 가지고 있는 것 본 적 있니?”

“승천의 영광 자매님은 갖고 있었어요. 자기 돈을 계속 셌거든요. 그 자매님은 무척 구두쇠예요. 자기가 속은 게 아닌가 확인하려고 그런 것 같아요.”

“자기 몫을 속였을까봐?”

“네.”

“그 몫이 어디서 왔는데?”

“교주님이 줬겠죠.”

“내가 알기로는 교주는 돈이 없어. 푸레사 대모님의 돈은 모두 탑을 세우는 데 썼으니까.”

“어쩌면 비밀리에 남겨둔 돈이 있었을지도요. 대모님은 항상 사람들에게 장난치는 걸 좋아하거든요. 교주님에게도.”

카르마는 난간에서 내려와 불안하게 거리를 내다보았다.

“이제 가는 게 좋겠어요, 퀸 아저씨. 이모가 곧 집에 오니까 세수하고 사촌의 원피스를 갖다놓아야 해요. 사촌이 갖고 있는 옷 중에 두번째로 좋은 거예요. 진짜 실크고.”

“정보 고맙다, 카르마.”

“뭘 이런 걸로요.”

“내 주소와 전화번호가 적힌 명함을 줄게. 나한테 말하지 않은 다른 얘기가 생각나면, 나한테 수신자 부담으로 전화하렴. 그렇게 해줄 거지?”

카르마는 그가 내민 명함을 슬쩍 보았다가 손도 대지 않고 고개를 돌렸다. “그러고 싶지 않아요.”

“어쨌든 가지고 있어. 만약의 경우를 대비해서.”

“좋아요. 하지만 난 아저씨에게 전화 안 할 거예요. 더는 탑을 생각하지 않을 거라고요.”

카르마가 들어가고 그 뒤로 문이 닫혔다.

퀸은 도로 샌펠리스로 와서 곧장 래시터 보안관 사무실로 갔다. 십 분 후 래시터가 숨이 턱까지 차서 성질을 부리며 도착했다."

"난 오늘 비번이라고, 퀸."

"나도 마찬가지입니다."

"그래? 애는 찾았어요?"

"그래요."

"뭐라고 합디까?"

"별 얘긴 없었어요. 아는 게 별로 없더라고요. 면류관 형제가 베이커스필드까지 트럭을 몰았고, 카르마는 버스 종점에 내려서 LA에 사는 이모네로 가란 말을 들었대요. 어머니가 차비로 오십 달러를 주었답니다. 분명히 탑의 모든 신자가 공동체를 재결성할 때까지 버틸 수 있게 돈을 받았을 겁니다."

"그 사람들은 자기의 가난을 진지하게 받아들인 줄 알았는데."

"그렇죠."

"그럼 그 돈은 어디서 온 겁니까?"

"카르마는 모르더군요." 퀸이 말했다. "나도 모르고."

"어쩌면 조지 헤이우드가 현금을 잔뜩 싸가지고 와서 교주에게 내놓았는지 모르죠."

"그런 것 같진 않습니다. 그 사람은 저축 계좌에는 손을 대지 않았고, 상업 계좌에서 빠져나간 수표 중 마지막으로 액수가 좀 됐던 건 그가 치코테를 떠나기 이 주 전에 쓴 거였어요. 이백 달러였죠. 이백 달러를 스물다섯 명으로 나눠봤자 오십 달러나 그 이상은 못 받아요."

"왜 '그 이상은'이라는 겁니까?"

"카르마가 오십 달러를 받았거든요. 하지만 걔는 안전한 장소로 향하는 어린애죠. 다른 사람들은 더 큰 몫이 필요합니다. 특히 여자들은."

"하지만 그들 모두가 돈을 받았는지는 알 수 없는 노릇 아닙니까."

"전체 공동체가 오고가는 돈도 없이 그렇게 흩어지겠다고 동의했을 것 같진 않습니다. 그 사람들이 서로에게 충성스럽다는 건 압니다만, 모든 사람이 한 사람을 위해 완전히 삶의 터전을 떠날 것 같지는 않아요. 배상이나 보증을 받지 않았다면."

"난 그럴 것도 같은데." 래시터가 말했다. "그 남자가 교주, 명령을 내리는 남자라면 그럴 수도 있죠. 그 사람들, 교주에게 복종하지 않았습니까?"

"그래요."

"모든 일에서?"

"모든 일에서요."

"그런데도 교주가 흩어지라는 명령을 내렸을 거란 생각하지 않는군요.”

“아, 그 사람이 명령을 내렸을 거라고는 생각합니다.” 퀸은 천천히 말했다. “다만, 그게 자기 생각이진 않았을 수도 있다는 거죠.”

“뇌물이라도 받았다는 뜻입니까?”

“받았대도 그걸 뇌물이라곤 보진 않을 걸요.”

“나는 그렇게 보는데. 돈이 임자가 바뀌었는데 재화나 영역이 오간 것도 아니고, 자선행위도 아니면 뇌물이지.”

“알겠군요. 그렇게 불러요. 하지만 그 사람 입장이 되어봐요. 공동체는 내리막길이고 사람들은 떠나고 새로운 개종자는 나타나지 않아요. 헤이우드와 축복 자매의 죽음 전에도 종말의 시작을 보았을 겁니다. 두 건의 살인이 일어나서 위태롭게 공동체를 폐쇄하게 된 거죠.”

“내 마음을 아프게 하는군, 퀸.”

“사건이 이렇게 된 건 아닐까 재구성하려고 한 것뿐입니다.”

“뭐, 계속해요. 끝은 위태로운 폐쇄라고 하고. 그다음에는?”

“살인자는 교주에게 거래를 제안했을지도 모르죠. 당분간 공동체를 해산하자. 나중에 더 나은 환경에서 재개하자.”

“자금을 제공해주는 대신?”

“네.”

“음, 그거 무척 괜찮은 이론인데, 퀸.” 래시터는 삐딱한 미소를 지으며 말했다. "하지만 그 이론에는 자그마한 구멍들이 몇 개 있어요."

"나도 압니다. 하지만……"

"자, 마사 오고먼이 마침내 내게 신고하기로 한 그 고백 편지에 따르면, 오고먼은 분노 발작을 일으킨 떠돌이에게 살해당했어요. 오고먼은 수중에 이 달러와 뒷좌석에 놓은 타자기만 가지고 있었죠. 다해봤자 십 달러나 될까. 어쩌면 내가 비관주의자인지 모르지. 하지만 내가 종교공동체에 다시 자금을 대려고 한다면, 영업자본으로는 십 달러보다는 더 추산할 것 같은데…… 아니, 내 말 끊지 마요. 앨버타 헤이우드가 오고먼을 죽이라고 그 남자에게 돈을 주었다는 당신 생각은 아니까. 여기서 진짜 막다른 골목인 겁니다. 먼저, 이 모든 얘기는 편지에 언급되지 않았어요. 둘째로, 앨버타 헤이우드는 오고먼이 죽길 바랄 이유가 없었어요. 셋째로, 앨버타는 떠돌이를 알지도 못하고 그자에게 돈이나 조지 헤이우드의 옷가지를 준 적은 없다고 매우 단호히 부인했죠. 자, 이제 퀸 당신이 다다른 지점은 어디죠?"

퀸은 어깨만 으쓱했다. "보안관님이 말한 그 지점이죠. 진짜 막다른 골목에 다다랐어요."

"뭐, 나도 바로 당신 뒤에 있는 처지니."

래시터는 창가로 갔다. 거기 대놓은 창살은 근사한 철창살

문양을 본따 만든 것 같으나 그래도 철창살일 뿐이고, 그의 마음에는 들지 않았다. 피로와 낙담이 몰려오는 순간에는 자신의 자아가 탈출하지 못하도록 막으려고 이 창살들을 거기 세워놓은 건가 생각하기도 했다.

보안관은 돌아보지 않은 채 말했다.

"스물네 명의 사람들이 스물다섯번째 사람을 위해 자기가 가진 모든 걸 포기했어요. 거주지, 공동체의 삶, 양과 소. 그리고 어느 정도는 자신들의 믿음까지도. 그들이 죄악이라고 생각한 많은 것을 받아들이지 않고 바깥세상에서 살아갈 수는 없을 테니까. 그런데 뭣 때문에 그렇게 한 거죠? 내가 받아들일 수 있을 만큼 강력한 이유는 두 가지 뿐입니다. 거액의 돈이 관련되었거나 교주 본인이 우리가 쫓는 남자거나. 골라봐요."

"나는 돈을 고르겠습니다."

"그럼 그 돈은 어디서 온 겁니까?"

"앨버타 헤이우드의 횡령금이죠."

"맙소사, 젠장." 래시터는 초조하게 몸을 휙 돌렸다. "앨버타 헤이우드가 누군가에게 오고먼을 죽이라고 돈을 준 적은 없다고 했을 때 그 말이 진실이라고 나를 설득한 사람이 퀸 당신이잖아요. 그 여자는 떠돌이를 알지도 못하고, 조지 헤이우드의 옷가지를 주지도 않고……"

"여전히 그 말은 진실이라고 생각합니다."

"자기모순이로군."

"아뇨." 퀸이 말했다. "앨버타가 떠돌이에게 돈과 조지의 옷가지를 줬다고 믿는 건 아닙니다. 그 여자가 그것들을 준 건 누군가 다른 사람이라고 믿는 거죠."

23

그는 숲의 일부가 되었다.

　새들도 이제 그에게 익숙해졌다. 우는 비둘기는 허술히 지은 둥지 바깥을 총총히 돌아다니거나 짝지어 지저귀면서 날아다녔고, 토히새는 마른 잎 사이에서 시끄럽게 굴며 열심히 먹이를 모았다. 참매는 메추라기가 지나가면 덮치려고 풀숲에 잠복해 있었으며, 박새는 소나무 가지에 거꾸로 매달려 있었다. 비단털여새는 얼기설기 얽힌 회색 스페인 이끼 위에 검정 비단조각처럼 내려앉았고, 풍금조는 녹색 이파리 사이에서 노랑과 검정이 뒤섞인 섬광처럼 빠르게 날았다. 이 새들 중 누구도 턱수염을 덥수룩하게 기른 남자의 존재에 도전하지 않았으며 그를 인정하지도 않았다. 그가 새들의 노랫소리를 흉내내고 먹이를 내밀어 꾀려고 해도 무시할 뿐이었다. 새들은 그가 두구거리고 가르릉거리고 지저귀더라도 속아넘어가지 않았다. 숲에는 여전히 먹이가 넘쳤다. 마드론 열매와 야생쥐, 유칼립투스 나무껍질 아래 숨은 곤충, 황혼 무렵 참나무에 내려앉은 나방, 덤불 속 민달팽이, 탑의 처마 아래 매달린 벌레 고치.

사실 새들은 그보다 훨씬 잘 먹고 있었다. 요리는 밤에 서둘러 할 수밖에 없었다. 그래야 망르에 배치된 순찰대원의 눈에 연기가 띄지 않을 것이기 때문이다. 심지어 탑의 식량 사정은 열악했고 이제는 상하기까지 했다. 그는 바구미가 생긴 쌀을 먹었고, 남은 밀과 보리를 지키려 바퀴벌레들과 싸웠으며, 덫을 놓아 산토끼를 잡아서 접이식 면도칼로 가죽을 벗겼다. 그를 구해준 건 채소밭이었다. 잡초가 자라고 노루와 토끼, 땅다람쥐가 파헤쳐놓긴 했어도, 토마토를 따고 양파를 캘 수 있었으며, 당근과 비트, 감자를 캐와서 익혀먹을 수 있었다. 물론 불을 피워도 안전하다 싶을 동안간 요리할 수 있기에 반만 익을 때도 있었다.

새끼사슴은 그와 기꺼이 친구가 되려고 한 유일한 야생동물이기도 하지만 필연적으로 그의 적이기도 했다. 사슴들이 해뜰녘과 해질녘에 채소밭으로 다가오면, 그는 돌을 던져 그들을 쫓았다. 그들이 도망칠 때면 심장까지 메스꺼웠다.

이따금 그는 사슴들에게 사과하거나 설명하려 했다. '미안해. 나는 너희를 좋아해. 하지만 너희는 내 음식을 훔치는데 나도 먹고살아야 하거든. 있잖아, 누가 나를 찾으러 올 거야. 얼마나 기다려야 할지는 모르겠지만. 그 여자가 오면 함께 떠날거야. 그럼 채소를 독차지하렴. 나는 정말 산전수전 다 겪었어. 너희도 이제 와서 내가 굶어죽길 바라진 않겠지. 우리 계획이 막 실현되려는 시점에 말이야……'

모든 게 처음부터 그녀의 계획이었는데도, 그는 여전히 '우리 계획'이라고 불렀다. 그런 순진함으로 시작된 일이었다. 거리 모퉁이에서의 만남, 어색한 미소와 아침 인사의 교환. "오늘도 더울 것 같나요." "네, 그럴 것 같습니다."

그후에는 온갖 장소에서 예기치 않게 부딪쳤다. 슈퍼마켓, 도서관, 주차장, 커피숍, 영화관, 코인 세탁소. 이런 만남이 완전한 우연은 아니지 않을까 슬슬 의심이 들 무렵에는 그런 건 더는 중요하지 않아졌다. 그녀와 사랑에 빠졌다는 확신이 들었기 때문이다. 그녀가 조용했기에 그는 말하고 싶은 기분이 들었고, 그녀가 은근했기에 그는 대담해졌으며, 그녀의 소심함에 그는 용기를 냈고, 그녀가 비판을 삼갔기에 그는 자신감을 얻었다.

두 사람의 은밀한 만남은 필연적으로 짧았고, 바싹 말라 흙먼지투성이인 강둑처럼 다른 사람들의 눈을 피할 수 있는 곳에서 이루어졌다. 여기서 그들은 서로에게 손대지 않고서도 사랑과 절망을 소리내어 이야기했고, 마침내 그 둘은 떨어질 수 없이 한 단어가 되어버렸다. 사랑-절망. 그들이 서로 나눈 고통은 행복의 신경증적 보상물이 되었고, 돌아갈 수 없는 지점에까지 이르렀다.

"이런 식으로는 계속할 수 없어." 그는 그녀에게 말했다. "머릿속에 떠오르는 생각이라고는 모든 걸 다 벗어던지고 도망가버리자는 것뿐이야."

"도망가는 건 애들이나 하는 짓이야, 자기."

"그럼 내가 어린애 같은가보지. 난 떠나서 다시는 아무도 만나고 싶지 않아. 당신조차도."

그녀는 그의 비참함이 너무 커진 나머지 무슨 계획이든 받아들일 수 있는 때가 왔다는 것을 알았다.

"길게 보고 계획을 세워야 해. 우리는 서로 사랑하고, 돈도 있지. 완전히 다른 곳에서 새 삶을 함께 시작할 수 있어."

"도대체 어떻게?"

"먼저 오고먼을 없애버려야 해."

그는 그녀가 농담한다고 생각했다. 그래서 웃으며 대답했다.

"아, 그만해. 불쌍한 오고먼은 그럴 가치도 없어."

"난 진지해. 그게 우리가 항상 함께 있을 수 있는 유일한 방법이야. 그 누구도 우리를 갈라놓거나 방해하지 못하게."

다음 한 달 동안 그녀는 세부사항까지 모두 꼼꼼히 고안했다. 그가 무슨 옷을 입어야 할지까지도. 그녀는 필요한 물품을 사서 샌게이브리얼 산 속에 쟁였다. 거기서 그는 그녀를 기다리며 숨어 있을 작정이었다. 가장 가까운 이웃은 이름 없는 종교 집단 사람들이었다. 처음에 친해진 건 아이들이었다. 맏이는 열 살 정도 된 소녀였다. 여자아이는 그의 타자기 소리에 반했다. 그가 달리 할일이 없어 뒤쪽 포치에 앉아 타자를 치는 동안 나무와 덤불 너머에서 몰래 쳐다보았다.

소심하고 작은 아이였지만 간간이 기이하게 대담한 용기가 번득였다.

"그거 뭐예요?"

"타자기야."

"북소리 같아요. 내 거였다면 더 세게 쳐서 더 시끄럽게 했을 텐데."

"이름이 뭐니?"

"카르마요."

"다른 이름은 없니?"

"없어요. 그냥 카르마예요."

"타자기 한번 쳐볼래, 카르마?"

"그거 악마의 물건이에요?"

"아니."

"좋아요."

그는 카르마를 핑계 삼아 공동체에 처음으로 방문했다. 그는 점차 외로움을 견딜 수 없게 됐고, 그다음에도 계속 찾아갔다. 핑계는 불필요해졌다. 형제들과 자매들은 아무런 질문을 하지 않았다. 그 사람들은 그가 자기들처럼 속세를 등지고 산속에서 피난처를 구한다는 사실을 완벽히 자연스럽게 받아들였다. 이윽고 그는 그들의 공동체 생활에 감탄하게 됐다. 항상 누군가가 옆에 있었고, 항상 할일이 있어서 괜한 생각에 빠질 겨를이 없었으며, 그들의 엄격한 규칙은 안전하다는 감각을 주었다.

그가 산에 들어간 지 한 달쯤 되었을 때, 나쁜 소식을 전하는 편지를 받았다.

사랑하는 당신, 편지 쓸 시간이 일 분밖에 없어. 나는 실수를 했고 꼬리를 밟혔어. 조금 있으면 가야 해. 제발 기다려. 이게 우리의 끝은 아니야. 그저 연기된 것뿐이야, 자기. 우린 서로에게 연락하려고 하면 안 돼. 내가 당신을 믿듯이, 당신도 날 믿어. 당신이 나를 기다린다는 사실만 안다면 뭐든 참을 수 있어. 사랑해, 사랑해……

편지를 태우기 전에, 그는 이 짧은 편지를 십수 번을 읽으며 버려진 아이처럼 꺽꺽 울었다. 그런 후에는 안전면도기의 날을 꺼내서 양쪽 손목을 그었다.

의식이 들었을 때는 낯선 방의 간이침대에 누워 있었다. 손목에는 붕대가 튼튼하게 감겨 있었고, 축복 자매가 그의 위에 몸을 숙이고 있었다.

"이제 깨어났어요, 형제님?"

그는 말을 하려 했지만 할 수가 없어서 고개만 끄덕였다.

"주님이 형제님을 구하셨어요. 아직 저승의 삶을 맞을 준비가 되지 않았으니까요. 당신은 진정한 믿음이 있는 자가 된 게 분명해요."

그의 이마에 놓인 자매의 손은 시원했고 목소리는 굳건하면서도 부드러웠다.

"당신은 세상과 그 악을 저버려야 해요. 맥박은 안정적이고 열도 없어요. 수프 좀 삼킬 수 있어요? 내가 말한 대로 미리 밑작업을 해놓지 않고서는 천상의 왕국에 들어갈 수 없답니다. 이제 시작하는 게 좋겠지요?"

생각할 힘도 하고 싶은 마음도 없었다. 그는 무관심하게 세상을 저버렸고 공동체에 들어갔다. 그냥 그게 거기 있었고 다른 장소와 다른 사람이 없었기 때문이다. 형제들과 자매들이 북쪽으로 올라가 탑의 새 생활구역으로 이사간다고 하자, 그는 오래된 여행 가방에 넣어 묻어놓은 돈을 파내서 들고 갔다. 그때는 이미 공동체가 그의 집, 가족이 되었고, 어느 정도는 그의 종교가 되었다. 그는 여행 가방을 다시 묻었고 오랜 기다림은 이어졌다.

면류관 형제와 함께 샌펠리스로 가는 도중 그는 도랑에

처박힌 신문을 가져와서 읽다가 앨버타의 운명을 알았다. 그는 어디 사는지 알려주기 위해 몇몇 단어에 가볍게 밑줄을 그은 종교 선전물을 보냈다. 다른 사람의 눈에는 곤경에 빠진 사람에게 보내는 장난편지처럼 보이도록 간들었다. 교도소의 검열을 통과할 수 있을지, 그렇다 해도 그녀가 이해할 수 있을지, 전부 그저 희망일 뿐이었다. 희망과 곧포가 그의 마음속에서 교차했다. 하나의 몸에서 똑같이 영양분을 받는 두 개의 머리가 되었다.

몇 년이 흘렀다. 그는 그녀의 이름을 그 누구에게도 소리 내어 말하지 않았다. 그녀에게 더는 접촉하지 않았고, 그녀도 그에게 접촉하지 않았다. 그러던 어느 여름 아침, 그는 축복 자매와 함께 부엌에 있었다. 노곤함으로 여전히 몽롱한 가운데 자매가 불길한 말을 하는 것을 들었다.

"어젯밤에 잠꼬대를 하더군요, 형제님. 페트릭 오고먼이 누구예요?"

그는 어깨를 으쓱하고 고개를 저으면서 대답을 피하려 했지만, 자매는 완강했다.

"이제 그런 건 안 통해요. 내 말 들려요? 난 대답을 원해요."

"옛날 친구예요. 학교를 같이 다녔어요."

"정말요? 옛 친구인 것 같지 않던걸요. 이를 갈면서 험악한 표정을 짓던데."

그 당시에는 그 주제에 대해 더 말하지 않았지만, 자매는 며칠 후 다시 이야기를 꺼냈다.

"어젯밤에도 또 자면서 중얼거렸어요, 형제님. 오고먼과 치코테, 무슨 돈에 대해서. 양심에 걸리는 게 있나요?"

그는 대답하지 않았다.

"그런 게 있다면, 형제, 누구에게 말하는 게 좋아요. 양심이 괴로운 건 간이 괴로운 것보다 더 심각하니까요. 나는 두 가지 경우 다 많이 토았죠. 바깥세상에서 무엇을 하고 살았든 여기서는 형제님 본인 말고는 아무것도 중요하지 않아요. 다만 그게 형제님의 영적 건강과 마음의 평화에 어떤 영향을 끼치는지는 중요하지. 악마가 내면을 갉아먹으면, 떨쳐버리세요. 악마에게 성역을 내어주지 마요."

이후로 몇 날 며칠 동안 그가 돌아보면 자매가 지켜보고 있었다. 까마귀처럼 날카롭고 호기심이 가득한 눈이었다.

외부인 퀸이 왔다가고 돌아왔다가 다시 떠났다. 독방에서 풀려난 축복 자매는 창백했고 야위었다.

"오고먼이 죽었다고 말하지 않았잖아요, 형제님."

그는 고개를 저었다.

"형제님께 책임이 있나요?"

"네."

"사고였어요?"

"아뇨."

"일부러 그런 거예요? 계획했나요?"

"네."

자매는 더는 호기심에 찬 눈으로 보지 않았다. 그저 걱정과 슬픔이 있을 뿐이었다.

"퀸이 그러는데, 오고먼은 아내를 떠났고, 그 불쌍한 여자는 끔찍하고도 불확실한 상황으로 고통받고 있대요. 그런 잘못된 일은 바로잡아야 해요, 형제님. 당신 영혼의 구원을 위해서요. 살해당한 남자를 다시 살릴 순 없지만, 그의 아내를 도울 수는 있잖아요. 진실을 고백하는 편지를 써야 해요, 형제님. 형제님이 잡히지 않도록 확실히 할게요. 편지는 시카고에서 부칠 거고, 형제님이 썼다고는 아무도 의심하지 않을 거예요."

그는 어쨌든 대책을 세웠다. 필적을 감추기 위해 왼손으로 썼다. 사실과 환상을 섞었고, 이 뒤섞임 속에서 자기 생각 이상으로 자기를 드러내고 말았다. 편지를 쓰고 있노라니 기이한 만족감이 들었다. 마침내 오고먼을 편안히 누인 것 같았다. 슬픔에 찬 과부가 누구에게 설마 보여줄까 싶을 만큼 역겨운 작은 묘비명을 그의 비석에 새기는 듯한 느낌이었다.

그가 우겨서, 축복 자매는 편지를 읽어보았고 마음에 들지 않는 듯 살짝 혀를 찼다.

"이렇게, 음 솔직할 필요는 없잖아요."

"왜요?"

"내가 보기엔 남편뿐 아니라 그 부인에게도 복수하는 것 같은데요. 이건 좋지 않아요, 형제님. 당신 영혼이 구원받을 수 있을까 두렵네요. 여전히 희생자에게 증오를 품고 있다면, 악마를 떨칠 수가 없어요……"

매일 아침 건초 다락에서 깨어날 때마다 처음으로 드는 생각은 오늘이 바로 그날이라는 것이었다. 해방의 날, 보상의 날, 안전의 날, 새 인생의 날. 하지만 하루하루가 오고 가고 늘 똑같았다. 그리고 매일 하루가 끝날 때마다 그는 헛간 벽에 또하나의 표시를 했다. 하루하루는 그 표시들과 엇비슷했다. 어떤 경고조차 없었다. 보안관의 부하 중 마지막 사람이 한 달 전에 떠났고, 만약 그들이 되돌아온다고 해도 탑이나 공동체 부엌에서는 그의 흔적을 찾을 수 없을 것이다. 그는 두 장소를 다 피했고 헛간에만 붙어 있었다. 한순간도 빠뜨리지 않고 그는 자기 존재의 흔적을 모두 숨겼다. 아침에 건초 다락을 떠날 때는 건초를 삼지창으로 부풀려서 몸이 눌렸던 자국을 없앴다. 자취과 쓰레기를 묻었고, 밤에는 작은 모닥불을 끈 후에는 솔잎과 떡갈나무 잎으로 재를 덮었다. 적을 속여넘기기 위한 게임으로 시작한 일이었는데, 자기 겸양의 의식이 되었다.

탑을 떠나 도시로 가서 숨는다는 생각은 거의 하지 않았다. 도시에 혼자 있다는 생각만 해도 겁이 났다. 게다가 이젠 돈이 절반 이상 사라졌다. 나머지는 미래를 위해 절약해야 했다. 가끔은 그녀가 오면 없어진 돈을 어떻게 설명해야 하나 걱정도 되었다. 그는 어떻게 그 문제에 접근할지 계획을 세웠다. '내 말 들어봐, 당신. 이렇게 할 수밖에 없었어. 내가 홀로 탑에서 도망가면, 경찰에서는 바로 나, 다름 아닌 나 한 사람이 범인이라는 걸 즉시 알게 될 거잖아. 그래서, 교주에게 공동체를 해산하라고 뇌물을 주어서 혼란스러운 상황을 만든 거야. 경찰에선 아직도 수사망을 좁히지 못했을걸…… 아, 교주는 뇌물에 홀딱 넘어갔지. 그는 절박했거든. 그는 공동체의 종말이 시작되는 걸 보았고, 신자들을 세상으로 내보내서 새로운 개종자를 찾아낸 다음, 결국에는 여기로 돌아오는 게 공동체를 구할 유일한 방법이라는 것을 알았거든. 이걸 이뤄낼 수 있는 유일한 방법은 돈을 쓰는 것뿐이었어, 당신 돈. 그게 내가 여기 탑에 머물렀던 이유야. 남은 돈은 아끼려고.'

그는 그녀에게 처음으로 돈에 대해 듣고 경악과 충격, 연민을 느꼈던 밤을 떠올렸다.

"돈을 훔치고 있었어?"

"그래."

"하느님 맙소사, 뭐하려고?"

“모르겠어. 그 돈을 쓰진 않았어. 어쨌든 많이는 안 썼어. 그냥…… 음, 갖고 싶었어. 그냥 갖고 싶었어.”

“내 말 좀 들어봐. 그거 돌려놔야 해. 원상 복구해야지.”

“그러진 않을 거야.”

“하지만 당신, 그러다 감옥 가.”

“아직 안 잡혔잖아.”

“지금 자기가 무슨 말을 하는지도 모르네.”

“아니, 잘 알아. 내가 돈을 좀 훔쳤어. 많이 훔쳤지.”

“그거 돌려놔야 해, 앨버타. 난 당신 없이 계속 살아갈 수 없어.”

“그럴 필요 없어. 내가 계획을 세웠거든.”

그녀의 계획은 처음에는 미친 것 같았지만, 결국에는 그도 계획을 받아들이게 되었다. 그녀에게 줄 수 있는 더 나은 계획이 없었기 때문이다. 그는 계획이라고는 전혀 없었고, 자기 스스로 생각하는 데도 익숙하지 않았다.

그는 그녀에게 한 가지 약속만 해달라고 우겼다. 오고먼이 그림에서 빠지면, 더는 은행에서 위험한 짓을 하지 않겠다고. 장부를 조작하는 짓은 그만두고 그녀를 오고먼의 실종과 연관지을 사람 없이 치코테를 안전하게 떠날 날을 기다리겠다고. 그녀는 약속을 깼고, 감옥에 가게 되는 실수를 했다. 실수를 하다니 앨버타답지 않았다. 그와 함께할 미래에 대한 생각을 너무 많이 했던가? 아니면 잡혀서 횡령뿐만 아니라 그와의 관계에 대한 벌을 받고 싶다는 무의식적인 욕망으로 행동했던 건가? 그녀가 자신의 성적 죄책감을 소리내어 말한 적은 없었지만, 그것이 마음속에 강하게 자리잡고 있다는 건 그도 알고 있었다. 또, 그녀가 다른 남자를 만났던 적 없다는 것도 알았다.

그의 죄책감도 강했지만, 고되고 금욕적인 생활로 완화되었다. 이따금, 드물게도 통찰이 찾아드는 순간, 자기 자신의 죄책감을 좀더 참아보려고 이런 삶을 직접 선택한 게 아닌가 하는 생각이 들 때도 있었다. 매일 아침 건초 속을 뛰어다니는 쥐떼, 벼룩에게 물린 상처, 따끔한 추위와 찌르는 듯한 배고픔 때문에 깨어나도, 그는 이러한 것들은 하나도 원망하지 않았다. 그는 이것들을 이용해 보이지 않는, 들리지도 않는 고발자에게 변명했다. 날 봐. 내가 얼마나 비참한지. 내가 사는 환경을 봐. 고통, 허기, 고독. 결핍. 난 아무것도 없어. 난 아무것도 아니야. 이 정도면 참회로 충분하지 않아?

미래를 향한 그의 오랜 기다림은 하나의 삶의 방식이 되었고, 급기야는 그를 넘어서 생각하기도 두렵고 과거를 되풀이하기 싫을 지경이 되었다. 동반자가 절실하긴 했지만, 그는 이제 다시 돌아가 공동체의 일원이 되기는 싫었다. 그가 정말로 좋아하는 사람은 어쨌든 다시 돌아오지 않을 것이었다. 푸레사 대모, 미친듯 날아가는 상상력이 재미있었다. 그리고 축복 자매, 그가 아플 때 돌봐주었다. 그는 회개 자매의 투덜거리는 투정이나, 굳건한 마음 형제의 여성편력 자랑, 면류관 형제의 신랄한 자기 정의감, 교주의 악마에 관한 장광설은 그립지 않았다.

시간이 흐르자 그의 기억은 어떤 사건들은 떠올리지 못했다. 탑에서 공동체가 보낸 마지막날은 희미하게만 생각났다. 헤이우드를 다시 만나고 그 모든 꼼꼼한 계획과 긴 기다림이 허사였다는 걸 깨달은 갑작스러운 충격 때문에 정신이 마비되고 말았다. 그는 헤이우드를 죽일 작정이 아니었다. 그저 그를 설득하려고만 했다.

하지만 헤이우드는 말로 설득되지 않았다.

"난 여기 머무를 거야. 매일 매분, 당신의 발자국을 개처럼 따라다닐 거라고. 당신이 돈을 숨겨놓은 곳을 발견할 때까지."

그는 너무 멍해서 발뺌할 수조차 없었다.

"어떻게, 어떻게 나를 찾아낸 겁니까? 앨버타가 말했어요?"

"치코테에서부터 퀸의 차를 따라왔어. 아니, 앨버타는 아무 말 하지 않았지, 사랑에 눈먼 친구 같으니. 걔도 그거 하나는 인정해줘야 해. 고집불통. 지난 오 년 동안 한 달에 한 번씩, 그애를 달래고 으르고 졸라서 진실을 털어놓게 했어. 내가 도울 수 있도록. 처음부터 뭔가 의심하긴 했어. 그애가 내 옷을 떠돌이에게 줬다고 말했을 때부터. 그거 당신에게 준 거지?"

"그렇습니다."

"새옷을 살 위험을 무릅쓸 순 없었을 거야. 나중에 신고될 수도 있으니까. 옷장에서 옷이 없어져도 매한가지고. 아, 그래, 너희 두 사람은 무척 조심했어, 좋아. 모든 걸 미리 생각해놓고, 모든 걸 대단한 계획에 끼워넣었지. 일반적인 상식이 없었던 뿐. 앨버타의 계획은 몇 달 전에 미리 시작되었을 거야. 그애는 매일 밤 혼자 외출하기 시작했지. 영화 보러 간다, 강연이나 콘서트에 간다. 그래서 걔가 그 특별한 밤에 자기 차를 타고 나갔어도 누구도 딱히 이상하다고 생각하지 못하도록. 걔는 경마 예상지를 사기 시작했어. 그것도 항상 똑같은 신문 가판대에서. 횡령이 걸려서 돈의 행방을 질문받을 경우를 대비해서 미리 도박 이야기의 초석을 깔아놓은 거지. 대체 뭣 때문에 그 모든 걸 계획했는데? 불쌍한 여자는 감방에 앉아서 아직도 거대한 꿈이나 꾸고 있어. 다만 그 꿈이 실현되지 못했을 뿐이야."

"아니, 실현될 겁니다. 난 그녀를 사랑해요. 영원히 그녀를 기다릴 겁니다."

"그래야 할 거야."

“그게 무슨 뜻이죠?”

“무슨 뜻이냐면.” 헤이우드가 말했다. “걔의 가석방 심사가 몇 주일 뒤인데, 어떤 사람들은 걔가 도박으로 돈을 날렸다는 이야기를 나보다도 더 믿지 않아. 그들이 그 말을 믿지 않고 걔가 협조하지 않는다고 생각하면, 형을 끝까지 살게 되겠지. 여기서 내가 끼어들어야겠어. 난 그 돈을 원해. 지금.”

“하지만……”

“전부 다. 내가 그 돈을 받으면 앨버타는 게임이 끝났다는 걸 알게 될 거야. 가석방 심사 위원회에도 사실대로 말하고 은행에도 돈을 반환해야만 하겠지. 그러면 그애는 자유로운 여자가 될 거야. 감옥에서도 자유로워지고, 당신에게서도 자유로워지고. 내가 신에게 바라는 일이지.”

“헤이우드 씨는 이해 못하세요. 앨버타와 나는……”

“사랑이니 낭만이니 횡설수설 늘어놓을 생각 마. 참 거창한 로맨스네. 거창하기도 해. 망할, 난 당신이 남자라는 생각도 안 해. 어쩌면 이 모든 일 뒤에는 이유가 있을지도 모르지. 앨버타는 딱히 대단한 여자도 아니고, 당신은 딱히 대단한 남자도 아니야. 그런데도 두 사람은 하늘이 갈라놓은 연인 놀이를 하고 있단 말이지. 이 놀이가 두 사람 모두에게 큰 이득을 가져다주긴 하네. 현재에서 떨어뜨려놓고 두 사람이 함께하는 미래를 믿을 수 있게 해주니까.”

그는 헤이우드를 난간 너머로 밀어버린 건 기억나지 않았다. 하지만 헤이우드가 떨어질 때 모습과 소리는 기억났다. 거대한 회색 새가 날개를 파드득거리며 마지막 울음소리를 내뱉었다. 그는 헤이우드가 바닥에 떨어지기까지 기다리지도 않았다. 그는 허겁지겁 탑 3층에 있는 자기 방으로 돌아갔다. 굳건한 마음 형제가 야채밭에서 호미질이 끝난 후에 휴식 좀 취하라며 그를 보낸 방이었다. 그는 푸레사 대모가 뛰어나가고 교주가 그 뒤를 쫓아갈 때까지 기다렸다. 그후 그는 명령을 받은 로봇처럼 걸어서 곧장 헛간으로 가 쥐약을 가져왔다.

축복 자매의 죽음에 관해서는 딱 한 가지 선명한 기억만이 있을 뿐이었다. 첫번째 고통이 닥쳐왔을 때 자매가 질렀던 비명. 이따금 어떤 새가 비슷한 소리를 냈고, 그러면 턱수염을 기른 남자는 축복 자매가 그를 괴롭히려고 새로 부활했다고 믿는 것처럼 뻣뻣하게 굳어 땅에 쓰러지곤 했다. 이런 가장 끔찍한 순간이 오면, 그는 자기가 제정신인지 의심했고 숲속의 생물들은 인간이라고 상상했다. 오만하고 입이 건 흉내지빠귀는 면류관 형제였다. 기다란 잡초 속에서 광대짓을 하는 작고 등이 초록색인 방울새는 푸레사 대모였다. 강하고 식탐 많은 까마귀는 빛 형제였다. 나무 꼭대기 위에서 오만하게 선 줄무늬꼬리 비둘기는 교주였다. 세상의 슬픔을 노래하는 우는 비둘기는 회개 자매였고, 그를 비난하고 약 올리는 미국어치는 헤이우드였다.

"못난이!" 새는 끽끽 울었다.

"입 닥쳐."

"싸구려 못난이."

"나는 남자야."

"싸구려 못난이."

"나는 남자야! 나는 남자야! 나는 남자라고!"

하지만 어치는 항상 마지막 말을 남겼다. 못난이.

어느 날 아침 그는 건초 다락 지붕의 들쥐들이 부스럭대는 소리에 잠이 깼다. 눈을 뜨기 전에도 밤 사이에 변화가 일어났다는 것을 깨달았다. 공동체가 돌아온 것이다.

그는 가만히 누워 귀를 기울였다. 아무런 목소리도 들리지 않았고, 누가 움직이며 부산 떠는 소리도 없었고, 트럭이 쿨럭거리는 익숙한 소리도 없었지만, 그가 잘 알던 다른 소리가 있었다. 빠르게 간헐적으로 울리는 북소리. 보관창고에서 타자기를 갖고 놀던 카르마였다.

처음으로 자기 겸양의 의식을 잊어버리고 그는 조잡한 사다리를 내려와 나무 사이를 지나 보관창고를 향해 달렸다. 반쯤 다다랐을 때, 소리가 멈추더니 도토리딱따구리가 흑백 섬광으로 사탕소나무에서 파드득 날아올랐다.

그는 새를 향해 주먹질을 하며 저주를 퍼부었지만, 그의 분노는 자기 자신과 자신의 마음이 일으킨 속임수를 향한 것이었다. 그는 타자기가 보관창고에 없다는 사실을 알고 있었다. 보안관의 부하들이 벌써 다른 물건들과 함께 가지고 가버렸다. 뭐, 그걸 가져간들 아무 소용 없을 텐데. 그의 물건이라고 증명도 하지 못했다. 경찰들은 찾는 범인이 그라는 사실을 아직도 알지 못했다. 경찰들은 아직도……

"카르마."

그는 소리내어 그 이름을 말해보았다. 그 이름에는 그가 딱따구리를 향해 퍼부었던 것보다 더 많은 저주가 담겨 있었다. 이번에는 분노가 공포로 증폭되었기 때문이다.

그는 잊어버렸던 탑에서의 마지막날 일을 떠올리고 온몸이 마비되는 기분이 들었다. 창고 밖까지 그를 따라오던 카르마.

"타자기 가지고 갈 거예요, 형제님?"

"아니."

"내가 가져도 돼요?"

"성가시게 하지 마라."

"부탁이에요. 내가 가져도 돼요?"

"안 돼. 그러니까 나 좀 가만놔둬. 서둘러야 하니까."

"이모네 집에 가면, 새것처럼 고칠 수 있을 거예요. 제발 나한테 주세요, 형제님."

"좋아. 네가 그 얘길 어딜 가서 안 한다면."

“정말 감사해요.” 소녀는 엄숙히 말했다. “이 일은 절대 잊지 않을게요. 평생 절대로.”

이 일은 절대 잊지 않을게요. 그때는 단순한 감사의 말이었다. 이제 그의 마음속에서 재생된 그 말은 확대되고 뒤틀렸다. ‘이 일은 절대 잊지 않을게요’는 ‘타자기가 형제님 거라고 모두에게 말할게요’로 바뀌었다.

“카르마!”

그 이름은 나무 사이로 울려퍼졌고, 그는 나무 사이로 그 소리를 따라갔다.

24

장거리전화는 바로 토요일 정오 직전에 걸려왔다. 퀸은 마사가 치코테에서 오기를 기다리며 아파트 여기저기를 꾸물꾸물 돌아다니고 있었다. 그날 하루는 마사와 그 아이들과 함께 해변에서 수영도 하고 햇볕도 쐬면서 보낼 계획을 세워놓았다. 하지만 높고 옅은 안개가 강철판처럼 효과적으로 태양을 가렸고, 퀸은 창문 너머로 한적한 해변과 음울한 회색 바다를 내다보았다. 대체할 계획을 결정하려고 고심하는 중에 전화가 울렸다.

마사가 여기 온다고 혔다가 마음을 바꿨다는 전화일지도 모른다고 예상하며 그는 수화기를 들었다.

"여보세요."

"조 퀸 씨에게 걸려온 지명통화입니다."

"제가 퀸입니다만."

"여기 전화 거신 분 연결해드릴게요. 말씀하세요."

그러자 카르마의 목소리가 들려왔다. 가늘게 떨리며 급박하게 들리는 목소리였다.

"다시 전화하지 않을 거라고 했지만요, 퀸 아저씨. 아저씨 명함도 찢어버렸어요. 하지만 적힌 번호는 기억이 나더라고요, 음, 저 무서워요. 하지만 이모는 여기 안 계셔서 말씀드릴 수도 없어요. 이모가 있었더라도, 말씀드릴 순 없지만요. 엄마에게 온 전갈은 받고 싶은데, 이모는 엄마랑 더는 어떤 관계도 맺지 못하게 할 거거든요."

"진정해, 카르마. 엄마에게 온 전갈이라는 게 뭐였니?"

"말 형제님이 몇 분 전에 전화를 걸어서 엄마가 나한테 보내는 아주 중요한 전갈이 있다고 직접 전달하고 싶다고 말했어요."

"어디로?"

"여기 집으로요."

"그 사람은 네가 어디 있는지 어떻게 찾아냈지?"

"아, 형제님은 우리 이모를 알아요. 가끔 이모 얘기를 했거든요. 어쨌든 난 이모가 있어서 여기로 오시면 안 된다고 했어요. 거짓말이었죠. 이모는 지금 꽃전시회에 나가려고 원예 모임 전시 작업중이거든요. 국화와 팜파스풀 속에 선풍기를 숨겨놓아 계속 풀이 날리게 하는 거예요. 아주 예쁠 것 같아요."

"분명 그럴 테지." 퀸은 말했다. "어째서 말 형제는 그냥 전화로 전갈을 전하지 않는 걸까?"

"엄마한테 나를 직접 만나겠다고 약속했대요. 내가 어떻게 지내는지 등등 그런 걸 보고하려는 것 같아요. 비록 형제님은 그런 말은 안 했지만."

"시내전화였어?"

"네, 시내에 있대요. 오늘 오후 4시에 집으로 오겠다고요. 나는 이모가 그때쯤엔 집에 없을 거라고 했어요. 아저씨에게 전화하는 편이 좋을 것 같았어요. 공동체 신자와 관련해서 무슨 일이라도 생기면 알려달라고 했으니까요."

"연락해줘서 고맙다. 내 말 잘 들어, 카르마. 네가 보기에 어머니가 중요한 전갈을 네게 전달해달라고 굳이 말 형제를 고를 것 같니?"

"아뇨." 잠시후 카르마는 아이다운 솔직함으로 덧붙였다. "두 사람은 서로를 싫어한다고 늘 생각했거든요. 물론 우리는 서로 싫어해서는 안 되지만, 그래도 몇몇 사람들은 싫어했어요."

"좋아. 그럼 전갈이 없다고 치자. 그러면 말 형제는 너를 만나러 올 완전히 다른 이유가 있다는 건데. 뭔지 짐작할 수 있겠니?"

"아뇨."

"어쩌면 너한테는 아주 사소하지만 그 사람에게는 무척 중요한 일일 수 있어."

"아무것도 생각나지 않아요." 카르마는 느릿하게 말했다.

"자기 옛날 고굴 타자기를 돌려받으려고 하는 게 아니라면요. 뭐, 갖고 싶으던 가지라죠. 이모가 지난달 내 생일에 새 휴대용 타자기를 사줬어요. 회색에 분홍색이……"

"잠깐만. 말 형제가 네게 옛날 타자기를 줬다고?"

"정확히 말하면 준 건 아니지만요. 내가 졸라서 가져왔죠."

"그 사람 거였어?"

"네."

"그리고 그걸 보관창고에 두었고?"

"네, 난 거기 가서 잉크가 마르고 리본이 끊어질 때까지 갖고 놀았어요. 어쨌든 종이도 다 떨어졌고. 나도 그땐 그냥 애였으니까요."

"그게 말 형제 물건이라고 어떻게 그렇게 확신해?"

"그렇게 해서 처음 만났거든요. 우리는 샌게이브리얼 산에 살았는데, 북소리 같은 이상한 소리가 들려서 가봤어요. 그랬더니 말 형제님이 오두막 뒤 포치에 앉아서 타자를 치고 있더라고요. 그때는 말 형제가 아니었지만. 웃기죠. 형제님이 타자 치는 소리를 내가 듣지 않았다면, 그 아저씨는 절대로 말 형제가 되지 않았을 거예요."

아파트 앞문이 열리고 방을 가로지르는 마사의 빠르고 가벼운 발소리가 들리자 퀸은 서둘러 전화에 대고 말했다.

"잘 들어, 카르마. 지금 거기 가만히 있어. 문을 잠그고 내가 거기 갈 때까지 누구한테도 열어주지 마. 내가 바로 차를 타고 갈 테니까."

"왜요?"

"말 형제에게 몇 가지 질문이 있어."

"엄마가 정말로 나한테 말을 전해달라그 형제님한테 시킨 것 같아요?"

"아니. 그 사람은 자기 타자기를 돌려받고 싶은 것 같아."

"왜요? 너무 낡고 망가졌는데. 어차피 다무짝에도 쓸모없어요."

"아니, 하지만 경찰한테는 쓸모있지. 오고먼이 살해되던 날 밤에 그 사람 차 뒷좌석에 그 타자기가 있었거든. 이 얘기를 해주는 건 그 사람이 위험한 사람이라는 걸 네가 알았으면 해서야."

"무서워요."

"무서워할 필요 없어, 카르마. 그 사람이 도착할 4시쯤에는 내가 너희 집에 같이 있을 테니까."

"약속해요?"

"약속해."

"아저씨 말 믿어요." 카르마는 엄숙하게 말했다. "여드름 연고 갖다주겠다는 약속도 지켰으니까요."

퀸은 전화를 끊으면서 그건 아주 오래전, 다른 세상에서 일어났던 일 같다고 생각했다.

퀸은 응접실로 갔다. 마사가 창가에 서서 바다를 내다보고 있었다. 그녀는 아파트에 올 때면 언제나 그랬다. 치코테의 바짝 타오른 땅 이후에 바다를 보는 것이 기적이라는 듯.

마사는 돌아보지도 않고 말했다. "아직 끝나지 않았네요."

"그렇네요."

"언제까지나 계속되는 건가요, 조?"

"그런 식으로 말하지 말아요." 그는 두 팔을 그녀의 목에 감고 입술을 목에 댔다. "아이들은 어디 있어요?"

"옆집에 맡겼어요."

"나 안 보고 싶대요?"

"아니, 보고 싶어하죠. 당신과 해변에서 같이 보내는 하루를 놓치다니 애들에게는 정말 큰 희생이었어요."

"왜 그런 희생을 한 거죠?"

"우리를 위해서요." 그녀는 희미하게 웃으며 말했다. "내가 평소와는 달리 당신과 둘만 있고 싶을 거라고 리처드가 머리를 짜냈어요."

"그러고 싶어요?"

"네."

"눈치가 무척 빠른 애라니까, 우리 리처드는."

그녀는 몸을 돌리며 진지하게 그의 눈을 들여다보았다.

“정말로 그렇게 생각해요? 그애가 우리 리처드라고?”

“그렇죠, 우리 리처드, 우리 샐리.”

“우리 모두가 오래오래 행복하게 살 것처럼 말하네요.”

“그렇게 될 거예요.”

“아무런 문제 없이.”

“문제야 많겠죠.” 그는 말했다. “하지만 해결책도 많을 거예요. 우리가 서로 사랑하고 존중하면. 내 생각엔 우리가 그런 것 같은데. 당신은 안 그래요?”

“그럼요.”

그녀의 목소리에는 여느 때처럼 의심이 역력했지만, 만날 때마다 그 의심은 약해져갔다. 그는 궁극에는 그 의심도 완전히 사라질 거라고 믿었다.

“그럴 때도 있겠죠.” 그는 덧붙였다. “당신이 오고먼을 떠올리고, 나는 거기 상대도 되지 않는다고 여기지 않을까 싶은 때가.”

“그건 사실이 아니에요.”

“그래요. 다른 때는 아이들이 내가 하는 훈육이나 충고에 분개하지 않을까 싶기도 하죠. 난 아이들의 진짜 아버지가 아니니까. 불화도 있을 거고, 돈 문제도 있을 거고……”

“그만해요.” 마사는 손가락 끝을 그의 입에 댔다. “나도 그런 건 다 생각해봤어요, 조.”

“그럼 괜찮아요. 우리 둘 다 해본 거니까. 우린 눈을 감은 채로 결혼으로 걸어들어가진 않겠네요. 왜 망설이죠?”

“난 또 실수를 하고 싶진 않아요.”

“오고먼이 실수였다고 말하는 거예요?”

“그래요.”

“그게 사실이라서? 아니면 내가 그런 말을 듣고 싶어할 것 같아서?”

“사실이라서요.” 마사는 말했다. 그의 손 아래서 마사의 어깨가 갑자기 굳어졌다. “뒤를 돌아보는 건 앞을 내다보는 것만큼이나 쓸모가 없지만, 어쨌든 자기 목적은 달성하죠. 사실 결혼은 내 생각이지 패트릭의 생각이 아니었어요. 보금자리를 짓고 싶은 내 본능이 너무 강해서 이성을 짓눌러 죽였어요. 나는 가정을 꾸리기 위해 패트릭과 결혼했죠. 그가 나와 결혼한 건…… 음, 여러 가지 이유가 있겠지만, 주된 이유는 나에게 반대하거나 내 기분을 상하게 할 만큼 마음이 강하지 못했기 때문일 거예요. 이제 그 사람이 죽었다는 걸 알게 되니 좀더 객관적으로 볼 수 있게 됐어요. 그에 대해서뿐 아니라 나 자신에 대해서도. 우리 결혼에서 근본적으로 잘못된 부분은 서로에게 너무 많이 의존했다는 거예요. 그는 내게 의존하고, 나는 그의 의존에 의존하고. 그가 새들을 사랑한 것도 놀랍지 않죠. 그는 종종 자기 자신이 새장 속의 새 같다고 느꼈으니까요…… 무슨 문제 있어요, 조?"

"아무것도 아니에요."

"하지만 뭔가 있잖아요. 나도 느낄 수 있어요. 나한테 말해 줘요."

"할 수 없어요. 어쨌든, 지금 당장은요."

"좋아요." 마사는 가볍게 말했다. "다른 때라도."

그는 다른 때가 한참 떨어져 있기를 바랐지만, 그럴 리 없다는 것도 알았다. 말해야 할 때는 바로 모퉁이 너머에서 기다리고 있고 퀸은 벌써 그 그림자를 볼 수 있었다.

그는 말했다. "지금 막 커피를 내렸는데. 좀 마실래요?"

"아니, 괜찮아요. LA에 4시까지 가려면, 차가 막힐 걸 대비해서 지금 출발하는 게 좋을 거예요."

"우리?"

"뭐, 당신을 고작 십 분 만나려고 여기까지 차로 내려온 건 아니니까요."

"잠깐 들어봐요, 마사."

"무슨 말인지 듣긴 할 테지만, 당신 말대로 하진 않을 거예요. 나를 바람맞히려고 하는 거라면 더더욱."

"이건 당신을 바람맞히는 문제가 아니에요. 카르마의 전화에 나는 완전히 허를 찔렸어요. 그 뒤에 뭐가 있는지 모릅니다. 어쩌면 아무것도 없을 수도 있죠. 어쩌면 말 형제가 정말로 카르마 엄마가 보낸 전갈을 갖고 있을 수도 있고. 하지만 상황이 그렇게 간단하지 않을 경우를 대비해서, 당신이 옆에 없는 편이 좋겠어요.”

“난 응급 상황에 꽤 강해요.”

“당신 자신이 관련된 상황이라도?”

“특히 그런 상황에는요.” 그녀는 약간 신랄한 기운을 담아 말했다. “경험이 많거든요.”

“그럼 나랑 같이 가겠다고 마음을 먹었군요.”

“당신이 반대하지 않으면.”

“내가 반대하면?”

“하지 말아요. 제발.”

“할 수밖에 없어요.” 그는 참을성 있게 말했다. “난 당신을 사랑하니까. 할 수 있으면 당신을 말썽에서 멀리 떼어내고 싶어요.”

“우린 말썽도 함께 나눌 거라고 생각했는데요. 문제도 많겠지만, 해결책도 많을 거고. 그렇게 많이 얘기한 거잖아요, 조?”

“당신에게 미리 경고하려는 거예요, 마사. 내가 얘기하려고 하는 걸 당신은 듣지 않으려 하는 거고.”

“나 때문에 두려워할 필요 없어요. 그러면 나는 부족한 여자가 된 것 같은 기분이 드니까. 패트릭 때문에 내가 두려워해서 그가 부족한 남자가 된 기분이 들었듯이. 내가 과속질주

하는 버스 앞을 걸어가는 걸 보거든, 어떻게 해서라도 소리질
러 경고하거나 나를 잡아끌어요. 하지만 디건, 이건 너무 흐릿
하고 현실적이지 않아요. 내가 당신과 함께 카르마의 집에 간
다고 해서 해로울 게 뭐 있겠어요? 그애는 보살핌이 필요할 수
도 있어요. 무서운 상황에 처한 아이일 뿐인 걸요. 그러니까
내가 쓸모가 있는데 나를 벽장에 넣고 가두려 하지 말아요.”

“좋아요.” 그는 신음에 가까운 소리를 내며 말했다. “벽장
에서 나오십시오, 숙녀분.”

“감사합니다, 신사분. 이 결정, 절대로 후회하지 않을 거
예요.”

“하지 않을까요.”

“왠지 말투가 좀 기묘하네요, 조. 진짜 문제가 뭐예요? 마
음에 걸리는 게 뭐죠?”

“그냥 내 바람이죠.” 그는 말했다. “우리 둘 다 들어갈 수
있는 더 큰 벽장이 있으면 하고요.”

25

그는 도시 거리를 따라 걸으며 이따금 발길을 멈추고 하늘을 빤히 쳐다보았다. 숲속에서 나온 친구들의 모습을 볼 수 있지 않을까 기대하는 것만 같았다. 대담한 흑백 섬광으로 빛나는 도토리딱따구리, 흐릿한 푸른색의 줄무늬꼬리비둘기, 적갈색 날개를 찰싹거리는 딱따구리. 하지만 보이는 것이라고는 이따금 전선에 올라 앉은 참새나 지붕 위의 회색 비둘기뿐이었다.

그는 간간이 도시 사람들이 모두 새로 변해버리는 공상을 하곤 했다. 도로와 고속도로 위에서 차가 갑자기 영원히 멈추고 새들이 창문 밖으로 날아오른다. 공장에서, 사무실 건물에서, 가정 집에서, 호텔에서, 아파트에서, 문으로부터, 굴뚝으로부터, 파티오로부터, 정원으로부터, 보도로부터, 새들은 풍성한 색과 움직임, 소리로 솟아올랐다가 미끄러지듯 날고, 파드득거리고, 하강하고, 새된 소리로 울어대고, 명랑하게 지저귀고, 휘파람을 불고, 함성을 질렀다. 새 한 마리는 그 모든 나머지보다 더 크고, 더

웅장하고, 더 요란했다. 황금독수리, 바로 그 자신이었다.

공상은 그의 마음속에서 거품처럼 점점 커져갔다가 터져 버렸다. 고속도로에서 멈추는 차는 없었다. 사람들은 사람으로 남아 있었다. 날개도 없고, 행운도 없이. 황금독수리는 다른 나머지와 별 차이도 없이, 중력의 폭정에 휘둘려 찌는 듯더운 보도에 내려앉았다.

인간과 접촉하지 않은 지 너무 오래되었다. 그는 심지어 늙은 사람에게도 겁을 먹었고, 젊은 사람들이 그의 로브와 민머리, 맨발을 보고 비웃을 것 같아 서둘러 지나쳤다. 그러다 작은 동네 식품점 창문에 비친 자신의 모습을 보고, 이제 그를 비웃을 이유가 없다는 것을 깨달았다. 그는 평범한 남자처럼 보였다. 숲에서 보낸 몇 주 동안 머리카락이 자랐다. 회색이 약간 섞인 검은 고수머리. 그는 이발소에 가서 머리를 다듬었고 턱수염도 면도했으며 남성복 상점에서 회색 정장과 넥타이, 하얀 셔츠, 지금은 발가락이 약간 꽉 끼는 검은 가죽 모카신을 샀다. 그는 이제 말 형제가 아니었다. 그는 도시를 걷는 이름 없는 남자였다. 그의 모습은 낯선 사람의 텅 빈 눈에 비치지도 않았고, 그의 존재에 흥미나 호기심을 보이는 사람이 있을 만큼 두드러지지도 않았다. 그는 아무도 아니었다. 아무에게도 인식되지 않는 사람.

그는 식품점에 들어가서 카르마가 사는 그린그로브 애비

뉴까지 가는 길을 물었다. 가게 주인은 신문에서 고개도 들지 않고 말해주었다.

"무척 감사합니다." 그는 말했다.

"예."

"찾아갈 수 있을 것 같습니다. 참 더운 날이죠?"

"예."

"혹시 몇 시인지 아십니까?"

"세이한."

"뭐라고요? 잘 알아듣지 못해서……"

"귀머거리예요? 오 욱인? 세이한이라니간."

"감사합니다." 아니, 난 귀머거리도 아니고 외국인도 아니야. 나는 정체를 숨긴 황금독수리지, 배뚱뚱이 비둘기야.

3시 반. 시간은 아직 많았다. 다음 모퉁이를 돌면서 오른손을 주머니에 넣자 면도칼 손잡이의 따뜻하고 부드러운 뼈대가 느껴졌다. 면도날은 면도를 할 만큼 날카롭진 않았으나, 남자의 구레나룻은 여자의 목덜미보다 더 억세기 마련이다. 참 웃긴 일이었다. 어찌나 웃긴지 삼켜버리거나 도로 뱉어내기 전에 웃음이 킬킬 입 밖으로 빠져나왔다. 황금독수리의 짐승 같은 울부짖음이 아니라 작은 새의 속삭임이었다. 그는 차라리 듣지 않았다면 좋았을 것을, 하고 생각했다. 그 소리는 자신감을 흔들고 다리에서 힘을 다 빼버려서, 그는 발길을 멈추고 잠시 자기를 부여잡기 위해 가로등에 기대야만 했다.

근처 버스정류장의 벤치에서 어린 소녀 셋이 그를 수상하다는 듯 쳐다보고 있었다. 그의 새 양복 아래에서 튀어나온 말 형제의 낡고 해진 회색 로브를 보기라도 한 것 같았다. 그는 소녀들이 미웠지만 어떤 식으로로든 달래야 한다고, 그를 받아들이게 해야 한다고 느꼈다.

"날이 참 덥지?" 그는 말했다.

소녀 중 하나는 그를 쳐다보았고, 하나는 킥킥 웃었으며, 하나는 고개를 돌려버렸다.

"이런 뜨거운 날에는 시원한 생각을 하는 게 좋은데."

또 한번 침묵이 흘렀다. 그러다가 가장 키 큰 소녀가 새침하게 말했다.

"우린 낯선 사람하고는 얘기하면 안 돼요."

"하지만 난 낯선 사람이 아닌걸. 내가 낯설게 보이니? 왜? 아니잖아. 꽤 평범하고 보통 사람처럼 보이지 않니. 그게 바로 나야. 보통 사람. 아저씨 같은 사람이 수천 명은……"

"가자, 로라, 제시. 엄마가 한 말 기억해."

"매일 출근하지. 그래도 충분한 돈도 없고, 확신도 없어. 안전하지도 않고 새들처럼 자유롭지 않아. 그래도 언젠가 천국에 가면 약간은 보답을 받지 않을까 하는 희망을 가진단다. 다만 오래 기다려야 하지. 아주 오래 기다려야 해."

그는 이제 소녀들은 가고 없고, 빈 벤치를 향해 말을 걸고 있다는 것을 알았다. 하지만 그는 이것도 보통 사람에게 일어나는 보통의 절차라는 것도 알았다. 아무도 듣는 사람이 없으면, 빈 벤치, 고요한 벽과 천장, 귀 먹은 나무, 텅 빈 거울, 닫힌 문을 향해 말을 걸어야 했다.

그는 다시 걷기 시작했다. 동네는 점점 부유해지고, 잔디는 더 푸르러졌으며, 담장은 더 높아졌지만 집들은 점점 더 버려진 인상을 주었다. 부자들이 그 집을 과시용으로 지었다가 다른 곳으로 살러 가버린 것 같았다. 오로지 이따금 어떤 문이 쿵 닫히고, 어떤 목소리가 말을 하고, 어떤 커튼이 움직일 뿐이었다. 그들은 저 안에 있어. 그는 생각했다. 그들은 저 안에 있어. 좋아, 하지만 숨어 있지. 나를 두려워하는 거야. 보통 사람을.

그린그로브 애비뉴에 도착했을 때 그는 잠깐 멈췄다. 왼발을 편하게 하려고 오른발로만 섰다가 다시 왼발로 딛고 오른발을 들었다. 온종일 걸어온 것만 같았고, 걸을 때마다 신발이 조금씩 줄어드는 것 같았다. 그는 줄어드는 신발을 신고 종일 걸어 살인하러 가는 보통 사람들이 얼마나 될까 궁금했다. 아마도 아주 적을 것이다. 아마도 사람들 생각보다는 많을 것이다. 그는 정말로 특이한 일을 하고 있지 않았다. 게다가 카르마는 가난과 금욕의 서약을 했다. 부유한 삶이 그애가 천국으로 향하는 평탄한 황금길을 걸을 기회를 망쳐버렸다. 그는 그애를 우행으로부터 구원함으로써 호의를 베푸는 것이다.

가끔은 교주의 말에 귀를 기울이고 복종하던 세월을 생각하면 반항심이 솟았고, 교주를 사기꾼으로, 형제자매들은 그에게 속은 멍청이로 치부해버릴 때도 있었다. 하지만 이런 경우는 드물었다. 끊임없는 반복이 그에게 깊은 자국을 남겼다. 그가 건초 다락에 남은 몸의 자국을 지웠듯 이 자국을 지울 수는 없었다. 쓰레기를 묻었듯 이를 묻어버릴 수 없었다. 혹은 모닥불의 재처럼 솔잎으로 덮어버릴 수도 없었다. 특히 여기 도시에서, 물질적 세계는 그에게 사악하게 보였고 천박하게 화려한 남자들과 화장한 여자들에게는 악마의 낙인이 찍혔다. 부유한 집들은 병든 영혼을 담았고, 신을 믿지 않는 자들은 큰 차를 타고 너른 길을 달려 거대한 지옥으로 향했다.

교주의 낙인이 그에게 찍혀 있었다. 그는 마음 깊은 곳에서 깨달았다. 벤치에 앉은 소녀들이 본 것은 새 양복 사이로 비어져나온 말 형제의 회색 로브가 아니라 바로 이것이라는 사실을. 소녀들은 교주의 낙인을 보았다. 비록 뭔지 알아보진 못했지만, 그들은 즉시 그가 보통 사람이 아니라 기이한 임무를 띤 낯선 사람임을 깨달았다. 소녀들은 한참 전에 사라졌지만, 그는 그들의 비판적인 눈에서 벗어나려는 듯 걸음을 빨리 했다.

493

몇 분이 지났고, 몇 집을 지나쳤다. 어떤 집에는 번지수만 적혀 있고, 다른 집에는 번지수와 이름이 있었다. 1295번지는 장식 철제 가로등 모형 위 문패에 주인의 이름이 있었다. 할리 백스터 우드 부인. 여러 다른 집들처럼 그 집도 버려진 듯 보였지만, 그는 그 집만은 아니라는 것을 알 수 있었다. 통화할 때 카르마는 처음에는 의심하는 것 같았지만, 그 아이의 의심은 호기심으로 바뀌었고, 호기심은 열렬함으로 바뀌었다. 그는 카르마가 엄마와 자주 다투긴 했어도 정이 깊다는 것을 알고 있었다. 그애라면 엄마가 보낸 전갈을 기다리고 있을 것이다.

그는 초인종은 무시하고 마름모 모양의 유리판을 주먹으로 가볍게 두드렸다. 외부인의 노크라기보다는 친구끼리의 신호에 더 가까웠다. 아무런 대답도 없었지만, 여전히 그는 카르마가 거기, 문 건너편에 있다는 강한 느낌을 받았다. 심지어 그애의 숨소리까지도 상상할 수 있었다. 아주 빠르고 초조하면서도 연약한 숨소리. 그의 작은 새가 그의 손에서 머리를 떨구고 눈을 감고 죽기 직전에 내뱉던 숨소리. 후에 그는 맨 저니터 나무 밑에 새를 위한 무덤을 팠고 도끼를 가져와서 그 새장을 산산이 부수어버렸다. 그는 도끼가 철창에 떨어질 때 느꼈던 거친 흥분을 기억했다. 그 자신이 그 안에 오랫동안 갇혀 있던 죄수 같았고, 그가 내려친 도끼는 자유를 위한 것이었다. 흥분이 흘러가자 그는 새장의 잔해를 협곡에 던져버렸다. 폭력의 증거를 감추려는 살인자 같았다.

"카르마?"

그래, 그애의 숨소리까지 들을 수 있었다.

"나야, 말 형제. 날 못 알아보는구나. 그게 문제니? 외모 몇 가지 좀 바꾼 것 가지고 너무 걱정하지 마라. 정말 나라니까. 자, 한번 봐. 네 눈으로 직접 봐. 애가 참 바보 같다니까."

그는 문틈으로 입을 댔다.

"나와보렴, 카르마. 네 엄마가 너한테 보낸 중요한 전갈이 있어."

그애는 마침내 가늘고 떨리는 목소리로 입을 열었다. "거기서 말씀하셔도 되잖아요."

"아니, 안 돼."

"난 나가고 싶지, 않아요."

"두려운 거니, 그거야? 내 영혼을 축복하시길, 불쌍하고 늙은 말 형제가 뭐가 두려워. 왜, 우리는 몇 년 동안이나 친구였잖아, 카르마. 난 너한텐 삼촌이나 마찬가지야. 내가 너한테 가장 소중히 여기던 재산, 타자기도 주지 않았니?"

"형제님 걸 준 것도 아니잖아요." 카르마는 말했다. "그거 오고먼의 차에서 훔친 거잖아요."

"나를 지금 도둑이라고 하는 거야? 그건 내 거였어. 확실히 말한다. 내 물건이었다고.”

“난 그게 어디서 왔는지 알아요.”

“누가 너한테 거짓말을 먹였구나, 애가 참 어리석기도 하지. 게다가 그 거짓말을 사탕처럼 꿀꺽 삼켜버렸어. 나 말고는 아무도 진실을 몰라. 물론 문 사이를 두고 너한테도 얘기해줄 순 없지. 문 열어, 카르마.”

“못 열어요. 이모가 여기 계세요. 위층 방에 계세요.”

너무나 허무맹랑한 이야기라서 그는 소리내어 웃어버릴 뻔했다. 사실이라고 해도 이모가 무슨 도움이 되겠는가? 이모라는 여자의 목은 남자의 구레나룻보다도 더 부드러울 텐데?

그는 부드럽게 말했다. “너 참 맹랑한 거짓말쟁이에 장난꾸러기구나. 네가 날 약올리고 나를 꼬드겨서 말을 시켰던 게 떠오르네. 말 못하는 형제님, 넌 그렇게 불렀지. 말, 말 형제님, 누가 형제님의 혀를 빼앗아갔어요? 기억하니, 카르마? 하지만 난 무너지지 않았어. 그랬지? 난 그럴 여력이 없었어. 비밀이 있는 사람들은 말하지 않는 법을 배워야 한다. 난 배웠지. 난 배웠어. 그리고 자면서 나를 드러내버렸지. 나는 항상 어떤 면으로 나 자신을 드러내고 있었어. 내가 자면서 그런 짓을 했다니 얼마나 역설적이냐. 목숨이 걸려 있는 상황에서.”

카르마는 아무 말 하지 않았고, 순간 그는 다시 숲속으로 돌아간 감각을 느꼈다. 혼자서, 들을 수 없거나 들을 마음이 없는 모든 생물에게 자기를 설명하려고 하는 기분이었다.

순찰차가 집 옆을 지나갔다. 그는 똑바로 일어서서 교회 신자를 일요일 오후에 찾아온 목사처럼 엄숙하고 위엄 있는 표정을 지었다. 그는 항상 자기 자신을 목사라고 상상했다. 얼마나 쉬울까. 다른 사람에게 뭘 하고 어떻게 행동할지 충고하고, 자기 자신을 위한 간단한 행동 규칙 몇 개만 따르고, 기이한 글 한두 개를 외우고.

하지만 순찰차는 걱정되었다. 그는 버스정류장에서 만났던 세 소녀가 집에 가서 엄마에게 그 얘기를 하고, 그 엄마가 경찰에 전화를 한 게 아닌가 생각했다. 그렇다면 순찰차에 탄 두 남자는 그를 찾고 있을 것이다. 어쩌면 이번에는 그를 알아보지 못했을지 모르지만, 다시 돌아온다면. 아니, 그건 말도 안 돼. 어째서 경찰들이 다시 돌아온단 말인가? 소녀들의 어머니는 그를 신고할 이유가 없었다. 그가 아이들에게 접근한 것도 아니고 꾀어내려고 한 것도 아니며, 사탕을 준 것도 아닌데. 바보스러운 아이들. 그들의 바보스러운 어머니. 그들은 이유가 없다. 이유가 없어……

"첫번째 순찰차가 그 사람을 봤대." 퀸이 말했다. "그 사람을 몇 분만 더 잡아두렴, 카르마."

"못하겠어요." 퀸이 옆에 있고, 마사가 지탱해주듯 팔을 어깨에 둘렀지만 소녀는 두려워했다. 그들도 두려워하고 있다는 걸 알았기 때문이다. 그리고 카르마는 그들의 두려움을 이해할 수 없었다. 얼마나 위험한 사람이든 간에 그저 보통 사람일 뿐인데, 그들의 공포심은 그보다 더 깊고 더 끔찍해 보였다. 카르마는 힘껏 입을 다무는 바람에 하얗게 질린 퀸의 입술과 마사의 눈에 어린 절박함을 보았다. 그래서 소녀는 반복했다.

"못해요. 뭐라 말해야 할지 모르겠어요."

"그 사람이 계속 말하게 부추겨."

"뭐에 대해서요?"

"본인에 대해서."

카르마는 목소리를 높였다.

"어디에 숨어 있었어요, 말 형제님?"

그 질문이 남자의 심기를 거슬렀다. 그가 자기 자유의지로 살기 가장 좋은 곳으로 판단해 숲을 선택한 지적인 인간이 아니라 어딘가에 숨어야 하는 범죄차라는 전제를 깔고 있었다.

"여기 오후 내내 서 있을 순 없다." 그는 언짢아하며 말했다. "네 어머니가 우리를 기다리고 있어."

"어디에서요?" 카르마가 물었다.

"친구 집에서. 네 어머니가 많이 아파. 죽을지도 몰라. 나한테 너를 데리고 와달라고 했어."

"엄마는 어디가 아픈 건데요?"

"누군들 알겠냐. 의사는 안 만나겠다고 한사코 거부하더라. 네가 나랑 같이 간다면, 의사의 도움을 받을 수 있도록 어머니를 설득할 수 있을 거야. 갈 거지?"

"얼마나 가야 하는데요?"

"사실 바로 저기 모퉁이 너머야."

다만 거리 모퉁이가 아니지. 네가 오로지 딱 한 번만 지나갈 수 있는 시간의 모퉁이. 너에겐 돌아올 길은 없을 거야.

"네 엄마가 정말 많이 아파, 얘야. 서두르는 게 좋을 거야."

"좋아요. 금방 준비하고 나갈게요."

"나보고 들어와서 기다리라고는 안 할 거니?"

"그건 안 돼요. 이모를 깨울 수도 있는데, 그럼 이모가 같이 가게 허락해주지 않을 거예요. 이모는 탑 사람들을 싫어하거든요. 이모는 그 사람들이 나를 잡아가려고 한다고 생각해요. 이모 말로는 사람들이……"

"수다는 그만 떨어라, 얘야. 그리고 준비해."

그는 기다리면서 순찰차가 돌아오지 않나 거리를 살폈다. 경찰들이 그의 마음속 눈 안으로 꼬마 장난감 병정처럼 지나갈 때 초를 셌다. 꼬마 병정들은 경례를 하고 큰 소리로 관등성명을 댄다. 하나, 둘, 셋, 충성. 넷, 다섯, 여섯, 일곱, 충성.

존경할 만한 인간들이다. 언제나 그를 씩씩하면서도 다정하게 장군님이라고 부르지. 그래, 그들은 자상한 장군을 좋아했다. 그들은 한때 그가 평범한 사람이었다는 것을 알았다. 사병에서 출세해서 시간의 지휘관이 되었고, 소매에 별을 달았다는 것을 알았다. 하지만 물론 별은 보이지 않았다. 아직 밝았고 아직 오후였기 때문이다. 오직 밤에만 하늘에서 별이 떨어져 그의 소매 위에 내려앉았다.

백십사, 충성. 백십오, 충성. 백……

갑자기 놀랄 만한 변화가 일어났다. 장난감 병정들은 군복을 바꾸어 입고 푸른 제복의 경찰관이 되었다. 그들은 이제 그에게 경례하지도 않았고, 그에게 관등성명을 대지도 않았다. 대신, 무시하는 거친 말투로 그의 이름을 대라고 요구했다.

"이름이 뭡니까?"

"사령관." 그가 말했다.

"무슨 사령관요?"

"시간의 사령관이죠."

"아, 그러셔요?"

"전문직입니다. 나는 어떤 일들이 닥칠 시간을 결정해요. 사람에게, 동물에게, 새에게, 숲의 나무에……"

"좋아요, 사령관. 가서 부대 좀 시찰하실까요."

"지금은 적당한 때가 아닙니다."

"지금이 딱 좋은 것 같은데."

“하지만 결정은 내가 합니다.”

“갑시다, 사령관. 우리 파출소에 완전 망가진 시계가 하나 있거든. 가서 얘기 좀 잘해줘요. 고쳐달라고, 알겠어요?”

그때 갑자기 뭔가가 퍼뜩 떠올랐다. 이 사람들은 경찰이 아니라는 깨달음이었다. 그들은 시간표를 망가뜨리고 사령관을 납치해서 이 나라를 차지하려고 외국 정부가 보낸 비밀요원이었다.

집 문이 열리더니 그가 퀸이라그 알고 있는 남자가 나왔다. 그리고 그에게 익숙해 보이는 여자도 있었다. 하지만 여자의 이름은 기억나지 않았다.

그는 퀸을 향해 소리쳤다. “이 사람들이 날 잡아가지 못하게 해요! 이들은 적국의 요원들이에요. 우리 정부를 전복시키러 왔다고!”

퀸은 그 말에 복부를 얻어맞고 비틀비틀 쓰러지기라도 할 듯 뒤로 한 발 물러섰지만, 그와 함께 있던 여자는 비명을 지르기 시작했다.

“패트릭, 패트릭! 오, 어쩌면, 패트릭!”

그는 여자를 빤히 응시했다. 그리고 이 여자가 어째서 이처럼 익숙한 걸까, ‘오윗저먼’ 패트릭이라는 사람은 누구일까 생각했다.

마거릿 밀러

Margaret Millar

마거릿 밀러는 1915년 캐나다 온타리오 주에서 태어났다. 일곱 살부터 학교에 다니기 시작해 여덟 살에는 오빠가 숨겨놓은 펄프 잡지 《블랙 마스크 Black Mask》를 읽곤 했다. 그녀는 건방진 말투의 악당을 좋아했고 정의를 실현하는 자경단원에도 흠뻑 빠졌다. 여기에서 비롯된 취향은 나중에 그녀가 범죄소설을 쓰는 동인이 되었다.

고등학교 동창이었던 케네스 밀러[1]와 1938년에 결혼하고 두 달만에 임신하여 아이를 낳게 되면서, 밀러는 아이 엄마로만 사는 삶에 회의를 느꼈다. 학창 시절에 어머니를 여의면서 시작된 우울 증세가 1940년경에는 더욱 심각해져서 그녀는 결국 병원에 입원해야 했다. 병실에서의 지루한 생활을 힘들어하던 그녀를 위해 남편은 수십 권의 추리소설을 가져다주었다. 어떤 것은 챈들러의 훌륭한 작품이었고, 어떤 것은 그녀가 책을 집어던질 정도로 형편없는 작품이

[1] 하드보일드 작가 로스 맥도널드의 본명.

었다. 그녀가 책을 집어던지며 "이 정도는 나도 쓰겠어!" 하고 화를 냈을 때, 남편은 "한번 해봐"라고 대꾸했다. 그래서 그녀는 글을 써보기로 했다. 새로운 일을 시작하는 것이 치료에 도움이 될 것이라는 의사의 조언도 있었다. 밀러는 남편의 도움으로 플롯을 구상하여 첫 작품을 썼다. 출판사는 이 작품에 『보이지 않는 벌레The Invisible Worm』(1941)라는 제목을 붙여 출간했다. 20세기를 통틀어 가장 훌륭한 여성 범죄소설가는 이렇게 데뷔했다.

데뷔

『보이지 않는 벌레』로 시작한 시리즈의 주인공 심리학자 폴 프라이는 이 미터에 달하는 장신에 영화배우처럼 잘생긴 외모로 묘사된다. 시리즈의 다음 작품인 『박쥐The Weak-Eyed Bat』(1942)와 『나를 사랑한 악마The Devil Loves Me』(1942)를 거치며 밀러는 심리학과 범죄소설의 접목을 시도했고, 그 결과는 가히 성공적이었다. '폴 프라이' 시리즈는 펄프 픽션이 쏟아지던 범죄소설 시장에 심리 서스펜스라는 새로운 바람을 일으켰다. 그녀는 전업 작가로 정착했고, 바로 다음 작품의 구상에 들어갔다. 다음 시리즈는 '폴 프라이' 시리즈에서 잠시 등장했던 샌즈 경위가 주인공이었다. 두 편의 '샌즈 경위' 시리즈를 쓰며 밀러는 한 인물이 연달아 등장하는 시리즈물에서는 서스펜스를 제대로 구현할 수 없다고 생각했다. 『철문The Iron Gate』(1945)으로 대중과 평론가들에게 찬사를 받았음에도 불구하고 그녀는 당분간 시리즈를 쓰지 않겠다고 결심한다. 그리하여 밀러는 각각 새로운 인물들이 등장하는 독자적인 장편을 쓰기 시작하는데, 1950년대에 나온 이 작품들은 그녀의 최고작들로 꼽힌다.

독자적인 스타일, 가정 스릴러

밀러가 활발히 활동했던 1950년대의 가정은 여전히 수도원처럼 폐쇄적이었고 주부들은 다른 직업이 없었다. 왜냐하면 가정의 지배자인 남편이 그것을 싫어했고, 사회적으로 아내란 자고로 남편이 꾸며준 안락한 집에서 가정을 돌봐야 한다는 의식이 지배적이었기 때문이다. 순종적이그 충실한 아내가 이상적으로 여겨지던 이 시기에 가정주부의 양면성이 만들어내는 서스펜스를 소재로 삼은 밀러의 작품은 가히 혁신적이었다. 밀러의 작품에 등장하는 아내들은 남편과 마주 앉은 아침 식탁에서 혼자 훌쩍 휴가를 떠나는 자신을 생각하는 정도(『엿듣는 벽』)에 그치지 않고 '죽음에 대한 해독제'까지 생각하곤(『내 무덤에 묻힌 사람』) 한다. 그러다 남편이 무슨 이야기를 하면 눈을 마주치고 생긋 웃으면서 남편의 일과를 챙긴다. 인물의 양면성, 특히 이상적인 아내의 모습에 감춰진 정신적, 감정적 위기를 드러내어 불안한 분위기를 조성하는 능력은 밀러를 따라올 자가 없었다.

밀러는 신경쇠약을 겪는 여성들에 대해 누구보다 잘 이해했고, 위태로운 정신 상태를 어떻게 묘사해야 하는지도 잘 알았다. 그녀는 양면성을 가진 인물을 등장시켜 우아하면서도 불편한 분위기를 만들어내는 데 능했다. 이를 위해 자주 다뤘던 소재는 '실종'으로, 가족 구성원의 실종이 위태로운 일상을 무너뜨리고 관계에 내재되어 있던 불안을 도출하며 인물의 잠재적인 성격이 표출되는 과정을 생생히 그려냈다. 또한 밀러는 교양 있는 인물의 깔끔하고 명쾌한 말투로 위선과 허영을 지적하곤 했다. 특히 히스테리와 광기의 경계에 선 위태로운 심리를 묘사하는 능력과, 긴장이 최고조에 달한 클라이맥스에서 독자의 허를 찌르는 수법은 오십 년이 지난 지금도 색이 바래지 않는다.

재능의 증명

밀러는 샌타바버라에서 지내는 동안 20세기 후반의 위대한 작가들 사이에서 단연 이목을 끌었다. 그녀는 독특한 인물을 창조하는 데 능했고, 플롯을 비틀어 독자를 함정에 빠뜨리는 데 선수였으며, 간결하면서도 예리한 문체로는 따라올 자가 없었다. 이 세 가지 재능이 한 사람에게서 모두 발견되는 경우는 아주 드물다. 오십오 년간 스무 종이 넘는 장편소설과 수많은 단편소설을 발표하면서 밀러는 자기 기준을 꾸준히 지켰고 그중 가장 뛰어나다고 여겨지는 것이 『내 안의 야수』, 『치명적 공기 An Air That Kills』(1957), 『엿듣는 벽』, 『내 무덤에 묻힌 사람』 등이다. 『내 안의 야수』는 1956년 미국 추리작가협회에서 최우수 장편소설상을 수상했고, 그다음해인 1957년에 밀러는 미국추리작가협회 회장직을 맡았다. 1983년에는 그랜드마스터상을 수상했다.

주요 작품 목록

Fire Will Freeze (1944)

Do Evil in Return (1950)

Rose's Last Summer (1952)

Vanish in an Instant (1952)

Beast in View (1955) - 『내 안의 야수』(조한나 옮김, 영림카디널 펴냄, 2011)

An Air That Kills [The Soft Talkers] (1957)

The Listening Walls (1959) - 『엿듣는 벽』(박현주 옮김, 엘릭시르 펴냄, 2015)

A Stranger in My Grave (1960) - 『내 무덤에 묻힌 사람』(박현주 옮김,

엘릭시르 펴냄, 2016)

How Like an Angel (1962) - 『얼마나 천사 같은가』(박현주 옮김, 엘릭

　　시르 펴냄, 2025)

The Fiend (1964)

Beyond This Point Are Monsters (1970)

Banshee (1983)

Spider Webs (1986)

폴 프라이 시리즈

The Invisible Worm (1941)

The Weak-Eyed Bat (1942)

The Devil Loves Me (1942)

샌즈 경위 시리즈

Wall of Eyes (1943)

The Iron Gates [Taste of Fears] (1945)

톰 애러건 시리즈

Ask for Me Tomorrow (1976)

The Murder of Miranda (1979)

Mermaid (1982)

┃┃┃ 미스터리 책장 전체 목록 ┃┃┃

트렌트 최후의 사건 / 에드먼드 벤틀리 지음 / 유소영 옮김

우리는 언제나 성에 살았다 / 셜리 잭슨 지음 / 성문영 옮김

구석의 노인 사건집 / 에마 오르치 지음 / 이경아 옮김

나의 로라 / 비라 캐스퍼리 지음 / 이은선 옮김

오시리스의 눈 / 리처드 오스틴 프리먼 지음 / 이경아 옮김

영국식 살인 / 시릴 헤어 지음 / 이경아 옮김

요리사가 너무 많다 / 렉스 스타우트 지음 / 이원열 옮김

화형 법정 / 존 딕슨 카 지음 / 유소영 옮김

붉은 머리 가문의 비극 / 이든 필포츠 지음 / 이경아 옮김

어두운 거울 속에 / 헬렌 매클로이 지음 / 권영주 옮김

가짜 경감 듀 / 피터 러브시 지음 / 이동윤 옮김

환상의 여인 / 윌리엄 아이리시 지음 / 이은선 옮김

3인의 명탐정 / 레오 브루스 지음 / 김예진 옮김

철교 살인 사건 / 로널드 녹스 지음 / 김예진 옮김

조심해, 독이야! / 조젯 헤이어 지음 / 이경아 옮김

마녀의 은신처 / 존 딕슨 카 지음 / 이동윤 옮김

밀랍 인형 / 피터 러브시 지음 / 이동윤 옮김

벨벳 속의 발톱 / 얼 스탠리 가드너 지음 / 하현길 옮김

흑백의 여로 / 나쓰키 시즈코 지음 / 추지나 옮김

법정의 마녀 / 다카기 아키미쓰 지음 / 박춘상 옮김

새벽의 데드라인 / 윌리엄 아이리시 지음 / 이은선 옮김

세 개의 관 / 존 딕슨 카 지음 / 이동윤 옮김

내 무덤에 묻힌 사람 / 마거릿 밀러 지음 / 박현주 옮김

독 초콜릿 사건 / 안서니 버클리 지음 / 이동윤 옮김

살인해드립니다 로런스 블록 지음 이수현 옮김

엿듣는 벽 마거릿 밀러 지음 박현주 옮김

상복의 랑데부 코넬 울리치 지음 이은선 옮김

특별 요리 스탠리 엘린 지음 김민수 옮김

처형 6일 전 조너선 래티머 지음 이수현 옮김

소름 로스 맥도널드 지음 김명남 옮김

그리고 누군가 없어졌다 나쓰키 시즈코 지음 추지나 옮김

제비뽑기 셜리 잭슨 지음 김시현 옮김

시간의 딸 조지핀 테이 지음 권도희 옮김

황제의 코담뱃갑 존 딕슨 카 지음 이동윤 옮김

힐 하우스의 유령 셜리 잭슨 지음 김시현 옮김

유괴 다카기 아키미쓰 지음 이규원 옮김

얼마나 천사 같은가 마거릿 밀러 지음 박현주 옮김

재버워크의 밤 프레드릭 브라운 지음 최세민 옮김

마치 박사의 네 아들 브리지트 오베르 지음 양영란 옮김

초대받지 않은 손님들을 위한 뷔페 크리스티아나 브랜드 지음 권도희 옮김

옮긴이 박현주

고려대학교 영어영문학과 및 동 대학원을 졸업하고, 일리노이주립대학교에서 언어학을 공부했다. 현재 전문 번역가 및 소설가, 에세이스트, TV 평론가로 활동중이다. 옮긴 책으로는 『브로큰 하버』, 『세계는 계속된다』, 『트루먼 커포티 선집』(전5권)과 『레이먼드 챈들러 선집』(전6권), 찰스 부코스키의 소설과 시집 및 에세이 등이 있다. 지은 책으로는 『새벽 2시의 코인 세탁소』, 『당신과 나의 안전거리』, 『서칭 포 허니맨』, 『나의 오컬트한 일상』(봄/여름 편, 가을/겨울 편) 등이 있다. 2018년 『하우스프라우』로 제12회 유영번역상을 수상했다.

얼마나 천사 같은가
HOW LIKE AN ANGEL

초판 인쇄 2025년 12월 22일
초판 발행 2026년   1월   9일

지은이 마거릿 밀러 | 옮긴이 박현주

책임편집 김유진 | 편집 한나래 박을진 | 외주교정 박신양
표지디자인 김현아 | 본문디자인 이원경
저작권 박지영 형소진 주은수 오서영 조경은
마케팅 정민호 서지화 한민아 이민경 왕지경 정유진 한경화 정경주 김혜원 김예진 이서진
브랜딩 함유지 김은솔 박민재 이송이 박다솔 조다현 김하연 이준희
제작 강신은 김동욱 이순호 | 제작처 천광인쇄사

펴낸곳 (주)문학동네 | 펴낸이 김소영
출판등록 1993년 10월 22일 제2003-000045호

주소 10881 경기도 파주시 회동길 210
대표전화 031-955-8888 | 팩스 031-955-8855 | 전자우편 elixir@munhak.com
인스타그램 @elixir_mystery | X(트위터) @elixir_mystery

ISBN 979-11-416-0232-1 03840

엘릭시르는 출판그룹 문학동네의 장르문학 브랜드입니다.

www.munhak.com